인생 갑자(1924년)생 ❸

인생 갑자(1924년)생 ❸

초판 1쇄 인쇄	2024년 6월 10일
초판 1쇄 발행	2024년 6월 28일
신고번호	제313-2010-376호
등록번호	105-91-58839
지은이	안문현
발행처	보민출판사
발행인	김국환
기획	김선희
편집	조예슬
디자인	다인디자인
ISBN	979-11-6957-171-5 (세트)
	979-11-6957-176-0 (04810)
주소	경기도 파주시 해올로 11, 우미린더퍼스트@ 상가 2동 109호
전화	070-8615-7449
사이트	www.bominbook.com

- 가격은 뒤표지에 있으며, 파본은 구입하신 서점에서 교환해드립니다.
- 이 책은 저작권법에 의하여 보호를 받는 저작물이므로 무단 전재와 복사를 금합니다.

안문현 장편소설

인생 갑자 (1924년)생 3

폐허를 딛고 이룬 풍요 속의 갈등

이 땅에서 보릿고개를 몰아내고
경제를 일으켜 가난하던 나라를
선진국 반열에 올린
통한의 이야기

보민출판사

──────── ○○ 작가의 말 ○○ ────────

　소설 시리즈 「인생 갑자(1924년)생 3 - 폐허를 딛고 이룬 풍요 속의 갈등」은 2권 「혼란과 전쟁」에 이어서 쓴 것이다. 여기에서 갑자생이란 일제 강점기 시대인 1924년생만을 지칭한 것이 아니라, 그 무렵 조선 땅에서 태어나 수많은 질곡의 세월을 살았던 사람들을 대신해서 일컬은 것이다. 이 소설은 지금은 안동댐 물밑으로 사라진 예안 장터를 중심으로 경북 북부 산촌에 살았던 그 시절 사람들이 직접 당하고 겪었던 이야기에 작가의 상상력을 더하여 쓴 것이다.
　이 소설에 나오는 시대상과 내용은 한 지역의 이야기일 뿐만 아니라, 그 당시 전국 어디에서나 일어난 공통적인 일들로 잊혀져 가는 우리 근대 백 년사의 한 부분이다.

　1권 「나라 잃은 백성들」은 일본의 압박과 수탈을 당하며 살아온 그 시대 사람들의 생활상과 일본이 일으킨 전쟁터인 만주와 남태평양 정글 속에서 징병과 징용, 위안부로 끌려가서 치욕을 당하고 죽어가며 세대를 이어온 슬픈 역사 속 그때 조선인들의 이야기들이었다.

2권 「혼란과 전쟁」은 일제에서 벗어나 해방되었지만 나라는 남북으로 갈리고, 좌익과 우익의 이념 갈등과 대립 속에 이웃도 적이 되어, 때로는 살육하는 세상의 한복판에서 허덕이며 살아왔던 갑자생들의 이야기들이다. 전쟁이 일어나자 온 나라가 전쟁터가 되어 수많은 사람이 죽고, 국토는 불타고 깨어지고 부서져 만신창이가 된 가운데에서 무수히 죽어가면서 국가를 지켜온 이들의 이야기를 쓴 것이었다.

3권 「폐허를 딛고 이룬 번영 속의 갈등」은 휴전이 되자 전쟁의 포화 속에 잿더미로 변한 거리에는 고아들과 남편 잃은 여인과 상이군인들로 넘쳐나고 온 나라가 기아에 허덕였다. 살아남은 사람들은 주린 배를 움켜잡고 폐허 위에 벽돌 한 장 한 장을 쌓아 올리며 가난을 극복하고 잘 살기 위해 밤낮으로 일했다. 그들은 국내뿐만 아니라 독일의 탄광에서, 중동의 모래바람 속에서 일하고, 배를 타고 지구 끝 먼 바다까지 가서 고기를 잡아 돈을 벌었다. 그렇게 노력해서 이 땅에서 보릿고개를 몰아내고 경제를 일으켜 가난하던 나라를 선진국 반열의 대한민국으로 만들었다.

그들은 충과 효, 삼강오륜과 같은 유교사상을 생활 바탕으로 부모님을 모시고 조상의 제사를 정성껏 지켜온 세대였다. 그러나 노년에는 핵가족과 개인주의가 팽배하는 사회에서 대접받지 못한 첫 세대였다. 그들은 자녀, 손주들이 풍요로운 세상에서 생활하는 것을 보고 평생 힘들게 일하며 가난을 몰아낸 보람을 느끼기도 했지만, 젊은 세대에게 고집만 세어 말이 안 통하는 수구꼴통이라는 비난을 들으며 살다 간 세대들이었다.

갑자생, 그 무렵 사람들은 우리 역사 이래 격동기였던 근대 백년을 온몸으로 부딪치며 어느 세대보다 힘들게 한 시대를 살다가 이제 저세상으로 떠나며 잊혀져 가고 있다. 그들이 겪은 시대의 아픔과 개인사들이 묻히고 세상에서 사라지는 것이 아쉬워, 그들과 겹치는 세월을 살아온 작자는 듣고 보고 느꼈던 그들 삶의 이야기를 소설「인생 갑자(1924)생」시리즈 1, 2, 3권으로 써서 후세에 남긴다.

끝으로 그들의 땀과 노력, 희생이 바탕이 되어 이룩한 아름답고 풍요로운 이 땅에 다시는 나라 잃은 슬픔과 배고픔과 혼란과 전쟁의 참화가 없기를 바란다.

2024년 6월

안 문 현

목차

작가의 말 … 4

01. 상이군인 … 10
02. 지옥의 국민방위군 … 20
03. 마지막 공비 … 41
04. 전사통지 … 58
05. 배고픈 군상 … 87
06. 서울로 간 처녀들 … 105
07. 부조리한 사회 … 133
08. 부정선거 … 156

09. 5.16군사정변을 막아섰던 사나이 … 169

10. 거지가 된 깡패 … 180

11. 고리대금업자가 된 머슴 최태출 … 197

12. 아들들이 물려받은 전쟁 … 212

13. 물밑으로 사라진 고향 … 231

14. 후손들이 잘 사는 나라를 위하여 … 250

15. 갈등 … 268

16. 텅 빈 농촌 … 300

17. 고향 … 321

❶ 상이군인

"맨날 수십 명씩이나 찾아오니 우리는 어떠케 장사하란 말이꺄?"

"우리도 먹고살아야 하잔니꺄. 전쟁하다 다쳐도 나라에서 안 도와주니 이러케라도 살아야 하잔니꺄."

"당신들 입장은 이해하지만, 하나둘 이래야지! 길거리에 마구 부상당한 상이군인 천지인데 우리한테 이러케 어거지 쓰면 우리는 어떠케 장사를 하란 말이야. 당신들 때문에 손님이 오다가도 가버리잔나."

기어코 백기철은 반말을 했다.

"우리가 일선 가서 전쟁하며 죽고 부상당할 때 니들은 군대 기피하여 후방에서 떼돈 벌며 잘 먹고 잘 살고 있잔나."

상이군인 오익수도 감정이 폭발하여 마음속에 있던 말을 하며 달려들었다.

"누가 군대에 가라 캣나. 너도 나처럼 기피하여 군대 안 갔으면 빙신 안 됐을 거 아이가?"

"빙신? 야! 이 새끼야, 너 지금 빙신이라 캤나?"

"그래, 이 빙신아, 어떠케 다쳤거나 빙신은 빙신이잔나."

백기철도 이판사판으로 나가고 있었다. 오익수는 더 참을 수 없었다. 오른쪽 쇠갈고리 손을 쳐들고 달려들었다. 백기철은 같이 달려들어 싸울 수도 없어 피하면서 소리쳤다.

"야! 이 빙신 새끼야! 꺼져! 내 맘만 먹으면 뒷골목에서 니놈을 묵사발로 맹글어 성한 다리 한쪽도 불그잤뿔 수도 있어. 이 새끼야."

백기철은 장터 깡패들을 동원할 수 있다는 말을 에둘러 하면서 오익수를 위협했다. 돈으로 깡패를 사서 아무도 없는 으슥한 뒷골목에서 해칠 수 있다는 이야기를 돌려서 하는 백기철의 말을 오익수는 모를 턱이 없었다. 오익수는 악에 받쳐 계산대 책상을 뒤집어엎었다. 가게 안은 순식간에 아수라장이 되었다. 지나가던 사람들이 모여들어 구경하고 있었다.

그때 경찰이 달려왔다. 경찰도 상이군인이 행패를 부린다는 연락을 받고 출동은 했지만, 수갑을 채워 연행할 수도 없고, 억지로 끌고 나와 싸움을 말리는 정도였다.

"여기서 이러지 말고 밖으로 나가. 지서에 가서 이야기해."

"군대 기피한 새끼가 상이군인 보고 빙신이라 카잔나."

그러자 백기철이 대꾸했다.

"군대 댕겨온 게 벼슬이냐? 니도 능력 있었으면 나 맹키로 군대에 안 갔을 것 아니가? 그르면 빙신이 안 됐을 거잔나."

"이 씨발 새끼, 말하는 거 보소! 우리가 없었다면 니놈은 뺄개이들 죽창에 배뙈지가 찔려 뒈졌을 꺼다. 이 개새끼야."

그러면서 "니도 능력이 있었으면 군대에 안 갔을 거 아니가?"라는 백기철의 말이 가슴을 파고들었다. 오익수는 영장이 나오자 군대에 가지 않기 위해 면 병사계와 면장을 찾아가 2대 독자로 부모님의 연세가 많아 일할 수 없으니 군대에 빼달라고 여러 번 부탁했던 기억이 났다. 당시에는 돈과 빽으로 군대를 기피한 것이 비밀도 아닌 공공연하게 드러내놓고 이야기하던 시절이었다. 누구는 논 세 마지기를 팔아주고 군대에 안 가고, 누구는 외삼촌이 높은 자리에 있어 군대에 안 가고, 누구는 친척이 방첩대라 군대 입대도 안 하고 군복을 입고 후방에서 방첩대를 따라다니며 군대 기피하고 있다는 것을 자랑처럼 이야기하고 다녀도 아무런 제재를 받지 않았다. 오익수는 상점 기물파손죄로 예안 지서에 붙들려갔다. 경찰도 상이군인인 오익수를 함부로 다루지 못했다. 제발 싸움하지 말라고 훈계 아닌 부탁을 하고 내보낼 수밖에 없었다.

백기철은 갑자년(1924년)을 전후해서 태어난 또래들이 입대하여 일선에서 나라를 지키기 위해 전쟁을 하며 죽어가고 있을 때 군대에 가지 않고 후방에서 주류 도소매 사업으로 많은 돈을 벌었다. 군대 영장이 나오면 병사업무 담당자와 지방보안대뿐만 아니라 경찰에게도 돈으로 해결했다. 해방되고 국가의 질서가 잡히기도 전에 전쟁이 일어나 돈과 권력으로 청탁과 부정한 일들이 사회 전반에 널리 퍼져 있었다.

식량이 모자라 먹고살기 힘든 세상이지만, 사람들은 전쟁으로 가족이 죽고 헤어지고 집이 불타고 전 국토가 잿더미로 변하니 억장 무너지는 답답한 가슴을 술로 달랬다. 백기철은 막걸리에서부터 45도 안동소주는 물론이고, 미군 부대에서 맥주와 양주까지 뒷구멍으로 빼내어 팔았다. 술이 날개 달린 듯이 잘 팔려 백기철의 주류 도소매 사업은 날로 번창하여 점점 확장되었다. 그렇게 돈을 벌어서 세무서 직원이 오면 돈으로 뇌물을 주어 세금도 형식적으로 몇 푼만 내었다. 백기철은 세상에 돈으로 해결되지 않는 것이 없다고 생각했다. 담당 면서기나 지서 순경이나 사업에 관계되는 기관에는 명절뿐만 아니라 수시로 선물과 회식비를 챙겨주었다.

백기철은 처음에는 상이군인들이 잡다한 물건을 가지고 찾아와 도움을 청할 때 얼마씩 쥐여주어 보냈다. 전쟁터에서 다친 상이군인들을 보면서 자신이 군대를 기피한 것이 미안하게 느껴졌으나 시간이 지날수록 생각이 바뀌었다. 세상은 온통 돈과 빽으로 안 되는 것이 없는데 군대에 간 사람은 돈도, 빽도 없고, 능력도 없는 사람들이라고 느껴졌다. 전쟁통에 많은 돈을 벌 수 있는 것은 자기 능력이 다른 사람보다 뛰어나서라고 생각했다. 그는 자신을 과신하면서 자기가 저지른 각종 불법과 탈법을 합리화하고 있었다. 군대를 기피했다는 한 가닥 양심마저 사라지고, 자신이 돈으로 모든 것을 처리하는 일이 당연하다고 느껴졌다. 하루 벌어들이는 돈의 양이 농촌에서 일 년 동안 농사를 지어 추수하여 몽땅 판 돈보다 더 많이 들어왔다. 조금만 머리 쓰면 이렇게 돈 벌기 쉬운 세상에 가난한 사람들은 머리도 모자라고, 자기에게 다가온 운명을 스스로 헤쳐나가지도 못하고, 국가에서 오라면 오고 가라면 가는 사람들로 수단도, 능력도 없는 사람들이라고 생각했다. 머리를 쓰면 군대에 안 갈 수 있는데 영장이 나온다고 끌려가 일선에 가서 죽고 다쳐서 돌아와 아이들의 학용품이나 껌을 들고 와서 팔아달라고 하는 상이군인을 보면 불쌍하다는 생각이 들었으나 너무 많이 찾아오니 장사에 지장이 있어 짜증났다.

일선에서는 전쟁이 치열해 하루에도 수천수만 명의 병사가 죽고 다쳐서 거리에는 상이군인들이 넘쳐났다. 동네 상이군인뿐만 아니라 인근 몇 개 면의 상이군인들도 먹고살 길이 없자 장터로 모여들었다. 백기철은 오늘도 아침부터 여섯 번째 상이군인이 찾아오니 화가 치밀어 올랐다. 상이군인이 가게 안에 들어와 있으면 손님들이 오지 않았다. 상이군인들은 가게뿐만 아니라 각 가정집을 방문하며 잡다한 물건을 팔고 다녔다. 물건을 판다는 것은 형식이고, 그냥 돈을 달라고 할 수 없으니 가정에서 별 필요도 없는 잡다한 것들을 가지고 다니며 시장보다 몇 곱이나 비싸게 받고 강매했다. 물건을 사지 않으면 행패를 부리기도 했다.

대부분이 농촌 사람인 상이군인들은 국가를 지키기 위해 일선에서 싸우다가 부상당해서 육체로 하는 농사일을 할 수 없었다. 해방된 나라는 질서가 잡히지 않는 데다 전쟁으로 모든 것이 부서지고 불에 타 잿더미가 되어 상이군인들을 보살필 힘이 없어 아무런 도움도, 보상도 없이 그대로 방치되었다. 어린 자식들과 아내, 노부모까지 딸린 식구들을 먹여 살리기 위해서는 거리로 나가 구걸을 할 수 없으니 물건을 팔러 다녔다. 상이군인의 숫자가 적을 때는 사람들이 전쟁터에서 다친 용사들이라고 잘 도와주었으나 날이 갈수록 작은 동네에도 상이군인들이 몇 사람씩이나 되고, 거리에는 많은 상이군인이 조그마한 물건을 들고 다니면서 도움을 요청하여 지역사회에서 감당할 수 없었다. 상이군인들은 어떻게든 적은 돈이라도 벌어야 자신과 식구들이 굶어 죽지 않고 살아갈 수 있지만, 아무도 물건을 사주지 않으니 사람들을 위협하여 물건을 강매하기 시작했다. 굶고 있는 처자식을 생각하면 수단과 방법을 가리지 않고 돈을 벌어 양식을 구할 수밖에 없었다. 사람들은 상이군인이 나타나면 슬금슬금 피했다. 그럴수록 그들은 사람들을 협박하며 학용품이나 주방에 쓰는 수세미 같은 물건을 시중가보다 비싼 값에 강매했다.

오익수는 피의 능선전투에서 포탄 파편에 맞아 부상당했다. 1951년 8월 18일에서 9월 5일까지 강원도 양구 북방의 해발 983미터, 940미터, 773미터의 이름 없는 세 고지 능선에서 이루어진 전투로 국군 5사단 36연대와 미군 24사단의 중화기 부대와 보병이 합동작전으로 북한군 제12사단과 27사단을 상대로 뺏고 빼앗기를 반복한 끝에 고지를 지켜낸 전투였다. 피의 능선은 42만 발의 포탄이 쏟아지고, 북한군 1개 사단 병력과 국군과 미군 1개 연대 병력이 희생되어 산 고지와 온 능선이 인민군과 국군과 미군의 피로 붉게 물든 처참한 광경을 미국 신문기자가 피의 능선전투라는 제목으로 보도해 이름 없던 고지를 연결하는 능선은 피의 능선이라고 불리게 되었다.

오익수가 속한 36연대는 무수한 포격으로 나무는 불타서 민둥산이 된 고지를 점령하고 겹겹이 쌓인 적의 시체를 치우면서 개인호를 파고 방어했으나 하루 만에 새까맣게 몰려오는 인민군을 막지 못하고 후퇴했다. 그리고 여러 차례 공격에도 고지를 탈환하지 못한 채 수많은 병사가 희생되었다. 전쟁은 밤낮을 가리지 않고 20일간 치열하게 계속되었다. 온 산이 피로 물들고, 전사한 양측 병사들의 시체 썩는 냄새가 진동하는 가운데 9월 3일 고지 재탈환 공격 명령을 받고 쏟아지는 적의 포탄 속을 뚫고 돌격했다. 적진을 향하여 돌진하는 전우들이 인민군의 포탄 파편과 총탄에 맞아 죽어갔다. 옆에서 쓰러지는 전우를 보면서도 익수는 적진을 향해 돌격했다. 돌격하는 익수 앞에 포탄이 떨어졌다. 피할 사이도 없이 폭음과 함께 모래 기둥이 솟아오르고 흙먼지에 휩싸이는 순간, 온몸에 엄청난 충격과 고통이 오고, 적진을 향해 달려가는 전우들의 뒷모습이 흙먼지 너머로 흐릿하게 보였다. 아무 소리도 들리지 않고 앞에서 일어나는 일들이 무성영화 속 전쟁의 한 장면 같다고 느끼며 익수는 정신을 잃었다. 포탄의 파편이 얼굴을 통해 귀밑으로 스쳐가고, 오른쪽 손이 떨어져 나간 것이었다. 정신을 차렸을 때는 야전 천막병원이었으나 익수는 앞이 보이지 않았다. 얼굴은 온통 붕대로 감겨 있어 아무것도 보이지 않고, 몸은 꼼짝할 수 없었다. 심한 통증이 왔다. 너무 아파 비명을 지르자 누군가 왼쪽 팔에 진통제 주사를 놓으며 여자 음성이 들렸다.

"오 상병, 여기는 야전병원이야. 많이 다쳤지만 살 수 있어."

"당신 누구야? 내 몸 어떻게 되었노?"

"난 간호장교 김 소위야. 오 상병은 오른쪽 팔과 얼굴을 다쳤어."

오른쪽 팔을 움직여도 감각이 없어 움직일 수 있는 왼손으로 오른쪽 손을 만져 보았다. 오른쪽 손이 잡히지 않았다. 익수는 소리쳤다.

"내 손! 내 손이 어떻게 되었노?"

익수는 울고 있었으나 얼굴은 온통 붕대로 감겨 있어 아무것도 볼 수 없었다. 익수의 얼굴은 오른쪽 턱에서부터 귀까지 심한 흉터가 있고, 오른쪽 손은 의수를 하여 쇠갈고리로 되어 있어 보기에도 섬뜩했다. 언뜻 보아도 그가 상이군인인 줄 알지만, 몰골이 너무 흉측하고 무서워 사람들은 그를 피했다. 익수는 사람들이 자기를 피하자 세상에서 혼자만 따돌림을 당하는 느낌이었다. 전쟁터에서 나라를 지키다가 다친 상이군인을 따뜻하게 위로는 해주지 못할망정 무슨 징그러운 괴물을 대하듯이 피하니 사람들이 원망스럽고 화가 났다. 나라를 위해 싸우다 다친 상처는 영예롭다고 했는데, 익수는 부상당한 자기 몸이 전혀 영예롭게 느껴지지 않고, 거울 속에 비치는 자신의 모습이 흉측하고 혐오스럽기만 했다. 거기에다 한쪽 손까지 잃어 농사일을 할 수 없었다.

익수는 군에 입대하기 전에는 부모님이 경작하던 밭 두 마지기로 농사를 지었다. 농토가 적어 다른 사람의 논밭 몇 마지기를 더 빌려서 농사를 지으며 틈틈이 품을 팔아 생활해왔다. 일찍 결혼하여 아이들이 셋이나 태어나고, 아내와 늙으신 부모님과 같이 생활해오다 입대하면서 군 생활을 마치고 가난하지만 아이들을 키우며 단란하고 행복하게 살아갈 꿈을 꾸었는데 이렇게 몸을 다친 상이군인이 되고 보니 살길이 막막했다.

거울 속에 비친 자신을 바라보며 사람들이 피하는 것이 이해는 되지만, 그래도 화가 치밀어 올랐다. 별 것 아닌 일에도 화를 내고, 이웃과도 싸움하고, 지나가는 사람에게도 시비를 걸었다. 그럴수록 사람들은 익수를 피하고 친구도, 친척도 멀어져 갔다. 군에 가기 전에 온순하고 착하던 익수의 모습은 찾아볼 수 없이 거칠고 포악해져 갔다. 지나가다가 눈길이 마주치는 사람에게 "왜 보느냐?"라고 억지를 쓰며 행패를 부렸다. 사람들은 길을 가다 그를 마주치면 얼굴을 돌리며 눈길을 피해서 갔다. 그러면 익수는 또 "왜 사람을 피하느냐?"라고 시비를 걸었다. 친척도, 친구들도 익수를 만나려 하지 않고 찾아오는 사람도 없이 외톨이가 되어 살아가는 것이 너무 힘들어 세상 모든 게 온통 불만투성이였다. 그러면서 나라를 위하여 싸우다가 다쳐 노동력을 잃은 상이용사들이나 전쟁터에서 남편이 전사한 미망인의 생계를 국가에서 책임져야 한다고 생각했다. 익수는 그런 나라가 자신이 죽기 전에는 오지 않을 것 같아 살아갈 앞날이 막막했다.

❷ 지옥의 국민방위군

　최대석은 허약해진 몸으로 농사일도 못하고 멍하니 하늘만 바라보고 있었다. 온 나라가 불타고 부서지고 망가졌으나 전쟁터에서 비켜난 바위재 동네는 그대로 있었다. 대석은 그동안 지나온 일들이 꿈만 같았다.
　8년 전 해방되고 코하루를 데리고 현해탄을 건너 고향으로 왔을 때가 어제처럼 느껴졌다. 코하루는 아기를 낳고 전염병이 들어 죽었다. 해방되고 귀국할 때 코하루를 일본서 데려오지 말았어야 하는 것인데, 먹는 음식이 부실하여 아기를 낳고 영양실조에 걸린 앙상한 몸으로 병마를 이기지 못했다. 코하루가 하늘나라로 떠난 지 몇 년이 지났지만, 대석의 마음속에는 언제나 살아있었다.
　"대석 씨 옆이라면 가난쯤은 얼마든지 참을 수 있어요."
　코하루가 하던 말이 기억나 가슴이 먹먹하고 코끝이 찡해오며 눈물이 났다. 그동안 코하루의 분신인 아들이 자라서 일곱 살이 되었고, 코하루가 만들어 놓고 간 과수원에 사과가 달리기 시작했다. 보릿고개 때 캐먹는다고 밭둑과 산비탈에 심어놓은 더덕과 도라지, 돼지감자도 해마다 조금씩 수확했다. 세월은 빠르게 지나갔다. 전쟁이 일어나고 국민방위군으로 소집되어 가서 죽을 고생을 한 일이 어제처럼 대석의 머릿속에 또렷했다.

대석은 전쟁이 한창인 1951년 1월에 국민방위군에 소집되었다. 코하루가 죽고 난 몇 년 후 전쟁이 일어나서 인민군이 동네를 점령하자 대석은 의용군을 피해 산속에 숨어서 지냈다. 대구 근교까지 후퇴했던 국군은 유엔군의 참전으로 압록강까지 진격하였으나 중공군이 인민군을 도와 압록강을 건너 진격해오자 다시 후퇴하여 서울이 점령되었다.

정부에서는 전국의 만 17세부터 40세까지 장정들을 제2국민병인 국민방위군으로 68만여 명을 소집하여 부산과 진해 등 남쪽 경남의 각 지역으로 걸어서 이동시켰다. 병사로 이용할 수 있는 자원을 적진에 남겨두고 후퇴하면, 전쟁 초기처럼 의용군으로 강제 동원해 인민군 병사가 되기 때문에 먼저 소집하여 남쪽으로 피난시켜 국군 병력으로 활용하기 위한 것이었다. 개전 초기 인민군은 점령한 남한의 소년에서부터 청장년까지 남자들을 눈에 띄는 대로 잡아 의용군이라는 이름으로 강제로 인민군 군복을 입혀 전선에 밀어 넣었다. 그동안 전쟁으로 철로는 파괴되고, 트럭도 일선으로 집중되어 각 지역에서 소집된 국민방위군 68만 명의 장정들을 이동시킬 기차도, 트럭도 없어 천 리 길을 걸어서 이동시켰다. 전쟁을 하고 있는 한국군의 수가 22만 4천 명이고, 미군 17만 8천 명, 그 밖의 외국군 2만 명 다 합쳐서 42만 2천여 명인 남한 내 군대 수보다 많은 68만여 명의 장정들을 국민방위군으로 소집했다. 그렇지만 정부는 아무런 준비도, 치밀한 계획도 없이 장정들을 소집하여 놓고 사회에서 씨름선수 생활을 하다가 일본군에 지원입대했던 능력도, 신념도 없는 김윤근을 사령관으로 임명했다. 국가에서는 군복과 식량 계획도, 장정들을 운송할 교통수단도 없이 무작정 소집하여 남쪽으로 걸어서 이동시켰다. 소집된 청장년들은 집에서 입고 온 핫바지 저고리와 갖가지 옷을 그대로 입고 1월의 추위에 떨면서 먹지도 못하고 남쪽으로 내몰렸다. 1951년 그해 겨울은 유난히도 추위 전쟁하는 일선의 기온이 영하 30도로 내려가고, 후방에도 영하 20도의 혹한이 계속되었다.

최대석은 솜을 넣어서 만든 누비옷을 입고 있었다. 국민방위군으로 강제소집되어 예안을 출발하여 집결지인 안동으로 가는 장정들 수십 명은 살을 에는 듯한 추운 날씨에 점심도 굶은 채 온종일 걸어서 안동에 도착했다. 같이 소집되어 가는 사람들은 17세 소년부터 40이 된 중늙은이도 있고, 아버지와 아들이 같이 소집되어 가는 사람도 있었다. 난로도 안 피운 국민학교 교실에 백여 명씩 들어가 이불도, 모포도 없이 마루 위에 자는데 너무 추워 잠을 잘 수 없었다. 영하 20도의 혹독한 추위 속에서 점심도, 저녁도 먹지 못하고 온종일 굶어 배는 고픈데 청년방위대, 대한청년단이었던 사람들이 방위군으로 소집된 장정들을 인솔하며 폭력으로 통제했다. 그들은 일본군 훈련소에서 조선인 신병을 다루던 방법을 그대로 따라 하며 주먹을 휘둘렀다. 하루가 지나자 보리밥 한 덩어리를 네 사람이 나누어 먹으라고 주었다. 대석은 추위에 떨면서 한 덩어리의 보리밥을 세 사람과 나누어 먹었다. 대석은 일본 징용으로 끌고 가면서도 이렇게 굶기고 도보로 가지 않았는데 아무리 전쟁 중이라 하지만 나라에서 하는 일을 이해할 수 없었다. 배고프고 추워서 오들오들 떨고 있는 장정들을 인솔하는 자들은 조금만 눈에 거슬려도 발길로 차고 주먹을 휘둘렀다.

수천 명씩 무리 지어 남쪽으로 걸어가는 장정들은 며칠을 거의 굶어서 허리가 접질려도 참으며 추위 속에서 강행군을 하고 있었다. 같이 가는 유 씨는 오십도 넘어 보이는 노인이었다.

"연세가 많아 보이는데 어떻게 끌려 왔니껴?"

대석은 늙은이가 얇은 홑옷을 입고 있는 것이 너무 안쓰러워서 물었다.

"마흔다섯인데 호적이 늦어서 마흔으로 되어 영장받고 잡혀왔니더."

"이 추운 겨울에 홑옷을 입고 왔니껴?"

"이곳에 오면 내의와 군복을 다 줄 줄 알았니더."

"집에 솜옷이 없니껴?"

"솜옷은 있니더만, 이곳에 입고 오면 군복을 주고 다 버릴 것 같아서 제대하고 집에 돌아가 입을라고 두고 왔니더."

농촌 사람들은 고된 노동으로 나이보다 늙어 보이지만, 유 씨는 더 늙어서 할아버지 같았다. 유 씨는 방위군에 가면 국가에서 군복을 주고, 매 끼니 음식과 잠잘 때 덮을 모포를 주며, 집에서 입고 간 옷은 모두 버려질 것 같아 한 벌뿐인 솜옷은 방위군 생활이 끝나고 돌아와서 입으려고 홑옷을 입고 왔던 것이었다. 혹독하게 추운 날씨에 유 씨는 의성 단촌을 지나다가 얼어 죽었다. 인솔자는 죽은 유 씨의 시신을 길가에 버려둔 채로 계속 행군을 독촉했다.

대석은 집을 나서며 아내 코하루가 남겨둔 기다란 명주 수건을 가지고 왔다. 머리를 감싸고 얼굴을 동여매니 추위를 막아 얼굴이 얼지 않았다. 동원된 방위군들은 식사도 제대로 못하고 추위 속에서 끌려가면서 점점 지쳐갔다. 며칠째 굶은 빈속으로 영하 15~6도 강추위에 매서운 칼바람까지 몰아쳐 체감온도는 영하 20도 이하로 느껴졌다. 북극 한파가 몰려오는 시베리아 벌판 같은 추위에 온몸이 꽁꽁 얼었다. 핫바지 저고리를 입고 걸어가는 장정들은 허기지고 지쳐서 하나둘 쓰러져 얼어 죽었다. 죽은 사람의 시신을 길가에 버려두고 지옥의 행군은 계속되었다. 전투 중에 전사한 군인의 시신은 거두어 화장하여 재를 봉지에 싸서 집으로 보내는데 방위군의 시신은 아무런 수습대책도 없이 길가에 버려졌다. 버려진 시신을 그대로 두면 개들이나 들짐승과 날짐승들에게 뜯어 먹혀, 보기가 너무 끔찍해 근처 마을 사람들이 양지바른 산비탈 얼지 않은 곳을 파고 묻었다. 아무에게도 관심받지 못하고, 슬퍼하는 사람도, 안타까워하는 사람도 없는 외롭고 쓸쓸한 죽음이었다.

열일곱 살 조치영은 나이에 비해 더 어려 보여 아이 티를 벗지 못했다. 조 군은 걸으면서 너무 춥고 배가 고파 엄마를 부르며 울면서 가고 있었다. 대석은 같이 걸어가며 "너무 춥지?" 하며 손을 꼭 잡아주면서도 머리에 두르고 있는 명주 수건을 벗어줄 수 없었다. 얼굴이 새파랗게 얼어 있고, 코가 빨갛게 얼어 그대로 두면 동상이 걸릴 것 같았다. 대석은 쓰고 있던 명주 수건 끝을 잘라 끈을 구해서 코와 입을 가릴 수 있는 방한 마스크를 만들어 씌워주었다. 끌려가는 장정들은 발이 부르트지 않게 비누를 양말 속에 갈아 넣어 신고 가고, 그래도 부르튼 발바닥에 생긴 물집은 성냥불로 지져가며 걸었다. 동상이 걸려 아파도, 발이 부르터도 의사는 물론 약품도 없었다. 식사도 거의 공급되지 않는 상황에서 인솔하는 사람들은 대원들을 폭력으로 통제하며 앞으로만 내몰았다. 열일곱 살 소년은 대석이 만들어준 마스크를 쓰고 "엄마야, 엄마야…" 하고 엄마를 부르며 울면서 대열을 따라가고 있었다.

몸이 아프고 열이 나서 걸어갈 수 없는 환자가 발생했다. 인솔자는 아파서 쓰러진 사람을 길가에 버려둔 채 행군을 재촉했다. 병원이나 의원에 데려갈 사람도, 병자를 간호할 사람도 없이 버려진 환자는 길가에서 혼자서 앓다가 얼어 죽을 수밖에 없었다. 방위군 인솔책임자는 지나가는 현지의 군수나 경찰서장에게 급식을 요청할 수 있었다. 처음에는 지나는 동리마다 군수나 경찰서장의 명령에 따라 식사를 준비하여 제공하였으나 전쟁 중이라 양식이 없어, 거의 굶고 있는 주민들은 날마다 수천 명씩 몰려왔다 몰려가는 방위군을 감당할 수 없어 외면하여 식사가 제공되지 않았다. 이렇게 식사도, 교통수단도, 의복도 아무런 대책 없이 징집된 장정들을 겨울의 혹독한 추위 속에서 남쪽 경남지방을 향하여 무작정 걸어서 끌고 갔다.

  일주일이 넘고 열흘이 지나자 방위군들은 먹은 것이 없어 마르고, 추위에 얼고, 집에서 입고 온 흰 핫바지 저고리에 때가 묻어 꾀죄죄해 형상이 말이 아니었다. 그들은 길가에서 노숙하고 개울가 바람이 덜 몰아치는 둑 밑이나 다리 밑에서 밤을 새웠다. 매 끼니 거의 굶어 살이 빠져서 삐쩍 말라 거지 떼보다 더 초라했다. 의복도, 신발도 공급하지 않아 얼어 죽고, 굶어 죽고, 병들어 죽어가며 수십 일 동안 천 리 길을 걸어가고 있었다. 그 길은 전국에서 징집된 68만여 명의 장정들이 수백 명, 수천 명씩 조를 나누어 걸어가는 지옥 같은 행군이었다. 대석은 지옥에서도 먹을 것은 주고 형벌을 내릴 것이라고 생각하며 걷고 있었다.
  수많은 희생자를 내면서 목적지에 도착한 장정들은 거지라고 표현하기도 무색한 해골들이 모인 유령집단 같았다. 인천에서 소집한 일부는 배를 타고 제주도로 간 방위군도 있지만, 남한에서 소집된 방위군 대부분이 걸어서 부산과 진주를 비롯한 경남의 각 훈련대에 도착했다. 전국적으로 68만여 명을 모집하여 목적지까지 도착한 인원은 38만여 명으로 반 가까운 수의 인원이 추위 속에서 걸어오면서 실종되었다. 그중에는 얼어 죽고, 굶어 죽고, 병들어 죽은 사람과 행방이 묘연한 사람들이 많았다. 살아남은 장정들은 신발이 떨어져 맨발로 언 땅과 얼음 위를 걸어서 도착했으나 모포도, 의복도 지급되지 않고 병원도, 의사도, 의약품도 없었으며, 식사도 제대로 공급되지 않았다.

대석이 속한 국민방위군 무리는 진주중학교에 도착했다. 학교는 전쟁으로 유리창이 다 부서지고 책걸상은 없었지만, 건물은 그대로 남아 있었다. 학생 60명이 공부하던 교실에 150명씩 수용했다. 나머지 많은 인원은 운동장에서 노숙했다. 한겨울 불어오는 남해의 바닷바람은 살을 에는 것같이 추웠고, 하늘의 별들도 반짝이지 못하고 추위에 얼어붙은 것 같았다. 밤새 찬 바닷바람이 휩쓸고 간 운동장에는 서릿발이 쌓이고, 노숙한 장정들의 머리카락과 눈썹, 옷자락에도 서리가 하얗게 내려앉아 있었다. 그 추위 속 차가운 교실 바닥과 찬바람 몰아치는 노천운동장에서 초라한 몰골을 한 방위군들은 오들오들 떨면서 끌어안고 서로의 체온에 의지하며 언제 끊어질지 모르는 생명을 이어가며 밤을 새웠다.

6.25전쟁 초기 인민군은 대구와 경남 일부만 남기고 남한 대부분을 점령했다. 유엔군의 참전으로 전선은 압록강까지 밀고 올라가 한반도는 대한민국으로 통일을 눈앞에 두고 있었다. 그러나 중

공군의 개입으로 국군과 유엔군은 후퇴를 거듭하다가 서울이 다시 점령될 위기에 처하자 대통령 이승만은 1951년 12월 16일 '국민방위군 설치법'을 국회에 통과시키고, 닷새 뒤인 21일 공표하여 대한민국 내의 현역 군인과 경찰, 공무원을 제외한 17세부터 40세까지의 장정들을 제2국민군으로 동원했다. 전쟁 초기에 남한을 점령한 인민군이 남한의 소년들과 청장년들을 닥치는 대로 의용군으로 잡아들여 인민군에 편입시켜 국군과 유엔군에 대항했다. 정부는 국군이 후퇴하자 이를 막기 위해 징발할 수 있는 청장년 68만여 명을 국민방위군으로 동원하여 인민군이 점령하기 전에 남쪽으로 이동시키고 있었다. 그러면서 동원된 장정들을 입히고 먹일 예산도, 이동할 교통수단 계획도 없이 무작정 시행에 들어갔다. 대통령이 국민방위군 총재가 되고, 사령관에 김윤근, 부사령관에 윤익헌, 참모장에 박경구를 임명하였다. 그러나 대통령은 전쟁 중인 일선 군인에만 관심 있고, 강제소집한 국민방위군 운영과 관리에 소홀했고, 방위군 간부들은 무능하고 부패했다.

경상남도 각 훈련장에 도착한 방위군에게 담요도, 옷도 아닌 가마니를 두 사람 앞에 한 장씩 지급했다. 추운 겨울밤을 가마니 한 장으로 두 사람이 살아가라는 것이었다. 대석은 같이 온 열일곱 살의 조치영과 같이 한 조가 되어 가마니 한 장을 받았다. 밤에는 몇이서 조가 되어 가마니를 깔고 누워 부둥켜안고 서로의 체온으로 생명을 유지했다. 아침에 일어나지 않는 사람은 꽁꽁 언 채 시체가 되어 있었다. 죽어도 시체를 가마니에 싸서 묻을 수 없었다. 살아있는 사람도 모자라는 가마니를 죽은 사람에게 줄 수 없어 그냥 시체를 끌어내어 처리했다.

식사는 꽁보리밥 한 그릇으로 몇이 같이 먹어서 영양실조로 장정들은 살가죽이 뼈에 붙어 미라처럼 삐쩍 말랐다. 그렇게 허약한 몸으로 구보나 군대 전술훈련은 꿈도 못 꾸고 기어들어 가는 작은 소리로 군가를 부르는 것이 고작이었다. 씻지 못해 몸에는 악취가 나고 이가 득실거렸다. 굶어 죽기 직전의 방위군들은 춥고 너무 배가 고파서 아무것도 할 수 없어 매일 죽음의 그림자가 어른거렸다. 교육하는 장교들은 그대로 두면 모두 굶어서 죽을 것 같아 바깥 민가에 나가서 구걸하여 얻어먹으라고 장정들을 밖으로 내어보냈다. 거리에는 거지가 돌아다닐 때였지만, 살가죽이 뼈에 붙어 미라 형상을 한 방위군들이 구걸하러 오면 처음에는 사람들이 너무 참혹하고 불쌍하여 먹던 음식을 나누어주었다. 수만 명의 국민방위군 장정들이 수용되어 있는 각 지역의 가정마다 하루에도 수십 명씩 구걸하러 오니 음식을 나누어줄 수 없었다. 그렇지만 배고픈 장정들은 빼앗아서라도 먹어야 생명을 유지할 수 있었다.

대석은 일본 아카사카 탄광에서 강제노역을 시키며 구타하여도 이렇게 굶기지는 않았는데 이곳은 일본 지옥탄광보다 더 지옥 같다고 생각하며 열일곱 살의 치영과 음식을 얻으러 민가에 들어갔다. 마침 점심상을 차려 방으로 들여가려고 툇마루에 올려놓은 밥상을 몰래 들고 울타리 밖으로 도망쳤다. 울타리 밖에서 허겁지겁 먹는데 뒤따라온 수십 명의 방위군이 모두 달려들어 손으로 집어 먹고, 다른 사람이 손에 들고 입으로 넣으려는 음식을 빼앗아 먹었다. 마치 배고픈 짐승들이 먹이를 앞에 놓고 서로 빼앗아 먹으며 으르렁거리는 것 같은 참혹한 광경이었다. 밥상을 빼앗기고 뒤따라오던 아주머니는 이 모습을 넋을 잃고 바라보고 있었다. 너무 배가 고파 아사 직전인 방위군은 인간으로서 체면도, 예의도, 염치도 없이 굶어 죽지 않으려고 먹이를 보면 으르렁거리며 서로 빼앗아 먹는 짐승과 같았다. 그런 가운데에서도 음식을 얻어먹으러 영외로 나갔다가 돌아오지 않고 도망치는 대원이 있었다. 이곳에서 굶어 죽고 얼어 죽으나 도망치다 잡혀서 맞아 죽으나 마찬가지라고 생각한 대원 중에 용기 있는 사람의 행동이었다. 관리하는 장교들은 탈영병이 생기자 도망을 치지 못하게 변소에 갈 때는 옷을 벗기고 보내기도 했다.

동네에 결혼잔치가 있었다. 전통혼례로 하는 결혼식이라 식이 끝나고 모인 하객들과 동네 사람들이 먹을 많은 양의 음식을 준비했다. 혼주로 따라오는 요각 손님에게 대접할 음식은 특별히 신경을 써서 만들었다. 결혼식 며칠 전부터 돼지 잡고 술을 빚고 떡과 술안주를 준비하며 국수를 몇 솥이나 삶아 결혼식에 참석할 손님들이 양껏 먹을 음식을 마련했다.

방위군 중에 누군가 이웃 동네에 결혼식이 있다고 이야기했다. 점심때가 되어 한두 사람이 아니라 수백 명이 몰려갔다. 모두가 뼈만 앙상하게 남은 형상에다 옷은 때에 절어 걸레보다 더 험하고, 씻지 못해 몸에서는 고약한 냄새가 진동했다. 사람이 아니라 짐승도 그런 짐승이 없었다. 마구간의 소와 돼지우리의 돼지 냄새보다도 더 고약하고 지독한 냄새였다. 그 무리 속에 대석과 치영도 있었다. 대문 안에 들어서자 사람들은 뒷문으로 피해 갔다. 역겹고 지독한 냄새 때문에 그들과 맞서서 말릴 수도, 싸울 수도 없었다. 그런 중에도 신부 오빠가 나서서 신랑, 신부가 있는 방문 앞에 버티고 서서 소리쳤다.

"이 방은 신랑, 신부 방이니 들어가지 말라."

그래도 들어가려는 방위군을 대석은 뒤에서 끌어당기며 못 들어가게 했다. 그런 상황 속에서도 대석에게 일말의 양심이 남아 있었다. 며칠 동안 만들어 놓은 음식이 순식간에 동이 났다. 방위군들은 오직 먹어야 산다는 생각밖에 없었다. 이렇게 하면 안 된다는 생각도, 양심도, 창피함도, 인간이라는 생각도 없이 먹어야 살 수 있다는 동물적 본능밖에 없었다. 음식은 부스러기 하나 남기지 않고 국수를 끓이던 솥에 국물까지도 다 퍼마시고 숙영지인 학교로 돌아가고 있는 방위군들의 모습은 사람이 아니라 아귀들의 모습이었다. 신부 어머니는 돌아가는 수백 명의 짐승 같은 방위군들의 뒷모습을 보며 넋두리하며 통곡했다.

"저 거지 떼, 저 떼도둑을 어떻게 하나? 무슨 나라가 이래? 군인들을 모았으면 음식을 먹여야지. 굶겨서 유령을 만들어 놓고 나가서 떼강도질을 시키다니? 내 딸 결혼식에 이 억울한 일을 어디 가서 하소연하나? 인민군도, 산에서 내려온 공비들도 이러지는 않앉는데…"

날씨가 풀려 기온이 올라 따뜻한 날 대석은 치영과 같이 대원들을 따라 남강으로 나갔다. 빨래는 못하더라도 겨울철이지만 봄 날씨처럼 포근하여 심한 악취나는 몸을 씻기로 했다. 수백 명이 남강변으로 가서 옷을 벗으니 온몸에 이가 득실거렸다. 옷을 벗어 알몸이 되었는데도 몸에는 이가 기어 다니고, 옷에는 하얗게 이가 붙어 있었다. 대석은 갈대를 꺾어 몸에 붙은 이를 털어내고 등 뒤에 붙은 이는 치영에게 털어내게 하여 서로의 몸에 붙은 이를 털어주었다. 떨어지는 이가 쌀알을 뿌려놓은 듯 하얗게 땅바닥에서 꼼실거리며 기어 다녔다. 옷에 붙은 이는 툭툭 털었다. 털어내어도 모두 털어낼 수 없어 기어 다니는 이를 한 마리씩 잡아낼 엄두가 나지 않았다.

아직 중간중간 얼음이 녹지 않은 찬물에 몇 달 만에 몸을 씻었다. 살갗에 닿는 물이 차가웠지만, 씻지 못해 때가 쌓이고, 이에 뜯기어 근질근질하던 몸에 가려움기가 사라졌다. 비누가 없어 맨손으로 물을 축여 문질러도 차가우면서도 온몸이 시원했다. 물을 축여 오래 문지르니 때가 일어났다. 기다랗게 둘둘 뭉쳐 나오는 때를 보니 몸의 살결이 한 껍질이 벗겨지는 것 같고, 심한 악취도 함께 씻겨 나갈 것 같았다. 온몸에 물을 축여 씻어도 때를 다 씻을 수 없었다. 희던 솜바지가 검고 반질반질하도록 때가 덕지덕지 묻어 있었다. 그래도 이 솜바지 때문에 많은 장정이 얼어 죽는 가운데도 대석은 살아남았다. 솜바지를 뒤집어 한 번 더 탁탁 이를 털어내었다. 인솔하는 장교는 이제 그만 씻고 들어가자고 했다. 숙소인 학교로 돌아오는 길, 백여 미터 앞에서 무당이 굿을 하고 있었다. 죽은 자와 산 가족이 마지막 이별하며 망자가 가는 저승길을 닦아 극락왕생하도록 비는 지노귀굿이었다. 장교가 말했다.

"저 굿판에 가서 음식을 얻어먹고 가자."

말은 얻어먹자지만 빼앗아 먹자는 것이었다. 대석은 얼마 전 결혼잔치 집에 수백 명의 대원이 몰려가서 음식을 통째로 빼앗아 먹고 온 생각을 하며 대원들과 굿판으로 향했다. 백여 명의 비쩍 말라 해골의 형상을 한 대원들이 다가가자 무당은 주술을 외우다가 중지하고 바라보았다. 누가 먼저랄 것도 없이 달려들어 앞에 차려놓은 시루떡과 과일, 돼지머리를 닥치는 대로 집어먹고 뜯어 먹었다. 죽은 사람의 굿을 하던 망자의 가족들도, 무당도, 징과 장구를 치던 화랑이들도 항의도, 말릴 생각도 못하고 아귀가 되어 새까맣게 달려들어 굿 음식을 뜯어 먹고 있는 대원들을 멍하니 바라보고 있었다.

국민방위군으로 소집한 수많은 장정이 굶어 죽고 얼어 죽고 병들어 죽는 것이 뒤늦게 국회에 알려져 국방부장관과 방위군 사령관을 불러 책임을 추궁했다.

"68만 명의 제2국민방위군이 굶어 죽고 얼어 죽어간다는데 국방부장관님과 사령관님은 알고 있습니까?"

"일선에서는 전쟁 중인데 누가 그런 터무니없는 소문을 퍼뜨

립니까?"

국방부장관은 펄쩍 뛰며 말했다.

"국고에서 전쟁 중이라 넉넉하지는 않지만, 군량미와 예산을 내려보냈는데, 장정들이 굶어 죽고 얼어 죽는다는 것이 말이 됩니까? 내려보낸 돈이 다 어디로 간 것입니까?"

"국민방위군은 굶어 죽고 얼어 죽는다라고 국민 여론을 왜곡시켜 국민과 정부와 이간시키려는 오열의 책동으로 북한에서 파견한 간첩들이 고도의 작전을 펴는 것입니다. 의원님께서는 간첩의 농간에 놀아나고 있는 것입니다."

국민방위군 사령관은 도리어 질문하는 국회의원을 간첩으로 몰아가고 있었다.

"여보시오, 국방장관, 사령관! 당신들이 그러고도 그 자리에 앉아 있을 거요? 68만 명이나 되는 장정들을 모아놓고 그들이 있는 현장에 한 번이라도 가보기나 하였소?"

"매일 보고받고 있습니다. 제2국민방위군은 잘 먹고 훈련 잘 받고 있습니다."

"당신들, 내 눈으로 직접 보고 말하는 것이오. 당신들 같은 장관과 사령관이 수많은 장정을 굶겨 죽이고 얼려 죽이고 병들어 죽이며 용서받지 못할 범죄를 저지르고 있을 뿐만 아니라, 전쟁 중인 나라를 망치고 있는 거요."

"전쟁 중에 국가방위를 위해 전력을 다하는 장관과 국민방위군 사령관을 몰아내려는 것은 북한의 지령을 받은 세작들의 책동이요."

"당신들은 조사받고 합당한 벌을 받게 할 것이오. 제발 정신들 차리시오. 장관님과 사령관님, 한 사람의 병사가 굶어 죽고 얼어 죽어도 큰 문제인데, 일선에서 전쟁하는 현역 수보다 많은 68만 명의 소년과 청장년을 모아놓고 저지른 당신들의 범죄 행위는 머지않아 백일하에 드러날 것이오. 국고에서 내려보낸 군량미와 돈은 다 어디로 가고 장정들이 굶어 죽어가고 있소?"

"국회의원이면 다요? 당신은 간첩의 책동에 놀아나고 있는 것이오. 국회 안에 북한의 프락치가 있다는 소문이 도는데 의원님 당신일지도 모르오."

국방부장관과 제2국민방위군 사령관은 국회의원의 질문에 아니라고 딱 잡아떼면서 질문하는 국회의원을 도리어 북한에 연계된 프락치로 몰아세웠다. 국민방위군 문제는 지금까지 신문에도 간혹 나왔으나 국회의원이 장관과 방위군 사령관을 불러 추궁하며 서로 다투는 과정에서 신문기자들에게 알려졌다. 일선 전투현장에만 파견되어 기사를 쓰던 신문기자들이 제2국민방위군을 취재하여 쓴 기사가 대대적으로 신문에 보도되면서 전 국민이 알게 되었다. 온 나라 어느 집에서나 가족과 친척 중에 방위군에 가지 않는 집이 없었다. 사람들은 국민방위군이 집에서 입고 간 옷을 입고 거의 굶으며, 추위에 의복도, 숙소도 없이 굶어 죽고 얼어 죽고 병들어 죽어가고 있다는 말에 공분하여 사회가 들끓었다.

그동안 국민방위군 간부들이 군량미를 빼돌린 돈은 44억 원이고, 피복과 운영비도 24억 원을 빼돌려 그들이 착복한 돈이 70억 원이 넘었다. 군량미와 운영비를 빼돌려 국민방위군 장정들을 굶어 죽고 얼어 죽게 한 것이었다. 당시의 기록에 의하면 국회에서 통과한 예산은 209억 8,300만 원이었고, 재무부에서 지출한 돈이 176억 4,118만 원이고, 국방부 방위국에 전달된 돈이 164억 9,629만 원이었다. 국회 예산은 방위군 50만 명으로 잡고 그들이 1, 2, 3월 3개월분 예산안으로 장병 1인당 하루 양곡 4홉, 취사 연료 40원, 잡비 10원으로 계산한 금액이었다. 이 양은 전쟁포로에게 하루 5홉 5작의 식사량을 제공하는 것보다 적은 양이었다. 소집된 인원도 예정 인원 50만 명보다 18만 명이나 많은 68만 명을 소집한 것이었다. 이렇게 터무니없는 계획과 적은 예산을 세우면서 장병들의 피복비와 의료비, 교육비, 운영비, 기간병의 봉급도 포함되지 않는 말도 안 되는 예산이었다.

사령부에서 각 훈련대로 예산을 가져올 때 3할을 공제하여 타오고, 중간중간 예산이 내려오며 착복해 줄어들어서 최종으로 도착할 때는 처음 예산에 비하면 아주 적은 양이었다. 이마저도 부패한 간부들이 상인들에게 도장이 찍힌 빈 영수증을 많이 받아놓고 필요에 따라 가짜 영수증을 만들어 넣고, 또 인원수를 불려 넣어 착복하여 방위군에게 포로들보다 적게 책정된 식사도 제대로 공급하지 않고 있었으나 일선에서 전쟁을 하고 있어 누구의 감시와 감독, 감사도 받지 않아 비극적인 상황이 계속되었다.

간부들은 중간중간 몇 할씩 뜯기고 내려온 턱없이 적은 방위군에게 먹어야 할 쌀과 보리쌀을 상인들에게 팔아넘겨 착복하였다. 또 방위군에게 제공할 간편식 건빵을 만든다는 명목으로 대량의 양곡을 빼돌리기도 했다. 간부들은 방위군들을 굶겨 죽여가며 빼돌린 군량미를 팔아 마련한 돈으로 국회의원과 중앙의 고위 공무원들에게 수십억의 뇌물을 뿌렸다. 빼돌린 양곡을 판 현찰이 너무 많아 군용 트럭으로 운반하여 창고에 보관하고 보초를 세워 지키며, 간부들이 술집이나 기생집에 갈 때는 돈을 지프차로 싣고 가서 흥청망청 돈을 뿌리고, 주지육림 속에서 파묻혀 방탕한 생활을 했다. 그들은 술집에서 팁을 줄 때도 헤아리지도 않고 잡히는 대로 뭉칫돈을 뿌렸다. 그들은 68만 명의 방위군을 굶겨 죽이고 얼려 죽이며 착복한 돈으로 서울의 고위직에 뇌물을 주고, 술집에 가서 종업원들에게 다발 돈을 뿌려놓고 상상하지도 못할 음탕한 짓을 시키며 희희낙락 즐거워하고 있었다.

　방위군 사건은 전쟁 중이지만 많은 사람이 죽어간 엄청난 사건이라, 국민에게 알려져 공분이 일어나 큰 사회문제가 되었다. 아버지와 남편, 자식들을 방위군에 보낸 사람들은 물론이고, 온 국민이 분노했다. 국회에서 진상조사단이 만들어져 조사가 시작되고, 국방부에서도 조사에 나섰다. 방위군 간부들의 엄청난 비리가 하나하나 백일하에 드러나기 시작했다. 그러나 그들의 처벌에는 소극적이었다. 많은 수의 국회의원과 정부 요원, 국방부의 요직들뿐만 아니라 경무대 비서관까지 방위군을 굶겨 죽이고 얼려 죽여가며 마련한 돈을 뇌물로 받은 정황이 드러났다. 국방부장관까지 방위군 사령관 김윤근은 구속하지 말고 재판하라고 하였다. 군사재판은 그들에게 징역 1~2년의 가벼운 형을 내렸다. 그들을 미미하게 처벌하여 사건을 무마하려 하자 국민 여론이 들끓었다.

국민 여론에 밀려 국민방위군은 해산되고, 뒤이어 국회에서는 4월 30일 국민방위군 폐지에 관한 법률안이 국회를 통과했다. 대석은 지옥과 같이 참혹한 방위군에서 풀려났다. 방위군에서 풀려나도 걸어서 고향으로 돌아가는 사람은 걷다가 쓰러지면 일어날 힘도 없었다. 최대석과 조치영은 용케도 선로가 복구된 기차를 탈 수 있었다. 대석은 기차를 타고 안동으로 향했다. 불과 4개월에 남짓한 일이었지만, 많은 동료 방위군들이 죽어갔어도 대석과 열일곱 살의 치영은 살아남아 고향으로 가고 있었다. 치영은 코가 얼어 빨갛게 되었지만 심한 동상에 걸려 잘라내지 않은 것이 다행이었다.

"아저씨 덕에 이렇게 살아서 집으로 돌아가니더. 평생 아저씨 은혜 잊지 않을께요."

"그래, 니가 옆에 있어 나도 이렇게 살아 집으로 돌아간다. 앞으로 집에 가서 건강 회복해가꼬 모질게 지내온 날을 생각하며 열심히 살아가자."

차창 밖으로 흘러가는 풍경은 전쟁으로 불타고 무너진 들판에 그래도 봄을 맞아 파릇파릇 새싹이 돋아나고 있었다. 대석은 전쟁의 잔해 속에서도 돋아나는 새싹을 바라보며 지옥을 다녀온 것 같아 지난겨울 혹한 속에서 몇 달 동안 겪었던 일들이 악몽 같았다. 대석은 일본 아카사카 탄광의 강제노역에서부터 지금까지 10여 년 동안 살아오며 너무나 많은 일을 겪었다. 차창으로 바라보이는 꾸불꾸불 흘러가는 강줄기처럼 그 어려운 고비 고비마다 무너지지 않고 끊어질 듯한 생명을 유지하며 살아온 자신이 대단하게 느껴졌다.

집에 도착하자 뼈만 앙상하게 남아 돌아온 대석을 보고 식구들은 모두 놀랐다. 대석은 너무 허약하여 아무런 일도 할 수 없이 몸져누웠다. 하늘나라로 떠난 코하루가 남겨놓고 간 일곱 살이 된 아들은 누워 있는 아버지의 시중을 들고 있었다.

대석이 집으로 돌아온 후에 방위군 사건은 국민의 여론에 밀려 재판을 다시 시작했다. 7월 19일에 판결이 나왔다. 방위군 사령관과 부사령관을 비롯한 간부 다섯 명에게 사형이 선고되었다. 그들의 사형은 재빠르게 집행되었다. 그들에게 뇌물을 받은 국회의원, 정부 고위들, 국방부 관계자들, 대통령 비서관까지 드러난 몇 사람만 직위에서 물러나고, 나머지 모두는 대한민국에서 온갖 권력과 영화를 누리고 있었다. 죽은 자는 말이 없으니 그들 권력자는 대한민국 지도자로, 애국자로 행세하고, 후세에도 전쟁 중에 나라를 구한 영웅으로 이름을 남겼다.

대석은 제2국민방위군에서 살아서 돌아와도 오랫동안 일할 수 없어 누워 있었다. 국민방위군에 동원되었던 사람들은 골병으로 죽어갔고, 살아있어도 대석처럼 골병이 들어 일도 할 수 없이 환자가 된 사람이 많았으나 국가에서는 아무런 대책도, 보상도 없었다. 휴전이 되어 전쟁에서 살아남은 사람들은 모두 고향으로 돌아왔다. 전쟁도, 국민방위군의 죽음도 모든 것이 과거가 되어 세월 속에 묻혀가도 한을 안고 죽어간 수많은 방위군 동료의 영혼이 저승으로 가지 못하고 구천을 떠돌고 있을 것만 같아 대석은 흘러가는 구름을 멍하니 쳐다보고 있었다.

❸ 마지막 공비

　신수돌이 지리산에 들어온 지도 몇 년이 지났다. 지리산은 수돌에게 아주 익숙하여 고향 같은 곳이었다. 일정 때 징용을 피해서 다니다가 일본 순사를 죽인 수돌은 조선 땅에서 그들의 눈을 피해 살아갈 수 있는 유일한 장소가 지리산이었다. 높은 산봉우리들을 잇는 능선들은 넓은 지역에 걸쳐 이어져 있고, 그 아래에 펼쳐지는 푸근한 산자락을 품은 계곡들은 세상을 등지고 살아가는 수돌이 언제나 의지할 수 있는 어머니의 품속 같은 곳이었다. 징집을 피해 동경과 경성에서 온 대학생들과 같이 생활하면서 세상에 대한 눈을 뜨게 한 곳이기도 했다. 소학교 문턱에도 가보지 못한 수돌은 글자를 배우고 그들이 심취한 사회주의 사상에 물들면서 그런 이상적인 세상이 있다는 것을 처음 알게 되었다. 조상 대대로 농사를 지으며 살아온 수돌은 토지를 많이 가진 사람들은 평생을 놀면서 부자로 살아가는 것이 당연한 것으로 알아왔고, 가난한 자신은 그들의 소작농으로 살아가는 것을 이때까지 아무런 거부감 없이 받아들였다.

이 세상 땅을 비롯해 모든 자원을 공유화해서 거기서 나오는 부를 골고루 나누어 살아가는 세상, 부자도 가난한 사람도 상하의 계급도 없는 평등한 세상이 있다는 것을 처음 알았을 때 이야기 속 천국에서만 존재할 것 같은 낙원을 지상에서도 만들 수 있다는 생각에 들떴다. 그리고 그런 세상을 만드는 데 자신이 일조할 수 있다는 생각에 수돌은 자신이 세상을 바꿀 수 있는 영웅호걸이 된 것 같은 기분이 들어 흥분되고 황홀했다. 수돌은 대학생들이 자기들끼리 나누는 어려운 말의 뜻은 잘 모르면서도 그들과 생활하며 그들의 이야기에 매료되며 점점 그들이 신봉하는 사상에 빠져들어 갔다.

해방되고 지리산에서 하산하여 고향에 돌아와서 생활하던 수돌은 대한민국 정부가 들어서자 또 쫓기는 몸이 되었다. 일정 때는 징용을 피해 쫓기고, 대한민국에서는 공산주의자가 되어 쫓기는 신세였다. 공산 사상에 물든 수돌은 대한민국 경찰의 눈을 피해서 살아갈 수 있는 곳은 몇 년 동안 살아왔던 지리산이라고 생각했다. 세상의 뜻을 거스르며 살아가는 수돌에게 지리산은 언제나 찾아갈 수 있는 고향 같은 곳이었다. 천왕봉을 지나 장터목산장을 거쳐 세석평원, 영신봉을 지나 덕평봉, 벽소령, 형제봉, 명선봉, 토끼봉, 삼도봉을 거쳐 노고단까지 긴 능선은 물론이고, 그 산자락이 품은 뱀사골, 피아골, 칠선, 달궁, 한신, 백무동, 화엄사,

쌍계사, 대원사 계곡의 넓은 지리산은 십여 년 동안 수돌의 발길이 닿지 않는 곳이 없었다.

수돌은 공산주의 이론과 사상을 깊게 알지 못하면서도 부자와 가난한 사람 없이 누구나 공평하고 배고프지 않은 평등하게 잘 사는 나라를 세우는 데 헌신한다는 일념으로 투쟁하는 동지들을 도우며 생활해왔다. 그러다가 남조선 해방전쟁으로 꿈꾸던 나라로 통일이 되나 싶었는데 유엔군이 몰려와 꿈은 기약 없는 뒷날로 미루어져 너무 아쉬웠다. 전선은 낙동강까지 내려가 대구와 부산만 점령하면 꿈꾸던 공산주의로 통일될 것 같았는데 유엔군과 국군이 다시 밀고 올라오자 수돌은 인민군을 따라 북조선으로 넘어가지 않고 다시 지리산으로 돌아왔다. 북조선은 가보지 않는 세상이라 생소하고, 거기에 가면 딱히 할 일도 없을 것 같았다. 수돌은 십여 년 살아온 지리산에 들어가면 누구나 평등한 이상적인 나라를 만드는 데 힘을 보탤 수 있는 일이 있으리라고 믿었다.

지리산은 일선에서 전쟁이 치열한데 후방을 교란해 남쪽 군대의 전투력을 분산시키는 활동을 하는 빨치산 유격대 남부군의 근거지였다. 나이 사십이 넘어 오십 줄에 가까운 수돌은 기동성이 떨어져 젊은 빨치산들과 같이 유격전에 참여하지 못하고 후방에 남아서 여자 대원들과 같이 환자들을 치료했다. 군경과의 전투로 많은 빨치산이 전사당하거나 포로가 되어 나날이 지리산을 비롯한 덕유산, 희문산의 빨치산의 숫자가 줄어들고 있었다. 전투에서 부상당한 대원들을 산속 환자 아지트로 데려와 치료했다. 의사도 없고, 약품도 변변치 않아 부상당한 대원들을 마취도 시키지 못하고 입에다 수건을 물려놓고 도수가 높은 소주를 소독약으로 쓰며 칼로 몸속 깊이 박힌 탄환을 뽑아내기도 했다. 그렇게 수술해도 완치되는 환자도 있지만, 상처가 덧나 죽어가는 환자도 있었다. 전상자뿐만 아니라 각종 질병에 걸린 대원들도 치료했다.

 토벌대를 피해 아지트를 옮겨가며 몇 년을 산속에서 생활해오던 어느 날 휴전소식이 전해졌다. 그동안 국군과 경찰 토벌대와 전투에서 많은 동료 빨치산이 희생되고 포로가 되고 남은 빨치산의 숫자는 얼마 되지 않지만, 이제 일선에서 전쟁하던 수많은 국군이 토벌대가 되어 지리산을 에워싸고 공격해올 것이었다. 육지 속의 섬처럼 지리산과 주위의 산속에서만 생활하는 빨치산들이 국군 토벌대의 추적을 피해서 살아날 수 있을까? 휴전회담을 하면서 북조선에서는 남조선 각 산악지역에서 고군분투하는 빨치산에 대해서는 한마디 이야기도 없었다고 했다. 인민군과 중공군 전쟁포로는 북조선과 중국으로 데려간다는데 지리산을 비롯한 남조선 각 산야에서 온갖 난관을 극복하고 게릴라 활동을 하던 빨치산은 아무런 대책도 없이 북조선에서 잊혀가는 존재가 되었다. 수돌은 모두가 잘 사는 세상을 만들기 위해 가정과 개인의 욕망을 버리고 젊음을 바쳐 투쟁하는 빨치산들의 앞날에 먹구름이 드리워져 운명의 시간이 다가오고 있는 것을 느꼈다.

 고향에 두고 온 가족들이 생각났다. 아내는 자신이 산으로 들어오고 혼자서 농사를 지으며 집안일을 힘들게 꾸려가고 일본 관동군에서 돌아온 아들은 정신이 이상해져 약을 먹고 있다는데 지금쯤 병을 다 나았는지, 아니면 아직도 약을 먹고 있는지 궁금했다. 젊은 나이에 전쟁의 소용돌이 속에서 너무 큰 심적 충격을 받아서 병이 난 아들을 아비로서 옆에서 치료해줄 수 없는 것이 늘 미안하고 안쓰러웠다. 수돌은 인민을 위해 투쟁하며 개인의 감정을 잊어야 한다고 하지만, 가족들의 생각을 하면 언제나 애틋했다. 젊음과 욕망과 사랑과 가정까지 버리고 인민을 위해 투쟁하다가 지리산 어느 능선 어느 골짜기에서 죽어 시신도 땅에 묻히지 못한 채 들짐승과 날짐승들의 밥이 되어 산화한 수많은 동지처럼 이대로 식구들을 만나지 못하고 죽어서 까마귀밥이 될지도 모른다는 생각이 들었다. 이제 일선에서 전쟁하던 국군이 토벌대가 되어 지리산을 에워싸고 공격해올 것이다. 수돌은 빨치산과 함께 자신도 마지막 운명의 시간이 다가오고 있음을 느끼고 있었다.

부산 부두 경비부대에 배치되어 미국으로부터 들어오는 전쟁물자를 지키던 김우혁은 휴전이 되자 지리산 공비 토벌부대로 차출되었다. 미국에서 매일 산더미처럼 전쟁물자가 들어왔는데 휴전이 되자 들어오는 물량이 줄어서 병참기지의 남는 경비 인원을 지리산 공비 토벌부대로 전출시킨 것이었다.

지리산에는 전쟁 전부터 게릴라 활동을 하던 공비들과 후퇴하면서 낙오된 인민군이 합세하여 일선에서 전쟁 중인데도 군경 토벌대와 공비들 간의 전투가 계속되었다. 그동안 토벌대와 전투에서 많은 공비를 사살하거나 포로로 잡았지만, 아직 지리산 곳곳에 적지 않는 수의 공비들이 숨어서 활동하고 있었다. 우혁은 지리산 공비 토벌부대로 차출되어 가면서 부산 경비부대에서 몇 년 동안 근무한 일들을 생각했다. 제주도에서 신병훈련이 끝나고 전쟁터인 일선으로 가지 않고 부산 경비부대로 가게 된 것은 박 대위의 배려인 것 같았다. 아버지가 아들을 일선에 보내지 않으려고 소 판 돈을 궤짝에 넣어 짊어지고 왔던 일을 생각하면 너무 가슴 아프고 마음이 짠했다. 돈 궤짝을 지고 면회실로 들어서던 아버지의 모습이 애잔하게 느껴져 눈물이 났다. 우혁은 아버지가 소를 팔아서 왔을 때 인사담당 장교 박 대위가 아버지에게 했다는 말이 생각났다.

"일선에 간다고 다 전사하는 것은 아니고, 또 후방에도 군인들이 많이 필요하니까 그냥 두어도 후방으로 배치될 수도 있습니다. 소 판 돈 가지고 가서 소 다시 사십시오."

아버지는 돈 궤짝을 지고 고향으로 돌아가 다시 소를 샀고, 우혁은 아버지의 소원대로 격렬한 전투로 하루에도 수많은 병사가 부상당하고 전사하는 일선으로 가지 않고 후방인 부산 병참기지로 배속되었다. 그때 돈 궤짝을 지고 온 아버지를 보고 어이없어 하던 박 대위의 모습이 눈에 선했다.

우혁이 탄 차는 전쟁으로 파괴되어 아직 완전히 복구되지 않은 패이고 울퉁불퉁한 비포장길 수백 리를 달려 지리산으로 향하고 있었다. 우혁은 흔들리는 차 위에서 친구 신정호의 아버지를 생각했다. 정호의 아버지 신수돌은 일정 때 징용을 피해 지리산으로 들어가서 숨어 지내다가 해방되자 사회주의자가 되어 고향에 돌아왔다. 고향에 돌아온 신수돌은 민주동맹에서 활동하며 신탁통치 찬성활동과 5.10국회의원선거를 방해하며 남한정부 수립 방해 운동을 했다. 대한민국 정부가 들어서자 다시 지리산으로 들어가서 숨어 지내다가 인민군이 점령하자 고향으로 돌아와 안동군 인민위원이 되었다. 군 인민위원인 신수돌은 인민재판장에서 죽음 직전의 우혁의 아버지 김성칠을 구해내었다. 그런 정호의 아버지가 국군이 수복하자 다시 지리산으로 들어간 것은 우혁이 징집 영장을 받고 제주도 훈련소로 입대하기 전이었다. 그동안 군경과의 전투에서 수많은 공비가 총에 맞아 죽었는데 아직 지리산에 살아있을까? 정호의 아버지 신수돌이 살아있으면 어쩌면 공비토벌 중에 우혁과 서로 총부리를 겨누며 전투를 벌일지도 모른다는 생각이 들었다. 아니면 산속을 숨어다니다가 우혁이 쏜 총에 맞아 죽을 수도 있다는 생각이 들었다.

신수돌은 아버지의 친구이고, 아버지를 죽음에서 구해준 은인이었다. 그가 비록 공산주의자라도 우혁에게는 자라면서 아침저녁으로 만나던 이웃 어른이었고, 친구 정호의 아버지였다. 그런 신수돌을 우혁은 자기 손으로 쏘아 죽일 수는 없을 것 같아 살아있더라도 지리산에서는 서로 만나지 않기를 바랐다. 어쩌면 포로로 잡아 설득하여 반국가 행위로 재판받고, 형기를 마치고 다시 이웃 어른으로 돌아와 같이 살아갈 수 있을 것 같은 생각이 들기도 했다.

　친구 정호는 관동군으로 소련군의 포로가 되어 시베리아로 끌려갔다가 풀려나 고향으로 돌아와 정신이 이상해졌다. 정신질환자가 된 정호는 의용군 동원도, 국군 징집 대상도 되지 않았다. 병든 아들을 두고 지리산으로 떠난 신수돌을 이해할 수 없었다. 사회주의 사상에 물들었다고 하지만, 사회주의도 다 사람이 살아가는 세상일 텐데 가정도, 병든 자식도 버리고 군경에 쫓기며 겨울의 혹한과 여름의 무더위를 견디며 높고 험한 지리산 어느 골짝 바위틈이나 숲속에서 산짐승처럼 노숙생활을 하는 정호의 아버지를 이해할 수 없었다. 우혁은 공비가 된 친구의 아버지 신수돌이 자신이 쏜 총에 맞아 죽을 수도 있다고 생각하며, 제발 그런 일이 일어나지 않도록 바라며 트럭을 타고 지리산 공비 토벌부대로 가고 있었다.

　지리산 공비들은 전쟁 전에도, 전쟁 때도 북한의 지령을 받아 조직적인 게릴라 활동을 하여 왔다. 여순반란사건을 일으킨 14연대 군인들 일부가 무장하고 합세하고 인천상륙작전으로 퇴로가 막힌 인민군도 합세하였다. 훈련받은 대한민국과 조선인민공화국 정규군이 무장하고 공비들과 합세하여 토벌을 나온 국군과 경찰을 상대로 전투했다. 그들은 남부군 이현상 사령관과 지구당 위원장인 방준표와 박영발의 지휘 아래 전쟁 내내 후방에서 게릴라전을 펼쳐 국군의 전력을 일선에서 분산시키며 대한민국 전복을 시도해왔다.

　신수돌은 어느 날 뱀사골 환자 비밀 아지트에서 박영발을 만났다. 박영발은 몇 명의 수행원들의 호위를 받으며 환자 비밀 아지트를 찾아왔다. 박영발은 크지 않는 키에 다리를 절고 있었다. 그는 조선노동당 전남도당 위원장으로서 남부군의 이현상, 방준표와 같이 빨치산의 전설적인 인물로 오랫동안 지리산에서 생활한 신수돌도 이름만 들었지 한 번도 만나보지 못한 빨치산의 고위 수뇌였다. 박영발이 봉화 농촌에서 빈농의 아들로 태어나 남의 집 머슴살이를 했다는 이력을 듣고 봉화는 수돌의 고향 안동의 이웃이고, 자기와 비슷한 가난한 농촌에서 태어난 것에 관심이 있어 언젠가는 한 번 만나보고 싶었다. 박영발은 북조선으로 넘어가 소련 유학까지 하고 돌아와 파견된 남조선 전남지구 도당 위원장인 게릴라 사령관으로 수돌과 같은 말단 빨치산 조직원으로서는 만나기 힘든 거물급 빨치산이었다. 멀리 산 아래에서 총소리가 들려왔다. 토벌대가 산을 수색하고 있는 총소리였다.

　우혁은 지리산 공비 토벌부대로 전출 와서 첫 토벌작전을 나갔다. 삼성궁을 지나 삼신봉에서 휴식을 취하고, 남부 능선을 타고 세석평전 쪽으로 향했다. 산죽이 우거지고 곳곳에 너덜지역이 있어 공비 저격수가 숨어서 단 한 발로 국군 한 명을 쓰러뜨려 생명을 앗아갈 것 같아 신경이 곤두섰다. 우혁은 일본 훈련소에서 훈련받고 남양군도로 출전하다가 미국 비행기 폭격으로 배가 침몰

할 때 바다에 빠져 구명기구에 매달려 며칠 만에 구조되었던 생각이 났다. 우혁은 일본군과 한국군과 부산 병참 경비부대에서 미군과 합동근무하면서 미군까지 고루 거쳤지만, 실제 작전에 투입된 것은 인민군과의 전투가 아니라 휴전이 된 나라에서 후방지역 공비토벌이었다. 넓은 지리산에서 여러 부대에서 동시다발로 토벌작전에 들어갔다. 작은 바위 동굴을 발견했다. 동굴 입구에서 경고사격했으나 인기척이 없었다. 착검하고 동굴 안으로 들어가 수색했다. 깊지 않은 동굴에는 공비들이 생활한 흔적은 있었으나 텅 비어 있었다. 동굴 한쪽에 그들이 입다가 벗어둔 새까맣게 때에 절은 겨울옷이 있었다. 동굴을 그대로 두면 공비들이 다시 사용할 것 같아 수류탄을 던져 넣어 무너뜨려 버렸다. 오후가 되도록 수색활동을 했으나 공비들의 흔적만 발견했을 뿐 한 사람도 찾지 못했다. 날이 어둡기 전에 산에서 내려왔다. 그동안 군경의 토벌작전으로 공비들이 많이 줄어들기는 하였지만, 아직도 지리산 곳곳에 무장하고 숨어 있어 산속에서 야영하기에는 위험했다.

    이튿날 우혁이 속한 토벌대는 차를 타고 지리산 북쪽 뱀사골로 향했다. 어제는 능선을 따라 수색했지만, 오늘은 계곡을 수색하는 것이라 신경이 쓰였다. 각 병사에게 실탄과 수류탄이 지급되고, 수통에 물을 채우고, 비상식량으로 건빵이 지급되었다. 계곡 수색 작전은 공비들의 기습공격을 받으면 꼼짝없이 토벌대가 전멸당할 수도 있어 위험했다. 척후병을 일이십 미터 앞세우고, 개인 간 간격을 삼사 미터로 띄워 주위를 살피며 전진해갔다. 산 위나 능선, 공비들이 숨겨진 비밀 아지트에서 토벌대의 모습을 지켜보고 있을 것 같았다. 계곡에는 시원한 바람이 불어오고, 층층이 이어지는 작은 폭포와 돌들 사이로 흘러내리는 물소리가 청량했다. 이렇게 풍광이 좋고 공기가 맑은 곳에 공비와 토벌대가 사라지면 많은 사람이 찾아와 전쟁의 공포와 가난에 찌든 일상에서 잠시나마 벗어나 쉴 수 있는 아름다운 계곡이었다. 그렇지만 지금은 토벌대도, 공비도 서로의 생사가 걸린 숨바꼭질을 하고 있었다.

첨병으로 가던 병사는 바스락거리는 다람쥐 소리에도 몸을 낮추고 주위를 살폈다. 공비 중에는 인천상륙작전으로 길이 막혀 지리산으로 들어온 인민군 정규군도 있었다. 그들은 훈련된 병사들로 무장하고 있어 산 위 어디에선가 정조준한 총구가 토벌대를 향하고 있을지 몰라 매 순간 긴장되었다. 뱀사골은 골짜기가 깊어 공비들이 은거하고 토벌대의 모습을 지켜보고 있을 것 같은데, 토벌대는 화개재 능선까지 수색하며 갔으나 공비들의 흔적을 발견할 수가 없었다. 화개재 산마루에 도착한 토벌대는 공비들에게 위협을 주기 위해 M1 소총을 여러 발 발사했다. 총소리는 산 능선을 지나 계곡을 따라 널리 퍼져나갔다.

신수돌은 묘향암 근처 비밀 아지트에 숨어 있는 박영발 전남지구 사령관에게 약품을 전달하라는 명령을 받고 가다가 총소리를 들었다. 그 총소리는 지리산에 남아 있는 공비들의 운명을 재촉하는 소리같이 느껴졌다. 인민군이 삼팔선 너머로 후퇴하자 지리산, 덕유산, 희양산에 흩어져 있는 공비들이 일만이천 명이나 되어 정규군 일개 사단 병력이 되었는데 그동안 토벌대인 군경과의 수없는 전투에서 많은 수가 전사하고, 또 포로로 잡혀 거의 괴멸되었지만, 지금도 수백 명이 남아 있을 것이었다.

토벌대는 하산하기 시작했다. 날이 어둡기 전에 진지로 돌아가야 했다. 계곡에는 물소리, 새소리와 대원들의 걸어가는 발소리만 들렸다. 우혁은 전쟁 때 토벌대와 공비들이 치열한 전투를 벌였다는 이야기를 들어서 지리산 토벌대로 차출되면서 공비들과 매일 총격전을 벌이는 전투가 일어날 것이라고 걱정하였는데, 지리산은 정적만 흐르고 뱀사골은 계곡을 타고 흘러내리는 물소리와 새소리, 바람소리만 들렸다.

일만이천 명이나 되던 공비들이 토벌활동에 투입되었던 국군 수도사단과 1사단, 8사단, 경찰과 전투를 치르면서 대부분 죽고 포로가 되었다고 하지만, 아직도 많은 수가 남아 있을 텐데 다 어디로 간 것일까? 휴전되었으니 이곳 공비들도 이제는 희망 없는 투쟁을 그만두고 모두 자기 고향으로 돌아가 평민이 되어 헤어졌던 가족들과 농사를 지으며 살아가고 지리산에 평화가 왔으면 좋겠다고 생각하며 걷고 있었다.

우혁은 고향 안동지방의 빨치산 대장 김달삼이 생각났다. 그는 조선인민공화국 최고인민위원과 헌법위원으로 활동하다가 남파된 북한 최고위급 빨치산으로 안동지방에서는 삼척동자도 다 아는 빨치산 두목이었다. 김달삼은 일월산을 중심으로 경북 북부

지방에서 게릴라 활동을 해왔다. 그는 전쟁이 일어나기 직전인 1950년 3월 22일 강원도로 잠입하다가 정선군 봉정리 승지골에서 토벌대에 의하여 사살되어 목이 잘리는 효수를 당했다고 했다. 정선 사람들은 김달삼이 죽은 승지골을 "김달삼 목 잘린 골"이라고 부르기도 했다. 그렇지만 북한의 대성산 혁명 열사 묘역에 묻혀 있는 김달삼의 묘비에는 "1950년 9월 30일 전사"로 되어 있다고 했다. 어쨌든 김달삼은 해방 후 남로당 제주도당 위원장으로 제주 4.3사태(사건)를 주동하다가 국군의 무자비한 진압으로 실패하고, 북으로 넘어간 조선인민공화국의 고위직이었던 그도 그렇게 죽었는데, 이곳에 남은 빨치산들도 머지않아 끝내는 모두 소탕되고 말 것이었다. 우혁은 하나뿐인 아까운 생명을 그렇게 버리지 말고 공비들 스스로 해산했으면 좋겠다고 생각하며 걷고 있었다.

 토벌대가 비단 폭포 근처를 지나고 있을 때였다. 총소리와 함께 우혁의 앞에 가던 병사가 쓰러졌다. 총성은 딱 한 발만 들렸다. 대원들 모두 산개하여 엎드려 주위를 살폈으나 더 이상의 사격도, 적정의 움직임도 없었다. 우혁이 일어서 쓰러진 박 상등병에게 가려 하자 분대장 김 하사가 소리쳤다.

 "엎드려! 저격병 총구가 겨누고 있다."

 우혁은 바위 뒤에 엎드렸다. 총을 맞아 쓰러진 박 상등병은 고통을 못 이겨 신음하고 있었다. 다리에 관통상을 입어 군복 하의에 피가 흘러내렸다. 우혁은 바위 뒤로 몸을 숨기고 있었지만, 몇 미터 앞에 쓰러져 있는 박 상등병에게 접근할 수 없었다. 공비 저격수의 총구가 부상당한 박 상등병 주위를 겨냥하며 다가가는 병사를 노리고 있을 것 같았다. 우혁은 낮은 포복으로 다가가서 부상당한 박 상등병을 끌어 바위 뒤로 옮기자 의무병이 와서 붕대를 감아 압박하여 지혈했다. 대원들은 산개하여 총소리가 났던 쪽으로 조심스럽게 접근해갔다. 어디선가 공비의 총구가 토벌군을 겨냥하고 있어 총성이 울리면 또 한 명의 병사가 쓰러질 것 같았다. 우혁은 그 총구가 자기를 겨누고 있을 것 같은 생각이 들어 신경이 곤두서고 온몸에 식은땀이 났다. 보이지 않는 곳에서 들려오는 한 발의 총성에 국군 병사 한 명이 목숨을 잃거나 부상당했다. 바위를 엄폐물 삼아 수십 미터 전진하였으나 공비는 흔적도 없었다. 삼사십 미터 떨어진 바위 뒤에서 따발총 탄피를 발견했다. 조금 전에 쏜 탄피였다. 따발총을 가진 공비는 인민군 정규군일 것이었다. 그는 토벌군 병사를 정조준하여 발사하고 쓰러지자 자리를 피해 도망간 것이었다. 주위를 아무리 찾아도 공비를 찾을 수 없었다. 대원들은 윗옷을 벗어 임시 들것을 만들어 부상당한 박 상등병을 태워서 내려와 의무대로 후송시켰다.

우혁이 속한 토벌군은 한 달째 지리산을 수색하고 다녔으나 공비들을 찾을 수 없었다. 그렇지만 공비들이 숨어서 쏘는 총 한 발에 토벌군 병사 한 명씩 쓰러져 십여 명이 희생되었다. 산 위에서 들려오는 단 한 발의 총성이 국군 토벌대 병사 한 명의 생명을 앗아갔다. 우혁은 매일 공비토벌을 나갈 때마다 신경이 곤두섰다.

평화로워 보이는 지리산 계곡, 능선, 산골짝에 총을 들고 공비를 찾아 오르내릴 때마다 공포가 밀려왔다. 눈에 보이지 않는 적과 싸우는 토벌대원들은 작전을 나가는 매 순간 공비의 총구가 자신을 향하고 있어, 공비 총의 가늠자 위에서 걷고 있는 자신을 생각하면 긴장으로 피로감이 더해갔다. 대부분의 공비가 소탕되었다고 하지만 살아남은 공비들은 험한 지리산 어느 바위 밑이나 우거진 조리대 사이에 숨어서 토벌군의 움직임을 지켜보고 있을 것이었다. 무성한 산죽 속이나 바위틈 아니면 은신한 비밀 아지트에서 토벌대를 향하여 총구를 겨냥하고 토벌군이 사정권 안에 들어오도록 기다리고 있을 것이었다.

어느 날 바위굴에 있는 공비 아지트를 발견했다. 아지트는 제법 큰 바위굴이라 여러 명의 공비가 있는 것 같았다. 주위를 포위하여 M1 소총을 여러 발 발사하고 자수를 권유했다.

"너희는 포위되었다. 손들고 항복해라. 항복하는 자는 살 수 있다."

굴 안에선 아무런 대답이 없었다. 다시 M1 소총을 십여 발 발사했다. 그러자 굴 안에서 사격해왔다. 공비토벌을 시작하고 한 달이 넘어 처음 공비를 발견하고 전투가 시작된 것이었다. 교전이 벌어졌으나 굴 안에 갇힌 공비들은 총구만 내어놓고 사격하다가 사격을 중지했다. 굴을 에워싼 토벌군이 수십 명 되는 것을 알고 더 이상 대응사격을 하지 않고 손을 들고 나왔다. 굴은 공비들의 환자 아지트였다. 뒤이어 부상당한 공비가 나타났다. 머리와 수염을 깎지 못해 덥수룩하고 의복은 남루했다. 손을 들고 나오던 공비 한 명이 갑자기 수류탄을 토벌군 쪽으로 던졌다. 자수하는 줄 알고 방심하던 토벌군은 수류탄이 터져 병사 3명이 쓰러졌다. 우혁은 반사적으로 엎드려서 사격했다. 먼저 나와 있던 공비들은 국군의 총에 맞아 쓰러지고, 굴 안에 남아 있던 공비들이 사격을 가해왔다. 총탄은 바위에 부딪혀 먼지를 일으키며 유탄이 되어 핑핑 날아다녔다. 수적으로 열세인 굴 안에 갇힌 공비는 모두 총에 맞아 쓰러졌는지 총성이 멎었다. 공비들의 총성이 멎자 1분대장 김하사가 낮은 포복으로 굴 입구에 접근하여 수류탄을 굴속으로 던져 넣었다. 굴은 무너지지 않았으나 폭발음과 함께 먼지와 화염이 굴 밖으로 몰려나왔다. 상황은 끝났다.

토벌군도 공비가 던진 수류탄에 맞아 두 명이 죽고, 한 명은 심한 부상을 입었다. 굴 밖에 세 명의 공비가 쓰러져 있고, 굴 안에는 다섯 명의 공비가 수류탄 파편에 맞아 죽어 있었다. 사살된 공비 중에는 여자 공비도 몇 명 있었다. 굴은 공비들이 환자를 치료하는 환자 아지트였다. 굴 밖에 쓰러져 있는 나이 많아 늙어 보이는 공비는 배에 총을 맞았으나 살아있었다. 토벌군들은 나이 많은 공비가 거물급 공비가 아닌가 하고 생각했고, 우혁은 혹시나 친구 정호의 아버지 신수돌이 아닐까 하고 공비의 소지품을 조사했다. 수첩에는 사진이 들어 있었다. 우혁은 사진을 보고 깜짝 놀랐다. 늙은 공비의 수첩에서 나온 사진은 정호와 정호 어머니 사진이었다. 우혁이 예측한 대로 늙은 공비는 신수돌이었다. 우혁은 토벌대로 전출해오면서 걱정하던 일들이 현실이 되어 정신이 아득했다. 누구 총에 맞았는지 모르지만, 집중사격할 때 우혁도 공비를 향해 사격했다. 신수돌은 우혁이 자라면서 날마다 보던 이웃 아저씨이고, 친구 정호의 아버지였다. 공비의 수류탄에 국군이 세 명이나 죽고 다쳐 화가 난 동료 최 상등병은 부상당한 신수돌에게 총을 겨누었다. 우혁은 달려들어 총대를 잡으며 말했다.

"최 상병, 이러지 마. 부상당한 공비는 살려서 공비들의 아지트를 찾아내야 해. 그리고 내 고향 친구 아버지야."

옆에서 듣고 있던 소대장 장 중위가 말했다.

"최 상병, 총 치워. 위생병은 공비도 치료해라."

우혁은 신수돌에게 말했다.

"정호 아버지, 저 우혁이시더."

신수돌은 부상당해 피가 흐르는 배를 손으로 움켜잡고 고통스러운 표정을 지으며 우혁을 쳐다보았다.

"우혁이, 너를 이렇게 만나는구나."

"아저씨, 죽이지는 않니더. 걱정 말고 치료 잘 받으시이소."

전사하고 부상당한 국군과 공비 신수돌까지 들것에 실려 하산하며, 소대장 장 중위는 우혁에게 신수돌의 신상에 관한 이야기를 듣고 있었다.

④ 전사통지

휴전이 되었다는 소식이 전해지자 국군이나 보급대에 자식을 보낸 부모나 남편을 보낸 아내들은 모두 환호성을 질렀다.
"전쟁이 없으니, 인제 일선 간 새댁 남편도 돌아오겠제."
옆집 아주머니가 순임을 보고 한 말이었다.
"새댁은 좋겠다. 남편이 돌아오면 새로 신혼생활하며 깨가 쏟아지겠네."
옆에 있던 아주머니가 웃으며 말했다. 순임은 아주머니들의 말에 들떠 있었다. 일선에서 격렬한 전투가 계속되고, 매일 전사한 병사들의 화장한 재봉지가 우편배달부 손에 들려오는 이웃들을 보면서 하루하루 긴장과 초조 속에 살아가던 부모와 아내들은 한시름 놓았다. 나라가 통일되지 않고 전쟁 전처럼 분단되어 너무 아쉽고 걱정스럽다는 그런 대의적이고 거국적인 일보다 이제는 자식을 잃을까, 남편이 전사당할까 걱정하며 하루하루 조바심 속에서 살아가지 않아도 되기 때문이었다.

　하늘리 신영철의 집에서도 휴전이 되었으니 아들이, 남편이 돌아오겠다며 들떠 있었다. 순임은 결혼하고 몇 달간 남편과 정이 들어갈 때, 남편 영철은 징집 영장을 받고 제주도 훈련소로 떠났다. 2년 동안 독수공방을 지키면서 매일처럼 들려오는 일선에 간 아들과 남편의 재봉지가 왔다는 이웃 동네의 전사소식에 하루도 편할 날이 없었다. 동구 앞에 우편배달부의 모습만 보여도 배달부의 손에 재봉지가 들려 있지 않을까 하고 가슴이 철렁 내려앉았다. 이제 휴전이 되어 일선에서 총성이 멎었으니 남편이 죽을 일은 없다고 생각하며 모처럼 편안한 밤을 보냈다.

　남편이 무사히 돌아온다는 희망에 들떠 하루가 지난 다음날, 동구 밖에 우편배달부가 오는 것이 보였다. 배달부는 순임의 집으로 들어와 편지 한 장을 전해주었다.

　"아버님, 군에서 온 편지시더."

　순임은 반갑게 편지를 받아 시아버지에게 주었다. 편지를 읽은 시아버지는 혼이 나간 듯 멍하니 서 있었다. 편지는 영철의 전사통지였다. 식구들은 모두 정신이 나간 채 잘못 읽은 것은 아닐까 하고 몇 번이고 전사통지서를 읽어보았다. 무언가 잘못 전달된 것 같다는 생각이 들었다.

　"워낙 치열한 전투 중이라 시신을 찾을 수 없어서 화장한 유골을 보낼 수 없어 전사통지서만 보냅니다. 국토를 지키다 전사한 고인의 명복을 빕니다."

부대장 명의로 온 전사통지에 적힌 내용을 확인하자 영철의 아내는 쓰러지고, 부모님도 그 자리에 주저앉았다. 울음도 나오지 않고 꼭 악몽을 꾸고 있는 것 같았다. 순간 모든 것이 정지된 듯했다. 지구는 자전을 멈추고 세상 모든 것이 한순간에 멈추어 선 것 같이 하늘은 온통 노랗게 보이며, 머릿속에서는 아무 생각도 나지 않았다. 영철의 부모와 아내는 그동안 전사한 이웃 동네 아들들의 시신을 화장한 재봉지가 왔다는 소식을 들을 때마다 영철이 무사하기를 마음속으로 기도하며 지내왔는데 끝내 전사통지가 온 것이었다. 더 기가 막힌 것은 휴전이 되어 남편이 죽음의 공포에서 벗어나 안전하게 귀가하리라고 생각하며 모처럼 편안한 밤을 보낸 다음날 전사통지를 받은 것이었다. 전쟁이 끝나 온 동네가 군에 간 가족이 돌아온다고 들떠 있지만, 영철은 돌아올 수 없었다.

며칠이 지나자 이웃 동네 아들이 집으로 돌아왔다. 군대에서는 한꺼번에 병사들을 모두 제대시킬 수 없어 열흘씩 휴가를 보내어 많은 군인이 휴가를 오는데, 전사한 영철은 돌아올 수 없었다. 영철의 아내 순임은 남편이 전사했다지만 시신을 화장한 재봉지가 오지 않아 군복을 입은 군인이 동네 앞을 지날 때마다 혹시나 하고 바라보고 있었다. 그러다 끝내 돌아오지 않는 남편을 생각하고 돌아서 눈물을 흘렸다.

순임이 시집살이하는 하늘리 이웃 동네에 남편과 둘이서만 살던 젊은 아낙은 남편이 군대에 간 후에 아기가 태어났다. 아기가 태어나고 반년이 지난 어느 날부터 낯선 외간 남자가 드나들었다. 이웃은 이상하게 생각하며 물었다.

"저녁만 되면 낯선 남자가 새댁 집으로 들어가던데 누구지?"

아낙은 얼굴빛도 변하지 않고 말했다.

"전부터 알고 지내던 오빤데요."

"혼자 살면서 동네 사람들의 의심을 받지 않도록 해. 인제 전쟁이 끝났으니 얼라 아빠도 곧 돌아올 텐데…"

여자는 아무 대꾸도 하지 않았다. 며칠 후 새벽부터 아기가 울었다. 아침이 되어도 아기가 울고 있어 이웃 아주머니는 사립문을 열고 들어가 보니 아기 엄마가 없었다. "얼라를 두고 어디 갔지?" 하고 온 집안을 살펴보아도 아기 엄마는 없었다. 아직 젖도 떼지 않은 아기를 두고 밤마다 찾아오던 남자를 따라간 것이었다. 아기 엄마는 휴전이 되고 이웃에 남편과 같이 입대했던 군인들이 돌아오자 남편이 돌아오기 전에 아기를 버려두고 남자를 따라 도망간 것이었다. 세상에 이런 엄마가 있다니? 동네 여자들이 모여 떠난 여인을 욕하며 아기를 데려올 수밖에 없었다. 이웃은 혼자 남겨진 어린 아기를 데려와 키우고 있었다. 없는 살림에 아기 우유를 사 오고, 쌀을 갈아 아기 죽도 끓여 먹이며 아기를 길렀다.

몇 달이 지나 아기 아빠 우석대가 휴가 왔다. 아기가 태어났다는 소식은 편지 받아서 알고 있어, 혼자서 아기를 낳아 고생하면서 기르고 있을 아내와 아기를 볼 생각에 들뜬 마음으로 집에 도착했다. 집은 몇 달째 비어 있어 썰렁했다. 아기를 데리고 친정에

갔나 싶어 멀리 있는 처가로 찾아갔다. 처가에 들어서자 장인, 장모가 쌀쌀맞게 맞이했다.

"우 서방 오는가? 집으로 안 가고 이곳으로 먼저 오나?"

"집에 들렀다가 집사람이 없어 처가로 왔니더."

"얼라 낳고 자네 집으로 간 후 이곳에 안 온 지가 반년은 되었는데…"

"집에 얼라도 집사람도 없었니더."

"그럼 얼라를 댓꼬 돈 벌러 갔겠지."

석대는 무언지 석연치 않다는 생각을 하면서 집으로 돌아왔다. 동네 사람을 만났다. 사람들은 그동안 사정을 이야기하지 않을 수 없었다. 아기 엄마에게 밤마다 외간 남자가 찾아오고, 휴전이 되어 군에 간 이웃들이 집으로 돌아오자 어느 날 아기를 버려두고 외간 남자를 따라가서 아기는 이웃에서 기르고 있다고 했다. 석대는 이웃집에 찾아가 아기를 만났다. 석대는 아기를 끌어안고 울음을 터뜨렸다. 그러면서 아내에 대한 그리움이 원한으로 변해 넋두리하면서 울었다.

"세상에 망할 년, 남편은 버리더라도 지 속으로 나은 아직 핏덩이인 얼라를 버리고 가다니, 네년은 인간도 아이다. 이 찢어 죽일 년아. 사내 품이 그리워 바람을 피워도 젖먹이 얼라를 버리다니, 짐승도 지가 난 새끼는 버리지 않는다. 이 개보다 못한 년아. 사내 따라 도망을 가도 젖먹이 얼라는 델꼬 가야 할 게 아이가? 개도 지가 낳은 강아지는 버리지 않는다. 이년아…"

석대는 아기를 안고 마치 아내가 옆에 있는 듯이 아내에게 욕을 하며 통곡했다. 마을 사람들이 모여들었다. 아기를 안고 울부짖는 석대를 보고 동네 여인들은 눈물을 흘렸다. 나이 든 노인이 석대에게 말했다.

"석대! 이 사람아, 인제 고만 울게. 자네 맘은 언짢겠지만, 이렇게 운다고 해결되는가? 얼라는 이때꺼지 샘뜰 댁이 키워왔으니 더 델고 있고 자네는 휴가 동안 자네 안사람을 찾아보게. 젊은 기분에 외간 남자를 따라갔어도 지금쯤 후회하며 돌아오지도 못하고 자네를 기다리고 있을지 모르잖는가? 자고로 여인의 정절은 생명과 같다고 하여 자네가 용서 못할지는 모르나 얼라에게는 그래도 어미 아닌가? 자네 안사람을 찾아 만나나 보고 그다음 일을 결정하도록 하게."

석대는 노인의 말에 정신이 들어 그제야 아기를 몇 달 동안이나 길러온 샘뜰 댁에게 큰절을 올렸다.

"그동안 얼라를 길러주고 보살펴 주어 고마우이더."

샘뜰 댁도 눈물을 흘리며 말했다.

"애기 아빠, 노인 어른 말이 맞아. 얼라는 휴가 동안 내가 델꼬 있을 테니 애기 엄마를 찾아봐요. 찾거들랑 잘못 다 용서하고 델꼬 와서 얼라랑 다시 행복하게 살도록 하소. 힘들어도 평생을 살아보면 조강지처가 제일이니께…"

석대는 다음날부터 아내를 찾아 나섰다. 아내의 친구와 알만한 곳을 다 찾아다녔다. 며칠을 찾아도 만나는 사람마다 "모른다",

"금시초문이다"라고 했다. 알고도 숨기는 건지, 진짜 모르는 것인지 알 수가 없었다. 그렇게 휴가 열흘 동안 예안 장터뿐만 아니라 안동이나 혹시나 하고 제비원 보릿고개에 있는 술집까지 가서 술 접대하는 여인들까지 훑어보고 다녔지만, 아내는 찾을 수 없었다.

열흘 휴가가 끝나고 부대로 귀대할 날이 되었다. 석대는 아기를 데리고 귀대하기로 했다. 샘뜰 댁은 석대를 보고 말했다.

"애기 아빠, 얼라를 델꼬 군대에 어떠케 가나? 제대할 때꺼지 내가 키워줄게. 그냥 두고 가소."

"아지매요, 몇 달 동안 고마웠니더. 얼라가 있으면 농사일도, 집안일도 할 수 없잔니껴. 이제 곧 추수를 시작할 껀데 너무 미안해서 안 되겠니더. 군대에 델꼬 가면 나라에서 얼라를 맡아주든지, 제대를 시켜주든지 할 게 아닌겨."

석대는 아기를 데리고 부대로 돌아왔다. 아기를 안고 오자 온 부대원이 난리였다. 부대장에게 보고가 되었다. 부대는 전선에서 남북이 각 2킬로미터씩 물러나 4킬로미터의 비무장지대를 두고 물러난 자리에 울타리를 세우고 교통호를 파며 진지를 만들어 만약의 경우 전쟁이 다시 일어날 것에 대비하기 위하여 매일 작업이 계속되는데 부대 안에서 아기를 기를 수 없었다. 아기를 기르려면 우유도 있어야 하고, 시간마다 기저귀도 갈아야 하고, 더구나 밤에 아기가 울면 온 부대의 경계근무를 제대로 할 수 없었다. 보고받은 부대장이 와서 우 상등병을 만났다.

"우 상병, 이야기 들었다. 아기는 부대에서 기를 수 없다. 인근 고아원에 부탁하여 놓았으니 고아원으로 보내자."

석대는 아무 말도 할 수 없었다. 옆에서 중대장이 석대를 보고 말했다.

"우 상병, 부대장님의 말씀이 안 들려? 휴가를 다녀오더니 군기가 빠졌어?"

위협하는 말이었다. 잘못하면 아기 앞에서도 기합을 받을 수 있어 석대는 선택의 여지가 없었다.

"예, 알겠습니다."

지프차로 아기와 석대를 데리고 인사계 김 상사가 인솔하여 고아원으로 가서 아기를 맡겼다. 석대는 고아원 여자 원장에게 부탁했다.

"제대하고 직장을 잡으면 찾으러 올 테니 그때꺼지 다른 곳으로 보내지 말고 잘 길러주시기 바라니더."

석대는 아기를 맡기고 부대로 돌아오며 계속 눈물이 났다. 그러면서 자기도 모르게 "망할 년!" 소리가 입 밖으로 흘러나왔다.

하늘리 영철의 부모는 이웃 동네 아기를 버리고 도망간 여인의 이야기를 듣고 돌아오지 못할 남편을 기다리는 젊은 며느리가 불쌍했다. 시집와서 몇 달 살지 못하고 아들이 군대에 징집되어 일선 전쟁터로 가고, 몇 년 동안 독수공방으로 지내온 며느리였다. 아들이 전사했는데 손주도 없는 며느리를 데리고 살 수 없었다. 영철의 아버지는 아내에게 말했다.

"며늘아이를 친정으로 돌려보내시더. 얼라도 없는데 평생 델꼬 살 수 없잔니껴."

"글치만 어떠케 친정으로 돌아가라고 할 수 있니껴?"

"우리가 델꼬 사면 이웃 사람들이 욕할 것이시더. 얼라도 없는 청상과부인 며느리를 델꼬 있다고. 옛날과 달라서 세상이 많이 변했잔니껴. 더구나 재 너머 우 씨네 집에서는 군대 간 남편이 살아있는데도 얼라를 버려두고 젊은 엔네가 사내 따라 도망갔다고 하잔니껴."

"왜, 사람 같지 않은 여자 이야기를 하니껴."

이튿날 영철의 아버지는 며느리를 불러 앉혀놓고 이야기했다.

"며늘아이야, 니가 우리 집에 시집와가꼬 남편 없는 시집살이 한 지 2년이 지났구나. 암만 생각해도 구만리 같은 니 인생이 우리 두 늙은이와 같이 살기에는 니 청춘이 아깝구나. 너 친정으로 돌아가 우리하고 인연을 끊고 니 갈 길을 가거라."

며느리는 아무 말도 못하고 다소곳이 꿇어앉아 눈물을 흘리며 듣고 있었다. 다음날 며느리가 옷 보따리를 싸는데 시어머니는 시집올 때 해준 패물을 넣어주었다. 그리고 며느리 친정집 사립문 앞까지 데려다주고 돌아섰다. 집에 들어선 순임은 친정어머니를 붙들고 통곡했다. 온 식구들이 나와 울고, 순임의 아버지도 옷 보따리를 싸들고 돌아온 딸을 보고 아무 말도 못하고 같이 눈물을 흘리고 있었다.

시어머니는 며느리를 친정집 사립문 앞까지 데려다주고 돌아오는 내내 눈물을 흘렸다. 휴전되어 하나뿐인 아들이 돌아온다고 좋아했는데, 아들의 전사통지를 받자 세상이 무너지는 것 같았다. 아들 없는 집에 손주도 없는 젊은 며느리를 붙들고 살 수 없어 새 삶을 시작하라고 친정집 사립문 앞까지 데려다주고 돌아섰다. 도저히 들어가서 사돈어른들을 만날 용기가 나지 않았다. 만나면 서로 끌어안고 눈물바다가 될 것 같았다. 이제 며느리와의 인연은 이것으로 끝이었다. 아들이 죽으니 손주 없는 며느리는 남이었다. 돌아오는 내내 눈물을 흘리며 집 앞까지 온 시어머니는 사립문에 기대어 며느리가 거처하던 방문을 바라보며 대성통곡하고 있었다. 아들 죽고 며느리 보내고 두 늙은이만 남은 집 안은 썰렁했다.

    3개월이 지났다. 친정으로 돌아오자 처녀 때 이름 순임으로 불렸다. 2년 동안 한 생을 살고 다시 태어나 새로운 인생을 사는 것 같이 아버지도, 어머니도 "신실아." 하고 부르던 것을 "순임아." 하고 불렀다. "신실아." 하고 부르면 부를 때마다 너는 시집가서 신 씨의 아내가 되었다는 것을 강조하는 것 같았다. 여자는 시집가면 친정에서는 이름 대신에 남편의 성을 따서 '신실이, 박실이'로 불렀다.
    몇 달이 지나자 이웃 면에 사는 부잣집에서 중매가 들어왔다. 나이 서른에 상처하여 슬하에는 자식이 없어 총각이나 다름없다고 했다. 순임은 시집을 안 가겠다고 버티었다. 순임의 부모는 이보다 더 좋은 혼처 자리는 없다고 생각했다. 양쪽 다 한 번 결혼했지만, 자식이 없고 더구나 부잣집 맏아들이라 많은 재산을 물려받을 것이고, 결혼하여 아들딸을 낳으면 전처의 소생이 없어 조강지처나 다름없었다. 먼저 시집갔던 신 씨네와는 비교도 안 되는 좋은 혼처였다. 지난번 사돈집은 재산이 별로 없어 평생 힘들게 살 수밖에 없었는데 지금 혼처는 많은 재산을 가진 부잣집 맏아들이라 평생을 호강하면서 살 수 있는 자리였다. 그러나 순임은 태어나서 처음 만난 남자, 억세어 보이면서도 다정다감하던 남편 신영철을 잊을 수 없었다. 그가 전사했다지만, 다른 사람처럼 재봉지가 오지 않아 어쩌면 살아올 수도 있을 것 같은 생각이 들었다. 밤마다 꿈에 나타나 둘이서 콩밭도 매고 옥수수를 꺾어와 삶아 먹기도 하며, 언제나 다정한 눈길을 보내주었다.

순임은 어머니 말에 솔깃하면서도 전사한 남편 영철을 마음속에서 지울 수가 없었다. 그렇지만 죽은 남편을 생각하며 평생을 혼자서 살아가기에는 청춘이 너무 아까웠다. 시아버지와 시어머니도 죽은 아들을 잊고 새로 시집가서 잘 살라고 보내준 것이 아닌가. 혼자서 죽은 남편 영철을 생각하며 친정에서 살아간다고 해도 지금은 부모님이 있어 괜찮지만, 동생이 결혼하여 동생 댁이 들어오면 친정살이도 만만치 않을 것 같았다. 옛날부터 내려오는 "고추가 맵다 하나 시집살이 당할쏘냐? 시집살이 섧다 하나 친정살이 당할쏘냐?"라는 노랫말을 생각하며 평생을 친정에서 보낼 수 없다는 생각이 들었다. 부모님뿐만 아니라 온 집안이 나서서 이렇게 좋은 혼처자리를 놓치면 평생을 후회하며 살아간다고 혼인을 서둘렀다. 남편 영철은 세상에 없는 사람이다. 혼자서 애태우며 평생을 살아도 만날 수 없는 사람이 아니냐? 부모님을 비롯해 집안과 이웃 사람들까지 순임의 혼인 중매에 적극적으로 나서서 자기 일처럼 권하니 순임은 어떻게 할 수 없어 말없이 승낙했다.

혼인날짜가 잡히고 첫 혼인보다 더 많은 예물을 신랑집에서 보내왔다. 결혼식은 처음 시집갈 때보다 더 화려하고 성대하게 올리고, 순임은 가마를 타고, 신랑은 말 타고 새 시댁으로 갔다. 그렇게 결혼 초야를 치르고 새신부가 되었다. 순임은 하루 이틀 시집 집안에 적응이 되어갈수록 이전의 하늘리 시댁과 비교되어 전남편 영철의 얼굴이 지워지지 않았다. 가난하지만 인정미 넘치던 하늘리 시부모와 억세 보이면서도 다정다감하던 옛 남편 영철이 잊히지 않았다. 새서방과 잠자리를 하면서도 영철의 얼굴이 떠올랐다. 그러면서 이 사람이 옛 서방 영철이었으면 얼마나 좋을까 하는 생각이 들었다.

순임은 모든 것에 의욕이 없어지고 시들시들 아프기 시작했다. 시가에서는 친정에 가서 며칠 요양하고 오라고 보내주었다. 친정 어머니는 시집보낸 딸이 이름 모를 병에 걸려 말라가는 것을 보고 약을 지어 먹였으나 효험이 없었다. 의원이 와서 진맥하였으나 병명이 나오지 않았다. 무당을 찾아가 물어보았다. 전남편의 죽은 귀신에 씌어 굿을 해서 귀신을 잡아 가두지 않으면 평생을 따라다니면서 괴롭힌다고 했다. 순임의 어머니는 무당의 말을 믿었다. 전쟁 중에 전사한 영철의 혼백에서 육신인 백은 일선의 어느 골짜기에서 썩어 흙으로 돌아갔지만, 육신을 떠난 혼은 아내를 두고 떠난 세상에 대한 집착과 미련으로 아내의 곁을 맴돈다고 했다. 무당은 굿을 하여 순임의 몸에 붙은 전남편의 귀신이 된 혼을 떼어내어 다시는 찾아오지 못하게 가두어야 한다고 했다.

신영철 상등병과 한 이등병, 최 이등병 세 사람은 적진에서 남쪽을 향해 숨어서 오고 있었다. 산을 넘으면 국군의 진지가 있을 것 같은데 사방에 인민군이 있어 산비탈이나 개울 옆으로 숨어서 남쪽으로 향했다. 포로로 잡혀가다가 인솔하는 여자 군관을 해치우고 오는 길이라 총도, 수류탄도 없는 맨몸이었다. 멀리서 인민군 트럭 한 대가 먼지를 날리며 달려오고 있었다. 국군 복장이라 그들에게 발각되면 사살되거나 포로가 될 것이었다.

세 사람은 길섶 뚝 밑으로 몸을 숨겼다. 차에는 무장한 인민군이 타고 있었으나 다행히 발각되지 않았다. 강을 건너야 하는데 다리가 놓여 있고, 다리 건너 쪽 입구에는 인민군 초소가 있었다. 다리 좌우는 넓게 펼쳐진 벌판이라 보초의 시야를 피할 수 없어 우회해서 강을 건널 수도 없었다. 영철은 다리 밑으로 강을 건너기로 하고 숨어들었다. 물은 가슴까지 차서 헤엄치지 않고 걸을 수 있었다. 다리 밑을 통하여 강을 건너왔으나 보초병의 눈을 피해 강둑으로 올라설 수 없었다. 대검이라도 있으면 초병을 해치울 수 있을 것 같았으나 맨손이라 총을 든 인민군을 상대하기는 무리였다. 해가 지고 어두워지도록 기다렸다. 다리 밑에서 옹크리고 앉아 있으니 시간이 지루하고 발각되면 죽을 수도 있지만, 생사는 운명에 맡기고 기다렸다.

해가 지고 땅거미가 끼기 시작하자 살금살금 언덕을 올라, 한 사람씩 도로를 넘었다. 다행히 보초에게 발각되지 않고 인민군 초병의 경계지역을 벗어났다. 낯선 지형이고 밤이라 전방에 인민군 진지가 있는지, 검문초소가 있는지 알 수 없었다. 영철은 몇 걸음 앞서 10여 보씩 전진하고, 두 이등병에 신호하여 따라오게 하고, 또 10여 보 앞서가서 적정을 살피면서 뒤따라오게 하며 남쪽을 향해 움직였다. 밤새 조심해서 움직여서 겨우 산 능선을 넘었다. 포탄을 맞아 나무가 모두 불에 탄 민둥산 위의 망가진 교통호에 몸을 피했다. 교통호도, 개인호도 무너지고 망가진 채 버려져 있어 전선은 더 남쪽으로 내려간 것 같았다.

날이 밝아와 더 이상 움직이지 못하고 움푹 파인 호 속에서 옹크리고 있었다. 어디서 시체 썩는 냄새가 나서 살펴보니 망가진 벙커 안에서 인민군 시체 몇 구가 있고, 시체 어깨에는 비상식량이 매여 있었다. 영철은 인민군 시체에서 비상식량을 벗겨오고 수통을 가져왔다. 세 사람은 시체에서 가져온 비상식량을 먹고 수통의 물을 마셨다. 탈출하는 데 필요한 체력을 유지하자면 무엇이나 먹어야 했다. 낮이라 움직일 수 없고, 지난 밤새 숨어서 오느라고 피로해서 세 사람은 호 속에 옹크리고 잠이 들었다.

선뜻한 쇠붙이가 볼에 닿으며 누군가 발길로 찼다. 눈을 뜨니 인민군들이 빙 둘러서 총을 겨누며 내려다보고 있었다. 영철과 두 이등병은 겁에 질려 총을 겨누는 인민군을 쳐다보았다.

"야! 국방군 간나새끼들, 니네들 총과 실탄은 어딱케 했어?"

"낙오되어 다 버리고 왔습니더."

영철과 두 이등병은 또 포로가 되어 두 손이 묶여 끌려갔다. 그들을 사단 본부로 데려가 먼저 잡혀온 포로 수십 명과 같이 트럭에 실어 후방인 멀리 함경도 수용소 쪽으로 달려가고 있었다. 들을 가로지르고 내를 건너며 온종일 달려갔다. 포로를 태운 차가 수용소 안으로 들어가면 삼엄한 감시에 탈출은 엄두도 못 낼 것이었다. 영철은 이렇게 잡혀가면 포로수용소에서 광산이나 벌목장 같은 힘든 곳으로 끌려다니며 평생 강제노역에 시달리다 죽어가게 될 것 같았다. 수용소 안에서는 탈출하기도 힘들지만, 탈출하다 잡히면 바로 사살되고 말 것이었다.

차는 밤이 되어도 어두운 길에 불빛을 비추며 멈추지 않고 계속 달려가고 있었다. 자정이 넘어 산속으로 접어들어 차의 속력이 느려졌다. 영철은 옆에 앉은 두 명의 이등병을 묶인 손으로 슬쩍 꼬집어 탈출을 준비토록 신호를 보냈다. 산을 넘고 모퉁이를 돌면서 차의 속도는 걸어가는 속도처럼 느렸다. 총을 들고 감시하는 인민군이 고개를 돌린 사이 영철은 슬쩍 뛰어내렸다. 차의 엔진소리에 묻혀 영철이 뛰어내리는 소리는 들리지 않았다. 이어서 최 이등병이 뛰어내리고 한 이등병이 뛰어내렸다. 세 사람은 어둠 속으로 달아났다.

마지막 한 이등병이 차에서 뛰어내리자 탈출을 눈치챈 인솔하던 인민군은 차를 세우고 어둠을 향해 총을 쏘았다. 총을 들고 감시하던 인민군은 어두운 밤이고 산속이라 도망가는 영철 일행이 어느 쪽으로 도망갔는지 추격하기 힘들 뿐만 아니라 차에 탄 많은 수의 포로를 그대로 두고 추격하면 모두 도망가고 말 것이었다. 차는 정차된 채 몇 발의 총을 쏘다가 다시 가던 길을 가기 시작했다. 세 명의 탈출병들은 손에 묶인 밧줄을 풀고 무작정 오던 길로 방향을 잡고 걸었다. 후방이라 인민군이 없었다. 아침이 되도록 산길을 걸어도 사람 하나 만나지 않았다. 민간인을 만나도 신고하면 잡힐 것이고, 인민군이나 내무서원들의 눈에 띄어도 붙잡히고 말 것이었다.

  밤에는 걷고 낮에도 사람이 없을 때는 걸으며, 멀리서 사람이 보이면 넝쿨이나 도랑 가에 숨었다. 마을에서 떨어진 외딴집이 나타나면 숨어서 들어가 곡식이나 음식을 훔쳐서 먹었다. 초여름이라 밭에는 옥수수가 익어가고, 고구마도 자라고 있어 옥수수를 꺾어서 날로 먹고 고구마도 캐먹었다. 사람을 피해서 산을 타고 걷다 보니 하루 이동하는 거리가 얼마 되지 않았다. 밤에는 북극성을 보고 반대 방향을 잡아 남쪽으로 걸었다. 하루 이틀 주민들의 눈을 피해 걷다 보니 사람을 피하고 들에서 곡식으로 배를 채우는 요령이 생겼다.

  산비탈에 들국화가 피고, 길가에 코스모스가 피어나는 것을 보고 계절이 변하는 것을 느꼈다. 몇 날 몇 밤을 걸었는지, 오늘이 며칠인지 알 수도 없었다. 거쳐 지나온 북한 동네의 불에 탄 집들과 부서진 교량을 보니 이곳도 남한처럼 전쟁이 휩쓸고 간 참화가 그대로 남아 있었다. 차량도, 군대도 바쁘게 움직이는 것이 보이지 않아 휴전회담을 하고 있다고 하더니 어쩌면 휴전이 되었는지도 모른다고 생각했다.

강원도 깊숙이 들어와 전선이 가까워졌다. 멀리 인민군이 보였다. 총성 없이 고요했다. 아득히 바라보이는 곳에는 국군이 산 위에 교통호를 파고 있는 모습이 보였다. 이 지역만 넘어서면 남한으로 갈 수 있다. 잘못하면 몇 달 동안 인민군과 주민을 피해 가며 북한 땅 산과 계곡 천 리 길을 걸어서 왔는데 한순간에 물거품이 되어, 인민군 총에 맞아 죽거나 다시 포로가 되어 걸어온 먼 길을 되돌아 포로수용소로 잡혀갈지도 모른다.

산 아래에는 북한강 강물이 흘러갔다. 영철은 밤이 되어 강에서 물결을 따라 흘러 남쪽으로 가기로 했다. 밤이 되기를 기다리다가 강가에 흩어져 있는 나무토막을 붙잡고 강물을 따라 남쪽으로 탈출하기로 계획하고 최 이등병과 한 이등병에게 설명했다. 포로로 잡혔다가 탈출하는 같은 입장이지만, 언제나 형처럼 의지하고, 순간순간 생사가 걸린 모든 결정에 말없이 따라주었다. 영철은 두 이등병이 있어 든든하고 의지하며 몇 달 동안 적진인 북한 땅에서 숨어서 여기까지 올 수 있었다.

"인제 마지막 고비이다. 오늘 밤에 나무토막을 가꼬 강물에 뛰어 들어가서 남쪽으로 흘러가는 거다. 들키면 온몸에 총알이 박혀

벌집이 돼 죽는다. 운명에 맡기자."

자정이 되도록 기다렸다. 초저녁에는 인민군 초병들이 눈을 부릅뜨고 강을 지킬 것이다. 그렇지만 밤 열두 시가 넘어서면 기다려도 아무것도 없는 흘러가는 강물을 바라보며 지루하고 졸려서 경계가 느슨해질 것이다. 그동안 강이 바라보이는 산자락에 숨어서 한잠 자기로 했으나 잠이 오지 않았다. 어쩌면 남한을 눈앞에 두고 인민군 총에 맞아 죽을지도 모른다는 생각이 들었다. 강에서 나무토막을 안고 흘러가다가 발각되어 총 맞아 죽으면 영철의 시체는 강물 따라 남한으로 갈 수 있지 않을까? 북한강은 춘천을 지나 흘러가서 서울 시내를 통과하는 한강이 되어 흘러내리는데 시체가 되어 서울까지 떠내려갈 것 같았다. 그러면 군복을 입은 시체를 발견한 사람들은 신원을 알 수 없어 그냥 땅에다 묻어 무연고자 묘가 될 것이다.

하늘에는 구름이 잔뜩 끼어 빗방울이 후드득후드득 떨어졌다. 비 오는 날이면 보초가 느슨하고, 또 시야가 흐려져 강물 위에 흘러가는 나무토막을 발견하지 못할 수도 있을 것이다. 빗줄기가 점점 굵어졌다. 그동안 천 리 길을 숨어서 걸어온 노력에 감복하였는지 하늘이 돕고 있는 것 같았다. 영철은 두 이등병을 데리고 가만가만 강가로 기어가서 낮에 보아두었던 나무토막을 하나씩 끌고 강물에 들어섰다. 그리고 나무토막을 안고 몸은 물속에 잠긴 채 얼굴만 물 밖으로 내밀고 떠내려가기 시작했다.

갑자기 "탕! 탕! 탕!" 하는 따발총 소리가 들렸다. 붙잡고 있는 나무토막 옆으로 물이 "퐁! 퐁! 퐁!" 튀어 올랐다. 그리고 잠잠했다. 빗속에서 나무토막 세 개나 나란히 떠내려가는 것을 보고 이상하게 생각한 인민군 초병이 사격한 것이었다. 밤이라 조준사격이 안 되었다. 사격해도 아무런 반응이 없자 물에 떠내려가는 나무토막이라고 생각했는지 더는 사격하지 않았다. 거의 반 시간은 강물에 떠내려와 인민군 지역을 벗어난 것 같았다. 이제 국군이 문제였다. 나무토막에 어깨를 기대어 마음대로 숨을 쉬면서 떠내려왔다. 밤에 국군에게 발견되면 사살당하고 말 것이었다. 초소마다 빤짝이는 불빛이 길게 이어져 있는 것으로 보아 국군의 경계지역에 들어선 것이 분명했다. 더 가까이 가면 국군 총에 맞아 죽을 것이었다. 통나무를 밀면서 헤엄쳐서 강가에 붙었다. 그리고 세 사람은 강가에 기어올라 포탄으로 움푹 팬 구덩이에 들어가 날이 새기를 기다렸다. 강물에 옷이 젖어 칙칙하고 한기가 들지만 참을 수밖에 없었다. 아침이 되어 해가 떠오르자 흰 속옷을 찢어 나무 막대에 걸어 들고 국군 초소로 향해 소리쳤다.

"포로로 잡혔다가 탈출해오는 국군이다."

초소에서는 초병이 총을 겨누며 말했다.

"한 사람만 오고 두 사람은 그대로 손을 들고 서 있어라."

영철은 초소 앞으로 걸어가며 말했다.

"국군이다. 인민군한테 포로가 됐다가 탈출했다."

"믿을 수 없다. 너희들은 인민군이거나 간첩일 거다."

"조사해보면 될 것 아니냐?"

장교를 비롯한 여러 명의 국군이 초소로 달려왔다.

"한 사람씩 가까이 오라. 너희들이 서 있는 곳은 지뢰매설 지역이다. 조심해라."

영철이 나오고 최 이등병이 걸어 나왔다. 몸 전체를 수색하고 신발 밑창까지 수색했다. 그리고 마지막 한 이등병이 몇 걸음 걸어 나오다 온 산천을 울리는 폭발음과 함께 한 이등병은 흙먼지 속에 쌓여 보이지 않았다. 고성능 지뢰를 밟은 것이다. 지뢰가 매설되어 있다고 조심하라고 했는데 끝내 지뢰를 밟고 말았다. 포로가 되어 숱한 고생을 하면서 함경도에서 남한까지 탈출하여 온 한 이등병은 남쪽 땅 마지막 몇 걸음을 남기고 지뢰를 밟아 죽었다. 영철은 생사를 같이하던 한 이등병이 죽자 정신이 없었다. 전쟁에서 수많은 전우가 죽는 것을 옆에서 보아왔다. 전우가 죽어도 슬퍼할 겨를도 없이 산 병사는 전투에 임하고 식사하고 일상생활을 해왔다. 매일 수많은 병사가 죽어가는 전쟁터에서는 옆 전우가 죽어가도 무감각해질 수밖에 없었다. 그러나 몇 달 동안 생사를 같이하며 적진인 북한 땅을 걸어서 탈출해온 한 이등병이 그렇게 그리워하던 남한 땅을 몇 발짝 앞에 두고 지뢰 폭발로 죽자 영철은 "안 돼!" 하고 소리치며 울부짖었다. 한 이등병이 죽어도 영철과 최 이등병의 조사는 계속되었다. 9사단 28연대 2대대 1중대 3소대, 소속을 밝혔다. 그러자 조사하는 헌병이 말했다.

"너희들의 탈출 이야기는 각본을 짜서 꾸민 이야기로 우리를 속이려 하고 있다. 엄격한 북한체제에서 3개월 동안이나 발각되지 않고 왔다는 것은 말이 안 된다. 너희들은 포로가 되어 북한에 포섭되어 대남공작 간첩교육을 받고 넘어왔잖아?"

영철은 기가 막혔다. 죽음을 무릅쓰고 사지를 넘어온 병사를 간첩으로 몰아가고 있는 것이 아닌가? 전쟁 전에는 빨갱이로 몰리면 죽음을 면하지 못했는데 지금은 간첩으로 몰리면 죽은 목숨이었다.

"우리는 두 번이나 포로로 잡혔지만, 북한 포로수용소에 수감되기 전에 탈출하여 북한의 대남공작교육원을 만난 적도 없고, 공작교육을 받은 적도 없습니다. 탈출하여 산속을 헤매며 목숨을 걸고 천 리 길을 숨어서 온 국군을 간첩으로 모는 것이 말이 됩니꺼?"

영철은 최 이등병과 함께 9사단 헌병대로 이송되었다. 헌병대에 도착하니 1004고지 돌격 명령을 내린 중대장과 소대장이 와 있었다. 중대장과 소대장은 신영철을 알아보았다. 영철과 최 이등병은 경례하며 너무 반가워 눈물이 났다. 목숨을 걸고 북한을 탈출하여 넘어왔는데, 조사하는 국군 헌병은 간첩으로 몰아 또 죽음의 그림자가 다가오고 있어 공포에 떨고 있다가 중대장과 소대장을 만나니 구세주를 만난 것 같았다. 간첩의 누명에서 벗어나지 못하면 국군에게 총살당하고 말 것이었다.

"너희는 세 사람이 아니었나?"

"한 이등병은 도착하여 국군 진지 앞에서 지뢰를 밟아 전사하였습니더."

"저런, 안타깝군! 이 병사들은 1004고지 점령할 때 특공대들이다. 부대로 돌려보내라."

중대장이 조사하는 헌병에게 말했다.

"조금 더 조사해보고 이상이 없으면 소속부대로 복귀시키겠습니다."

영철과 최 이등병은 이틀을 더 조사받고 부대로 복귀하였다. 부대에서는 일 계급 특진과 포로가 되었다가 탈출하여 온 공로로 부대장 표창장을 받았다. 중대장이 전투 중에 약속한 대로 특진을 상신하여 신영철은 병장이 되고, 최 이등병은 일등병이 되고, 죽은 한 이등병도 일등병으로 추서되었다. 부대에서 한 달을 더 근무하는 동안 고참으로 북한 포로에서 탈출한 영웅으로 대접받으며 생활하다가 제대하여 집으로 돌아왔다.

거리에는 상이군인들이 많았다. 전선에서 인민군, 중공군과 싸우다가 다친 병사들이었다. 국가에서 그들의 생활을 도와주고 보상해줄 능력이 없어 작은 물건을 들고 팔러 다니며 다친 몸으로 힘든 삶을 이어가며 비참하게 살아가고 있었다. 동네에 들어서자 해가 빠지고 땅거미가 찾아들어 어둑어둑했다. 고향집은 전쟁 전 공비들에 의해 불타버려 얼기설기 다시 지은 초가집 그대로였다. 사립문을 들어서면 아내가 제일 먼저 버선발로 뛰어나올 것이라고 상상했는데 집 안이 너무 조용했다. 마치 사람이 살지 않는 폐가 같았다. 부모님을 두고 아내 순임을 부를 수 없어 어머니를 불렀다.

"어무이요."

대답이 없다.

"어무이요."

"누구냐?"

문도 열지 않고 어머니가 대답했다.

"어무이, 저 영철이시더. 이제 제대하고 돌아왔니더."

영철의 어머니는 깜짝 놀라 정신이 아득했다. 전사한 아들의 영혼이 찾아온 것으로 생각했다.

"뭐야! 내 아들 영철이! 내 아들은 죽었는데, 귀신이 되어 니 아내를 괴롭혀 오늘 밤 굿을 한다더니 인제는 집에까지 찾아오구나. 이러케 구천에 떠돌아 댕기면서 세상에서 맺은 인연들을 괴롭히지 말고 저승으로 돌아가거라. 인제는 니 아내도 다른 사람의 아내가 되어 남이 되었으니 제발 더 괴롭히지 마거라."

영철의 어머니는 사돈집이 십여 리 밖에 떨어져 있는 동네로 한 동네처럼 며느리가 부잣집으로 시집갔다는 것도, 며느리가 아파 친정에 와서 오늘 저녁 굿을 한다는 것도 다 알고 있었다. 그뿐만 아니라 며느리에게 전사한 아들의 귀신이 씌어 오늘 하는 굿은 며느리 몸에 붙은 아들의 귀신을 쫓아내는 굿이라는 소식도 들어서 알고 있었다.

영철은 문밖에서 어머니의 이야기를 듣고 사태를 파악할 수 있었다. 자기 전사통지가 왔고, 아내는 다른 곳으로 시집을 가서 다른 사람의 아내가 되었고, 자기 귀신이 들어 아프다는 것이었다. 영철이 방문을 열고 들어가 절을 하여도 어머니는 인사도 받지 않고 너무 놀라 안절부절 못하며 혼이 나가 말도 못하고 멍하니 바라보고만 있었다. 옆방에서 듣고 있던 아버지가 들어와서 상황이 정리되었다.

"니 전사통지를 받고 죽은 줄 알았다. 세상에 이렇게 반가운 일이 어디 있노. 죽은 아들이 살아왔으니…"

아버지는 아들 영철을 끌어안았다. 어머니는 그제야 아들을 안고 소리 내어 울면서 넋두리했다.

"이러케 멀쩡한 니 전사통지를 받고 며느리를 보냈구나. 불쌍한 내 아들 인제 어떻게 해야 하노?"

어머니는 오래토록 울면서 넋두리하였다. 죽은 아들이 돌아와 춤이라도 추어야 하는데 며느리는 다른 곳으로 시집가 버린 것이었다. 그것도 아들이 죽었다고 시부모가 젊은 청춘을 혼자서 지낼 수 없다며 떠밀어서 보낸 것이었다. 영철은 부모님도, 아내도 원망할 수 없었다. 전쟁 중에 인민군의 포로가 되어 행방불명되자 국군부대에서는 전사한 줄 알고 집으로 전사통지를 보내어 빚어진 일이었다.

영철은 오늘 밤 굿을 한다는 처가로 향했다. 십여 리 떨어져 있어 한 시간이면 갈 수 있는 거리였다. 군복을 입고 처가 앞에 도착하니 여기저기 초롱불이 걸려 있고, 무당이 와서 장구치고 징치고 북을 두드리는 굿판이 벌어져 있고, 온 동네 사람들뿐만 아니라 이웃 동네 사람들까지 굿 구경을 하러 와서 마당은 물론이고, 울타리 밖까지 국민학교 운동회처럼 사람들이 빽빽하게 둘러 서 있었다. 영철은 사람들 뒤에서 자신의 영혼을 잡아 가두기 위한 굿 구경을 하고 있었다.

초저녁부터 시작하여 밤새도록 하는 굿은 이제 안당이 끝나고 대나무 막대에다 질베를 길게 사방으로 매달아 놓고 무당이 징소리에 따라 무가를 부르며 망자인 영철의 넋을 부르고 있었다.

넋이야 넋이로사 낭군 죽은 넋이로사이다
수미산이 멀다마는
이별이 서러워서 못 떠나는 넋이로사
정수 없는 넋이로다
세상을 못 잊어 떠돌다 나온 망혼 놀고 갈까 왔노나니
놀고 가오 놀고들 가오 오늘은 쉬어가소
놀면서 쉬어가도 정수 없는 길이로다
세상에 나온 망제가 놀구 간들 어떤니껴
어떤니껴 내 낭군 영철 망혼 어떤니껴
정경수 법화경에 시황세계 어떤니껴 …

징소리에 맞추어 무당은 무속노래를 부르며 손에는 부채와 일월검, 방울을 번갈아들고 춤을 추었다. 무당의 굿은 밤새도록 계속되었다. 무당도 장구치고 징과 북치고 나발 불며 무당의 주술에 가끔 추임새를 넣던 화랑이들도 점점 지쳐갔다. 구경꾼들도 하나 둘 집으로 돌아가고, 친척들과 동네 사람만 남아서 보고 있었다. 마지막으로 전쟁터에서 총 맞아 죽은 영철의 영혼을 호리병에 가두고 가시엄나무 마개로 막는 의식이 남았다. 밤새도록 춤을 추며 무속가를 부르고 주술을 외우는 무당은 초저녁과 달라 목소리는 갈라져 쉰소리가 났다.

가는구나 가는구나
보내느니 일천 간장
일천 자 영 이별에
베개 너머 만경창파 일엽편주 낙도일세
부부 맺은 애달프고 안타까운 이승 인연 잊고 가소
호리병 안 만경창파 넋을 안고 들어가소
이승 인연 끊어두고 호리병 안이 만경창파 천국이라 생각하소 …

무당이 구성진 무속곡에 사연을 섞어 노래를 부르며 넋대를 잡은 사람은 넋대의 끝을 호리병 입구에 넣으려고 하였다. 넋대 잡은 사람이 아무리 노력해도 호리병 위에 넋대를 올릴 수 없었다. 평소 같으면 무당의 눈에는 혼이 움직이는 혼불이 보였는데 영철이 죽어 혼이 된 혼불이 보이지 않았다. 무당도 무언가 이상한 것을 느끼면서 망자 영철의 혼을 가두려고 애썼다. 구경하던 사람들도, 무당도 온통 넋대 잡은 사람에게 시선이 쏠렸다. 몇 번이나 시도하다가 안 되어 무당은 순임을 불러 떠나가는 낭군의 넋에 절을 해야 한다고 했다. 남편 영철의 넋이 헤어지면서 아내를 못 잊어 얼굴을 한 번 더 보고 떠나려고 한다고 했다. 순임은 소복을 한 채 해쓱해진 얼굴로 호리병 앞으로 불려 나왔다. 영철은 군대에 입대한 후로 처음 보는 아내의 얼굴이었다. 결혼하고 몇 달 서로를 알아가며 겨우 사랑을 느낄 때 헤어진 아내였다. 그 아내가 다른 사람의 아내가 되어 전남편인 자기 귀신이 붙어 병을 앓고 있다는 것이었다.

지금 아내를 만나면 아내는 무어라 할까? 지나간 인연이니까 쌀쌀맞게 외면할까? 영철은 불빛에 비친 아내의 모습을 보자 자신이 오지 말아야 할 곳에 와 있는지도 모른다는 생각이 들었다. 무당은 아내 순임에게 말했다.

"떠나가는 옛 서방 넋에 마지막 하직인사를 올리거라."

그러면서 순임을 대신해서 영철의 넋에 흐느끼면서 사연을 엮어 하직인사말을 했다.

"서방님, 잘 가시옵소서. 혼인하고 석 달 만에 서방님 국군 가고, 오매불망 서방님 무사토록 아침저녁 정화수 떠다 놓고 칠성님께 빌었건만 하늘도 무심하지. 항우 같던 우리 서방, 태산 같은 우리 남편 시체 없는 전사통지 받고 이 년은 기절했소. 저승 가신 우리 서방, 이승 인연 잊고 가소. 호리병 안이 만경창파라 생각하고 이승 인연 잊어주소."

무당은 이때까지 주술을 읊거나 무속곡에 사연을 붙여서 부를 때와는 달리 사랑하는 서방님을 떠나보내는 여인이 애절하게 흐느끼는 구성진 음성으로 듣는 사람의 마음까지도 이별의 슬픔에 젖어들어 애간장이 녹게 하였다. 무당의 춤과 주술과 무속노래와 대사는 화랑이들의 장구와 북, 꽹과리, 나발뿐만 아니라 추임새까지 어울려 굿판은 마당극이 되고, 예술이 되어 잘 연출된 연극과 같았다.

무당은 순임에게 신대에 옮겨 있는 옛 서방 영철의 넋에 큰절을 두 번 올리라고 했다. 순임은 무당의 말에 따르지 않고 큰소리로 말했다.

"서방님 귀신이라도 마음대로 떠돌아 댕기게 놔두지 왜 호리병 속에 가둘라고 하노."

크게 소리치고는 발로 호리병을 차서 깨어버렸다. 모두 어안이 벙벙했다. 많은 돈을 들여서 밤새도록 한 굿이 허사가 되는 순간이었다. 그러자 순임의 어머니는 순임에게 사정하며 협박하듯 말했다.

"신 서방 넋을 가두지 않으면 니는 이 세상에서 살 수 없어. 이 등신아…"

순임의 어머니는 무당에게 부탁하여 새 호리병을 가져다 놓고 다시 영철의 넋을 가두게 해달라고 했다. 순임은 어머니의 강요에 새 호리병 앞에 절도 안 하고 앉아 있었다. 넋대를 잡은 사람이 아무리 호리병 위로 넋대를 옮기려고 하여도 되지 않았다. 사람들은 모두 넋대를 바라보며 남편 영철의 넋이 호리병 안에 갇히지 않으려고 발버둥치는 것 같아 죽은 사람 넋이지만, 불쌍하다고 생각했다. 그때 커다란 남자의 음성이 들렸다.

"거, 넋대 잡은 사람, 두 손으로 꽉 잡고 올려보소."

그 순간 순임은 벌떡 일어나며 소리쳤다.

"서방님 목소리다!"

소복을 입고 넋대 앞에 조아리고 있던 순임이 구경꾼 쪽으로 뛰어왔다. 영철도 몇 명 남아 있던 구경꾼 앞으로 뛰어나갔다. 두 사람은 얼싸안았다. 순임은 남편의 목을 안고 엉엉 소리 내어 울었다. 사람들은 죽은 사람이 살아온 이 기적 같은 모습에 넋을 잃고 바라보고 있었다. 그렇지만 순임의 어머니는 순임의 옛 서방이 나타나자 넋이 나가 멍하니 바라보며 태산 같은 걱정을 하는 가운데 하늘은 먼동이 트며 희부옇게 밝아오고 있었다.

⑤ 배고픈 군상

    일선에서 총성은 그쳤지만, 깊은 산에는 아직 공비들이 남아 치안이 불안하고, 부서지고 불타버린 거리에는 고아들과 집 잃은 사람들로 넘쳐났다. 그동안 전쟁으로 농사를 제대로 지을 수 없어 식량이 부족해 대부분 사람이 기근에 허덕였다. 남편이 전사당해 혼자서 아이들을 키우며 늙으신 시부모님까지 부양하는 여인이 지친 몸으로 식구들의 끼니를 챙기기 위해 힘겹게 일하고 있었다. 나라 전체가 전쟁의 폐허 속에 살아갈 집도, 먹을 음식도 없어 사람들은 살길을 찾아 거리를 헤맸다. 국가를 지키다가 부상당해 노동력을 잃은 상이군인과 남편 잃은 미망인이 먹고살 길이 막막한데도 나라에서는 이들을 보살필 여력이 없었다.

    보릿고개는 매년 찾아오고, 온 나라가 가난에 찌들어 굶어 죽고, 병들어 죽는 사람이 늘어갔다. 길거리에는 거지들이 무리를 지어 다니며 어느 동네에나 끼니때가 되면 음식을 구걸하러 오는 사람들이 집마다 깡통을 들고 찾아왔다. 시래기를 넣어 쑨 멀건 죽을 식구들이 먹기에도 부족한데도 조금씩 나누어주었다. 음식이 부족해 늘 배고프게 살면서도 동냥 오는 더 배고픈 사람에게 나누어주는 인정이 있었고, 국민 전체에 그런 정서가 자리 잡고 있어 끼니때 오는 동냥아치를 물리치지 않았다. 그런 가운데도 잘 사는 부잣집의 커다란 대문은 항상 잠겨 있고, 대문 안에는 사나운 개를 기르고 있어 동냥아치들이 들어갈 엄두도 내지 못했다. 자선단체에서나 종교단체에서 큰 솥에다 죽을 끓여 허기진 사람들에게 나누어주기도 했다. 사람들은 꿀꿀이 죽이라고 불렀지만, 굶어 죽어가는 사람들에게는 그 멀건 죽이 생명선이었다.

여덟 살 진태는 구걸하고 다녔다. 다리 밑에서 자고 왕초에게 맞아가면서 끼니때가 되면 집마다 돌아다니며 음식을 얻어와 한데 모아 다시 끓여 또래 거지 아이들과 나누어 먹었다. 다리 밑 거지 아이들은 왕초를 제외하고 모두 끼니때가 되면 음식을 얻으러 다녔다. 넓은 도시라 거지 아이들은 조를 나누어 매 끼니 지역을 바꾸어가며 음식을 얻어왔다. 그렇게 아침저녁 끼니때면 집마다 돌아다니며 음식을 얻으러 가면서도 같은 집에는 삼사 일에 한 번씩 들렀다. 만여 호도 넘는 큰 도시라서 여러 곳에 거지들이 무리를 지어 생활하며 은연중에 동냥하는 구역이 나누어져 있었다. 다른 구역에 들어가 동냥했다가는 얻은 음식은 다 빼앗기고 몰매를 맞기도 했다. 왕초는 버스역이나 시장같이 사람이 많이 모이는 곳에서 돈을 구걸시켰다.

"구걸하는 데도 요령이 있어. 아주 불쌍하게 보여 사람들의 동정심을 자극하여야 돈을 얻을 수 있다."

왕초는 이렇게 말하며 경험이 많은 동료 거지를 앞에 내세워 시범을 보이며 구걸하는 요령을 연습시켰다.

"아주머니, 너무 배가 고파요. 1원만 주세요."

진태는 버스역이나 사람들이 많이 모인 곳에서 손을 벌리며 힘이 없어 기어들어 가는 목소리로 구걸했다. 그러면 아주머니들은 1원짜리 지폐를 주며 말했다.

"어쩌다 혼자가 되었니? 엄마, 아빠는?"

"어머니, 아버지는 총 맞아 죽었어요. 제가 보는 앞에서요."

"저런, 불쌍해라."

어떤 아주머니는 5원을 손에 쥐여주기도 했다. 아저씨들보다 아주머니들이 동냥 돈을 잘 주었다. 얻어온 돈은 왕초에게 모두 바쳤다. 그러다가 돈을 못 얻어오거나 돈의 액수가 전날보다 적으면 매를 맞았다. 진태는 도망칠 수도 없었다. 도망을 가도 동냥하다가 언젠가는 잡힐 것이고, 잡히면 더 심하게 맞을 것이었다. 거지들의 집단에서는 왕초가 말하는 것이 법이고, 왕초는 임금이고, 절대 권력자로 신 같은 존재였다. 그렇게 때리다가 죽으면 개울가나 산자락에 묻어버리면 그만이었다. 경찰도, 어른들도, 아무도 그들에게 관심을 가지지 않았다. 진태는 저녁을 얻어오다가 길가에 깡통을 앞에 놓고 쪼그리고 있는 아이를 보았다. 나이는 일곱 살쯤 되어 보였다.

"왜 여기 있어? 밥은 먹었어?"

아이는 힘없이 고개를 가로저었다.

"온종일 아무것도 못 먹었어."

진태는 얻어오던 음식을 나누어주었다. 아이는 허겁지겁 먹었다. 바라보고 있던 진태는 깡통 속에 있는 음식을 더 주었다. 아이는 음식을 다 먹고는 기운을 차린 듯이 말했다.

"형, 고마워. 배가 고파 먹을 것을 얻으려 동네에 들어가면 형 아들이 그 동네는 자기들 구역이라고 못 들어오게 해. 밥 얻어먹을 곳이 없어."

"잘 곳은 있니?"

"저 건너 빈집 헛간에 가서 자면 돼."

진태는 다리 밑으로 돌아왔다. 다른 아이들은 모두 왔는데 너무 늦게 오는 데다 음식이 평소의 반도 안 되었다. 왕초는 때리며 말했다.

"저녁을 얻어오다 너 혼자 먹었지?"

진태는 오다가 어린 거지 아이에게 주었다고 말할 수 없었다. 그러면 당장 달려가서 그 아이를 잡아와 왕초는 자기처럼 두들겨 패면서 구걸을 시킬 것 같았다. 진태는 맞으면서도 배고픈 거지 아이에게 얻어오던 음식을 주었다고 이야기하지 않았다. 그날 저녁 얻어온 음식을 나누어 먹을 때 진태 몫은 없어 굶었다. 진태는 어머니, 아버지와 같이 생활하던 때가 생각났다. 광산촌에서 남부럽지 않게 살다가 전쟁을 피해 피난 가서도 남들처럼 힘들게 살지는 않았다. 피난생활 중에도 잡곡밥이지만 배부르게 먹고, 엄마 아빠에게 응석을 부리며 살았다. 여덟 살인 진태는 피난살이를 끝내고 아빠, 엄마와 같이 살던 광산촌 집으로 돌아가다가 고아가 되었다. 아빠 김양길은 탄광이 있는 황지 소방대장이었다. 양길은 예안 장터 변두리에서 다른 사람의 논밭을 빌려 농사를 지어도 식량이 모자라 보릿고개 때는 늘 배고프게 살다가 강원도 탄광촌으로 가서 갱 속에서 탄을 캐는 일을 했다. 양길은 지하 수천 미터 갱 속에서 탄을 캐는 일이 너무 힘들어 월급은 적지만, 땅 위에서 돈을 벌 수 있는 소방서에 취직하게 되었다.

전국 각지에서 가난한 사람들이 일자리를 찾아와서 모여 사는 탄광촌 대부분의 집들은 산비탈이나 개울가에 다닥다닥 붙여 지은 판잣집으로 곳곳에 동네를 이루고 있었다. 불이 나면 크게 번져 동네가 모두 타 잿더미가 되기도 했다. 화재가 발생해 사이렌이 울리면 의용소방대원들과 같이 펌프가 달린 수레를 차에 달고 가서 두 사람의 소방관이 양쪽 손잡이를 잡고 펌프질하고 다른 소방관은 물이 나오는 호스를 들고 불을 껐다. 물을 뿌려도 불길이 세어 불난 집이 모두 타버리거나 불을 꺼도 다시 살 수 없을 정도로 새까맣게 그을리기도 하지만, 불이 크게 번지는 것을 막아 동네를 화마에서 지켜내었다.

소방서에서는 불을 끌 뿐만 아니라 광산 갱도에 사고가 나면 광부들과 인명구조 활동도 했다. 그렇게 몇 년을 근무하다 해방되어 일본인 소방대장이 떠나자 그 자리를 물려받게 되었다. 소방대장은 관내 기관장 회의에도 참석하고, 경찰서장처럼 옷소매에는 금테 줄이 여러 개 새겨져 있고, 모자도 금테 줄과 챙에는 금실로 화려하게 장식되어 정복을 입고 나가면 사람들은 경찰서장으로 착각하기도 했다. 소방대장 양길은 전쟁이 일어나자 피난 가지 않을 수 없었다. 식구들을 데리고 연탄 차를 타고 영주를 거쳐 안동까지 와서 걸어서 의성을 지나 군위까지 왔는데 인민군이 피난민보다 앞질러 진격하여 더 이상 갈 수가 없었다. 양길은 아내와 여덟 살 난 아들과 같이 소보면의 농촌에서 남의 집 행랑채를 빌려 피난생활을 했다. 가지고 온 돈이 많아 양식을 사고, 옷도 사 입으면서 다른 사람들보다 여유 있는 피난생활을 했다. 몇 달 후 전선이 삼팔선 너머로 올라가자 직장이 있는 황지로 돌아가기 위해 피난살이를 끝내고 출발했다.

　　인민군에게 점령되었던 황지가 수복되자 탄광일이 다시 시작되고 피난 갔던 군청, 경찰서 직원들이 돌아와서 관공서도 정상적인 업무를 시작했다. 황지군 내 관청이 업무를 시작했는데 소방대장인 자신이 가지 않으면 전쟁 중에 죽은 것으로 알고 다른 사람이 대장으로 들어서면 직장을 잃을 수도 있어 길을 서둘렀다. 차량을 구할 수 없어 걸어서 봉화를 지나 지름길로 물야 오전약수탕을 거쳐 주실령을 넘었다. 주실령은 옛날 보부상들이 등짐을 지고 넘던 고개로 문수산과 선달산을 잇는 높은 재였다. 산에는 후퇴하다 길이 막힌 인민군 패잔병들과 북으로 못 떠난 내무서원들이 숨어 있어 위험했다. 주실령을 넘어 계곡으로 들어서자 두뇌약수탕이 나왔다. 이곳에는 곳곳에 약수탕이 있어 오래전부터 신선들이 살던 동네로 알려져 왔다. 서벽으로 들어서자 이제 하루만 걸으면 황지에 도착할 것이었다. 배낭 속에 간직하고 있던 소방대장 옷과 모자를 꺼내 보았다. 옷은 구겨져도 모자에 번쩍거리는 문양이 양길의 지위를 말해주었다.

소방대장 모자를 쓰자 금테 줄과 창에 새겨진 황금색 문양이 경찰서장 모자 같아 누가 보아도 위엄 있어 보였다. 양길은 번쩍이는 소방대장 모자를 쓰고 문수산 자락길을 따라 서벽 쪽으로 아내와 여덟 살 아들과 같이 걷고 있었다. 문수산에는 후퇴하다가 퇴로가 차단된 몇 명의 인민군이 숨어 있었다. 개울가 은신처에서 숨었던 인민군은 번쩍이는 금테 모자를 쓰고 오는 양길을 발견했다. 경찰서장쯤 되는 고위직으로 보였다. 그들을 숲속에 숨어서 정조준하여 방아쇠를 당겼다. 총에 맞은 양길은 쓰러지고 모자는 벗겨져 길바닥에 뒹굴었다. 이어서 여러 발의 총성이 나자 양길의 아내도 쓰러졌다. 여덟 살 난 진태는 이렇게 아버지와 어머니를 잃었다. 총소리만 들리고 총 쏜 사람은 보이지 않았다. 진태는 갑자기 아빠와 엄마가 피를 흘리며 쓰러지자 어쩔 줄 몰라 쓰러진 아빠, 엄마 옆에서 울고 있었다. 한 시간이 지나자 인근 동네 사람들이 몰려와 시신을 산자락에 묻고 진태를 봉화경찰서에 데려다주었다. 진태는 경찰서에서 이웃 군에 있는 고아원으로 넘겨졌다. 모든 것이 한순간에 일어난 악몽 같은 일이었다.

고아원에는 먼저 들어온 형들도 있고, 갓난아기도 있었다. 고아원 생활은 생소하고 엄마, 아빠가 죽었다는 것이 믿기지 않았다. 깨끗한 옷을 입고 귀공자처럼 뽀얀 얼굴을 가진 진태를 먼저 들어온 형들이 괴롭혔다. 선생님이나 일하는 어른들의 눈만 피하면 쥐어박고 떠밀고 때리기도 했다. 선생님이 있어도 몰래 따가운 눈총을 주었다. 며칠 전까지도 엄마, 아빠의 사랑을 독차지하던 진태는 새로운 환경이 낯설고 무서웠다. 눈을 감으면 엄마, 아빠의 모습이 떠올랐다. 꿈속에서 엄마 품에 안겨 응석을 부리다가 깨어나면 많은 아이가 같이 자는 고아원이었다. 엄마, 아빠가 총에 맞아 피를 흘리며 죽어가던 모습이 눈에 선했다. 총소리는 나는데 총 쏘는 사람의 모습은 보이지 않았다. 누가 엄마, 아빠를 쏘았을까? 경찰서에서 패잔병이라는 이야기를 들었다. 그 사람들은 엄마, 아빠에게 무슨 원한이 있어 총을 쏘았는지 알 수 없었다.

　진태는 어릴 때 살던 탄광촌 집이 생각났다. 거기에 가면 같이 자라던 옆집 영이도, 철이도 살고 있을 것 같았다. 그리고 살던 집도, 덮고 자던 이불도, 밥해 먹던 솥도 그대로 있을 것 같았다. 그런데 엄마, 아빠가 없는 집에 가서 혼자 살 수 있을까? 옆집 영이와 철이 엄마가 도와줄 것이라는 생각이 들었다. 영이네 집에 놀러 가서 점심때가 되면 언제나 우리 집처럼 같이 점심을 먹었다. 영이와 철이도 우리 집에 와서 끼니때가 되면 같이 밥 먹던 기억이 났다. 엄마, 아빠가 없어도 내가 태어나고 자란 집으로 가면 살 수 있을 것 같았다. 가는 길은 모르지만, 물어물어서 가면 될 것이었다.

 진태는 선생님과 아이들이 모두 잠든 한밤중에 몰래 고아원을 나와서 무작정 걸었다. 날이 새고 온종일 시내를 돌아다니다 다리가 아파 어느 집 앞에 쪼그리고 앉아 있었다. 부서지고 깨어지고 불에 탄 거리에는 폭격 맞지 않고 남아 있는 집들도 있었다. 저녁 때가 되어 너무 배가 고파 음식을 얻어먹으려 어느 집에 들어가려는데 깡통을 든 또래의 거지 아이가 와서 여기는 자기들 구역이라고 동냥하면 안 된다고 했다.

 "동냥하는 데 구역이 어디 있어?"

 "너는 몰라서 그러는데 우리 구역에서 동냥하다가 왕초한테 걸리면 맞아 죽어."

 그때 스무 살은 되어 보이는 아저씨가 다가왔다.

 "왕초, 얘가 여기서 동냥을 하려 해요."

 왕초는 진태에게 다가왔다. 그러면서 다정하게 말을 걸었다.

 "배고프니? 너 어디서 왔어?"

 "고아원에서 나왔어요."

 "고아원에서 왜 나왔니? 엄마, 아빠는 어디 갔니?"

 "엄마, 아빠는 총에 맞아 죽었고요. 집에 가려고."

 "집이 어딘데?"

 "강원도 탄광촌이래요."

 "그래, 배 많이 고프지?"

 왕초 아저씨는 진태를 데리고 빵집에 가서 빵을 사주었다. 진태는 그렇게 따라와 다리 밑 거지 왕초네 식구가 되었다.

거리의 거지 중에는 나환자도 있었다. 나병은 신체 부위가 망가지는 전염병이라 가족도 같이 살 수 없는 무서운 병이었다. 해방되고 전쟁이 일어나서 국가의 기반시설이 모두 파괴되고, 경제가 무너져 나라에서는 나환자를 한 곳으로 분리하여 수용할 여력이 없었다. 나환자를 문둥병자라고 하며, 전염병이라 사람들은 만나기를 꺼렸다. 나환자들은 전국적으로 거리를 떠돌며 동냥하여 먹고살고 있었다. 나환자들은 무리 지어 떠돌아다니며 다리 밑이나 연자방아 같은 곳에서 비와 밤이슬을 피해 생활하며, 끼니때마다 음식을 얻으러 각 가정으로 돌아다녀 무서운 나병이 전국으로 널리 퍼져나갔다.

그렇지만 나환은 피부접촉으로 전염되는 병이라 조심만 하면 피할 수 있는 병이었다. 나환은 사람의 간을 먹으면 병이 낫는다는 허황한 이야기가 떠돌아 사람들은 나환자를 무서워했고, 어떤 곳에서는 참꽃나무 밑에 숨어 있던 문둥병자가 꽃을 꺾으러 오는 아이를 잡아 간을 빼먹었다는 흉흉한 소문도 돌았다. 외진 곳에서 아이들은 나환자를 만나면 두려움에 떨었다. 가끔은 아이들뿐만 아니라 어른들도 행방불명이 되어 찾을 수 없었다. 사람들은 말로는 표현하지 않지만, 나환자에게 잡아먹혔을지도 모른다고 상상하기도 했다.

병이 들지 않았지만, 먹고살 길이 없는 젊은 사람들이 몇 명씩 무리를 지어 다니면서 각설이 타령으로 놀아주고 동냥하는 무리도 있었다. 각설이패가 동네에 들어오면 아이들은 큰 구경거리라서 집마다 동냥을 하는 각설이패의 뒤를 따라다니며 구경했다.

어얼 씨구씨구 들어간다
저얼 씨구씨구 들어간다
작년에 왔던 각설이 죽지도 않고 또 왔네

이렇게 시작하는 각설이 타령은 대부분 일 년 중 달을 빗대어 부른 타령으로 전국적으로 유행했다. 그들은 타령할 때마다 사연은 조금씩 달리하여 흥을 돋우었다.

일전에 한 잔 들고 보니
일선에 가신 우리 낭군 돌아오기만 기다린다
이전에 한 잔 들고 보니
이승만은 대통령 아(我)주사는 부통령 …

각설이 타령은 할 때마다 임기응변으로 내용을 약간씩 바꾸어 가며 흥을 돋우며 어깨를 들썩거리고 동냥 바가지를 두드리며 빙글빙글 군무를 춰가며 타령을 불렀다. 가끔은 외설스러운 내용도 가미하여 듣는 이들의 웃음과 흥미를 돋우었다. 모두가 배곯으며 먹고살기 힘들 때였지만, 동냥을 얻으러 다니는 각설이꾼에게는 이런 낭만과 멋과 흥이 있었다.

사회가 차츰 안정되어 가자 공비들이 사라져 산에 출입하는 것이 위험하지 않으니 여인들 사이에서 오래전부터 내려오던 화전놀이가 다시 시작되었다. 화전놀이는 여인들이 일 년 동안 농사와 길쌈, 매일 삼시 세 끼 식구들의 식사준비로 허리 펼 사이 없이 힘든 일상에서 해방되는 날이었다. 화전놀이 날은 나들이옷을 입고, 아끼던 동동구리무도 바르고, 시집올 때 받은 금반지도 끼고 가까운 산이나 냇가에 가서 수다 떨고, 노래 부르고 춤추며, 층층시하 집 안에서 엄한 시어머니와 불여우 같은 시누이들에게서 벗어나 억눌려 생활하며 받은 스트레스를 날려보냈다. 가지고 간 솥뚜껑을 뒤집어 놓고 밀가루에 들기름으로 진달래 꽃잎으로 전 부치고, 막걸리와 지난가을 담아놓았던 국화주를 마시며 남정네에게서 벗어나고 시어머니, 시누이의 눈치에서 해방되어 시집살이로 억눌려 있던 각자의 끼를 마음껏 발산하는 하루였다.

절제가 안 되는 여인은 술을 너무 마셔서 집으로 돌아오면서도 취해서 비틀비틀 걸어가는 이도 있었다. 박 첨지의 아내는 술에 취해 산 밑까지는 비틀거리며 내려와 길섶에서 쓰러져 잠이 들었다. 같이 간 동네 여인들도 술에 취해 뒤따라오던 박 첨지의 아내가 쓰러진 줄도 모르고 각자의 집으로 돌아갔다.

길에는 아무도 다니는 사람이 없어 한적했다. 저녁때가 되어 나이 사십은 된 거지가 깡통을 들고 마을로 밥 얻으러 가다가 예쁘게 차려입고 곱게 화장한 여인이 길가에서 자는 모습을 옆에 가서 내려다보았다. 사십 평생 남의 집 문전걸식하며 살아온 거지는 곱게 단장한 여인을 이렇게 가까이 본 것은 처음이었다. 그것도 아무도 없는 외진 곳에서 자는 모습이 하늘에서 내려온 선녀가 아닐까 하는 생각이 들 정도로 예뻐 보였다. 거지 부모에게 태어나 살아오면서 어릴 때부터 배운 것은 남의 집 대문에서 동냥하는 것뿐이라 사십이 되도록 결혼은 물론 여자 한 번도 품어보지 못했다. 여인을 가만히 흔들어 깨워보았다. 인사불성이 된 여인은 흔들어 깨워도 일어나지 않았다.

  거지는 온몸이 달아올랐다. 살아오면서 이렇게 온몸이 달아오르고, 살이 뻣뻣해보기는 처음이었다. 남의 집 문전에서 동냥하는 거지에게 이런 행운이 찾아오리라고는 상상도 못했다. 낡고 냄새 나고 때에 찌든 바지를 벗고 여인의 치마를 헤치고 난생처음 여인을, 그것도 새신부처럼 예쁜 옷에다 곱게 화장까지 한 여인을 품으며 한 몸이 되었다. 그러면서 누가 올까 볼까 조급했다. 욕심을 채우고 낡은 바지를 입고 줄행랑을 치려고 돌아서는데 여인이 깨어났다. 거지는 잡히면 사람들에게 맞아 죽을 것 같아 뒤도 돌아보지 않고 도망가고 있었다. 여인은 일어나 정절을 잃은 것을 알았다. 그것도 더럽고 냄새나는 거지에게 당한 것이었다. 여인은 너무 황망한 가운데도 거지의 입을 막아야 한다고 생각했다. 거지의 입만 막으면 평생을 혼자서만 간직한 비밀로 남편에게는 아내로, 동네에서는 이웃 아낙으로 지금처럼 살아갈 것만 같았다. 도망가는 거지를 불렀다.

  "여보세요. 내 말 잠깐만 듣고 가요."

거지는 여인이 고함치지 않고 부드럽게 부르자 무슨 일인가 싶어 돌아서 왔다.

"지금 우리 일 아무한테도 이야기하면 안 돼요."

그러면서 거지에게 뇌물을 주면 말을 하지 않으리라 생각하고 약지에 끼고 있던 결혼 때 받은 금반지를 빼주었다. 거지는 평생에 처음 선녀 같은 여인을 상대로 총각 신세를 면했지만, 여인이 깨어나서 소리치고 사람들이 달려오면 맞아 죽을 줄 알았는데 금반지까지 받고 보니 세상에 이런 횡재가 없었다. 금반지를 받고 돌아서 오면서 생각하니 나직나직 애원하듯 하는 여인의 목소리가 마치 아내가 남편에게 부탁하는 목소리처럼 느껴졌다. 더구나 우리 사이라고 하지 않았는가? 여인은 한 번 당하고 나서 거지인 자기를 남편으로 생각하는 것 같은 말씨였다. 그러면서 여인은 자기와 한 몸이 된 정표로 금반지를 주는 것 같았다. 이제 '저 여인은 내 여인이다'라고 생각했다.

멀리서 몰래 여인의 뒤를 따라갔다. 여인은 동네서 제일 큰 집 대문을 열고 들어갔다. 거지는 따라 들어가지 못하고 옆집에 들어가 저녁 동냥을 얻어와 다리 밑에서 먹고 밤을 새우며 생각했다. 이제 저 여인을 이용하면 거지 신세를 면할 수 있을 것 같았다. 여인을 겁박하여 돈을 뜯어 거지생활을 끝내고 잘 먹고 잘 살아갈 것이라는 생각이 들었다. 당장 금반지만 팔아도 한 달은 동냥하지 않고 빈집이나 다리 밑에 움막을 치고 살아갈 수 있을 것이었다.

이튿날 여인 집으로 동냥 갔으나 여인은 보이지 않고 부엌에서 일하는 여자들이 밥을 주었다. 그리고 저녁에도 그 집에 가서 동냥밥을 얻었다. 삼 일을 계속 그 여인 집에 가서 아침저녁으로 드나들면서 밥을 얻었으나 여인을 만날 수 없었다. 여인의 집은 부잣집이라 부엌일을 하는 여자들이 따로 있었다. 부엌일을 하던 여인은 거지를 보고 소리쳤다.

"사흘이나 아침저녁 동냥하러 오면 어떻게 하니껴?"

굶어 죽지 않기 위해서 동냥해도 거지들에게는 나름대로 불문율이 있었다. 다른 거지가 음식을 얻어 나오는 집에는 음식을 얻으러 들어가지 않는다. 또 같은 집에 끼니때마다 계속 음식을 얻으러 가지 않고 적어도 며칠을 사이를 두고 간다. 이 규칙은 법으로 정해져 있는 것은 아니지만, 거지들 사회에서는 은연중에 지켜지는 규칙이었다.

한 끼 식사를 하면서 식구들이 먹을 음식량에서 한 사람분을 덜어내어 주어도 식구들이 남은 음식으로 나누어 먹을 수 있지만, 두 사람, 세 사람의 거지가 와서 동냥을 주고 나면 식구들이 먹을 음식이 없어 굶어야 하기 때문에 더 이상 음식을 줄 수가 없었다. 다른 거지가 동냥하고 나간 집에 모르고 또 들어가면 주인이 "방금 동냥을 주었는데…"라고 말하면 거지는 아무 말도 하지 않고 돌아서 나갔다. 거지도 나름대로 이런 체면을 지키는데 나이 든 이 뻔뻔한 거지는 아주 이 집에서 자기 밥을 해놓고 기다리는 것처럼 끼니마다 음식을 얻으러 오니 부엌일을 하는 여자는 짜증이 날 수밖에 없었다. 여자가 거지에게 짜증을 내며 말하자 거지는 오히려 큰소리쳤다.

"내 집에 내가 밥 먹으러 왔는데 아주머니가 왜 큰소리쳐요."

여자는 거지가 미치지는 않은 것 같은데 내 집이라고 하니 기가 막혀 거지를 떠밀어내면서 나가라고 소리쳤다. 사랑채에 있던 박 첨지가 뛰어나와 무슨 일이냐고 말했다.

"이 거지가 사흘 동안 아침저녁으로 밥을 얻으러 와서 오지 말랬더니 이 집이 자기 집이라고 하니더."

박 첨지는 미친 거지라고 생각하며 지게 막대기를 들고 거지를 때리려 했다. 그때 박 첨지의 아내가 소란스러운 소리를 듣고 안방에서 마루로 나왔다. 그러자 거지는 박 첨지의 아내를 가리키며 말했다.

"저 사람이 내 아내인데 당신은 누구요?"

도리어 박 첨지에게 당당하게 물었다. 박 첨지는 지게 막대기로 거지를 후려쳤다. 아침부터 거지가 와서 큰소리를 치며 행패를 부리자 온 동네 사람들이 박 첨지의 대문 앞에 모여서 구경하고 있었다. 박 첨지의 아내는 거지를 보자 마루에서 쓰러졌다. 부엌에서 일하던 여자들이 기절한 박 첨지 아내의 팔다리를 주무르고 물을 먹였다. 박 첨지가 지게 막대기로 또 때리려고 하자 거지는 막대기를 손으로 잡고 낡은 주머니에서 금반지를 꺼내들고 쓰러져 있는 박 첨지 아내를 가리키며 말했다.

"저 여인이 나와 같이 자며 부부의 연을 맺고 정표로 이 반지를 주었소. 물어보시오."

박 첨지는 거지가 들고 있는 반지를 보니 결혼할 때 자기가 아내한테 해준 금반지였다. 박 첨지는 아내가 길에서 잃어버린 반지를 거지가 주워서 협박하는 것으로 생각하며 반지를 빼앗고 거지를 대문 밖으로 내쳤다. 거지는 동네 사람이 다 들으라고 외쳤다.

"이 집 안주인이 나와 자면서 부부의 연을 맺고 준 내 반지 돌려달라."

박 첨지는 기가 막혔다. 분명 아내와 거지 사이에 무슨 일이 있는 것이 틀림없었다. 박 첨지는 아내가 깨어나자 자초지종을 물었다. 아내는 더는 비밀에 부칠 수도, 속일 수도 없었다.

"화전놀이 날 술에 취해 잠이 들었다가 거지에게 당했니더."

박 첨지는 아내가 거지에게 당했다는 말을 들으니 갑자기 아내의 옷에 이가 우글거리고 씻지 않아 온몸에서 시궁창 냄새가 나는 더러운 거지같이 느껴졌다. 생각만 해도 토할 것 같았다. 도저히 아내로 데리고 살 수 없었다. 그러면서 물었다.

"그래서 거지 서방한테 정표로 내가 해준 결혼반지를 주었나?"

아내는 남편한테 버림받는 것이 겁났다.

"그게 아니고…"

"이 더러운 거지 년아, 뭐가 그게 아니고냐? 거지하고 자보니 그렇게 좋더냐? 당장 이 집에서 나가. 네년을 보니 구역질이 난다. 이 거지 년아."

박 첨지의 아내는 방에 들어가 통곡했다. 이 억울하고 어이없는 일을 어떻게 해야 할지 생각이 나지 않았다. 매일 밤 한 이부자리 밑에서 살을 섞고 살던 남편이 이렇게 무섭게 돌변할 줄은 몰랐다. 내 뜻에 의한 것도 아니고 불가항력으로 당한 것인데, 밤마다 자신의 나신을 쓰다듬어 주며 다정하게 속삭이던 남편이 한순간에 폭군으로 변해 있었다. 이성을 잃고 길길이 날뛰는 남편이 당장에 들어와 머리채를 잡아끌고 대문 밖으로 내동댕이칠 것 같았다. 온 동네에 소문이 나고, 동네 여인들은 화전놀이 간 날 술에 취해 쓰러진 박 첨지의 아내를 살피지 못하고 내려온 것이 자기들 잘못이라고 이야기하면서도 어쩔 수 없이 당했다 하더라도 결혼반지를 왜 거지에게 주었냐고 입방아를 찧고 있었다.

"거지가 일을 끝내고 빼앗았을 거야."

"아니다. 이왕 당했으니 정표로 준 거야."

"왜 정표로 주어? 거지하고 잠자리가 글케 좋았나 보지."

"글케 말하지 마! 거지 입막음할라고 줬는데 오히려 당한 것일 거야."

"남자들은 양반이나 쌍놈이나 거지나 마카다 수캐맹키로 엉큼해."

며칠 후, 끝내 박 첨지의 아내는 옷 보따리 하나 들고 울면서 친정집으로 돌아가고 있었다.

06 서울로 간 시골 처녀들

　논이 귀한 산골에서 자란 처녀들은 태어나서 결혼할 때까지 "쌀 한 말 못 먹고 시집간다"라는 말이 있을 정도로 생활이 빈곤했다. 열여섯, 열일곱 살 되는 시골 처녀들이 돈을 벌기 위해 도시를 향했다. 소녀들은 가난한 농촌을 떠나 사람들이 많이 사는 도시로 가서 취업하는 것이 꿈이었으나 일자리가 많지 않았다. 시내버스 차장이나 공장 직공으로 들어가기는 힘들고, 다른 일자리가 있다고 해도 대부분 가내공업 형태인 봉제나 가공식품이나 생활용품을 만드는 곳이었다. 작업장의 여건은 열악하고, 노임도 주인이 정하는 것이 월급이었다. 봉제공장도 좁은 작업장에 온종일 먼지 속에서 부실한 음식을 먹으며 하루 열두세 시간 이상의 노동에 시달렸다. 잠자리도 작업장 바닥이나 작업장 천정에 다락을 만들어 기어들어 가고, 기어 나오는 정도의 공간으로 사람이 잠자는 곳이라고는 믿기지 않게 열악했다. 그런 환경에서 일하다가 병이

나면 개인 책임이고, 병원 치료비와 약값은 모두 자신이 부담해야 했다. 그렇게 힘들게 벌어서 한 달에 얼마씩 시골 부모님에게 보내어 동생들의 학비를 보탰다. 가난한 시골 부모는 딸이 도시에 나가 취직하여 돈 벌어 보냈다고 온 동네에 자랑하고 다녔다. 이렇게 열악한 환경에 힘든 일을 하면서도 때로는 성폭력을 당하는 소녀도 있었다.

어느 지역에 백여 명의 여자 직공과 수십 명의 남자 공원이 일하는 큰 공장에서 일어난 일이었다. 실을 뽑아 공업용품을 만드는 곳이라 여자 직공들이 많았다. 결혼한 서른 살도 넘은 공장장은 열여섯, 열일곱 살 어린 여자 공원을 작업시간 중에 상담한다고 숙직실로 불러들여 위협을 하며 성폭행했다. 공장 내 사람들은 알면서도 쉬쉬하며 입을 다물었고, 당한 여공도 공장에서 쫓겨날까 두려워 말하지 못하고 혼자서 애태우며 아픈 가슴을 삭이며 일했다. 그렇게 공장장의 상습적인 성폭력은 공장 내에서 근무하는 사람들이 다 알고 있는 비밀이었으나 누구 하나 드러내놓고 이야기하거나 항의할 수 없었다.

전쟁 후유증으로 사회의 질서가 문란하고, 먹고살기 힘든 때라 자유니 인권이니 하는 말은 여유 있고, 배부른 사람들의 사치스런 이야기처럼 들릴 때였다. 그러니 인권이 제대로 보장되지 않고, 사회 풍조도 성에 대해서는 관대한 것을 넘어 무관심한 편이어서 문제가 되면 오히려 폭행당한 소녀에게 "제 몸 하나 간수하지 못하나?"라고 질책하고 개인 탓으로 치부해버리기 일쑤였다. 그런 분위기 속에 피해를 당한 소녀는 평생을 가슴속에 멍울을 안고 살아갈 수밖에 없었다. 또 소녀 식구들이 알아도 소문나면 혼인 줄이 막힌다고 이웃이 알까 두려워 쉬쉬하며 입을 다물었다.

공장장은 사장의 조카라 직원을 해고할 수도, 승진시킬 수도 있는 막강한 권력을 가진 실세였다. 어느 날 공장장이 열일곱 살 여공을 불러서 숙직실로 들어가는 것을 본 남자 직공이 더는 참지 않았다. 직장을 그만두더라고 공장장의 버릇을 고쳐놓으리라고 생각하고 동료 남자 직공들에게 연락하여 여러 명을 불러 숙직실 앞에 세워놓고 갑자기 숙직실 문을 활짝 열며 말했다.

"공장장님! 사장님이 찾습니다."

숙직실 안에서 서른 살이 넘은 공장장은 아랫도리를 벗고 반항하는 열일곱 살 어린 여공의 치마를 벗기고 올라타 한창 열을 올리는 중이었다. 남자 직원들은 달려들어 공장장을 끌어내었다.

"공장장님, 딸같이 어린 직원들에게 이럴 수 있습니꺼?"

"이 새끼들 죽고 싶어? 공장장한테! 바지나 입고 이야기하자."

"공장장님, 한두 번째입니꺼? 우리가 아는 것만 해도 열 번도 넘습니더."

여자 직공은 울면서 치마를 입고 도망가고, 공장장이 바지를 입고 나자 남자 직공들은 사장에게 끌고 갔다. 이야기를 듣고 사장은 조카인 공장장의 따귀를 때렸다.

"당장 집으로 돌아가."

사장은 조카를 쫓아내었다. 그리고 그다음이 문제였다. 사장은 성폭행 현장에서 공장장인 조카를 잡아온 남자 직공들을 설득하고 있었다.

"자네들도 남자가 아이가? 공장장도 남자니까, 자네들이 이해해주어."

"사장님, 공장장이 여직원을 성폭행한 것이 한두 번이 아닙니더. 우리가 알고 있는 것만도 열 번도 넘습니더. 이러케 일 년만 가면 우리 공장 여자 직원들은 공장장에게 모두 당하고 말 것입니더. 이번 기회에 공장장을 해고하고 여자 직원들을 보호할 수 있도록 공장장을 바꾸어주이소."

이때까지는 사장과 공장장의 말이라면 무조건 따르던 남자 공원들의 분위기 심상치 않음을 알고 사장은 한발 물러섰다.

"알았네, 자네들 말대로 공장장을 내어 보내고, 새 공장장을 데려올 터니 더 이상 문제 만들지 말게."

사장이 한 발 후퇴하자 공장장의 비행을 현장에서 붙잡았던 남자 직공이 생각해보니 돈 많고 빽 있는 공장장을 경찰에 고발해보아도 내일이면 풀려 나올 것 같았다. 그러면 사장은 공장장이 경찰에서 풀려 나왔으니 그대로 둘지 모른다. 공장장은 경찰에 갔다 왔으니 자기의 죄는 사면되었다고 생각하며 경찰에 가도 별것 아니라며, 자기의 비행현장을 잡은 남자 직원들을 괴롭히며 여자 직공들에게 그런 짓을 계속할지도 모른다는 생각이 들었다. 남자 직원들은 사장과 타협하고 말았다.

이튿날 인근에 있는 큰 인견공장에서 공장장이 새로 왔다. 머리가 희끗희끗해 나이가 들고 인자해 보였다. 그렇지만 사장 조카와 그 인견공장 공장장은 자리만 바뀐 것이었다. 남자 공원들은 옮겨진 공장에서는 여자 직원들이 무사할까 걱정이 되었다. 공장장은 떠났지만, 상처를 입은 어린 소녀들은 어디에도 하소연할 수 없이 평생을 혼자서 가슴속 멍울을 안고 살아갈 수밖에 없었다.

무작정 서울로 올라온 숙이는 서울역에 내려서 갈 곳이 없어 당황했다. 시골에서 생각할 때 서울역에 가면 일할 사람이 필요한 공장을 연결해주는 직업소개소 같은 것이 있을 줄 알았다. 갈 곳 없는 숙이는 당황하여 역 광장에서 이리저리 헤매고 다녔다. 그때 한 할머니가 옆으로 다가와 다정하게 말을 걸어왔다.

"처녀, 시골서 처음 서울 오지? 서울은 위험한 곳이야. 조심해야지. 어디 친척과 잘 곳은 있나?"

"없어요."

"딱해라. 무작정 올라왔네. 우리 집으로 가자. 내가 재워주고 일자리도 알아봐 줄게."

숙이는 구세주를 만난 것 같았다. 서울역에 내리자마자 이런 할머니를 만나다니, 숙이는 기차를 타고 오며 갈 곳도, 반겨줄 사람도 없이 무작정 가는 서울생활을 걱정하며 마음이 몹시 초조했다. 서울역에 내려서 어떻게 해야 할지 몰라 역 광장에 직업소개소라도 있나 싶어 이리저리 살피고 다니다가 할머니를 만났다. 할머니는 인자하고 다정해서 고생하지 않고 좋은 직장을 잡아 서울에 정착할 것 같았다. 책에서 읽은 신데렐라 같은 행운이 자기에게도 찾아온 것 같았다.

곱고 말씨도 점잖은 할머니를 따라갔다. 깨끗한 집 대문에 들어서니 현관문 앞에는 예쁜 꽃이 핀 화분이 놓여 있고, 몇 명의 처녀가 먼저 와 있었다. 하얀 쌀밥에 고기반찬까지 있는 저녁상이 나왔다. 저녁을 먹고 처녀들과 이야기를 나누어 보니 전라도에서 온 처녀도 있고, 숙이처럼 경상도에서 온 처녀도 있고, 충청도와 멀리 제주도에서 배를 타고 육지로 건너와 기차 타고 온 처녀도 있었다. 모두가 아무런 연고도 없이 서울에 온 처녀들로 서울역에서 할머니를 만났다고 했다. 서로 이야기하면서 무언가 이상한 분위기를 느꼈지만, 할머니 말을 믿을 수밖에 없었다.

이튿날 시골에서는 볼 수 없는 검은 지프차가 와서 처녀들을 태워갔다. 차를 타면서 처녀들은 이제 공장이나 일자리로 가나 보다 하고 차에 올랐다. 차는 복잡한 서울의 거리를 한참 달려 도착한 곳이 종로 3가라는 동네로 다닥다닥 연결하여 지은 집으로 들어가니 몸에 착 달라붙은 처음 보는 옷을 입고 짙은 화장을 한 여인들이 구경거리라도 본 듯 우르르 몰려 나와 자기들끼리 말했다.

"신병들이 들어왔네. 오늘 저녁 댕기풀이하는 서방님들 신나겠다."

숙이는 여기가 군대도 아니고 신병은 무엇이고, 댕기풀이는 무엇인지 몰라 어리둥절하면서도 서울에 사창가가 있다는데 여기구나 하는 생각이 들어 정신이 아득해지고, 온몸이 떨려 어쩔 줄 몰랐다. 같이 온 처녀들도 하나같이 당황했으나 벗어날 방법이 없었다. 서울역에서 인자한 척 말을 걸던 할머니는 무작정 서울로 오는 처녀들을 잡아, 사창가로 팔아넘기는 양의 탈을 쓴 인신매매단이었다.

만촌 동네에 사는 신태숙과 박수진은 친구의 소개로 봉제공장에 취직하기 위해 서울로 향했다. 태숙과 수진은 부모를 졸라 친구만 믿고 낯선 서울로 출발했다. 아버지와 어머니는 서울 가는 시골 처녀들이 인신매매단에 붙잡혀 사창가로 팔려간다는 이야기를 듣고 걱정이 되어 딸이 서울 가는 것을 허락하지 않았다. 그러다가 친구의 편지를 보고 걱정을 하면서도 승낙했다.

태숙과 수진은 예안에서 버스를 타고 와서 안동역에서 처음 보는 기차를 타고 청량리로 가고 있었다. 청량리역에서 친구가 기다리기로 했다. 두 처녀는 난생처음 기차를 타고 차창으로 스쳐가는 들과 산과 집들을 보며 낯선 서울로 가면서도 두렵지도, 초조하지도 않고 희망에 부풀어 있었다. 난리통에 국민학교도 제대로 다니지 못하고 졸업장을 받고 아버지, 어머니를 도와 밭매고 아침저녁 동네 우물에서 물을 길어 밥하며 산골의 작은 동리에서 생활하다가 이제 넓은 서울에서 돈 벌어 언젠가는 금의환향할 꿈을 꾸며 들뜬 마음을 안고 서울로 가고 있었다.

청량리역에 내리자 마중 나와 있어야 할 친구가 보이지 않았다. 태숙과 수진은 당황했다. 이리저리 친구를 찾으며 사람들로 붐비는 청량리역 광장을 돌아다녔다. 그때 어떤 청년이 다가와서 말을 걸었다.

"아가씨들, 경상도에서 올라왔지요?"

"예. 마중 나오기로 한 봉제공장 친구를 못 만나 찾아 댕기니더."

"찾았네. 봉제공장에 같이 근무하는 사람인데 아가씨들 친구는 갑자기 공장에 일이 있어 못 나오고 대신 내가 나왔어요. 따라와요. 저기 차를 가져왔어요."

처녀들은 이제야 안심이 되었다. 태숙과 수진은 마중 나온 사람을 만나 다행이라고 생각하고 청년을 따라갔다. 그리고 차 있는 쪽으로 가서 차문을 열고 타려고 했다. 그때였다. 뒤에 다급하게 달려오며 부르는 친구의 목소리가 들렸다.

"태숙아, 수진아! 그 차 타면 안 돼."

친구는 태숙과 수진의 등을 잡고 끌어당겼다. 태숙과 수진은 뒤돌아서 친구를 바라보았다. 그때 청년은 차 시동을 걸어 도망치듯 사라졌다.

"너가 공장에서 보낸 차가 아니었니?"

"큰일 날 뻔했다. 시골서 오는 처녀를 노리는 인신매매단이야. 너희들 저 차 탔으면 사창가로 팔려갈 뻔한 거야."

태숙과 수진은 어안이 벙벙했다. 그러면서 순간 큰일 날 뻔했다는 생각이 들었다.

"마중을 오는데 중간에 차가 막혀 늦었다. 그래도 너희들이 인신매매 차를 타기 전에 발견하여 다행이다. 일 분만 늦었으면 너희들 인생 망치고, 시골에 있는 너의 부모는 내가 너희들을 그런 곳으로 팔았다고 생각하고 나까지 고향에 다시는 갈 수 없게 될 뻔했다. 십 년도 더 감수했다."

"그런데 너가 봉제공장이 일이 있어 못 나오고 대신 왔다던데? 우리가 봉제공장에 가는 줄 어떻게 알았노?"

"아마 너희 둘이 이야기하는 걸 뒤에서 따라오며 들었을 거다. 서울은 세워놓고 눈알 빼가고, 코 떼어가는 데야. 항상 조심해야 해."

태숙과 수진은 서울은 눈알과 코만 떼어가는 것뿐만 아니라 사람을 통째로 잡아가는 곳이라는 생각이 들었다. 마중 나온 친구가 조금만 늦었어도 어떻게 되었을까 하고 생각하니 등골이 오싹하고 아찔했다. 친구를 따라 봉제공장이 모여 있는 청계천으로 갔다. 태숙과 수진이 도착한 봉제공장은 비좁고 환경이 열악했다. 햇볕도 들어오지 않는 공간에 작업대와 재봉틀이 다닥다닥 붙어 있고, 일하는 또래의 여자아이들의 얼굴은 모두가 핏기 없고 해쓱했다. 잠은 공장 위에 다락을 만들어 앉을 수도 없는 낮은 공간에 사다리를 타고 올라가 기어들어 가고 기어 나오는 곳에서 여러 명이 같이 잤다.

작업장은 옷감을 자르고 옮기면서 나오는 먼지가 온종일 자욱했다. 식사도 당번을 정하여 공장 한쪽 베란다 구석에서 밥을 지어 스스로 해결했고, 환경이 열악하여 먼지 속에서 감기를 달고 살았다. 낙동강 가 넓은 들판을 바라보며 맑은 공기를 마시며 자라온 태숙과 수진은 이런 곳에서 어떻게 사람이 살아가나 싶었다. 그래도 또래들을 따라 하루 이틀 일하면서 차츰 적응되어 갔다. 한 달을 넘게 시다로 열심히 일해 받은 월급은 아주 적었다. 처음부터 월급을 약속하고 간 것이 아니라 주인이 주는 대로 받는 수밖에 없었다. 청계천 봉제공장에서 이렇게 생활해보아야 돈을 벌 수도, 공부를 할 수도 없고, 고생만 할 것 같아 희망이 없었다. 태숙은 이곳에서는 사람도 일하다가 병들면 망가져 버려지는 재봉틀 기계 같다는 생각이 들었다.

태숙은 어느 집에서 가정부(가사도우미)를 구한다는 소식을 듣고 찾아갔다. 식모인 가정부도 힘들겠지만, 봉제공장보다는 나을 것 같았다. 주인아주머니는 인자해 보였다. 차 한 잔 내어놓고 반시간이나 이야기하는데 남편인 점잖은 노신사가 들어왔다.

"이 아이여요. 고향은 경상도 안동이고, 부모님은 농사를 짓고, 서울에는 두 달 전에 와서 봉제공장에서 일한다고 하네요. 순진하고 똑똑해서 말귀를 잘 알아들을 것 같아요. 마음에 드는데 당신은 어때요?"

"당신이 좋으면 되었소. 이제 한 식구가 되어 살 텐데…"

"인사드려라. 아저씨다."

"저는 신태숙이라 합니다. 고향은 안동 예안이고요, 아버님 성함은 신 덕 자 준 자입니다."

그날로 봉제공장에 가서 말하고 옷 보따리를 싸들고 수진과 헤어져 가정부 살 집으로 왔다. 집은 크지 않으나 거실과 안방, 아저씨의 서재가 있고, 가정부인 태숙이 거처하는 뒷방에도 침대가 있고, 책상도 있었으며, 책상 앞에는 책도 몇 권 꽂혀 있었다. 태숙은 태어나고 처음 침대까지 있는 혼자만의 방을 가지게 된 것이 꿈만 같았다. 아저씨의 서재는 'ㄱ' 자 벽 양면으로 책꽂이가 천정까지 닿아 있고, 한글로 된 책과 영어로 된 책과 한문으로 된 책까지 빽빽하게 꽂혀 있었다. 태숙이 가정부로 살게 된 집은 대학교 학장님 집이었다.

아주머니는 집 안 청소하는 방법과 시장을 보아와서 조리하는 방법과 아저씨와 자기가 좋아하는 음식과 일주일 동안 식단을 짜서 거기에 맞추어 식탁을 차리는 방법과 차 끓이고 손님이 왔을 때 접대하는 방법을 하나하나 가르쳐줬다. 첫날부터 이틀 동안은 모든 일을 앞서 하면서 따라 하게 하더니 삼 일째부터는 쉬운 일부터 하나씩 태숙이 혼자서 하게 하였다. 그리고 열흘이 지나자 아주머니는 집안일과 장보기까지 모두 맡겼다. 그리고 가끔 잘못한 것은 지적하여 고치게 했다. 그렇게 한 달이 지나가자 이제는 아주머니와 아저씨는 집안일에 전혀 간섭하지 않았다. 가끔 오는 친척이나 손님이 올 때는 장보기의 분량과 특별메뉴를 지정해주는 정도였다. 아주머니도 어느 대학에 강의를 나갔다.

그렇게 반년이 지난 어느 날 학장 아저씨가 중학교 검정고시 책을 사와서 집안일을 하고 시간이 있을 때 공부하라고 했다. 태숙은 꿈을 꾸고 있는 것 같았다. 국민학교를 졸업하고 노송골 신

진사 집 아이들과 장터의 주류 도매집 아이들은 안동에 있는 중학교에 가는데 태숙은 아버지가 짓는 논 다섯 마지기의 수확으로는 동생 둘과 다섯 식구가 먹고살기에도 빠듯해 중학교 진학은 꿈도 꿀 수 없었다. 중학교 과정을 학교에 가지 않고 혼자서 공부하여 시험을 보고 졸업장을 주는 제도가 있다며 검정고시 책을 사준 아저씨가 너무 고마웠다.

태숙은 집안일을 마치고 시간이 있을 때와 밤으로 잠을 줄여가며 공부했다. 수학도, 영어도, 과학도 공부할수록 신기하고 재미있었다. 영어는 읽는 법을 몰라 단어 밑에 한글로 써놓고 공부했다. 아저씨는 시간이 있을 때마다 잘 모르는 것이 있으면 물어보라고 하며 영어를 읽고 해석해주고 수학 공식을 설명해주었다. 그렇게 일 년이 지나고 아저씨는 이제는 시험을 보아도 되겠다고 원서를 내어주고 시험 치는 날 시험장까지 데려다주었다. 그리고 얼마 후 교육청에 가서 합격증을 받아왔다. 아저씨와 아주머니는 자기 일처럼 기뻐하며 처음으로 밖에 나가 고급 음식집에서 외식으로 파티를 해주었다.

"너는 머리가 좋아 다른 사람이 선생님에게 일일이 지도를 받으며 삼 년 하는 공부를 일 년 만에 다했구나."

아저씨는 칭찬하며 계속 고등학교 검정 공부를 하라며 책을 사주었다. 고등학교 과정은 중학교 과정보다 어려웠지만, 공부하는 데는 별문제가 없었다. 고등학교 검정도 집안일과 장보기, 식사준비, 청소를 마치고 밤잠을 줄여가며 공부해서 일 년 반 만에 합격했다. 태숙은 고등학교 검정고시 합격증을 받으니 날아갈 듯이 기뻤다. 시장에 갈 때 만나는 흰 컬러에 까만 교복을 입은 또래인 여고생들이 선망의 대상이었는데 나도 그들과 같은 자격이 있다고 생각하니 꿈꾸는 듯 황홀했다.

새 학년도가 시작되기 전 학장 부부는 대학 야간부에 입학원서를 넣어줘 합격하였다. 대학 입학금과 등록금은 학장 부부가 모두 대어주었다. 태숙은 이제 어엿한 대학생이 되었다. 시골에서 옷보따리 하나 들고 서울 청계천 봉제공장에 올 때는 대학생이 되리라고는 상상도 못했다. 낮에는 학장 집안일과 부엌일을 열심히 하고 야간대학에 다녔다. 학장 부부가 퇴근하기 전에 대학 등교할 시간이 되면 반찬을 차려놓고 등교하라고 하고 부부는 퇴근하여 저녁을 먹고 설거지까지 다 해놓았다. 이제는 가정부와 주인이 아니라 부모와 딸같이 아주머니도 집안일을 하며 태숙의 대학생활을 도왔다.

그렇게 4년이 지났다. 학장 부부는 집안일할 아이 한 명을 다시 들이고 딸처럼 태숙에게 주간 대학원에 가서 석박사 학위 공부를 시켰다. 새로 들어온 가정부 아이에게 태숙은 아주머니가 7년 전 처음 왔을 때 가르쳐 주던 것처럼 하나하나 가르치며 거들어주었다. 그리고 시간이 날 때마다 중학교 검정고시를 준비하라며 개인지도를 해주었다.

그렇게 5년이 지났다. 박사학위를 받는 날 학장 부부는 시골에서 농사만 지어오던 태숙의 부모를 초청했다. 대학의 넓은 강당에서 천여 명의 학사, 수백 명의 석사와 함께 열 명의 박사를 배출하는 영광스러운 자리에서 농사꾼 신덕준은 박사 가운을 입은 딸을 보고 눈물을 흘렸다. 아무것도 해준 것 없이 낳아서 국민학교를 마치고 열다섯 어린 나이에 연고도 없는 서울에서 가정부 살이를 해가며 독학으로 중고등학교 과정을 마치고 대학을 거쳐 대학원을 졸업하고 박사가 된 딸을 보니 자기 딸이 아주 위대하고 대단해 보여 자기가 낳은 딸 같지 않게 느껴져 자꾸만 눈물이 났다. 학위 수여식이 끝나고 학장 주선으로 미국 유학을 마치고 돌아와 대학에서 강의하고 있는 총각 박사와 선을 보았다. 사위가 될 외국 유학 출신 박사는 훤칠하여 미와 덕을 갖춘 청년이었다. 총각 교수는 장인이 될 덕준에게 공손히 큰절을 올렸다. 박사학위 과정부터 시간강사를 맡았던 대학에서 새 학기부터는 전임강사가 되어 시골 처녀로 서울 와서 가정부였던 신태숙은 대학 강단에 선 교수님이 되었다.

십오 년 전 태숙과 같이 처음 보는 기차를 타고 서울 왔던 수진은 청량리 588에서 담배연기를 뿜으며 생각에 잠겼다. 푸르스름하게 곡선을 그리며 구불구불 피어오르는 담배연기를 바라보며 살아온 지난 일들을 생각하니 세상살이가 요지경이고, 인생이 무상했다. 십오 년 전 같이 옷 보따리 하나씩 들고 서울 온 태숙은 모든 사람이 지성인이라고 존경하는 대학생들을 가르치는 교수님이 되어 사람들에게 공경받으며 우아하게 살아가는데 자기는 매일 밤낮으로 술 취한 남자를 바꾸어가며 낭군으로 모시고 자며 그들에게 육체적 향락을 만족시켜 주어야 하는 처량한 신세였다. 찾아오는 남자 중 어떤 녀석은 술에 취해 주먹으로 때리는 놈도 있고, 어떤 놈은 밤새 즐기고 갈 때는 욕하는 놈도 있고, 어떤 작자는 본전을 뽑는다고 밤새도록 달려들다가 아침에 일어나 문을 열고 나가다 코피를 쏟는 녀석 등 별의별 얼간이들을 매일 밤낮 바꾸어가며 모셔야 했다.

얼굴이 예쁘다는 소리를 들어온 박수진은 봉제공장에서 삼 년째 근무하던 어느 날 동대문 거리에서 운명적인 사나이를 만났다. 말쑥하게 차려입고 자기 이름이 홍동민으로 사설 금융 은행장이라는 자가 나타나 마음에 드니 데이트하자고 했다. 남자들은 늑대이고 더구나 서울 남자는 믿을 수 없어 그동안 치근대는 남자들을 모두 뿌리쳐 왔는데 홍동민은 점잖고 매너가 있고 재력도 있어 보여 첫눈에 호감이 가는 남자였다.

수진은 동민의 데이트 신청을 순순히 받아들였다. 첫날부터 동대문 옷시장에 가서 비싼 옷을 사주었다. 값싼 옷만 입고 다니던 수진이 비싸고 세련된 옷을 입고 거울 앞에 서니 자신이 보아도 시골서 올라온 촌뜨기가 아니라 서울의 돈 많은 집 딸 같아 다른 사람같이 보였다. 더구나 얼굴과 몸매가 받쳐주니 자신이 보아도 아주 예뻤다. 의복이 날개라더니 옷만 갈아입었을 뿐인데 달라진 자기 모습에 만족하며 스스로에 도취되었다. 동민은 고급 화장품을 사주고 자기 숙소인 오피스텔이라는 곳으로 데리고 갔다. 그리고 결혼을 약속하고 초야를 치렀다. 그렇게 봉제공장에서 나와 동민과 밀월을 시작했다.

한 달을 꼬박 밤낮으로 동민과 서로의 욕정에 취해 세상 가는 줄 몰랐다. 동민과 같이하는 시간이 즐겁고 황홀하여 태어나고 처음으로 행복을 느꼈다. 수진은 시골뜨기가 아니라 서울의 돈 많은 사설 은행장의 사모님이 되어 세상에서 부러운 것이 없었다. 그러던 어느 날 동민은 시골 처가에 식구가 몇 명이며, 토지는 얼마나 되는지, 집안은 넓은지를 물었다. 그리고 동대문 시장에 가서 제일 화려한 옷을 사서 수진에게 입히고 미용실에 가서 많은 돈을 들여 머리와 얼굴뿐만 아니라 손톱, 발톱까지 예쁘게 꾸미고 어디서 빌렸는지 승용차를 빌려서 운전사까지 대동하고 고향으로 향했다.

고향에 도착하여 수진이 차에서 내리려 하자 운전기사가 차문을 열어주고 귀부인처럼 모셨다. 본디 예쁘다는 소리를 들으며 자라온 수진이 귀부인이 되어 돌아오자 온 동리에 화젯거리였다. 사람들은 수진이 서울 가서 돈 많은 재벌의 부인이 되어 와서 이제 박 씨 집이 살판이 났다고 부러워했다. 수진의 아버지, 어머니는 돈 많은 사위가 왔다고 닭 잡고 어물 사오고 큰 잔치를 벌였다.

이웃에 같이 자라던 처녀들은 수진의 곁에 모여 아직 열아홉 살밖에 안 된 수진이 재벌 부인이 되었다고 모두 부러워하며 축하하고 온 동네가 난리였다. 수진의 집이 있는 만촌 동네뿐만 아니라 예안 장터에서 화제의 중심은 만촌 박 씨 집 딸 수진과 재벌 사위였다. 공장에 취직한다고 옷 보따리 하나 들고 서울 가서 돈 많은 총각을 만나 결혼하여 금의환향한 수진은 재투성이 아가씨 신데렐라가 왕비가 되어 돌아온 것처럼 사람들에게 흥미 있고 부러운 이야깃거리였다. 수진의 어머니는 딸을 공주처럼 예쁘게 가꾸어 데리고 온 재벌 사위에게 초가집 조그마한 방에 잠을 자게 하는 것과 초라한 개다리소반에 밥을 차려주는 것이 미안했다.

"홍 서방, 이렇게 누추한 처가에 와서 불편한 것도 많고 고생스러워 어쩌지?"

"장모님, 저는 너무 좋습니다. 예쁜 아내 수진이를 낳아주시고요. 옛날부터 아내가 예쁘면 처가 울타리 보고 절한다고 하지 않습니까?"

"홍 서방이 그렇게 말하니 마음이 놓이네. 그래도 우리 귀한 홍 서방을 이렇게 모시니 내가 가시방석에 앉은 것 같은데."

"장모님, 괜찮습니다."

이튿날 홍동민은 작전에 들어갔다. 온 처가 집안 어른들을 모아놓고 설명하고 있었다. 서울에는 주식이라는 것이 있어 하루에도 많은 돈을 벌 수 있는데 시골 사람들은 주식에 투자하기 힘들고, 자기가 은행장으로 있는 제2금융에 투자하여 놓으면 일 년에 두 배씩은 돈이 늘어가므로 농촌에서 농토를 팔아 투자하면 일 년 후이면 판 농토의 두 배를 살 수 있고, 이자를 찾지 않고 두면 복리로 계산되어 이 년 후이면 네 배를 살 수 있다고 설명했다. 나이 많은 집안 어른이 말했다.

"평생을 대대로 농사를 지어 한 집이 두세 마지기에서 열 마지기, 많은 집은 서른 마지기인데 열 마지기를 팔아 넣어 일 년 후에 스무 마지기를 만든다는데 안 할 사람이 어디 있노? 그렇지만 황금알을 낳는 거위도 아니고 그게 말이 되는 계산인가? 우리는 일 년에 열 배씩 는다고 해도 믿을 수 없네."

"그럴 겁니다. 대대로 지켜오던 농토를 판다는 것은 내일 당장 돈벼락을 맞는다 해도 오늘은 토지를 팔기 힘들 겁니다. 처가 쪽 어른들의 마음을 이해합니다. 처부모도 내 부모이고, 처가 집안도 이 홍동민 집안인데 내가 와서 집안 어른들을 안 되게 하겠습니까? 생각해보고 이게 아니다 싶으면 안 해도 됩니다. 내년에 다른 집안이 토지를 두 배로 늘리는 것을 보고 그제야 나도 끼워달라고 저를 찾아오면 나도 할 수 없습니다. 이 금융상품은 올해만 판매하는 것이니까요."

집안 중 젊은 사람이 말했다.

"내년에 당장 두 곱의 토지를 살 수 있다 캐도 올해 농사 안 지면 먹고살 길이 없는데 어떻게 팔 수 있니꺼?"

"아, 그건 걱정할 필요가 없습니다. 토지를 팔아도 여러 처가 어른들이 돈을 가져가는 것이 아니라 은행에 맡기는 것이고, 등기만 은행으로 넘기는 것이니까. 은행에서 농사를 지을 수 없지 않습니까? 토지는 여러분이 농사를 지어 팔아 농작물을 판 돈의 5할을 은행에 넣으면 됩니다."

"소작료 5할은 이 지방에서 수세로 받고 있니더만, 5할을 주고 나면 식구들이 먹을 양식이 모자라니더. 더 낮추어줄 수 없니꺼?"

"중역회의를 해보아야 하는데 내 마음대로 할 수 없는 일입니다만, 내가 은행장이니까 4할로 중역들과 조정해보겠습니다."

옆에 있던 다른 친척이 말했다.

"이왕 하는 것 은행장 사위가 힘써갓꼬 3할로 낮추어주이소."

"3할은 곤란한데, 처가 어른들의 부탁이니 그렇게 하도록 중역들에게 밀어붙이겠습니다."

"와, 우리 홍 서방 최고다. 이왕이면 힘쓰는 것 무상으로 부치게 해주소."

젊은 사람이 농담처럼 말했다.

"처가 어른님! 그건 안 될 줄 알고 하는 농담이죠? 나도 그 이상을 중역들에게 밀어붙이다 가는 은행장 떨려 나오는 수가 있어요. 3할 내고 양식이 모자라면 나에게 찾아오세요. 많이는 몰라도 쌀 한 가마씩은 내 개인 돈으로 사드리겠습니다."

"우리 홍 서방, 화끈해서 좋다."

회의는 여기에서 끝났다. 이제 결과만 좋으면 홍동민의 작전은 대성공이었다. 회의가 끝나고 만촌골 박씨 집안에서는 두 패로 갈리었다. 홍 서방의 말을 믿고 농토를 팔자는 쪽과 세상을 오래 살아온 어른들은 아무리 홍 서방이 처가 집안까지 잘 살도록 노력한다고 해도 토지 판 돈을 운용하는 사람들이 실수하여 자금을 날리면 우리까지 길바닥에 나가 앉게 되는 것이 아니냐? 더 잘 살려 하다가 집안 처자식 다 굶겨 죽이는 수가 있으니 이대로 살자고 말했다. 그래도 토지를 팔아 투자해보자는 한쪽에서는 더 잘 살 이런 기회를 놓치면 우리는 평생 이렇게 살 수밖에 없다고 젊은 홍 서방의 패기를 한 번 믿어보자고 했다.

세상을 많이 경험한 집안 어른들인 노인들은 토지를 안 팔기로 하는데 젊은 가장이 있는 일곱 집에서 홍 서방을 믿고 땅을 팔기로 했다. 나이 많은 집안 어른인 샘뜰 노인은 토지를 팔겠다는 집의 사람을 불러 모아놓고 이야기했다.

"자네들 재산을 내가 간섭하는 것은 아닐세 마는 자고로 '돌다리도 두들겨보고 건너라'라고 일이 잘못될 수도 있으니 더 잘 살라고 욕심부리지 말고, 토지 팔지 말고 이때꺼지 살아오던 대로 살도록 하세."

"이런 기회가 언제 옵니꺼? 우리도 한 번 잘 살아보아야 할 것 아닙니꺼? 홍 서방이 아무리 도시에서 자랐다 캐도 처가 집안을 잡아먹겠습니꺼? 믿어봅시더."

"홍 서방을 못 믿는 게 아니라 돈을 못 믿는 거지. 자고로 돈이란 놈은 잘못 다루면 화를 가져오는 법이네. 과욕은 불급이라고 했네. 너무 욕심내지 말고 대대로 우리 집안이 살아오던 대로 살아가도록 하세."

"그래도 집안 할배 말보다 홍 서방을 믿고 투자해 볼랍니더."

젊은 가장들은 아무리 설득하여도 토지를 팔겠다고 했다. 집안 어른인 샘뜰 노인은 안 되겠다 싶어 토지를 팔겠다는 집의 안사람들을 모이도록 했다.

"내가 만촌에 사는 박씨 집안 어른으로 집안의 큰일에 나서지 않을 수 없어 하는 말일세. 잘 듣고 생각해서 자네들 남편들을 말려주게. 자고로 사람이 돈을 속이는 것이 아니라 돈이 사람을 속이는 것일세. 그러니 토지를 다 팔았다가 잘못되어 홍 서방이 말한 대로 안 되면 자네들 자식새끼 데꼬 길바닥에 나앉아 거지가 되는 것이 아닌가? 거지는 누가 거지가 되고 싶어서 되는가. 파먹고 살 땅이 없으니 거지가 된 것이지. 그러니 자네들 바깥사람이 토지를 팔라고 하면 말려보고, 그래도 안 되면 토지의 반은 자네들 몫이니 반은 팔 수 없다고 버티게. 그러면 내가 나서서 반이나마 못 팔게 하여, 만약에 일이 잘못되면 길거리에 나앉지는 않게 말일세. 그리고 홍 서방 말대로 내년에 두 곱이 되면 조금 이득을 덜 보았다고 생각하면 될 게 아닌가. 이렇게 하면 잘 되면 이득을 보고, 잘못되어도 입에 풀칠은 할 수 있지 않겠는가? 어떤가? 자네들 안사람들이 내 말을 따라줄 수 있겠지?"

모인 집안 여인들은 그동안 토지를 파는 것이 불안하여 남편의 눈치만 보고 있는데 집안 어른인 샘뜰 할아버지 이야기를 듣고 보니 구구절절이 옳은 말이었다. 그렇게 집안 어른의 말을 따르기로 하고 헤어져 집으로 돌아와 남편에게 샘뜰 할아버지가 말한 대로 토지를 팔지 말자고 했다. 그러자 남편은 화를 내고 여자가 남자 하는 일에 나선다고 무시했다. 아내가 말했다.

"나도 얼라들하고 살아야 하니 내 몫인 반은 팔 수 없니더."

집안 어른인 샘뜰 할아버지가 시키는 대로 말했다.

"토지등기가 내 이름으로 되어 있는데 어떻게 반이 당신의 꺼야? 시집올 때 친정에서 갖고 온 것이 아니잖나? 암탉이 울면 집 구석이 망한다고 했는데, 이 여편네가 남자 하는 일에 나서기는…"

이때까지 남편인 자기가 하는 일에 순종하던 아내가 갑자기 돌변해 달려드니 남편은 큰소리치며 화를 내었다.

"그카면 이 집안의 제일 큰어른인 샘뜰 할배한테 가서 내 말이 틀리는지 물어보시더."

남편은 길길이 뛰면서 그러자고 따라나섰다. 샘뜰 노인은 남편을 보고 엄숙하게 말했다.

"굳이 지금의 법으로 따지지 않더라도 여인이 일단 우리 박 씨 집에 시집와 가꼬 얼라를 낳으면 그때부터 재산의 반은 부인의 몫인 것이 우리 박씨 집안에서 대대로 내려오는 불문율이네. 자네 안사람이 동의하지 않으면 토지의 반은 팔 수 없네. 팔고 싶으면 자네 몫이나 팔게."

남편은 아무 말도 할 수 없었다. 만약에 이 일로 법원에 가서 재판받는다고 해도 결과는 집안 샘뜰 할아버지가 내린 것과 같은 판결이 나올 것 같았다. 그리고 가만히 생각해보니 만약에 홍 서방 사업이 망한다고 하여도 재산 반을 지킬 수 있다는 생각이 들었다. 남편은 못 이기는 체하고 토지의 반만 팔아 투자하기로 했다. 그렇게 일곱 집에서 토지의 반씩 팔아서 투자하기로 해도 토지가 서른네 마지기가 되어 만 평도 넘었다. 그러자 홍 서방은 처가 집안의 나이 많은 영감쟁이가 자기 일을 방해한다는 것을 알고 샘뜰 할아버지를 찾아가 항의했다.

"할아버지요, 사위 자식도 자식인데 제가 처가 집안을 망하게 할까 봐 그러는 것입니까? 지금 저를 의심하고 있는 것입니까? 내 딴에는 처가 집안이 지금보다 잘 살게 하려고 노력하고 있는데 참 섭섭합니다."

"이 사람 홍 서방! 내가 와 자네를 못 믿겠나? 자네를 못 믿는 게 아니라 돈을 못 믿는 것일세."

"그게 그 말이 아닙니까?"

"세상을 살다 보면 뜻대로 안 되는 일이 많아. 자네는 잘하고 싶지만, 자네를 둘러싸고 있는 사람들이 잘못될 수도 있고, 또 자네도 잘한다고 한 일이 잘 안 될 수도 있잖는가? 자고로 세상의 일은 성공하는 일도 있지만, 실패하는 일도 많다 아닌가. 우리는 대대로 농사를 지으며 욕심부리지 않고 살아온 집안일세. 자네 말 듣고 토지 팔아 투자하는 사람들도 있으니 최선을 다해 그들에게 이득을 주고, 그래도 뜻대로 안 될 때는 원금이라도 꼭 돌려주도록 하게. 이 이야기는 자네 사업이 실패하도록 바라는 것이 아니라 자네가 성공하여 그들이 투자한 것의 두 배를 받아오기를 바라지만, 자고로 사람의 일이란 예측할 수 없으니 만약에 안 된다 캐도 그들이 토지 판 돈의 이자는 못 주더라도 원금은 돌려주기를 바라네."

홍동민은 돌아오면서 생각했다. 다 된 일을 그 능구렁이 같은 영감쟁이가 망치고 있었다. 그래도 만 평이 넘는 토지를 팔 수 있다는 것이 다행이었다. 잘하면 백 마지기 넘는 삼사만 평은 팔 수 있다고 생각했는데 농촌 사람들도 생각하는 것과 달라 호락호락하지 않았다. 토지대장 등본과 등기서류를 떼고 평당 오만 환씩 하여 오억 환이 넘게 계약하고 등기 이전을 완료했다. 그뿐만 아니라 은행에서 개인에게 돈을 빌렸다는 확약서와 금전소비대차계약서를 써서 장장이 임대인인 개인과 임차인인 은행의 도장을 찍어 거창해 보이는 서류를 만들어주고, 공증인사무실에서 발행한 공증확약서까지 받아서 토지를 판 집마다 등기서류의 열 곱도 넘는 두툼한 서류를 만들어주었다.

전쟁으로 서울은 온통 부서지고 무너지고 불타서 건설 붐이 일어나고 있어 땅값은 시골보다 비싸기는 해도 차이가 그렇게 많이 나지 않고, 노임도 쌀 때라 이 돈이면 서울 대로변에 오백여 평의 땅을 사서 높은 빌딩을 지을 수 있는 큰돈이었다. 수진은 결혼식도 올리지 않고 만나서 두 달 만에 고향에 가서 온 집안을 휩쓸고 집안의 토지를 팔아와 토지를 판 집에 돈은 주지 않고 보지도, 듣지도 못한 괴상한 서류만 잔뜩 맡기고 오는 것이 이상했다. 수진은 동민을 만난 지 두 달 동안 자기에게 너무 잘해주고, 돈 잘 쓰고, 또 육체의 향락에 빠져 몰랐는데 은행장이라면서 은행에 출근하는 것을 한 번도 본 일이 없어 이상하다는 생각이 들었다. 그러면서 집안 토지를 팔아와 어떻게 하는지 궁금하고, 잘못되어 홍동민이 그 돈을 들고 도망가 버리면 자신도 공모가 되어 수배되고, 혐의를 벗어난다고 해도 고향에는 다시는 갈 수도 없다는 생각이 들었다. 그래서 조심스럽게 물어보았다.

"은행장이라 카면서 은행에는 왜 안 나가니껴?"

"안 나가도 직원들이 다 알아서 해."

"예안에 가서 문중의 토지 판 돈 잘 관리하다가 돌려주어야 할 것 아닌겨?"

"당신까지 날 의심하는 거야, 씨발! 그 늙은 영감쟁이 날 의심하더니만…"

"그 할배 왜 욕하니껴? 말이 맞잔니껴. 가족들의 생명선인 전 재산인 토지인데…"

홍동민은 수진이 자기의 정체를 눈치챈 것 같아 이쯤에서 모든 것을 끝내고 헤어져야 한다고 생각했다. 그리고 오억 넘는 거금이 들어왔으니 이번에는 큰 사업을 해도 될 것 같았다. 처음 수진을 길거리에서 보고 첫눈에 반해 동거했고, 두 달 동안 밤낮으로 수진을 탐하고 나니 흥미도 떨어지고 시들해졌다. 예쁜 여자를 데리고 살아봐도 별것 아니어서 몇 달이 지나니 별 관심도, 흥미도 없어 예쁘나 못나나 거기가 거기일 뿐이었다. 수진을 만난 지 두 달 만에 작전을 펴 이만하면 성공이라 할 수 있는 거금도 들어왔겠다, 이쯤에서 수진을 떨쳐내어야 하겠다고 생각했다. 그냥 헤어지면 시골 고향에 내려가서 집안에 알려 경찰 수배를 받을지 모르니 다시는 헤어 나오지 못하는 곳으로 보내야겠다고 생각했다. 인신매매단을 만나 얼굴이 예쁘니 상품 가치가 있어 삼백만 환을 호가했다. 매매단은 수진을 한 번 보고 서슴없이 거금이라고 할 수 있는 삼백만 환을 주었다. 그리고 지프차를 불러 타고 같이 가다가 중간에 내려서 "기사와 같이 먼저 가 있으면 볼일을 보고 가겠다"라고 속이고 청량리 588 사창가로 팔아넘겼다.

수진은 이상한 곳으로 오고 나서야 홍동민이 자기를 사창가로 팔아넘긴 것을 알았다. 울며불며 도망치려고 해도 지키고 있는 깡패들에게 구타만 당했다. 그리고 얼굴이 예쁘니, 밤낮으로 찾아오는 남자 손님들이 수진을 원해 하루에 십여 명도 넘는 남자들을 상대해야만 했다.

예안 만촌에서는 일 년 농사를 다 지어도 은행장 홍 서방한테서 수세를 내라는 연락이 오지 않았다. 처가 쪽이니 봐주는가 싶었다. 그리고 일 년 만에 한 곱이나 준다는 이자를 찾으려고 서류에 적혀 있는 은행으로 전화하여도 서울 전화 교환수는 그런 번호는 없으니 전화번호를 확인하고 다시 연락하라고 했다. 당황한 집안에서는 수진의 집으로 몰려왔다. 수진의 부모는 딸과 사위의 행방을 모른다고 했다. 그때야 사람들은 일이 잘못되었다는 것을 알았다.

경찰에 신고하였으나 찾을 수 없다는 연락이 왔다. 그래도 토지를 샀다는 사람이 나타나지 않았다. 등기서류를 떼어보니 은행이 아닌 서울의 이상한 사람의 이름이 나왔다. 연락을 하니 삼 년 동안은 전 경작자가 경작할 수 있도록 계약했으니 삼 년 동안 그대로 경작하라고 했다. 돈을 빌려간 은행의 확약서와 금전소비대차계약서와 공증확약서가 있으니 토지를 산 사람은 그 약속을 지켜 일 년 동안의 이자를 지불하라고 말하니 자기는 그런 서류를 만들어준 일도 없고, 토지값을 다 지불하고 돈을 다시 빌린 일도 없으니 돈을 빌려주고 서류를 받은 곳에 가서 이자를 받으라고 했다. 공증회사를 찾으니 그런 회사는 없었다. 서류에 나와 있는 것은 유령은행이었고, 공증확약서를 써준 공증회사도 유령회사였다. 처음부터 철저히 준비된 사기에 걸려든 것이었다. 온 집안이 발칵 뒤집혀 수진의 부모에게 달려가 사위와 딸의 주소를 가르쳐 달라고 했으나 수진의 집에서도 주소를 알 수 없었다. 집안에서는 이 집 사위라고 믿고 돈 한 푼 받지 않고 토지 판 서류를 만들어주었으니 어떻게든 사위와 딸을 찾아내라고 고함을 쳤다. 그리고 수진의 부모에게 "네 사위와 딸이 저질러 놓았으니 해결하라"라고 하며 멱살을 잡는 사람도 있고, 방바닥에 주저앉아 통곡하는 사람도 있었다. 다정하던 친척이 원수로 변하고, 온 집안이 쑥대밭이 되어 분위기가 살벌했다. 그렇게 삼 년이 지나고 서울에서 토지를 샀다는 주인이 나타나 이제부터는 농사를 지어 수확의 반을 수세로 내라고 하며 경작하던 사람이 계속 경작하게 하였다. 자기 토지를 가지고 돈 한 푼 받지 못하고 농사지어 반이나 토지를 샀다는 사람에게 보내는 소작농으로 전락하고 말았다. 그래도 나이 많은 집안 샘뜰 할아버지가 토지 반은 팔지 않도록 하여 다행이었다. 아내들은 그때야 남편을 보고 말했다.

"그때 내가 말려서 토지 반은 빼앗기지 않았잔니껴. 모두 빼앗겼으면 온 식구가 거지가 되어 깡통을 들고 길거리를 헤매고 있을 텐데…"

박수진은 청량리 588에 들어온 지도 십수 년이 지났다. 곱고 예쁘던 얼굴은 매일 수많은 남자에게 짓밟혀 피부의 탄력도, 아름다움도 잃어가서 점점 추해지는 모습에 이제는 찾아오는 남자들의 선택을 받지 못하는 퇴물이 되어 뒷전에 물러나 간혹 술이 만취된 취객들만 받고 있었다. 홍동민이 자기를 팔았다는 300만 환이 화폐개혁이 되어 30만 원이 되었는데도 10년 넘게 몸 팔아 갚아도 빚은 불어나기만 해 처음 팔려온 돈의 20배나 되는 600만 원도 넘었다. 고향에서는 집안의 토지를 팔아 홍동민과 멀리 도망가서 잘 살고 있을 줄 알고 있을 것이다. 이제 수진은 죽어도 고향 예안에는 갈 수도, 연락을 할 수도 없었다. 수진은 담배연기를 뿜으며 대학 강단에서 전국의 수재 청년 학생들을 모아놓고 우아하게 강의하고 있을, 같이 옷 보따리 하나씩 들고 서울로 왔던 친구 태숙을 생각하고 있었다. 십오 년 사이 태숙은 천국에서 천사들과 같이 살아가고 있는데 자신은 지옥에서 마귀들에게 매일 밤낮으로 짓밟히고 뜯어 먹히고 있다는 생각이 들었다. 똑같이 출발한 서울살이가 십오 년이 지나자, 천국과 지옥이라고 생각하며 수진은 허공에 담배연기를 뿜으며 허탈하게 웃고 있었다.

07 부조리한 사회

　사회는 좌우익으로 혼란한데 전쟁이 일어나 나라의 질서가 잡히지 않아 각 곳에 부조리한 일들이 만연했다. 공직자 중에도 부정한 일을 저지르는 사람이 있어 공무 일을 처리하면서 돈을 받아 챙기기도 했다. 면사무소에서 호적초본을 뗄 때도 수수료 이외에 몇 십 원 급행료를 받기도 했다. 복사기가 없어 모든 장부를 수기로 정리할 때라 호적대장을 보고 손으로 한 자 한 자 적어야 하니 많은 시간이 걸렸다. 작은 서류 한 통 떼는데 오전은 보통이고, 어떤 때는 온종일 기다려야 하니 급행료가 통했다. 공직뿐만 아니라 국민의 4대 의무 중, 납세의무와 국방의무에서도 부정이 있었다. 전쟁 중인데도 군대를 기피하거나 보급대를 대신 가는 사람이 있었다.

　낙동강 건너 오천 동리에 사는 손한철은 백여 두락 토지를 가진 부자로 머슴 둘을 두고 농사를 지으며 부유한 생활을 하고 있었다. 해방되고 한 농가에 삼십 마지기만 소유할 수 있는 토지개혁을 할 때도 식구들을 몇 명씩 교묘하게 쪼개어 세대수를 나누는 편법을 써서 많은 토지를 분배당하지 않고 지킬 수 있었다. 인민군 치하에서 농지분배가 될 때는 이십여 마지기만 두고 모두 분배당했으나 농사를 지어 추수하기도 전에 인민군이 물러가면서 농지분배는 무효가 되고, 추수할 수확물도 빼앗기지 않고 모두 챙길 수 있었다.

삼팔선 근처에서 전쟁이 한창일 때인 1950년 후반부터 군대뿐만 아니라 보급대 동원령이 내려 나이 사오십의 건강한 장년들을 보급대로 징발했다. 나라를 지키자면 대포를 쏘고, 비행기로 폭격하고, 바다에서 군함으로 배를 타고 남하하는 적을 막고, 육지에서 적들과 총격전을 벌이며 돌격하는 군인뿐만 아니라 전쟁물자와 병사들이 먹을 음식을 져다 전투현장까지 나르는 보급대가 필수요원이었다. 산 고지를 군인들이 점령해도 고지를 방어하기 위해서는 탄약과 각종 전쟁물자뿐만 아니라 군인들이 먹을 식사와 수통에 채울 물과 심지어는 휴지까지 모든 물자를 높은 산 고지까지 날라주어야 하는 보급대는 전쟁 수행의 한 축이었다.

우혁은 입대 영장을 받기 전에 집안에 소달구지가 있어 소달구지 동원령이 내려졌다. 미군은 차량으로 전쟁물자를 운반하는데 국군에게서는 차량이 귀해 농가의 소달구지 동원령을 내려 전쟁물자를 운반했다. 옹천 기차역에 내려놓은 탄약과 기관총 전쟁물자를 옛고개까지 실어 나르고, 영주까지 점령하자 영주역에 실어다 놓은 전쟁물자를 전투지역인 죽령재까지 소달구지로 실어다 날랐다. 그러다가 겨우 풀려나 집으로 돌아오자 우혁의 아버지 김성칠은 이러다가 군인도 아닌 아들이 전쟁터에서 죽을지도 모른다고 생각하며 소달구지 바퀴를 부수어 못 쓰게 만들어버렸다. 달구지 동원령이 재차 내려져 면사무소 직원이 나와 보고 "달구지가 부서졌네." 하고 돌아갔다.

소달구지뿐만 아니라 나이가 많아 군인으로 소집할 수 없는 장년들을 보급대로 징발했다. 그들은 차량이 갈 수 없는 높은 산에 전쟁물자를 지게로 져다 날라 일명 '지게부대'라고 불렀다. 지게부대도 최전방 전투지역까지 각종 탄약과 수류탄뿐만 아니라 망가져 대체해야 할 기관총과 박격포를 비롯하여 온갖 전쟁물자를 져다 올렸다. 고지 점령을 위해 한번 돌격 명령이 내리면 수많은 병사가 죽고 다치고, 총알과 수류탄을 모두 사용하여 탄환을 바로 공급하지 않으면 전투를 할 수 없었다. 지게부대는 고지에서 내려올 때도 빈 지게를 지고 내려오는 것이 아니라 부상병을 데리고 내려오고, 걸을 수 없는 부상병은 지게에 지고 내려오기도 했다. 지게를 진 보급대는 전쟁의 최일선 전투지역 산을 오르내리기 때문에 적의 포탄에 맞아 죽기도 하나 최전방에서 돌격하는 병사들에 비하면 희생이 적었다.

오천리에 사는 부자 손한철에게 보급대 징발 영장이 나왔다. 한철은 면사무소에 가서 영장을 취소해 달라고 사례금을 들고 가서 부탁했다. 말이 사례금이지 뇌물이었다. 담당 면서기는 우리

면에 할당된 장년 보급대 징발자 수를 연령순으로 잘라서 영장을 발부하여 이미 나간 영장을 취소하고 다시 발부할 수는 없다고 했다. 그러면서 대신 갈 사람이 있으면 바꾸어줄 수 있다고 했다. 손한철은 집으로 돌아오며 보급대 징발에서 빠져나올 방법을 생각하고 있었으나 뾰족한 수가 없었다. 누가 화염으로 뒤덮이고 총탄이 난무하여 어느 순간에 죽을지 모르는 전쟁터로 가기를 원하는 사람이 있겠는가? 한철은 머슴 중에 자기보다 한 살 많은 배 서방을 생각했다. 그날 일을 마치고 저녁을 먹은 다음 술상을 차려놓고 배 서방을 불러 마주 앉았다.

"배 서방이 우리 집에 온 지 이 년이 되었지요?"

일꾼이지만, 나이가 비슷해도 한 살 많아 하대하지 않고 서로 존댓말을 하였다. 배 서방도 늘 존대해주는 주인을 공경하며 열심히 일해왔다.

"예, 그동안 주인님이 가족처럼 챙겨주어 고맙고, 집사람도 한 식구처럼 보살펴 주어 감사하이더."

"내가 배 서방과 어려운 상의를 하고자 하는데, 배 서방이 마음에 안 들어도 화내지 말고 들어주고 싫으면 싫다고 하소."

"주인님이 부당한 이야기야 하겠습니꺼? 무슨 이야기이든지 해보이소."

"이번에 내가 보급대 징발 영장이 나왔소. 집안 식구들은 많고 농장도 많은데 내가 보급대로 가면 집안을 끌어갈 사람이 없어 그러는데, 이번 보급대는 연령별로 끊어, 내가 배 서방보다 한 살 적어 일찍 나온 것이오. 배 서방도 올해 후반이나 늦어도 내년이면 보급대 징발 영장이 나올 거요. 그래서 말인데 몇 달, 아니면 일 년 먼저 간다고 생각하고 배 서방이 내 대신 가줄 수 있겠소? 대신 다녀오면 지산골 입구에 있는 논 세 마지기를 배 서방 앞으로 해 주겠소."

배 서방은 주인의 말을 듣고 보니 버럭 화가 치밀어 올랐다. 아무리 재산이 좋다고 하지만, 어느 순간 죽을지도 모르는 전쟁터로 논 세 마지기를 받고 대신 가라는 것이 아닌가? 목숨과 논 세 마지기와 바꾸라는 말인데 죽은 뒤에 논 세 마지기가 무슨 소용이 있겠는가? 배 서방은 주인이 먼저 화내지 말라고 한 말이 생각나 억지로 참으며 말했다.

"갑자기 주인님이 이런 말을 해서 나도 당황스러우이더. 생각해보고 내일 대답함시더."

"그렇지요. 생각해보고 이게 아니다 싶으면 거절해도 되니더."

배 서방이 화를 내지 않고 그래도 생각해보고 내일 답하겠다고 하는 말에 미련이 남아 어쩌면 배 서방이 대신 보급대에 가줄 것 같았다. 배 서방은 온종일 밭을 매면서 생각했다. 일선에 가면 지게로 총알과 병사들의 밥을 높은 산 고지에 져다 올린다는데, 높은 곳은 천 미터도 넘어 아침에 지고 산꼭대기까지 가면 점심때가 된다는데, 지게를 지고 높은 산을 오르는 것도 힘들지만 인민군 포탄에 맞아 죽을 수도 있는데, 죽으면 논 세 마지기로 마누라가 농사를 짓고 혼자 살 수 있을까? 재산이 없어 남의 집 머슴살이로 전전하느라고 장가를 늦게 가 아직 마누라는 이십 대 후반으로 아기도 없는 한창이고, 더구나 술집에서 만나 마음을 고쳐먹고 사는 마누라가 자기가 죽으면 논을 팔아 가버리면 어떻게 되는가? 그렇지만 주인에게 마누라를 부탁하면 주인이 감시하고 한 집 식구처럼 보살필 것이고, 보급대로 가서 이 년만 근무하면 제대하여 돌아올 것이 아닌가. 그때는 내 앞으로 토지가 있고, 다른 사람의 논밭을 소작으로 몇 마지기 더 빌려서 농사를 지으면 남의 집 머슴살이에서 벗어날 수 있을 것이 아닌가? 더구나 지금 보급대에 안 가도 전쟁이 계속되면 보급대는 계속 뽑을 것이고, 언젠가는 자기도 보급대에 잡혀갈 것이 아닌가? 조금 일찍 가면 그만큼 일찍 보급대 의무 연한을 마치고 남들보다 빨리 사회에 정착하는 것이 아닌가? 이렇게 생각해보니 언젠가는 갈 보급대를 반 년 또는 일 년 빨리 가고, 또 몇 년을 머슴살이해도 못 살 논을 세 마지기나 공짜로 얻는 것이 아닌가? 생각을 바꾸니 이런 횡재가 없었다. 그렇지만 어느 한순간에도 죽을 수 있는 전쟁터라 죽으면 어쩌지 하는 생각을 하니 선뜻 결정할 수 없었다. 전쟁터에서 죽는다는 것은 늦게 간다고 안 죽나? 어차피 죽고 사는 것은 타고난 운명이 아닌가? 그래도 근처에서 하루가 멀다고 군인들이 죽어서 재봉지가 오지만, 보급대로 가서 죽었다는 사람은 한 사람도 없지 않은가? 그래, 주인의 제안을 받아들이자. 그런데 이왕이면 백 마지기도 넘는 토지를 가진 주인이 인심 한 번 써서 두 마지기 더 보태 다섯 마지기쯤 주었으면 좋겠는데 어떻게 하지? 밑져야 본전이라고 안

면몰수하고 한 번 다섯 마지기를 주면 보급대에 대신 가주겠다고 해보아야겠다. 조급한 쪽은 주인 쪽이니까. 어쩌면 두 마지기를 더 달라고 하면 줄 것 같은 생각이 들었다. 그날 저녁 주인과 마주 앉았다.

"온종일 생각해봤는데 주인님이 보급대에 가면 이 넓은 농장과 집안이 큰 문제일 것 같니더. 2년 동안 한 식구처럼 보살펴 주었는데 제가 대신 가는 것이 좋을 것 같으이더. 그런데 나도 보급대에 다녀와서 따로 농사를 짓고 남의 집 일꾼에서 벗어나자면 논 세 마지기는 너무 작으니이더. 미안하지만 다섯 마지기를 주면 대신 갑시더."

주인은 처음 배 서방의 이야기를 듣고 이제 됐구나 하고 생각하다가 논 다섯 마지기라는 말을 듣고 얼굴색이 좀 당황하는 빛이었다. 주인은 조금 생각하다가 말했다.

"지산골 논 세 마지기와 그 입구에 떨어져 있는 밭 한 마지기를 합하여 네 마지기로 하시더. 그러면 배 서방은 지산골 한 들에 네 마지기를 다 가지게 되니까요."

일 년 보급대 생활에 토지 두 마지기씩 꼴이었다. 십 년 머슴을 살아도 논밭 네 마지기를 사기 힘든데 살아 돌아온다면 괜찮은 장사라는 생각이 들었다. 배 서방은 주인과 약속하고 보급대에 입대했다. 그동안 아내는 주인이 보살펴 주기로 했다. 같이 간 사람은 모두가 나이가 40은 넘는 중늙은이였고, 입대하고 나서 보니 배 서방 이름이 아니라 주인 손한철 이름이었다. 배 서방은 자기 이름으로 보급대를 때울 줄 알았는데 지금 와서 어떻게 할 수 없었다. 사진을 찍어 신분증을 만들면서 사진 밑에 손한철이란 이름이 쓰이고 "손한철!" 하고 부르면 배 서방은 "예!" 하고 대답할 수밖에 없었다.

배 서방은 손한철이 되어 동부전선 미 해병부대에 보급대로 배정되었다. 포탄이 터지고 총성이 요란하여 정신이 없는 가운데도 통역관인 인솔 병사의 지시에 따라 지게도 없어 어깨로 전쟁물자를 메어 올렸다. 미군은 장비가 좋아 차가 들어갈 수 있는 곳은 차로 전쟁물자를 옮기고, 강을 건널 때는 탱크나 대포까지도 헬리콥터에 줄을 매달아 실어 날랐다. 그렇지만 인민군과 중공군을 상대로 교전하는 높은 고지에 헬리콥터가 뜨면 적의 공격목표가 되어 전쟁물자를 실어 나를 수 없었다. 장비가 우수한 미군들이지만, 한국 보급대 노무자들이 전쟁물자를 어깨로 메어 날라주어야만 전투를 할 수 있었다.

미군부대라 지게를 사용할 줄 모르고 1인당 30킬로그램씩 어깨에 메어 올리려니 힘들고 능률이 오르지 않아 제때 원하는 만큼의 전쟁물자를 고지에 운반할 수 없었다. 배 서방은 통역관에게 지게에 지면 힘도 덜 들고 많은 물건을 옮길 수 있다고 하며 지게를 구해달라고 건의했다. 인근 동네에 가서 지게 동원령을 내려 각 가정에 있는 지게를 모두 거두어왔다. 농촌에서 지게로 거름 내고 추수한 벼를 져다 나르며 생활하던 사람들이라 어깨로 멜 때보다 두세 곱도 넘는 80킬로그램에서 100킬로그램까지 거뜬하게 지고 중간중간 쉬어가면서 천 미터도 넘는 산꼭대기에 전쟁물자를 운반했다. 미군 해병 병사들은 한국 보급대 백여 명이 길게 줄을 이으며 무거운 전쟁물자를 지게에 지고 산 고지를 오르는 모습을 보고 놀라며 원더풀을 연발하며 지게의 모양이 A자를 닮았다고 A형 군대A Frame Army라고 불렀다.

　미 해병대들은 미군에서 가장 용맹한 군대였다. 귀신 잡은 해병이라는 한국 해병대와 같이 적이 점령한 가장 험한 산악지역에 난공불락이라는 적진지를 공격하여 많은 희생을 당하면서도 끝내 점령하였다. 강원도 해발 천삼백 미터도 넘는 험한 고지에 미 해병대가 진격하자 인민군은 산 위로 올라가는 보급대 보급로를 포탄으로 공격했다. 지게부대 보급대 중에 적의 포탄을 맞아 전사자가 생겨나고, 보급로가 끊겨 미 해병대는 하루를 꼬박 물도, 음식도 없어 굶으며 전투하고 있었다. 거기다가 실탄과 수류탄마저 떨어져 가고 있었다.

　살아남은 보급대는 무게를 평소보다 반으로 줄여 지게에 40킬로그램씩의 전쟁물자와 식료품을 지고 인민군이 포격할 수 없는 절벽으로 줄을 잡고 기어오르고 있었다. 무거운 짐을 지고 절벽을 오르다가 줄을 놓치면 추락하여 죽을 수도 있지만, 지게를 진 보급대는 아슬아슬하게 줄을 잡고 절벽을 기어올랐다. 보급대도 해병대를 닮아 불가능이 없었다. 지게에 탄약과 전투식량인 C 레이션 박스와 물통을 지고 가파른 절벽을 줄에 의지하여 기어올라 기어코 병사들에게 전달했다. 탄약과 식료품을 공급받은 미 해병은 절벽에 매달려 C레이션을 먹고 체력을 회복하고 실탄과 수류탄을 공급받아 공격하여 끝내 난공불락이었던 고지를 점령했다.

배 서방이 속한 지게부대는 어느 날 밤 열두 시가 넘어 수류탄과 탄약을 지고 고지를 오르고 있었다. 고지에는 중공군과의 접전이 벌어져 미군은 탄약과 수류탄이 떨어져 간다고 긴급 지원을 요청해 지게부대가 밤중에 출동한 것이었다. 대원들은 각자의 지게에 실탄과 수류탄을 섞어서 졌다. 야간이라 같은 탄약을 몰아서 지고 가다가 적의 공격을 받아 대원 일부가 도중에 짐을 운반하지 못할 상황이 되어도 실탄과 수류탄은 골고루 고지에 공급하기 위해서였다. 한 사람이 수류탄 이십여 발과 실탄 몇 박스로 40kg씩 지게에 지고 산을 올랐다. 산은 가팔라 그냥 올라도 힘이 드는데 60근이 넘는 실탄을 지고 산을 오르는 대원들은 온몸이 땀에 흠뻑 젖었다.

너무 지쳐서 중간에 잠깐씩 쉬었다. 그러나 실탄이 떨어져 적과의 전투에서 죽어가는 미군 병사들을 생각하면 마음 놓고 쉴 수 없었다. 전쟁은 싸우는 군인들이나 보급품을 지고 천 미터도 넘는 고지를 오르는 지게부대나 한순간이 절박하기는 마찬가지였다. 배 서방이 앞장서서 가고, 대원들은 삼사 보씩 사이를 두고 뒤따랐다. 앞에는 길을 안내하는 미군 병사와 한국군 통역관이 같이 가고 있었다. 출발할 때부터 들려오던 총소리가 산 정상에 거의 올라오자 멎었다.

어둠살이 걷히고 날이 밝아왔다. 앞서가던 미군 병사와 한국군 통역관은 무슨 낌새를 차렸는지 모두 지게를 내리게 하고 정상을 살피고 있었다. 거기에는 미군은 간 곳 없고 중공군이 있었다. 밤새 치열한 전투로 미군이 전멸한 것이었다. 중공군도 많은 수가 전사당해 남은 병사 수가 수십 명에 불과했고, 워낙 높은 고지라 아직 지원병이 도착하지 않았다. 날이 새면 실탄과 수류탄을 지고 철수할 수도 없었다. 지게에 실린 실탄과 수류탄을 버리고 철수하면, 실탄과 수류탄이 떨어진 중공군이 전사한 미군의 총으로 보급대가 가지고 간 실탄을 사용할 것이었다.

길을 안내하던 미군 병사와 한국군 통역관은 총이 없는 지게부대와 힘을 합쳐 수류탄으로 싸울 수밖에 없었다. 보급대원들은 지게를 고아 놓아두고 수류탄 서너 개씩 허리띠에 꽂고, 한 발은 손에 들고 모두 낮은 포복으로 정상에 접근했다. 지게부대 대원들은 군사훈련을 받지 않았지만, 전쟁터에서 전쟁물자를 져다 나르며 명령에 따라 움직이는 군인과 같아서 일사불란하게 움직였다. 통역 병사의 전투지휘에 따라 보급대 수십 명이 수류탄의 안전핀을 뽑고 한꺼번에 중공군에게 던졌다. 밤새 격렬한 전투로 미군을 전멸시켰지만, 중공군도 거의 죽고 남아 있던 수십 명의 중공군은 실탄과 수류탄이 떨어져 지원부대를 기다리다가 고지에 쏟아지는 지게부대의 수류탄 공격으로 전멸했다. 총이 없는 보급대가 수류탄을 들고 고지를 점령한 것이었다. 날이 새자 고지에 올라온 미군 지원부대에게 지고 온 전쟁물자와 점령한 고지를 인계하고 보급대는 빈 지게를 지고 내려오고 있었다.

이 년이 지났다. 휴전되자 보급대인 지게부대는 군인과 달라 별다른 절차 없이 바로 집으로 보냈다. 보급대원은 국가의 존망이 걸린 전쟁을 치르면서도 전투 병력 못지않은 큰 역할을 하였지만, 군번도, 계급장도, 제대증도 아무런 혜택도 없이 계급장 없는 모자와 군복을 입은 채 집으로 돌아왔다. 배 서방은 이제 논밭 네 마지기를 가진 지주가 되어 젊고 예쁜 아내와 행복한 생활을 할 꿈을 꾸며 들뜬 마음에 고향으로 향했다. 기차와 버스를 갈아타고 밤낮 하루도 더 걸려 예안에 도착하여 나룻배를 타고 오천리로 들어섰다.

오천 동리는 2년 동안 변한 것이 없었다. 살던 주인집 행랑채에 들어서자 반갑게 달려 나와 맞이할 줄 알았던 아내가 보이지 않았다. 2년 동안 화염으로 뒤덮인 전선에서 군번도, 계급장도 없이 지게를 지고 매일같이 전선의 고지를 오르내리며 힘들고 지칠 때마다 집에서 기다리고 있을 젊은 아내를 생각하며 용기를 내었다. 배 서방은 자기보다 나이가 스무 살이나 적은 젊은 아내가 고무신을 거꾸로 신으면 어쩌나 하고 걱정이 되기도 했지만, 점잖고 인자한 주인이 아내를 지켜주겠다고 한 약속을 믿으며 언제 죽을지도 모르는 전쟁터에서 순간순간을 버티어왔다. 주인 손한철은 배 서방을 보고 반기면서도 미안해 어쩔 줄 모르며 말했다.

"배 서방, 이렇게 건강하게 돌아와줘 고맙소. 그런데 나는 배 서방 부인을 지켜준다는 약속을 지키지 못해 미안하오. 건너 동네 송 씨네 젊은 머슴과 눈이 맞아 야반도주하는 것을 막지 못했소.

송 씨가 선 사경으로 쌀 열 가마를 준 것이 화근이었소."

배 서방은 아내가 없는 행랑방 문을 열고 방 안을 멍하니 바라보고 서 있었다. 아내가 도망을 갔다는 것이 믿어지지 않았다. 방금이라도 어디엔가 숨었다가 예쁜 모습으로 웃으며 달려 나와 품에 안길 것만 같았지만, 아내는 없었다. 같이 살기에는 너무 젊어서 언젠가는 이런 날이 올 것 같아 걱정했는데 현실이 되고 보니 허탈했다. 젊고 예쁜 아내와 행복하게 살아가리라는 희망을 가지고 작열하는 화염 속에 수없이 죽어가는 병사들을 보면서도 힘들게 버티며 여기까지 왔는데, 그 꿈은 물거품이 되어버렸다.

며칠 동안 주인집에서 가져다주는 식사도 하지 않고 천정만 쳐다보고 젊은 머슴과 눈이 맞아 도망간 아내를 원망하던 배 서방은 정신을 차리고 자리에서 일어났다. 어차피 아내는 같이 살기에는 젊고 너무 예뻐서 배 서방에게 어울리지 않았다. 배 서방은 떠난 아내를 잊어버리고 논밭 네 마지기를 가진 지주가 되어 새로운 인생을 출발하려고 마음먹었다. 그리고 지산골 입구 밭 한쪽 귀퉁이에 터를 닦고 흙벽돌을 찍어 조그마한 초가집을 짓기 시작했다.

젊은이들이 일선에서 돌아오니 동리마다 활기가 넘쳐났다. 예안 장터에는 장날이면 젊은 사람들이 많아 분위기가 달라지고 생기가 돌았다. 그렇지만 사회는 온통 전쟁의 상처가 그대로 남아 있어 사람들의 삶은 팍팍하고, 각 곳에 부정과 불법과 부조리한 일들이 횡행했다. 사람들은 경제적으로 궁핍하니 화를 잘 내고,

싸움이 잦고, 큰 동리마다 주먹 센 깡패가 나타나 수백 년 내려오던 마을의 미풍양속을 어지럽혔다. 시장에는 야바위꾼들이 순진한 시골 사람들의 호주머니를 노렸다.

　인계리 골짜기에서 온 젊은 김 여인은 고추 열 근을 가져와 팔아서 시조부 제사 장보기를 하려다가 길가 야바위꾼을 보았다. 야바위꾼은 조그마한 종지 두 개에 까만 바둑알 하나를 넣고 엎어서 이리저리 돌리다가 바둑알이 든 접시를 가리켜 맞히면 건 돈의 두 곱을 주고, 틀리면 잃는 것이었다. 바둑알을 넣은 종지를 이리저리 돌려도 똑바로 바라보고 있으면 누구나 맞출 수 있을 것 같았다. 야바위꾼들은 바람잡이가 있어 어리숙한 촌여자처럼 꾸민 일행이 돈 천 원을 놓고 순식간에 이천 원, 삼천 원을 따가는 것을 보여주었다. 옆에서 보고 있던 김 여인은 제사 장보기할 돈으로 돈을 따면 장보기도 하고, 고추 판 돈은 그대로 남을 거로 생각했다. 자기보다 더 촌사람같이 보이는 여인이 쉽게 돈을 따서 주머니에 넣고 장바구니를 들고 가는 것을 보니 한 번 해서 돈을 따고 싶은 유혹이 생겼다.

　한꺼번에 가진 돈을 다 걸면 위험할 것 같아 삼 분의 일만 걸었다. 순식간에 잃어버렸다. 다시 남은 돈 반을 걸었다. 이번에는 돈을 땄다. 본전이 되었으니 그만두었으면 좋으련만, 해보니 돈 따기가 쉬워 보였다. 이번에는 몽땅 걸었다. 검은 바둑알이 든 종지를 가리켰다. 그런데 종지를 뒤집자 빈 종지였다. 바둑알은 반대편에서 나왔다. 김 여인은 제사 장보기할 돈을 다 잃어버렸다. 시부모님을 비롯해 온 식구가 오늘 밤에 지낼 제사준비를 하면서 기다리고 있을 텐데 야바위꾼에게 돈을 잃어버렸으니 집으로 갈 수 없었다. 큰일이었다. 김 여인은 야바위꾼한테 사정했다. 시조부 제사 장보기할 돈인데 돌려달라고 하니 야바위꾼은 쌀쌀맞게 말했다.

"한번 잃었으면 그만이지 딴 돈을 돌려주는 게 어디 있어? 놀음판에서 그런 개소리하면 맞아 죽어."

야바위꾼 옆에 있던 젊은 사람이 웃으며 김 여인에게 부드럽게 말을 걸어왔다.

"아주머니, 내가 돈을 빌려줄 터니 한 번 더 해서 잃은 돈을 찾아가요."

고맙게도 그 친절한 젊은 사람은 돈을 빌려주었다. 김 여인은 그 돈으로 야바위를 다시 했으나 잃어버렸다. 돈을 빌려준 사람은 야바위꾼이 속이는 것 같다며 한 번 더 해보라고 하며 돈을 더 빌려주었다. 그리고 이번에는 뒤에서 훈수를 들어주었다. 김 여인이 종지를 잡으려 하자 잠깐만 하더니 반대 종지를 잡으라고 했다. 성공이었다. 종지를 뒤집자 까만 바둑알이 나왔다. 접시를 잡고 있던 야바위꾼은 화를 냈다.

"장기판도 아니고 야바위 훈수를 두는 게 어디 있어?"

젊은 사람도 야바위꾼과 한 패인 바람잡이인데 김 여인만 모르고 있었다. 그렇게 몇 번이나 돈을 빌려주고 돈을 딸 때도 가끔 있었지만 대부분 잃었다. 그렇게 빌린 돈이 오천 원이 넘어서 큰돈이었다. 돈을 빌려준 사람은 김 여인에게 말했다.

"내 돈 다 잃었으니 아주머니 어떻게 할 거요?"

여인은 할 말이 없었다. 그러자 저기 가서 조용히 이야기하자며 여인을 여인숙으로 데리고 들어갔다. 인계동 김 여인의 시부모는 제사 장보기를 하러 간 며느리가 밤이 되어도 돌아오지 않자 걱정이 되어 초롱을 들고 삼십 리나 되는 장터까지 왔다. 제사도 못 지낸 채 밤늦게 예안 장터에 와서 수소문하니 어떤 여인이 야바위꾼과 같이 여인숙에서 나와 같이 안동으로 가는 차를 타고 가더라는 이야기를 듣고 늙은 시아버지는 넋을 잃고 주저앉았다.

버스나 기차칸에서 몸에 새겨진 문신을 보이며 형무소에서 나온 전과자인데 도와달라며 승객을 위협하는 사람이 있어 불안했다. 시장이나 복잡한 차칸에 소매치기가 극성을 부려 돈을 잃어 낭패를 보는 사람도 있었.

장터에서 오 리쯤 떨어진 양정리 사는 한실 댁은 막내아들이 서울에 있는 대학에 합격하여 소를 팔아 입학금을 내려고 기차를 타고 출발했다. 한실 댁은 남편을 일찍 사별하고 다섯이나 되는 자녀를 길러오며 국민학교를 마치고 중학교도 못 시킨 것이 한이 되어 막내만은 남부럽지 않게 대학에 보내기로 했다. 컴퓨터도 없고, 은행제도도 발달되지 않아 대학교 입학금을 은행에 내는 것이 아니라 합격한 대학 서무과에 가서 직접 납부하고 영수증을 받아오던 시절이었다.

소를 팔아 입학금을 마련한 한실 댁은 가방에 돈을 넣어 안고 안동에서 출발하는 기차를 타고 서울로 향했다. 안동에서 기차를 타면 여덟 시간 반이 걸려 청량리에 도착했다. 아침에 타면 저녁에 내리고, 저녁에 기차를 타면 밤새도록 달려가서 아침에 내렸다. 한실 댁은 기차에서 내려 보니 가방은 찢어져 있고, 돈이 사라지고 없었다. 당황한 한실 댁은 울면서 찢어진 가방을 들고 청량리역 파출소에 가서 신고했으나 경찰도 속수무책으로 찾을 길이 없었다. 한실 댁은 집으로 돌아와서 아들들에게 찢어진 가방을 보이며 소매치기 당해 돈을 잃었다고 말하며 울먹였다. 아들들은 기가 막혔다. 형제 중에 막내만이라도 대학 공부를 시킨다고 소 팔아 입학금을 마련했는데 기차칸에서 소 한 마리를 통째로 소매치기 당하고 만 것이었다.

등록 기간 내에 등록하지 못하면, 후보 합격자가 등록해 대학에 입학할 수 없다. 형제들은 돈을 빌리러 다녔다. 노송골 우혁도 친구가 와서 사정을 이야기하며 돈을 빌려달라니 집 안에 있던 돈을 달달 긁어서 빌려주었다. 그렇게 등록금을 만들어 이번에 우혁의 친구인 한실 댁 맏아들이 돈을 전대에 넣어 배에 두르고 안동에서 저녁 기차를 타고 청량리로 향했다. 밤새도록 가는 기차는 지루하여 졸음이 왔다.

기차칸은 복잡하지 않아 세 사람이 앉는 의자에 혼자서 앉아가고, 앞에는 젊은 사람이 앉아 신문을 커다랗게 펼쳐놓고 보고 있었다. 정신을 바짝 차리고 있었으나 졸음을 참지 못하고 잠깐 졸

앉다. 맏이는 팔짱을 끼고 앉아서 잠깐 존 것 같은데 기차는 청량리역에 들어서고 있었다. 앞에 앉아 있던 청년은 중간역에서 내렸는지 보이지 않았다. 전대가 묵직해야 할 텐데 가볍게 느껴져 손으로 만져 보니 비어 있었다. 면도칼로 전대 밑을 오리고 돈만 꺼내간 것이었다. 당황한 맏이는 엉엉 울면서 말했다.

"동생 대학 등록금을 소매치기 당했니더. 어떻게 하니껴."

승객이 울면서 소리치자 열차 차장이 달려왔다.

"돈을 어떻게 보관했습니까?"

"전대에 넣어 배에 차고 있었니더."

면도칼로 그어진 전대를 보여주었다.

"어떻게 면도칼로 긋고 돈을 꺼내가는 것을 몰랐습니까?"

"잠이 와서 잠깐 졸았는데 면도칼로 긋고 돈만 꺼내갔니더."

"많은 돈을 가지고 가면서 잠을 자면 어떻게 합니까? 소매치기들은 돈 냄새를 맡고 접근하기 때문에 돈을 전대에 넣어 배에 차고 있어도 잠을 자면 마음 놓고 훔쳐 갑니다. 돈을 찾을 길이 없습니다."

한실 댁 맏아들도 어머니처럼 동생 등록금을 잃어버리고 울면서 청량리역에서 안동으로 오는 기차를 타고 돌아올 수밖에 없었다. 그렇게 등록금으로 소를 팔아 소매치기당하고, 그만큼의 돈을 빌려서 또 소매치기 당하여 결국 소 잃고, 또 빚만 잔뜩 지고, 막내는 대학 진학을 포기하지 않을 수 없었다.

휴전이 되어도 치안이 불안하여 밤 열두 시가 되면 통행이 금지되었다. 도시에서는 밤 열한 시 반이 되면 통행금지 예비 사이렌이 울리고, 열두 시가 되면 통행금지 사이렌이 울렸다. 밤 열두 시부터 새벽 네 시까지 통행금지 시간이라 경찰과 경찰을 보조하는 사람이 옛날 순라군처럼 다니면서 거리에 나다니는 사람을 단속하고 잡아들였다. 통행금지 시간 위반으로 잡히면 경찰서로 끌려가서 유치장에서 밤을 새우고 풀려났다. 야간순찰 경찰을 보조하는 사람은 조선시대의 순라군같이 방망이 두 개를 들고 다니며 딱딱 소리를 내면서 치고 다녔다. 사람들은 밤 열한 시 반 통행금지 예비 사이렌 소리가 울리면 야간작업을 하거나 친구와 술을 마시거나 모두 하던 일을 중지하고 집으로 돌아갔다. 미처 집까지 못 간 사람들은 경찰이나 감시하는 순라군이 다니지 않는 뒷골목을 통해 집으로 돌아가기도 했다.

우성자는 약혼자가 찾아와 둘이서 저녁을 사먹고 낙동강 가에서 이야기하면서 시간 가는 줄 몰랐다. 서로 결혼을 약속한 사이라 만나면 언제나 애틋하고 옆에만 있어도 황홀하고 좋았다. 약혼자는 안동에서 소문난 부잣집 맏아들로 키 크고 미남인 데다 마음씨까지 좋았다. 만나고 돌아서면 보고 싶었다. 결혼식이 한 달 남았는데 매일 만날 수는 없어 두 사람은 시간이 더디게만 흘러가는 것같이 느껴졌다. 오늘은 오후 늦게 버스를 타고 와서 둘만의 시간을 보내다 보니 밤이 늦었다.

아직 유가의 풍습이 지켜지고 있는 동네라 약혼한 사이라도 밤을 같이 새우거나 여관에 같이 들어가는 것은 생각할 수도 없는 일이었다. 만나면 마음속으로 서로를 간절히 원하면서도 남들이 한다는 키스도 해보지 못했다. 밤 열한 시 반이 되어 예비 사이렌이 울리고 잠깐 더 이야기하다 보니 통금 사이렌 울렸다. 통금시간이 되어 집으로 돌아갈 수 없어 둘이서 강가에서 앉아 통행금지가 해제되는 새벽 네 시까지 밤을 새우며 기다리기로 했다. 통금순찰을 하는 경찰이나 감시원들이 시내 주택가로 다니지, 낙동강가까지 오진 않을 것 같았다. 둘이 앉아서 장밋빛 미래를 서로 이야기하고 있는데 강둑에서 손전등 불이 번쩍거리더니 경찰이 순찰자 두 명을 데리고 나타났다.

"뭣하는 사람들이야?"

"통금시간이 넘어서 집에 못 가고 해제시간까지 기다리고 있니더."

"통행금지 시간에 야외에 있으면 무조건 통금 위반이야. 처녀, 총각이네. 여기서 재미 볼려는 모양이지?"

"우린 약혼한 사이시더."

"통금시간에 강가에서 붙들린 처녀, 총각은 모두 약혼자 사이라 하고, 아저씨, 아줌마들은 모두 부부 사이라 카더라."

"우리는 진짜 약혼한 사이로 다음달 열이튿날이 결혼날이시더."

"알았어. 알았으니께 지서 유치장에 가서 둘이서 결혼 상의나 해."

둘을 지서 유치장으로 데려왔다. 유치장에는 술을 먹은 사람이 잡혀와서 횡설수설 떠들며 고래고래 고함을 치고 있었다. 데리고 온 순경은 둘러보다가 남자를 보고 말했다.

"에해! 저 주정뱅이 때문에 여기서 여자 잘 때는 안 되는구만. 할 수 없지. 남자는 들어가고 여자는 집이 어디야? 내가 데려다줄 테니."

남자는 순경이 약혼녀 성자를 생각해주는 마음이 고마웠다. 순경은 성자를 데리고 어두운 밤거리를 걷고 있었다. 민가와 떨어진 으슥한 길에 들어서자 순경이 말을 걸어왔다.

"아가씨, 너무 이뿌네요."

순경은 성자를 슬그머니 안으며 반항하는 성자를 넘어뜨렸다. 통금시간이라 주위에는 다니는 사람이 없었다. 성자는 몸부림치며 소리쳤으나 인적이 끊긴 밤에 누구의 도움도 받을 수 없었다. 밤거리에서 여자들을 보호해야 할 경찰이 아니라 야수로 변한 사나이는 발정난 수캐가 되어 덮쳐왔다. 성자는 사력을 다해 밀쳐냈으나 억센 남자의 힘을 당할 수가 없었다. 순경은 성자를 올라타고 미친 듯이 씩씩거리며 열을 내더니 부르르 떨면서 제풀에 지쳐 일어섰다. 성자는 약혼자에게도 결혼 때까지 참으며 지키던 정조를 민중의 지팡이라는 경찰에게 빼앗기고 말았다. 성자는 치마를 고쳐 입을 생각도 못하고 울고 있었다. 경찰은 성자를 일으켜 세우며 말했다.

"우리 둘 사이에 일어난 일을 누가 알아요? 입 다물면 낙동강 나루터에 배 지나간 자리처럼 흔적이 없어요."

"이제 약혼자를 어떻게 만나요? 결혼도 못하고 파혼당할 텐데…"

"이 답답한 아가씨야! 아가씨 입만 다물면 이 세상에 아무도 몰라. 옷 입고 집으로 가. 부모님에게도 아무 일 없는 것처럼 행동해. 울고불고 떠들면 시집 못 가는 것은 물론 아가씨만 신세 조지고 끝장나 인생 종 치는 거야. 나는 아가씨가 좋다고 해서 같이 즐기며 빠구리했다고 하면 그만이라고. 알아서 해. 이 바보 같은 아가씨야."

이때까지 양반집 규수로 곱게 자라온 성자가 듣기에도 민망한 말을 노골적으로 했다. 강제로 겁탈하고는 마치 길 가다 천박하고 헤픈 여자가 먼저 꼬리를 쳐서 그 짓을 한 것처럼 화냥년 대하듯 하는 순경의 막말에 심한 모욕감을 느끼면서도 어떻게 할 수도 없었다. 성자는 천 길 나락을 떨어진 기분으로 순경과 함께 집으로 오면서 생각했다. 이제는 모든 것을 되돌릴 수 없다. 이 늑대 같은 순경의 말대로 입을 다물 수밖에 없다고 생각했다.

집에 도착하자 약혼자를 만나러 갔다지만, 그래도 대대로 유가의 전통을 지켜온 양반 집안에서 아직 결혼식도 올리기 전에 아무리 약혼자라고 하지만, 남자와 밤을 새우며 잠자리한다는 것은 용서할 수 없는 일이라, 성자 아버지는 노발대발하고 있다가 순경이 데려다주는 딸을 보고 한시름 놓으며 반겼다.

"통행금지에 걸려 약혼자는 유치장에 들어가고, 따님은 유치장에서 밤을 새울 수 없어 데리고 왔습니다."

 순경은 성자 아버지에게 얼굴색 하나 변하지 않고 뻔뻔스럽게 말했다. 성자 아버지는 순경의 말을 듣고 딸이 결혼 전에 처녀성을 잃지 않고 순결한 몸으로 결혼하게 된 것을 다행으로 생각하며 경찰에게 말했다.

 "순경 아저씨, 너무 고마우이더. 고이 길러온 저의 딸을 이렇게 무사히 집까지 데려다주어서 고마우이더. 세상이 변하고 사회가 혼란스러워도 역시 믿을 건 경찰뿐이시더."

 성자 아버지는 조금 전에 딸에게 무슨 일이 일어났는지도 모르고 성자를 데리고 온 순경에게 고마워하며 공치사하고 있었다. 성자는 뒤도 돌아보지도 않고 자기 방에 들어가 이불을 뒤집어쓰고 드러누웠다. 세상에 이렇게 억울한 일을 당해도 아무에게도 말할 수 없는 자신을 생각하면 가슴에 커다란 구멍이 뚫어진 것 같았다. 평생을 살아가며 이 가슴속 멍울을 지울 수 있을까? 죽을 때까지 혼자만의 비밀로 간직하고 살아가야 한다고 생각하니 자신은 앞날의 행복도, 웃음도 다시 찾을 수 없을 것 같았다.

 순경은 어젯밤 숫처녀를 차지했던 이야기를 자랑처럼 이야기하고 다녀도 아무런 제재를 받지 않고, 듣는 사람들도 그러려니 하고 무관심한 분위기였다.

⑧ 부정선거

1960년 3월 15일 제4대 대통령과 부통령 선거일이었다. 여당인 자유당에서는 선거 반년 전부터 대규모 부정선거를 준비하고 있었다. 3선 이상을 할 수 없는 헌법을 고쳐서 초대대통령에 한해서만 죽을 때까지 평생 대통령을 할 수 있다는 법을 사사오입이라는 이상한 계산으로 통과시켜 법을 만들었다고 하지만, 시골에서는 별다른 관심도 흥미도 없었다. 당장 먹고살기도 힘들어 정치에는 관심이 없어도 야당 지지자로 알려지면 갖가지 압력을 가해왔다. 공무원들은 반상회에 나와 여당 대통령과 부통령 후보를 선전하며 선거운동을 했다. 공무원은 정치와 선거에 중립이라고 법으로 명시되어 있지만, 상부에서 지시하니 따를 수밖에 없는 것이 그들의 입장이었다. 도시 사람들뿐만 아니라 시골 사람들도 속으로는 이게 아니라고 생각하면서도 밖으로 표현하거나 드러내놓고 반대할 수 없었다. 조선시대와 일정시대를 거쳐오며 숱한 탄압과 착취를 당하면서도 견디어 왔고, 해방과 전쟁을 겪으면서 좌우익의 폭력 속에 가족들이 죽임을 당하면서도 이를 악물고 살아온 사람들이었다. 배고픈 사람들은 탄압과 핍박을 받으며 살아와 개인의 인권이나 권리를 따지는 일들은 사치스러운 일처럼 느끼며, 또 선거에서 누가 되던 자신들의 삶이 달라지리라고 생각하지 않았다.

선거일이 가까워졌다. 그런 와중에 민주당 대통령 후보가 지병으로 미국에 가서 수술받다가 세상을 떠났다. 민주당에서는 자유당 후보에 기표하지 말고 대통령 선거 다시 하자고 선전하고 다녔다. 자유당은 부정선거를 드러내놓고 계획했다. 동리별로 투표장에 단체로 가서 일렬로 서서 투표하면서 자기가 자유당의 대통령 후보와 부통령 후보를 찍었다는 것을 뒷사람에게 보여주고 기표용지를 투표함에 넣게 했다. 세상에 별난 선거도 다 있지, 투표한 내용을 뒷사람에게 현 여당의 대통령과 부통령 후보를 찍었다는 것을 확인시키고 투표함에 넣는 것은 공개투표이고, 강압적으로 주권을 빼앗아 정권을 탈취하는 행위였다. 동리에 따라 3인조, 5인조, 7인조, 9인조로 짜여서 일렬로 서서 투표장에 들어가서 투표를 하면서 제일 앞에 선 사람이 여당 후보를 찍은 투표용지를 뒷사람에게 보이고 접어서 투표함에 넣고, 다음 사람은 그다음 사람에게 보이고 이렇게 제일 마지막에 선 조장에게까지 확인시켜야 하는 것이기 때문에 자기 마음에 드는 후보를 선택하여 투표할 수 없었다.

우혁은 9인조 조장이 되었다. 원해서 된 것이 아니라 강제로 맡기니 거절할 수 없는 분위기였다. 마음으로는 이게 무슨 선거냐고 항의하고 싶지만, 그들은 경찰과 면사무소 직원뿐만 아니라 동네 이장, 반장까지 장악하고 있어 드러내놓고 부정선거를 실시하며, 반대하는 사람들의 명단을 작성하여 각종 압력을 행사하니 불평할 수 없었다. 반상회 때 조를 짜서 예행연습까지 했다. 속으로는 이게 아닌데 하고 생각하지만, 거대한 국가 조직을 동원한 부정선거라 반항할 수도, 거절할 수도 없는 분위기였다. 혼자서 거절해보아야 선거의 판도를 뒤집을 수도 없고, 민심이 떠나버린 여당에서는 정권을 내놓지 않으려는 최후의 발악으로 어떤 보복을 가할지 몰라 사람들은 지레 겁에 질려 있었다.

국민학교 교실에 마련된 투표소에는 아침부터 동리별로 나온 많은 사람이 열 지어 들어섰다. 우혁 앞에 이웃의 여덟 사람이 차례로 투표장에 들어섰다. 도민증으로 투표인 명부에 적힌 본인을 확인하고 제일 앞에 선 사람이 투표장에 들어서서 투표용지를 받았다. 국민 중에는 아직 글자를 모르는 사람이 많아 투표용지 기호에는 숫자를 쓰지 않고 Ⅰ, Ⅱ, Ⅲ 이렇게 막대기 수로 기호를 표시해, 기호가 5번이면 다섯 개, 8번이면 한 칸에 여덟 개를 다 그릴 수 없으니 다섯 개를 그리고 밑에다 세 개를 그렸다. 그리고 기호 밑에 글을 읽는 사람들을 위해 후보자 이름을 한글과 한자로 써놓았다.

기표소에 들어간 사람이 붓 대롱에 인주를 묻혀 대통령에 기호 Ⅱ번 리승만 밑에 찍고, 부통령에 기호 Ⅰ번 리기붕 밑에 찍어 뒷사람에게 보였다. 그리고 그다음 사람은 역시 같은 모양으로 기표하여 뒷사람에게 보였다. 이렇게 여덟 사람이 줄을 서서 자유당 정, 부통령에 기표한 것을 뒷사람에게 확인시키고 투표함에 넣었다. 우혁은 이게 무슨 선거냐고 소리치고 싶지만, 꾹 참고 투표장으로 들어섰다. 그리고 9인조 조장이니까 이제 확인을 안 받아도 되었다. 우혁은 야당인 민주당에 찍었다. 민주당이 좋아서가 아니라 대통령 후보가 죽어 무효표가 되는 줄 알면서도 도저히 부정선거를 드러내놓고 실시하는 여당에는 표를 줄 수 없었다.

면 소재지에서 멀리 떨어진 동계리 투표소에는 장터에 있는 깡패가 동원되었다. 선거에서 야당을 찍은 사람에게 접근하여 시비를 걸어 여러 사람이 보는 앞에서 구타하기 시작했다. 집권당 지역 간부의 사주를 받은 깡패는 두려운 것이 없었다. 투표하고 나오던 사람은 심하게 맞아서 코피가 터져 흘러내렸으나 누구 하나 나서서 깡패를 제지할 수 없었다. 사람들은 깡패한테 맞는 사람이 야당을 찍어 맞는다는 것을 알고 있었다. 투표장 입구에서 공포분위기를 조성해 겁을 먹은 유권자들이 여당 후보를 찍지 않을 수 없게 살벌한 분위기를 조성했다.

이런 상황에서도 시골 사람들은 항의하거나 반항하지 않고 순응할 수밖에 없는 것은 일제와 해방 후 좌우익의 혼란과 전쟁으로 죽고 죽이는 세상을 살아오면서 부당하고 폭력적인 환경에 길들어져 있었기 때문이었다. 말 한마디 잘못하면 토벌대인 경찰이나 군인들에게 끌려가서 유혈이 낭자하도록 두들겨 맞고, 공비들에게는 찍히면 죽창에 찔려죽고 온 동네가 불태워지던 시대를 살아온 사람들은 이런 부당하고 억압적인 부정에도 나서서 항의하지 못했다. 투표장 밖에서 폭력을 휘두르며 난장판을 치는 깡패들을 신고하여도 배후에 권력자들이 있다는 것을 아는 사람들은 경찰이 와봐야 잡아가는 척하고 바로 풀어놓을 것이라고 생각했다. 이런 상황에서 한두 사람이 나서 보아야 달라지는 것은 없고, 자신만 피해를 보니 사람들은 애써 외면하고 있었다.

서울이나 대도시에서는 드러내놓고 부정선거를 할 수 없어 시골처럼 조직적인 부정투표를 하지 못했지만, 농어민 인구가 전 국민의 80퍼센트나 되어 농어촌 유권자 표만 가져오면 정권을 연장할 수 있어 시골에서는 온갖 부정한 방법을 동원하여 정권을 연장하려 하고 있었다. 선거가 끝나면 투표함을 군청 소재지에 모아 초저녁부터 개표에 들어갔다. 커다란 체육관에 전깃불을 밝혀놓고 많은 개표 인원이 모여 투표함을 개봉하여 눈으로 한 장 한 장 확인하는 손작업으로 후보자별로 투표용지를 모아 숫자를 헤아리는 개표가 시작되었다.

개표하는 사람들 중 일부를 포섭해서 개표부정을 공공연하게 했다. 포섭된 개표 요원은 손가락에 인주를 묻혀 야당에 기표한 표에는 인주를 찍어 무효표를 만들었다. 이렇게 손가락에 인주를 묻혀서 무효화시키는 것을 일명 피아노표라고 불렀다. 그리고 후보자별 백 장씩 세어서 한 묶음으로 만드는데 야당표 98매에 앞뒤에 여당표를 붙여 한 묶음을 통째로 여당표로 넣기도 했다. 그런 와중에 개표 도중 전깃불이 나갔다. 전기 사정이 좋지 않아 간혹 예고 없이 정전되기도 할 때였으니까 시간을 맞추어 전깃불이 나가면 투표함에서 기표된 용지를 한 움큼 집어내고 준비하여 놓은 표를 한 움큼 집어넣었다. 그것을 아는 야당의 젊은 참관인인 지구당 위원장 박 씨는 개표하는 곳 뒤에 앉아 참관하다가 전기가 나가자 뛰어나가 뚜껑이 열려 있는 투표함을 덮쳐 안았다. 그러자 여기저기서 안고 있는 투표함에 사람의 손이 들어왔다. 박 씨는 투표함을 꼭 끌어안고 투표지를 꺼내지 못하게 안고 굴렀다. 전깃불이 나간 깜깜한 개표장은 난장판이 되었다. 개표소는 암흑 속에서 투표함을 지키려는 야당 참관인 박 씨의 고함만 쩌렁쩌렁 울렸다.

"야! 씨발놈들아, 투표함에 손대지 말라. 야! 이 민의를 도둑질하는 표 도둑놈들아…"

한참 지나서 전깃불이 들어왔다. 개표 종사원들은 언제 그랬냐는 듯이 제자리에 질서 정연하게 앉아 있고, 야당 참관인인 박 씨만이 투표함을 안고 뒹굴고 있었다.

"박 위원장, 당신은 참관인인데 투표함을 안고 뭐하는 짓이야? 당신을 개표 방해죄로 경찰에 고발한다."

개표위원장의 말이 떨어지기가 무섭게 경찰이 달려 들어와 야당 지구당 위원장 박 씨를 잡아갔다. 이렇게 야당 참관인이 잡혀 간 뒤에도 몇 번이나 더 정전되고, 밤새워 한 개표는 날이 새자 끝났다. 우혁이 사는 지방의 군 지역에서만 일어난 일이 아니라 전국적으로 많은 투개표장에서 비슷한 일들이 일어났다. 그뿐만 아니라 어떤 곳에서는 투표함을 사전 투표를 하여 놓고, 그것과 통째로 바꿔치기하기도 했다. 그 결과, 곳에 따라 투표인 수보다 투표지 수가 더 많고, 어떤 곳에는 투표인보다 개표된 표수가 더 적어 투개표 통계가 맞지 않아 엉망이었다. 투표와 개표가 곳곳에서 이렇게 이루어진 것을 국민이 다 알고 있었다. 정권을 연장하려는 여당에서는 민심이 떠나 정권 연장이 어렵게 되자 부정 투개표로 개표 결과를 발표하여 정권만 차지하면 그만이라는 생각이었다. 사회 전역에 부정과 부패가 만연할 때라 사람들은 부정한 방법이라도 발표만 하면 그대로 따라오리라고 믿었다.

그러나 국민학교 때부터 민주주의와 선거제도를 배워온 중고등학생과 대학생들이 문제였다. 어린 중고등학생들은 어른들이 부정선거에도 별 항거도 못하고 당하고만 있는 것을 보고 일어섰다. 학생들이 거리로 뛰쳐나가 부정선거를 규탄하기 시작했다. 전국 각지에서 부정선거를 규탄하는 학생들의 데모가 일어났다. 그러다가 마산에서 한 고등학생이 참혹하게 죽어 바다에 버려진 시신의 모습이 신문에 사진으로 공개되자 데모는 전국으로 들불처럼 번져갔다. 서울에서는 4월 18일 대학생들의 시위에 이어 4월 19일 삼만 명의 고등학생, 대학생들이 거리로 쏟아져 나와 부정선거를 규탄하며, 그중 수천 명의 학생이 대통령이 근무하는 경무대로 몰려갔다.

김성칠은 유달리 공부 잘하던 막내아들 진혁을 서울로 유학을 보냈다. 농촌에서 자녀를 대학에 보내려면 소를 팔아 학비를 장만해야 한다고 사람들은 대학의 큰 건물들을 보고 우골탑(牛骨塔)이라고 불렀다. 소만 파는 것이 아니라 토지까지 팔았다. 소는 밭 갈고 논 가는 데 없어서 안 되는 일꾼이고, 토지는 살아가는 바탕이며 농민들의 생명선이었다. 농촌에서 자녀를 대학에 보내 일 년에 두 번씩 등록금을 낼 때마다 논밭 한두 마지기씩 팔아서 대학 등록금을 내었다. 그래서 농촌에서는 "천천히 망하려면 자식을 대학 보내고 한꺼번에 폭삭 망하려면 선거에 내보내라"라는 말이 있었다. 그렇지만 성칠은 그동안 푼푼이 모아 막내의 대학등록금 준비를 해오고, 온 식구가 절약하여 소도, 논밭도 팔지 않고 막내를 대학에 보내 공부시키고 있었다. 전국적으로 부정선거 규탄 데모가 일어나고, 서울에서뿐만 아니라 지방의 도시에서도 학생들이 데모하고 있었으나 시골에 사는 사람들은 남의 나라 이야기처럼 들렸다.

4월 19일 대학에 다니던 진혁이 경무대 앞에서 경찰 총에 맞아 죽었다는 연락이 왔다. 하늘이 무너지는 것 같았다. 성칠은 조선 말엽인 대한제국에서 태어나 나라가 일본에 빼앗기는 비극과 일제의 압박과 전쟁, 해방과 전쟁으로 이어지는 격동기를 살아오면서 배우지 못한 것이 한이 되어 무리해가면서 막내를 대학에 보내었다. 그 막내가 공부만 하면 좋으련만 4.19데모에 나가 끝내 불귀의 객이 되었다니 하늘이 무너지는 것 같았다. 3.15부정선거가 있고, 학생들이 데모할 때 혹시나 하고 아들에게 몇 번이나 하숙집으로 전화를 걸어 주의를 시켰다.

"데모에 참석하지 말고 공부만 열심히 해라."

그렇게 신신당부했는데 아들은 끝내 데모에 참석해 부모의 가슴에 지울 수 없는 상처를 남기고 세상을 떠났다. 진혁은 대학에 들어가서 전국 각지에서 온 친구들과 어울리면서 무능하고 부패하고 국민의 신임을 잃은 정부가 부정한 방법으로 정권을 가로챈 것을 용서할 수 없다는 데 뜻을 모았다. 진혁은 자라면서 보아온 숱한 부정한 일들이 생각났다. 대학에 들어오고 전국에서 모인 친구들과 토론하면서 그 부정한 일들이 경상도 산골 고향 예안에서만 일어난 일이 아니라 전국적인 일이었다는 것을 알았다.

"부조리하고 모순투성이인 정권을 이대로 두면 나라가 바로 설 수도, 발전할 수도 없습니다."

"어른들은 일본시대와 전쟁을 거치면서 늘 부당한 일들을 당하면서 살아와 부정과 폭력에 길들어져 있습니다."

친구들은 이대로는 안 된다고 열변을 토했다.

"사회 각 곳에 병들고 깊숙이 썩어 있는 부패를 도려내고 나라를 바로잡아야 합니다. 나라가 발전하기 위해서는 전국적으로 독버섯처럼 퍼져 있는 부정부패를 타파하여야 합니다."

"부정한 방법으로 정권을 갈취한 정부부터 몰아내야 합니다. 부정하고 부패한 정부가 다스리는 나라는 불법과 탈법이 횡행할 수밖에 없습니다. 독재와 억압으로 인권을 말살하고, 민주주의의 꽃이라는 선거를 조작하여 정권을 훔친 정부를 그대로 두면 나라는 영원히 부패와 부정의 수렁에 빠져 후진성을 면하지 못하고,

국민은 가난에서 벗어나지 못할 것입니다."

"그들은 3인조 9인조를 조직하여 공개투표를 하도록 하고, 그래도 안 될 것 같으니 투표용지를 바꿔치기하여 정권을 갈취하고도 부끄러운 줄도 모르는 범법자들입니다."

"어른들은 일제의 식민과 해방 후 좌우익의 갈등, 이어지는 전쟁으로 많은 사람이 죽고 부당한 폭력을 겪으면서 부정과 폭력에 대항하지 못하고 길들어져 있어 우리가 나서야 합니다."

"우리가 나서서 부정선거로 정권을 탈취한 정부를 몰아내고, 대통령 선거를 다시 하도록 합시다."

그들은 서울 전역에서 부정선거를 규탄하고, 대통령 선거를 다시 하라는 데모에 앞장서기로 했다. 4월 19일 서울의 많은 고등학교 학생들과 대학생들이 부정선거를 규탄하는 데모를 하기 위해 세종로와 광화문에 모였다. 진혁은 데모대의 일원이 되어 난무하는 최루탄 연기를 뚫고 경무대로 향했다. 목이 매캐하고 눈물, 콧물이 쏟아지는 가운데에서도 코와 입에 수건을 두르고 괴로움을 참으며 대통령이 있는 경무대로 향하며 외쳤다.

"이 대통령은 하야하라! 대통령 선거 다시 하라!"

앞을 막고 있는 경찰과 밀고 밀리는 공방을 계속했다. 최루탄이 여기저기 터져 숨을 쉴 수 없이 매캐한 공기에 눈이 따갑고 눈물, 콧물이 마구 쏟아졌다. 그래도 끝까지 물러서지 않고 경무대로 가서 대통령을 만나 담판 지으려고 생각했다. 경찰도 더 이상 물러설 곳이 없었다. 국가 최고기관인 경무대가 점령되면 국가 안위가 달린 큰일이었다. 결국, 발포 명령이 내려졌다. 경찰은 데모대를 향하여 발포했다. 많은 학생이 피를 흘리며 쓰러졌다. 데모대는 경찰의 총탄을 피해 흩어졌다. 옆에 있던 고등학생이 피를 흘리며 쓰러지자 진혁은 부축하여 피하다가 경찰이 쏜 총에 맞았다. 온몸이 뜨겁게 타들어가는 것 같은 열기를 느끼며 쓰러진 진혁은 의식이 점점 희미해져 갔다. 아버지와 어머니 모습이 떠올랐다. "공부만 열심히 하고 데모에는 참석하지 말라"라고 신신당부하는 아버지, 아버지는 당신의 말씀을 따르지 않은 아들을 얼마나 원망할까. 고향 동네 앞을 흐르는 낙동강 물이 떠올랐다. 잔잔하게 흐르는 푸른 강물이 아니라 태풍으로 많은 비가 내려 누런 황토물이 되어 노도같이 거칠게 흘러가는 강물이었다. 그 강물 속에 함께 쓸려가는 자신을 느끼며 진혁은 눈을 감았다.

경무대 앞에는 매캐한 최루탄 냄새가 진동하는 가운데 길바닥에서 총에 맞아 피를 흘리며 죽은 학생들의 시체가 여기저기 흩어져 있고, 부상당한 학생들의 고통스러운 비명이 가득했다. 30명의 학생이 죽고, 천여 명의 학생들이 부상당해 길바닥은 학생들의 피로 흥건했다. 끝없는 탐욕에 12년 동안 장기집권하고, 헌법을 고쳐 죽을 때까지 대통령을 하려던 늙은 대통령은 하야할 수밖에 없었다. 부정한 방법으로 당선되었던 대통령은 하야하여 하와이로 떠나고, 부통령 일가족은 자살하여 정권은 종말을 고했다.

성칠은 막내아들 진혁을 그렇게 떠나보냈다. 성칠은 식구들과 같이 막내 진혁을 수유리 4.19묘지에 묻고 돌아왔다. 성칠은 살아오면서 계속되는 전쟁과 혼란 속에 딸 우희가 집을 나가 소식이 없어 늘 걱정하며 살아왔는데 막내까지도 그렇게 잃었다. 성칠은 아들 진혁을 가슴에 묻고, 딸 우희를 생각하며 몇 달에 한 번씩 막내 진혁이 묻혀 있는 수유리 묘역에 가서 하루를 보냈다. 막내 진혁은 공부보다 나라를 생각하며 독재를 몰아내고 짧은 생을 마쳤다. 오래전 예안 장터에서 독립만세를 부르던 자신을 생각했다. 그때 일본 순사의 총을 맞았더라면 자신도 젊은 나이에 이승을 하직하였을 것이었다. 성칠은 나라를 위해 목숨을 바쳐 독재를 몰아낸 아들 진혁의 묘비를 쓰다듬으며 말했다.

"내 아들 진혁아, 너는 장한 일을 하고 이승을 떠났구나. 아비는 너에게 원망하지도, 실망하지도 않는다. 그러나 네가 한없이 보고 싶구나."

우혁은 막냇동생이 경무대 앞에서 총 맞아 죽은 후에 대통령이 물러가고, 부정선거를 계획하여 실행하고 데모대에 발포 명령을 내렸던 고관들이 줄줄이 잡혀서 사형당하는 것을 뉴스를 통하여 듣고 있었다. 라디오가 없던 예안 장터에 외지 사람이 들어와 각 가정에 전선을 가설하고, 앰프를 달아 라디오 방송을 들려주고 한 달에 얼마씩 요금을 거두어갔다. 아직 전기가 들어오지 않아 발전기를 돌려 전기를 일으켜 앰프로 라디오 방송을 중계하였다. 외부의 소식과 단절된 채 깊은 산골에서 전통을 이어오며 살아가던 은둔의 고장 예안에 앰프가 들어오자 많은 변화가 일어났다. 우리나라뿐만 아니라 전 세계에서 일어나는 일들을 서울 사람들과 같은 시간에 알 수 있었다. 서울에서 데모가 일어났다는 것도, 많은 학생이 죽고 다쳤다는 이야기를 앰프방송으로 먼저 듣고 알 수 있었다. 남의 이야기같이 들었던 뉴스 속 사건에 동생 진혁이 죽어 장례를 치르며 온 집안이 슬픔에 빠져 헤어나지 못했다.

내각제가 채택되어 선거는 다시 치러지고, 국회의원이 선출되고, 국회에서 대통령과 국무총리를 선출했다. 국회는 상하원으로 구성되어 하원 국회의원 수 233석 가운데 민주당 175석, 상원인 참의원 58석 가운데 31석을 국민들이 몰아주었는데 대통령과 국무총리를 정하면서 민주당 내에 신파, 구파가 갈라져 파벌싸움이 일어나고, 같은 당 안에서도 서로 권력을 잡으려고 암투가 계속되어 정국은 혼란했다. 4.19혁명을 성공한 학생들 중 일부는 자기들이 남북회담을 한다며 판문점을 간다고 나서며, 한편으로는 국회를 점령하여 나라가 소란했다. 산골 예안에서 각 가정에 연결된 앰프를 통하여 매시간 들려오는 뉴스는 자유당 독재정권이 무너지고 새로운 정권이 들어섰지만, 정신을 못 차린 정치인들의 파당과 이권만을 챙기는 권력 암투소식만 들릴 뿐 가난하고 어렵게 사는 서민들에게 희망을 주지 못했다. 동생 진혁과 함께 숨진 학생들은 독재를 몰아내고 이 땅에 민주주의를 위해 꽃다운 인생을 피어보지도 못하고 죽어갔는데, 국민과 학생들의 희생은 안중에도 없는 정치인들의 암투를 뉴스로 들으며 우혁은 동생의 죽음이 헛된 것 같아 허탈하고 실망스러웠다.

⑨ 5.16군사정변을
　　막아섰던 사나이

　　매정리에서 농사짓던 권찬섭은 논산훈련소에서 훈련을 마치고 김포에서 서울로 들어오는 초소에서 근무하고 있었다. 몇 년 지나 병장이 된 찬섭은 초소장 김 중사의 지휘 아래 1개 분대 병사 중에 선임이 되어 인천에서 서울로 들어오는 길목을 지켰다. 북한에서 침투하는 간첩을 막기 위해 서울로 들어오는 버스나 승용차뿐만 아니라 짐차도 검문했다. 총을 들고 버스에 올라가 승객 중에 의심이 가는 사람을 검문하고, 짐차도 짐 속에 간첩이 숨어서 서울로 잠입할 수도 있어 일일이 검문했다. 도로 바리케이드 앞에 버스가 정차하면 총을 들고 올라가 "잠시 검문이 있겠습니다." 하며 경례하고 의심이 가는 사람은 도민증으로 신원확인을 했다. 군인들이 총을 들고 버스에 올라가면 승객들은 긴장했다. 간첩뿐만 아니라 전국적으로 지명수배된 범법자들은 무장한 군인이 버스에 올라타면 표정이 달라졌다. 인천에서 서울로 들어오는 길뿐만 아니라 파주 쪽과 의정부 쪽에서 들어오는 차량도 여러 번의 군인 검문소를 통과해야만 서울로 들어올 수 있었다. 밤 열두 시, 자정이 넘으면 평양 라디오 방송은 공공연하게 간첩들에게 난수표의 숫자를 방송으로 내보내며 지령을 내렸다.

"평양에 사는 삼촌이 서울 한강 나루터에 사는 조카에게 보내는 편지입니다. 657, 324, 873, 921……"

북한 평양방송에서 노골적으로 남파된 간첩에게 암호화된 난수표로 지시를 내릴 때이니 남한에 얼마나 많은 간첩이 넘어와 활동하고 있는지 가늠이 안 되었다. 찬섭은 일반인을 검문하는 초소라 언제나 반짝거리는 군화에, 군복은 날마다 다려서 줄이 선 옷을 입고 검문에 임했다. 총을 들고 버스에 올라가면 사람들은 위축되어 순순히 검문에 응했다. 부부를 가장한 간첩도 있어 부부간이나 젊은 연인이 같이 타고 있어도 검문을 피할 수 없었다. 젊은 연인이 나란히 버스에 타고 있으면 부럽고 짓궂은 생각도 들어 더 심하게 검문하기도 했다. 검문을 당하는 쪽에서는 총 든 군인들의 살벌한 모습에 주눅들어 고분고분 검문에 응할 수밖에 없었다.

5월 16일 새벽 수천 명의 군인이 수백 대의 군용차를 타고 장갑차와 대포까지 끌고 서울로 향하고 있었다. 1개 여단 병력은 되었다. 가끔 훈련을 나오는 병력이 있기는 하지만 찬섭이 근무하는 지역은 최전방 일선 지역이 아니라 이렇게 많은 병사가 중무장까지 하고 훈련하는 것은 처음이었다. 더구나 소규모 병력이 움직여도 검문 초소로 사전에 연락이 오는데 대규모 병력이 훈련 나오는데도 아무런 연락을 받지 못했다. 훈련이라 해도 전차와 대포로 중무장하고 많은 병력이 서울로 향하고 있어 의심스러웠다. 권찬섭 병장은 바리케이드를 치고 근무하다가 선두 차를 정지시켰다. 선두 지프차에 타고 있던 대위가 차에서 내렸다.

"야! 인마, 바리케이드 치워."

대위라 찬섭은 우선 받들어총으로 "충성!" 하고 경례하며 검문을 시작했다.

"어디에서 오는 부대입니까? 상부에서 연락받지 못했습니다."

"야! 이 새끼 봐라? 바리케이드 치우라니까."

"소속과 행선지를 알려주십시오. 상부에 연락하고 치워드리겠습니다."

"야, 이 졸병 새끼, 너 죽고 싶어?"

대위는 권총을 빼들었다. 권찬섭 병장은 더 이상 검문을 할 수 없었다. 대위의 눈에는 푸른 빛이 이글거리며 위협이 아니라 정말 권총으로 사살할 것 같았다. 권 병장과 옆에 있던 병사들은 바리케이트를 치울 수밖에 없었다.

"야! 권 병장, 사병들 데리고 초소에 들어가 차량이 다 지나갈 때까지 밖으로 기어 나오지 말고 처박혀 있어. 기나오면 죽는다."

대위는 권찬섭의 명찰을 보고 권 병장이라 부르며 소리쳤다. 뒤따르는 지프차의 빨간 별판에는 노란 별이 두 개나 붙여져 있었다. 도대체 어디서 오는 병력인지, 무슨 일이 있어 많은 병력이 중무장하고 대포까지 끌고 서울로 가는지 알 수 없지만, 그들의 명령에 따르지 않을 수 없었다. 이런 상황에서 초소 근무 수칙대로 경비부대 상황실로 연락하여 수도경비사령부의 허가를 받고 바르게 이들을 치우겠다고 버티면, 대위는 당장 검문을 서고 있는 권창섭 병장을 사살할 것 같은 분위기였다. 권 병장은 옆의 병사와 같이 차량과 전차, 대포가 통과할 수 있도록 바리케이드를 치우고 초소에 들어왔다.

복장이나 장비뿐만 아니라 대위의 말씨로 보아 북한군 특수부대는 아닌 것이 확실한 것 같으나 연락도 없이 개인 화기뿐만 아니라 장갑차와 대포까지 끌고 서울로 들어가는 것이 아무래도 예삿일이 아니었다. 초소장 김 중사도 기가 질린 듯 아무 말도 못하고 바라만 보다가 경비 중대 본부로 보고했다.

"약 3,500명쯤 되는 해병대와 공수부대, 육군이 장갑차와 대포로 중무장한 채 서울 쪽으로 향하고 있습니다."

"뭐야! 그런 여단급 훈련이 있다는 연락을 받은 적이 없는데… 알았으니 잘 지켜봐."

경비 중대장은 수도경비사령부로 전화를 걸어 보고했다.

"지금 해병대와 공수부대 1개 여단 병력이 중무장하고 소사를 통과하여 서울로 향하고 있습니다."

상황실에서는 확인되지 않는 여단급 병력이 중무장하고 서울로 오고 있다는 보고를 받고 수도경비사령부 장 사령관에게 보고했다.

"쿠데타다!"

5.16은 이렇게 최초로 알려져 세상에 모습을 드러냈다. 보고를 받은 장 사령관은 짧은 시간 안에 진압군을 편성하고 대항하려 하였으나 역부족이었다. 한강 철교를 넘어오지 못하게 차량 벽을 쌓았으나 쿠데타 군인들은 차량을 제거하며 진입했다. 수도경비사령부의 헌병대들이 나가 교전을 준비했으나 해병대와 공수부대로 잘 훈련된 쿠데타군의 대적이 되지 못했다. 진압군이 나가서 쿠데타군과 교전이 벌어졌더라면 총격전뿐만 아니라 포탄이 오가며 쿠데타군과 진압군 사이에 많은 병사가 죽어 나가는 엄청난 희생이 따를 뻔했다. 군사정변은 성공하면 혁명이고, 실패하면 반란이 되어 참여하였던 지휘관들과 주동자들은 사형을 면치 못한다. 휴전협정으로 6.25전쟁이 멈추고 8년, 4.19혁명이 일어나고 1년 만에 군인들이 일으킨 정변은 반란으로 끝나지 않고 성공하여 군사혁명이 되었다. 그 후 매정리에 사는 권찬섭은 제대하여 5.16군사혁명을 최초로 저지하려고 한 사람이 자기라고 어디 가나 마치 자기가 영웅이나 되는 것처럼 자랑스럽게 이야기하고 다녔다.

"5.16군사쿠데타를 제일 먼저 막으려고 한 사람이 나야. 아무도 못한 일을 내가 먼저 나라를 위해 군사정변을 막으려 했다 아이가. 그때 내가 바리게이트를 치워 길을 열어주지 않고 적극적으로 막았다면 5.16군사혁명은 실패로 끝난 군사반란으로 박정희 소장과 김종필, 김재규, 차지철 그 이하 많은 장교들은 사형당하고 끝났을 걸 내가 길을 열어 통과시켜 주어 성공하여 혁명이 된 거야. 혁명군들은 나에게 고마워해야 돼."

권찬섭은 동네 사람과 품앗이로 논을 매다가 쉴 참이 되면 으레 자기가 5.16군사혁명을 최초로 막으려 했던 영웅담을 꺼내며 자랑했다. 같이 논밭 매며 품앗이하는 동네 사람들은 찬섭의 무용담을 수십 번을 되풀이해 들어도 말할 때마다 너무 실감나게 이야기해서 싫증나지 않았다. 권찬섭은 동네 사람들과 같이 논을 매며 온몸에 진흙탕물로 범벅이 되어 쉴 참이 되면 자신이 역사에 남을 대단한 일을 한 인물이라며 그때의 무용담을 되풀이하며 신나게 이야기하고 있었다.

　쿠데타를 일으킨 군인들은 방송국을 장악해 전국에 방송했다. 예안 장터 동네에 앰프로 흘러나오는 뉴스를 듣고 군인들이 혁명을 일으켰다는 것을 알았다. 세상이 바뀌었다. 군인들이 일으킨 쿠데타는 성공하여 군사혁명이 되어 혁명공약을 발표하고 모든 집회와 정치활동이 금지되고 국회를 해산했다. 전국에 계엄령이 내려지고, 지방 도시에도 거리마다 위장망을 두르고 단독군장으로 전투태세를 갖춘 군인들이 총을 들고 거리 요소요소를 지켰다. 공비토벌과 전쟁을 겪은 사람들은 무장한 군인을 보기만 해도 움츠러들었다. 4.19학생혁명 후 30대 초반의 젊은 나이로 국회의원이 되어 장관과 장군도 국회에 불러다 놓고 호통치던 지역의 박 의원은 총을 든 일등병 병사에게 체포되었다.

　며칠이 지나자 학교에서는 학생들에게 혁명공약을 외우게 하고, 어느 월요일 조회시간에 선생님들이 모두 재건복을 입고 나오자 전교생들은 낯선 풍경에 웃음을 터뜨렸다. 선생님들도 따라서 멋쩍게 웃었다. 체육복도 아니고 군복도 아닌 통일된 옷을 입은 선생님들은 마치 집단훈련소 조교들 같아 보였다. 양복에 넥타이를 매고 교실에 들어오던 선생님들은 모두 통일된 재건복을 입으니 어색했다. 만나는 사람마다 인사도 "안녕하십니까?"가 아니라 "재건합시다"로 바뀌었다. 처음에는 어색하고 서투르고 생소하고 쑥스러웠으나 그대로 따라 하는 수밖에 없어 며칠이 지나니 어색하지도, 생소하지도 않았다. 길가 담벼락이나 전봇대에 "재건"이라는 표어가 붙었다. 오래된 국가 문화재인 고적 입구에도 "재건"이라는 표어가 붙어 있어 우리나라를 처음 찾은 외국인이 재건이라는 글자가 고적이라는 글자인 줄 알고 길을 가다가 전봇대에 붙은 표어를 보고 이것도 한국의 귀중한 문화재이구나 하고 사진을 찍는 풍자만화가 신문에 실리기도 했다.

    시군 단위 각 행정관서 기관장은 현역 대령이나 중령이 군복을 입고 근무하며 공무원을 부하 다루듯 하여 공무원 사회가 군대식으로 바뀌었다. 면장도 예비역 대위급으로 바뀌고, 군인들이 지배하는 세상이 되었다. 군인들이 장악하여 전투훈련을 하는 것같이 명령에 따라 움직이니 사회의 모든 것이 순식간에 눈에 띄게 달라져 갔다. 이때까지 호적초본 한 장 발행을 받으려 해도 일부였지만, 급행료를 주어야 빨리 처리해주고, 그렇지 않으면 하염없이 기다려야 했는데 신청하자마자 바로 처리해주었다. 주민이 원하는 민원은 모든 것이 빨리빨리 처리되고, 행정기관이나 경찰서도 지역민의 민원이 타당하면 바로 처리되었다. 혁명공약 중에 "구악을 일소하고…"라고 하는 대목이 나오는데 사회의 곳곳이 눈에 띄게 변화되었다. 모든 것이 군대식으로 시행되어 지시받고 일을 처리하는 공무원들은 공포와 고통이 따르겠지만, 주민 위에 군림하던 공무원들이 작은 민원에도 일사불란하게 움직여 국민들은 달라진 세상을 느낄 수 있었다.

오천 년 역사 대대로 이어왔던 가난을 몰아내고 전 국민의 배고픔을 해결하기 위해서는 식량 증산이 필수적이었다. 한 톨의 식량이라도 더 증산하기 위해 한 치의 땅도 놀리지 않고 곡식과 채소를 심게 했다. 동네의 빈 곳이나 가정집 울타리 밑이나 도시의 옥상에도 보리와 밀과 감자와 채소를 심었다. 기차역마다 사람이 다니지 않는 작은 공간에 보리와 밀을 심었다.

전쟁 중에 점령군들은 공포의 대상이었는데 쿠데타로 권력을 잡은 군인들은 공무원뿐만 아니라 일반인들도 그들의 명령을 따르지 않을 수 없는 겁나는 존재들이었다. 어쩔 수 없어 시키는 대로 해도 사회 각 곳이 하루하루 눈에 띄고 피부로 느껴지게 변해 가고 있었다. 처음에는 군인들이 총칼로 정권을 탈취한 쿠데타로 국가의 권력을 잡았다고 생각하면서 그들의 정통성에 부정적이던 국민들이 하루하루 달라져 가는 나라의 모습을 보고 그들이 나라를 변화시킬 수 있다는 희망을 품게 되었다. 그들은 관료주의와 권위주의에 젖은 탁상행정이 아닌 현장을 뛰어다니며 확인 점검했다. 어느 날 면사무소에 군수 대행을 맡은 현역 중령이 점검을 나갔다. 젊은 장교였다. 그는 면사무소로 가면서 논밭이 잘 관리되지 않고 잡초가 많은 것을 보고 '저렇게 농사를 지으니 수확량이 떨어질 수밖에 없고, 그 결과 생산성이 떨어져 가난하게 살아갈 수밖에 없다'라고 생각했다. 한 톨의 곡식이라도 더 생산해 한 끼라도 배고픔을 면하려면 더 열심히 농작물을 가꾸어야 하는데 농사를 짓는 농민들의 생각부터 바뀌어야 한다고 생각하며, 농민들의 생각을 바꾸자면 지도하는 면서기들의 생각이 먼저 바뀌어야 한다고 믿고 있었다.

"면서기들이 현장 확인도 안 하고 면사무소 안에만 앉아 무얼 하느냐?"

군수 대행 중령은 오면서 본 논에 잡풀이 무성한 동네 담당 서기를 불러 구둣발로 정강이를 걷어찼다. 민간인을 상대하는 행정기관에서는 상상도 할 수 없는 일이었다. 중령인 군수는 면서기를 군대 부하를 다루듯이 다루어 살벌했다. 해방되고 전쟁을 거치며 육칠십 년대 군대에서는 일본군의 잔재가 남아 단체기합이 심했고, 구타는 보편화되어 있었다. 구타 중에도 구둣발로 정강이뼈를 걷어차는 것을 "조인트 깐다"라고 하며 몹시 아프고, 정강이에서 피가 난다. 정강이를 차이면 시간이 지나 아물어도 죽을 때까지 상처 흔적이 남았다. 사회에서는 생각할 수도 없는 일이지만, 군대에서는 늘상 있는 일이었다. 군수 대행은 그뿐만 아니었다. 축산을 담당하는 면 공무원에게 물었다.

"어미 닭이 알을 품고 병아리가 며칠 만에 깨어나느냐?"

축산담당 공무원이 "21일"이라는 대답하지 못하고 어물어물하며 당황해했다.

"축산을 담당하고 농민을 지도하는 공무원이 축산에 대한 지식이 농민보다 못해 어떻게 지도하냐? 너는 자격이 없다."

군수 대행 중령은 축산담당 면서기를 그 자리에서 파면해버렸다. 절차도 없이 전시 중에 상관의 명령에 불복하는 병사를 즉결처분하듯이 처리했다. 공무원의 복무규정이나 권리보장 같은 것은 통하지 않고 군수 대행 중령의 말이 곧 법이었다. 소문이 나자 공무원들을 자기 담당 분야를 공부하지 않을 수 없었다. 그동안 많은 수의 공무원들은 자기 담당 부서에 전문적인 지식도 없이 근무하면서 달이 지나면 꼬박꼬박 월급을 받아온 면도 있었다. 그래서 공무원에 한 번 들어가면 특별한 과오가 없으면 정년까지 채우고 퇴직하여도 죽을 때까지 연금이 매달 나와 평생이 보장되는 직장이었다. 사람들은 그런 공무원들을 부러운 눈으로 바라보며 "철밥통"이라고 비아냥거렸다.

초중고등학교 교사들은 도시락을 싸와서 교무실에서 점심을 먹지만, 많은 교사들이 도시락을 가져오지 않고 집에 가서 점심을 먹거나 시내 식당으로 점심을 먹으러 갔다. 그러다가 5교시 수업에 늦는 교사도 있었다. 군사정부에서는 교사를 포함한 모든 공무원은 도시락을 싸오거나 부득이하여 밖에 나가야 할 때는 외출대장에 기록하여 기관장의 허락을 받고 가도록 하였다. 공무원복무규정에 그렇게 되어 있지만, 대부분 교사들이 외출대장에 기록도,

학교장의 허락도 없이 점심시간이면 자유롭게 밖에 나가서 식사했다.

어느 고등학교 선생님이 관행적으로 점심시간에 식사하러 장부에 기록도 없이 나갔다. 점심시간이 끝날 무렵 갑자기 계엄군 점검반 차량이 들어와 교사들을 점호하기 시작했다. 교사 한 사람이 없었다. 외출장부를 가져와 확인해도 외출장부에도 기록되지 않았다. 군대식으로 생각하면 무단이탈이었다. 점검반은 교육청의 재가와 교사의 소명도 없이 현장에서 바로 파면 처리해버렸다. 생각하면 한 사람의 평생직장이고, 한 가족의 생계가 달린 일을 정당한 절차도 없이 전쟁 중에 탈영한 병사를 즉결 처분하는 것같이 파면하는 것은 상상할 수도, 이해할 수도 없는 일이었다. 그런 상황에서도 어디 가서 항의할 수도, 재심을 청구할 수도 없었다. 전시에 탈영하다가 붙잡히면 바로 총살해버리는 문화에 익숙한 군인들은 자기들이 장악한 사회가 준전시 체제이고, 교사들을 비롯한 공무원들은 전쟁을 치르는 병사로 생각하는 것 같았다. 그들이 지배하는 사회는 강압적이고, 때에 따라 폭력적이지만, 이때까지 만연한 부조리와 불법, 탈법, 폭력이 횡행하던 사회의 기강이 순식간에 잡혀가고 있는 것처럼 보였다. 그렇지만 정작 군인들의 강압적 행동은 누구도 제재할 수 없어 그들이 하는 행동과 국가를 장악해 다스리는 방법은 모두 헌법과 법률 위에 군림하고 있었다.

❿ 거지가 된 깡패들

　뒷골목에서 주먹을 휘두르는 깡패들을 한때 일부 정치인들이 선거에까지 이용하며 뒤를 봐주어 그들 주먹세계를 대한민국 안의 "소대한민국"이라고 불렀다. 그들은 폭력으로 지역을 장악하며 장사하는 소상공인들을 협박해 자릿세를 받아내고, 장사를 할 수 있도록 해준다는 보호비 명목으로 매달 일정액을 뜯어가며, 세력이 강한 조직에서는 지역의 각종 이권과 상권을 장악하여 기업형 조폭으로 성장해갔다.
　군사혁명이 일어나도 뒷골목의 깡패들은 겁나지 않았다. 전쟁 때도 4.19혁명 때도 그들은 별다른 제약을 받지 않고 활동해왔다. 4.19 때는 집권당의 사주로 데모하는 학생들에게 각목을 휘둘러 다치게 하기도 했다. 그런 깡패들은 군인들이 세상을 지배해도 과거와 같으려니 하고 각 지역을 장악하고 있는 군인들과 부딪치지만 않으면 되리라고 생각했다. 계엄군은 주민들을 괴롭히며 폭력을 일삼던 깡패 소탕에 들어갔다. 그동안 도시 뒷골목을 공포에 몰아넣던 깡패들이었지만, 공수부대와 특수부대 요원들의 소탕작전이 시작되자 숨어서 도망 다닐 수밖에 없었다. 군인들은 각 지역에서 깡패들을 붙들어 가두었다가 국토건설단으로 보냈다.

별명이 솔개인 김덕팔은 서울 남산 일대를 주름잡던 깡패였다. 그는 별명처럼 솔개답게 공격 상대 주위를 맴돌다가 순식간에 파고들어 쓰러뜨렸다. 솔개는 어릴 때부터 싸움판에서 자랐다. 그의 부모는 날마다 주먹을 휘두르며 말썽을 부리는 아들을 감당할 수 없어 아예 방치해두어 잡초나 야생마같이 제멋대로 자랐다. 덕팔의 나이 스무 살이 넘어서자 일당백은 아니어도 잘 나가는 주먹꾼 두세 명은 혼자서도 너끈히 때려눕혔다. 그는 서울의 큰 지역을 장악한 이름 있는 무슨 파라는 깡패조직에는 들지 못했지만, 남산공원 일대에 자리 잡고 상인들과 아베크족으로부터 금품을 뜯어내었다. 그가 폭력을 쓰지 않고 말로 협박하면 상대는 지레 겁을 먹고 주머니에서 스스로 돈을 꺼내 바쳤다. 말로 협박이 잘 먹혀들어 가지 않을 때는 폭력을 사용해도 상대를 심하게 다치게 하지 않아 경찰에 지명수배되는 일은 없었다.

계엄령이 내려지고 군인들이 사회의 악인 깡패들을 잡으러 오자 공수부대원을 돌려차기로 쓰러뜨리고 도망을 가다가 공포탄을 쏘며 몰려오는 군인들에게 포위되어 손을 들고 항복하지 않을 수 없었다. 솔개는 잡혀와 창고에 갇혔다. 군인들은 깡패들을 잡아, 정신을 개조하여 일하며 살아가는 방법을 가르치기 위해 깡패들만으로 편성된 국토건설단을 만들어 도로를 건설하거나 산지를 개간하는 데나 간척지 사업에 투입하였다. 원래 국토건설단은 28세 이상의 군대 미필자를 징집하여 산지와 간척지를 개간하거나 수해를 복구하는 곳에 투입하여 1년 반을 일하면 군대 복무를 마친 것과 같은 자격을 인정해주는 대리복무 제도이지만, 깡패들로 구성된 국토건설단은 무장한 군인들의 삼엄한 감시 아래에서 강제노역을 시켰다.

잡혀온 김덕팔은 국토건설단으로 출발하기 전에 탈출하려 하지만, 사방에 총을 든 군인들이 지키고 있어 탈출이 용이하지 않았다. 그는 변소에 가서 대변통을 통해서 도망갈 수 없을까 하고 살폈다. 변소는 재래식으로 되어 있어 담 밖에서 인분을 풀 수 있게 옆으로 창문처럼 커다란 구멍이 있었다. 솔개는 그곳을 통해서 도망가기로 생각하고 똥통 안으로 들어갔다. 아무리 조심해도 온몸에 인분이 묻을 수밖에 없었다. 그는 군인들에게서 벗어나기 위해서는 인분이 온몸에 묻는 것도, 냄새도 참을 수밖에 없었다. 그는 무사히 담 밖으로 빠져나왔지만, 어디 가서 씻을 수도 없이 인분이 덕지덕지 묻은 채 지나가는 시내버스에 올라탔다. 사람들은 놀라서 한쪽으로 피하고, 운전사는 내리라고 고함을 쳤다.

"나, 남산 솔개야, 그대로 가. 조금만 가서 골목길 가까운 곳에서 내려줘."

운전사도 그가 깡패인 것을 알고 더 이상 내리라고 하지 않고 차를 몰았다. 사람들은 계엄군이 깡패 소탕전을 벌이고 있다더니 잡혀간 깡패가 변소 인분통 속을 통하여 도망쳐 온 것을 알고 한쪽으로 피해서 바라만 보고 있었다. 운전사가 다음 역에 내려주자 그는 골목으로 피해서 도망갔다.

솔개는 4.19혁명 때도 십여 명의 부하 똘마니들을 거느리고 서울 남산 일대에서 장사하는 사람들에게 자릿세를 받고, 숲속의 아베크족에게 돈을 강탈하며 생활해왔으나 이제는 잡히면 국토건설단에 들어가 강제노동하며, 일하면서 살아가는 방법을 배우는 인간개조 학습을 받아야 했다. 솔개는 서울에서는 계엄군의 지명수배로 그들의 감시망을 벗어날 수 없어 졸개들과 도망가지 않을 수 없었다. 솔개의 부하에는 장기철을 비롯한 남자 여럿과 이소라를 포함한 여자들도 세 명이나 있었다.

소라는 어려서 아버지가 죽고, 어머니가 소라를 데리고 재가하여 새아버지 밑에서 자랐다. 소라는 나이 스무 살이 된 어느 날 어머니가 외가댁에 일이 있어 며칠 다니러 간 사이 새아버지가 방에 들어와 끌어안았다. 소라는 소리치며 반항했으나 새아버지는 야수가 되어 소라를 덮치고 욕심을 채웠다. 그 후 어머니가 집을 비울 때마다 새아버지는 소라에게 그 짓을 했다. 소라는 어머니의 얼굴을 바로 바라볼 수 없었다. 그런 상황에서도 새아버지는 뻔뻔하게도 같은 식탁에서 밥을 먹으며 밤이 되면 어머니와 잠자리를 하면서 옆방에 있는 소라에게 들으라는 듯이 괴성을 지르며 변태 짓을 했다. 소라는 어머니에게 말할 수 없었다. 어머니가 알게 되면 자신도, 어머니도 그 집에서 떠날 수밖에 없다고 생각했다. 소라는 어머니에게 찾지 말라는 편지를 남기고 집을 나왔다. 다시는 그 집에 들어가지 않고 어머니도, 새아버지도 만나지 않고 평생 살아가리라고 생각했다. 그렇게 집을 나와 남산을 배회하다가 김덕팔을 만났다. 덕팔과 같이 생활하며 그의 졸개들과도 알게 되고, 그의 식구가 되었다.

솔개는 10명도 넘는 식구를 데리고 청량리에서 밤 기차를 탔다. 밤새 달려온 기차는 아침이 되어 안동역에 도착하여 움직이지 않았다. 종착역이었다. 안동 시내에도 골목 요소요소에 계엄군이 있었다. 솔개는 졸개들을 데리고 면 소재지 중에 많은 사람이 살고 있다는 예안행 버스를 탔다. 가진 돈도 거의 없이 떠나온 그들은 세상이 잠잠해질 때까지 거지가 되어 구걸할 수밖에 없었다. 공사장이 있으면 찾아가 일이라도 하고, 농촌에 들어가 농사 품도 팔면 되겠지만, 그들은 태어나고 육체적으로 하는 일은 한 번도 해보지 않고 사람들을 위협해서 돈을 빼앗아 생활했다.

그들을 예안 장터에서 좀 떨어진 역계천 다리 밑에 자리를 잡았다. 다리 밑 맑은 물이 흘러가는 옆 하얀 모래 위에 텐트를 치고 생활했다. 가지고 온 돈도, 양식도 없었다. 이곳에서는 사람들을 위협해 돈을 뺏을 수도 없었다. 계엄군의 눈을 피해 다니는 처지라 말썽을 피우면 바로 잡혀가고 말 것이었다. 주민들과 부딪치지 않고 이곳에서 숨어 지내자면 식사 때마다 가정집에 가서 동냥해서 먹고사는 수밖에 없다. 거리에는 거지들이 동냥을 다닐 때라 솔개는 부하들에게 거지처럼 낡은 옷을 입히고, 얼굴에 그을음을 칠해 식사 때가 되면 각 가정집을 돌아다니며 음식물을 동냥해 오도록 명령했다. 사람들을 위협해서 돈을 빼앗으며 깡패생활을 하던 그들이 식사 때마다 음식을 구걸하는 것이 창피했으나 대장 솔개의 명령을 어길 수 없었다. 이들의 무리에서는 대장 솔개의 말이 법이고, 명령에 절대복종해야 하므로 아무리 창피하고 힘들어도 솔개의 명령을 거역할 수 없었다. 아침저녁 식사 때마다 깡통을 들고 음식물을 얻으러 가는 거지생활은 너무 창피하고 자존심이 상했으나 며칠이 지나자 차츰 적응되어 갔다. 천여 호도 넘는 장터와 주위 십여 리 이내에 있는 동리는 세상이 잠잠해질 때까지 의지해 동냥하며 살아갈 수 있는 이들의 터전이었다.

  주민들은 젊은 사람들이 무리 지어 있는 것만으로도 혹시나 그들이 문제를 일으키지는 않을지 걱정이 되어 위협을 느꼈다. 치안을 담당하는 지서의 경찰들도 이들이 서울의 깡패였다는 것을 알면서도 지역에서 말썽을 부리지 않으니 그들의 행동을 지켜보고만 있었다. 사람들은 그들이 서울 깡패였다는 소문을 듣고 걱정되지만, 두고 볼 수밖에 없었다.

  그들은 아침저녁 지역을 바꾸어가며 밥을 얻으러 다녔다. 남자들뿐만 아니라 여자도 낡은 옷을 입고 얼굴에 그을음을 바르고 식사 때가 되면 깡통을 들고 밥을 구걸했다. 그들은 장터가 있는 역계천 다리 밑을 근거지로 인근 수킬로미터씩 흩어져 있는 동네의 다리 밑으로 옮겨 다니며 생활했다. 다리 위를 지나다니는 사람들은 그들이 깨끗하고 세련된 옷을 입고, 때로는 시골에서는 잘 보지도 못하는 기타나 하모니카를 불며 노는 것을 보았다. 주민들도 젊은이들을 간섭하지 않았고, 젊은이들도 끼니때 밥을 얻으러 오는 것 이외에는 주민들의 생활에 끼어들지 않았다. 그렇지만 마을 다리 밑에 떼 지어 사는 젊은이들이 서울의 깡패들이라는 소문에 주민들은 위협을 느껴 항상 경계를 늦추지 않았다.

고등학교에 다니는 여학생 두 명이 강가 절벽 위에 있는 영락정에 놀러 갔다. 장터에서 멀리 떨어진 낙동강이 굽이쳐 흐르는 외진 곳에 지어진 정자는 경치가 빼어나지만, 인적이 드문 곳이었다. 두 여학생은 태극형으로 장터를 휘감아 돌면서 물 태극 뭍 태극으로 아름다운 절경을 만들며 흘러내리는 강을 바라보며 수다를 떨고 있었다.

"저것 봐, 강물이 원을 그리며 시내를 감싸 흐르잖아."

"그래, 가만히 보면 땅이 강물을 감싸고 있는 것 같기도 해."

"그래서 이곳의 지형이 태극형이라 '물 태극 뭍 태극'이라고 하는구나."

그때 시골 불량배인 장터의 말썽꾸러기 둘이서 다가왔다. 그들은 장터에서 온갖 말썽을 일으킬 때마다 지서에 잡혀갔으나 나쁜 버릇이 고쳐지지 않았다. 불량배들은 지나가는 사람에게 시비를 걸어 돈을 빼앗고, 외진 밤길을 가는 여자를 겁탈했다는 소문이 돌기도 했다. 불량배들이 다가오자 겁에 질린 여학생들이 일어나 가려는데 "같이 놀자"라며 여학생들의 앞을 막았다.

"이러지 마세요. 우리 가야 해요."

"같이 놀자. 이렇게 경치 좋고 외진 데서 서로 사귀어 보자."

불량배 둘은 여학생들을 하나씩 끌고 정자 마루로 올라가 쓰러뜨렸다. 여학생들은 소리치며 반항했다. 그렇지만 억센 남자들에서 벗어날 수 없었다. 그때 고함을 치고 달려오는 남자의 음성이 들렸다. 여학생들을 쓰러뜨리고 올라타 옷을 벗기던 불량배 둘은 일어나 소리 나는 쪽을 바라보았다.

"뭣하는 짓이야! 여학생들을 돌려보내."

서울 말씨를 쓰는 청년이었다. 불량배는 청년을 보고 말했다.

"야! 이 새끼, 남의 청춘사업에 방해하지 말고 꺼져."

"너희들 좋은 말할 때 여학생들을 돌려보내라."

"어쭈, 뒤질라고 빽을 쓰는구나."

불량배 둘은 청년에게 달려들었다. 청년은 당황하지도 않고 말했다.

"시골 와서 조용히 지내다 가려고 했는데 너희들이 내 성질을 돋우니 할 수 없구나."

불량배들은 장터 일대에서 아무도 당하지 못하는 주먹꾼이었다. 청년은 전혀 겁먹지 않고 말했다.

"후회하지 말고 좋게 말할 때 여학생들을 돌려보내라."

"야! 이 새끼, 너 오늘 제삿날이다."

불량배 둘은 청년에게 달려들었다. 청년은 두 사람의 주먹을 가볍게 피하고, 어느새 날아오르듯 돌려차기와 옆차기 한 방씩으로 두 불량배를 쓰러뜨렸다. 그 틈을 타서 두 여학생은 도망을 쳤다. 도망치면서 돌아보았다. 청년은 오랫동안 참아왔던 한풀이라도 하듯이 혼자서 불량배 둘을 떡이 되도록 두들겨 패고 있었다. 청년은 국토건설대를 피해온 솔개의 부하로 역계천 다리 밑에서 거지생활을 하며 지내던 서울 깡패 장기철이었다. 소문이 장터에 알려지자 사람들은 그들이 서울의 깡패들로 국토건설단을 피해 와서 숨어 지낸다는 소식이 사실이었다고 생각했다. 사람들은 서울 깡패가 아니었더라면 두 여학생이 큰 봉변을 당할 뻔했다고 생각하며, 서울의 깡패는 시골 깡패와는 달라 의리가 있다고 생각하고는 그들을 바라보는 눈이 달라졌다.

사회가 소란하고 사람들은 먹고살기 힘들어도 계절은 변함없이 지나가고 또 찾아왔다. 여름이 가고 10월이 되자 푸르던 가로수 잎은 단풍으로 곱게 물들고, 시골집 울타리 밑에는 노란 국화가 피어났다. 무서리가 내리자 물들었던 잎들은 낙엽이 되어 떨어지고, 아침저녁 쌀쌀한 날씨에 개울에는 살얼음이 얼기 시작해 다리 밑에서 생활하기 어려워졌다. 10여 명의 솔개네 식구들은 아직 군인들이 깡패들을 잡아, 국토건설단에 보내고 있어 서울로 돌아갈 수 없었다. 세월이 조용해져야 할 텐데 반년이 지나도 단속이 풀리기는커녕 점점 옥죄어 오니 서울로 돌아가 옛날과 같이 생활할 날이 언제 올지 예측할 수 없었다.

솔개는 부하들을 이끌고 역계천 다리 밑을 떠나 마을에서 떨어진 곳에 10여 명이 살 수 있는 움막을 짓기로 했다. 겨울의 혹독한 추위에 얼어 죽지 않으려면 움막에 난방장치를 해야 했다. 땅을 파서 불골을 만들고, 납작한 돌을 주워와 불골 위에 덮어 구들을 만들었다. 진흙을 개어 구들 위에 평평하게 발라 방바닥을 만들고, 산에 가서 나무를 잘라와 삼각형으로 커다란 지주대 여러 개를 방바닥 위에 세웠다. 동네에 다니며 짚을 얻어와 연계를 엮어 삼각형의 큰 움막을 만들었다. 그리고 산에서 땔감을 해와서 불을 지펴 구들을 달구었다. 남쪽으로 창문을 내어 따뜻한 낮에는 열어두어 움막 안에 빛이 들어오게 하고, 밤에는 가마니로 막아 찬 공기가 들어오지 않게 했다.

열 사람이 햇볕도 잘 들어오지 않는 굴 같은 좁은 움막에서 생활하려니 다리 밑에서 맑은 공기를 마시며 생활할 때와 달라 몹시 답답했다. 끼니때가 되면 동리로 다니며 동냥해서 음식을 얻어와서 다시 끓여 먹으며 생활했다. 서로가 그렇게 부대끼며 생활하다 보니 불편한 점이 많았다. 여름철 다리 밑에 있을 때는 몸을 자주 씻고, 빨래도 자주 하여 언제나 깨끗한 옷을 입고 생활했는데 겨울철이라 목욕은 물론이고, 세수를 할 물도 넉넉지 않아 몸에서 냄새가 나고, 옷에는 이가 득실거렸다.

열악한 생활 가운데도 대장 김덕팔은 대원들을 통제했다. 끼니때가 되면 조를 짜서 각 마을로 동냥을 보내고, 얻어온 밥을 골고루 배분하고, 땔감을 하는 조와 불을 때여 움막을 데우는 조를 정하였다. 단체생활을 하면서 대장 솔개의 명령이 법이었다.

대장은 소라뿐만 아니라 다른 여자 대원도 생각이 나면 기회

있을 때마다 범했다. 소라는 그런 덕팔이 싫어졌다. 왕처럼 군림하고 자기뿐만 아니라 다른 여자들도 마음대로 데리고 자는 덕팔에게 소라 자신은 무엇인가? 왕만 바라보고 사는 궁녀가 된 기분이었다. 거기에 비하면 장기철은 의리가 있고, 성실하고, 언제나 모든 대원에게 잘 대해 주었었다. 소라는 국토건설대를 피해 이곳으로 오고부터 장기철이 좋아졌다. 그렇지만 대장 솔개의 눈밖에 벗어나면 어떤 보복을 당할지 몰라 마음속으로만 생각하고 있었다. 어쩌다 기철과 한 조가 되어 동냥을 나갈 때면 마음 놓고 이야기할 수 있었지만, 드러내놓고 "좋아한다"는 이야기를 할 수 없었다. 기철도 소라의 그런 속마음을 알고 있었다. 대장의 여자이지만, 늘 자기에게 보내는 눈길에 사랑을 느꼈다. 어느 날 같이 동냥을 나가서 밥을 얻어오며 소라는 기철에게 말했다.

"나, 솔개 대장이 싫은데 어떻게 하면 좋아요?"

"오랫동안 솔개 대장하고 살았잖아요? 솔개 대장이 싫어도 놓아주지 않으면 소라 씨는 어쩔 수 없잖아요."

"솔개 대장에게 나는 아내가 아니라 데리고 노는 이성에 불과한 걸요. 혼인신고를 한 일도 없고요."

"그럼 솔개 대장에게 놓아달라고 말해요. 그리고 부모님이 계시는 집으로 돌아가요."

"집에는 돌아가지 않을 거예요. 새아버지도, 어머니도 다시는 만나지 않을 거고요."

"무슨 사연인지 몰라도 아버지, 어머니는 자식이 아무리 나쁜 짓을 해도 처음에는 야단을 치지만 끝내 모두 용서해요."

"그러는 기철 씨는 왜 이렇게 생활하고 있어요? 가정으로 돌아가지…"

"나는 돌아갈 가정이 없어요. 내가 자라난 곳은 고아원이었어요. 나이 열여덟 살이 넘으면 고아원에서 나와 독립해야 해요."

"그렇군요. 기철 씨가 고아원에서 자란 줄 몰랐네요. 나는 새아버지가 싫어요. 내가 집에 들어가면 어머니와 제가 모두 그 집에서 나와야 해요. 어머니는 아무것도 몰라요."

"무슨 말인지 알겠네요. 소라 씨도 저와 같이 돌아갈 곳이 없네요."

"기철 씨, 우리 솔개 대장 곁을 떠나서 같이 생활하면 안 될까요?"

기철은 소라를 바라보았다. 소라의 두 눈에는 눈물이 고여 있었다. 기철은 소라를 살며시 끌어안았다. 그리고 누가 먼저랄 것 없이 서로의 입술이 포개졌다.

움막생활을 한 지도 3개월이 지나 2월이 되었다. 2월이지만 음지 쪽에는 얼음과 눈이 그대로 쌓여 있고, 날씨는 추웠다. 바람은 매섭게 불어오지만, 계절의 흐름은 막을 수 없어 양지바른 곳에서는 얼었던 개울물이 풀리고, 버들강아지가 통통하게 살이 붙어 부풀어 올랐다. 어느 날 대장 솔개는 기철을 불러 따귀를 때리며 말했다.

"이 새끼! 겁대가리 없이 내 권위에 도전해?"

"솔개 대장, 무슨 이야기야?"

"몰라서 물어? 너 오늘 죽었어. 이 새끼야!"

"대장, 나는 잘못한 일 없어. 대장이 독재이지."

"이 씹새끼 봐라. 너 감히 나에게 반항해?"

"그래, 대장이고 뭐고 다른 사람은 사람도 아니야? 대장이 멋대로 조정해도 되는 기계야?"

둘은 움막 밖으로 나왔다. 솔개 대장과 장기철의 싸움이 시작되었다. 평소 같으면 감히 솔개 대장의 말에 반기를 들거나 맞서서 싸울 엄두도 못 냈지만, 지금은 그대로 당하고 있을 수만은 없었다. 대원들을 모두 밖으로 나와 빙 둘러서 싸움을 지켜보고 있었다. 대원들은 그동안 솔개 대장에게 쌓인 원한이 있어 마음속으로 기철이 이기기를 바라지만, 싸움의 결과가 어떻게 될지 몰라 내색할 수 없었다.

솔개 대장은 싸움선수였다. 기철의 주위를 맴돌다가 번개같이 한 방을 날렸다. 기철은 맞으면서도 뒤로 주춤 물러섰다. 기철은 순간 옆발차기를 했으나 솔개는 재빠르게 피해 기철의 발이 허공을 가로질렀다. 솔개는 공중으로 뛰어오르며 기철의 어깻죽지를 발로 찼다. 기철이 뒤로 쓰러지자 솔개는 달려들어 발로 기철의 얼굴을 차는 순간 쓰러져 있던 기철은 옆으로 구르면서 발길을 피했다. 억센 발에 차였더라면 골이 부서져 즉사할 뻔하였다. 순간 기철은 벌떡 일어섰다. 서로가 만만치 않았으나 기철은 솔개의 적수가 되지 않는 것 같았다. 싸움은 반 시간이나 계속되었다. 서로 코피가 터지고 살이 찢겨 몸 곳곳에서 피가 흘렀다. 솔개와 기철은 조금씩 지쳐갔다. 기철은 싸우면서 생각했다. 이 싸움에서 지면 자기는 죽은 목숨이었다. 솔개 대장은 자기의 권위에 도전하는 기철을 어떤 방법으로든 죽이고 말 것이다. 기철은 소라가 생각났다. 싸움에서 이기고 대장과 대원들을 두고 소라를 데리고 멀리 떠나고 싶었다.

　소라는 솔개 대장과 기철의 싸움을 지켜보며 속으로 기철을 응원하고 있었다. 기철이 이 싸움에서 이겨 솔개 대장을 무너뜨리면 기철이 대장이 되어 대원들을 억압하지 않고 민주적으로 잘 이끌어갈 것 같았다. 그뿐만 아니라 솔개는 소라를 포기하고, 소라는 기철에게로 갈 수 있을 것이었다. 그러면 소라는 이곳을 떠나 기철과 둘만의 행복한 생활을 할 수 있을 것 같았다. 만약에 솔개 대장이 이기면 자신은 솔개 대장에게 더 압박받으며 시키는 대로 하지 않을 수 없을 것이다. 같이 생활하는 두 명의 여자도 모두 대장이 차지하여 소라가 보는 앞에서 눈치도 보지 않고 그 짓을 하는데 앞으로는 소라는 솔개에게 개밥에 도토리 신세를 면치 못할 것이었다. 지금 눈앞에서 벌어지고 있는 솔개 대장과 기철의 싸움결과는 소라 일생의 운명이 걸린 싸움이었다.

　솔개 대장의 앞발차기에 순간 방심한 기철은 쓰러졌다. 쓰러진 기철을 올라타고 솔개는 사정없이 주먹을 날렸다. 기철은 맞으면서 점점 의식이 흐려져 갔다. 더는 솔개를 대적할 수 없을 것만 같았다. 기철은 수없이 퍼붓는 솔개의 주먹세례를 받으며 눈을 뜨고 주위를 바라보았다. 소라가 발을 동동 구르며 안타까워하는 모습이 눈에 들어왔다. 이대로 무너지면 소라와 영원히 헤어져야 한다. 소라를 생각하니 힘이 솟아났다. 솔개 대장을 때려눕히고 소라와 같이 이곳을 떠나자. 이렇게 생각하니 희미해져 가던 의식이 살아나고 힘이 다시 솟아났다. 두 손으로 솔개의 팔을 잡고 온몸을 뒤틀며 일어섰다.

솔개는 싸움이 끝났다고 생각하다가 기철이 갑자기 용트림치듯 일어서자 따라서 일어서며 멍하니 바라보았다. 그 순간 기철의 돌려차기 한 발이 솔개의 턱에 명중되었다. 순식간에 당한 일격에 솔개 대장은 뒤로 나가떨어졌다. 그리고 기철은 온 힘을 다해 솔개 대장의 머리를 발로 내리 찼다. 모든 것이 순간적이었다. "퍽!" 하는 소리와 함께 솔개 대장은 축 늘어졌다. 기철은 뒤로 물러서 멍하니 바라보았다. 솔개 대장은 움직이지 않았다. 그때야 대원들이 달려들어 솔개 대장을 흔들어 깨웠다. 의식이 없었다. 나무토막처럼 움직이지 않았다. 온몸을 주무르고 찬물을 끼얹어도 깨어나지 않았다.

솔개 대장은 죽었다. 기철은 솔개 대장을 죽일 생각은 없었다. 싸움에서 이기고 대장과 대원들을 두고 소라를 데리고 이곳을 조용히 떠나리라고 생각했다. 그런데 대장을 죽였으니 이제 기철은 살인자였다. 대원들은 모두 걱정스러운 얼굴로 기철을 바라보고 있었다. 기철도 사람을 죽였으니 경찰에 잡혀가 법정에서 재판받고 징역을 살 수밖에 없다고 생각했다. 그때 소라가 말했다.

"어차피 솔개 대장이 죽었으니 인근 동네 사람들이 알고 소문이 나서 경찰의 귀에 들어가기 전에 대장을 땅에 묻어 장례를 지냅시다. 이 일은 우리들만 알고 넘어가도록 해요. 밖으로 소문이 나가면 모두 경찰에 잡혀가서 장기철 씨는 징역을 살고, 다른 사람들은 국토건설단에 잡혀가 강제노역을 하게 될 것입니다."

대원들은 소라의 말에 따르는 수밖에 없었다. 경찰이 알고 사건을 조사하면 장기철이 잡혀가는 것은 물론이고, 대원들은 서울에서 국토건설단을 피해 도망 온 것이 알려져 모두 국토건설단으로 잡혀갈 수밖에 없었다. 대장의 시체를 묻기로 하였다. 움막 옆 양지바른 산비탈은 땅이 얼지 않아 무덤을 만들기 쉬웠다. 땅을 파고 그날 해가 지기 전에 솔개의 시체를 묻었다. 무덤을 만들고 나서 독재였지만 그동안 대원들을 이끌어왔던 대장의 무덤 앞에 술잔을 올리고 묵념하며 명복을 빌었다. 절차도 없이 약식으로 대장의 장례식을 마치고 난 대원들은 모두 말이 없었다.

이튿날 아침 그동안 대장이 숨겨두었던 돈으로 장터에 가서 고기를 사고 쌀을 사와 모처럼 동냥이 아닌 밥을 짓고 고기반찬이 곁들인 식사를 했다. 기철은 돈을 대원들에게 차비로 골고루 나누어주고 각자의 집으로 가든지, 일자리를 찾아가라며 대원을 해산시켰다. 그리고 기철은 소라와 자기에게 돌아오는 돈을 차비로, 문경 탄광으로 가서 일하기로 결심했다. 솔개 대장의 밑에서 생활하던 깡패로서의 삶을 청산하고 탄광에서 일하며 사람들과 어울려 살아가겠다고 마음먹었다. 대원들은 떠나면서 3개월 동안 겨울을 지내왔던 움막에 불을 질러 태워 그동안 시골 예안 장터를 중심으로 일 년 가까이 살았던 흔적을 지웠다. 아무도 솔개 대장의 죽음을 문제 삼지 않고 대원들은 뿔뿔이 흩어졌다. 주민들은 움막이 타서 없어진 것을 보고 서울에서 온 깡패들이 서울로 돌아갔다고 생각하며, 산비탈에 새로 생긴 무덤을 이상하게 생각하거나 관심을 두는 사람은 아무도 없었다.

⑪ 고리대금업자가 된 머슴 최태출

　시골에는 은행이라는 개념이 없었다. 장터에 금융조합이 한 곳 있지만 돈 많은 부자들이 벌어들인 돈을 저축했다가 필요할 때 찾아 쓰는 정도였다. 가난한 서민들이 은행에 가서 돈을 빌린다는 것은 상상도 못할 일이고, 돈은 부잣집이나 돈놀이하는 집에 가서 많은 이자를 주고 빌리는 것으로 알았다. 농사를 지어 팔거나 가축을 길러 판 돈을 장롱 속에 꼭꼭 숨겨두었다가 필요할 때 꺼내 쓰거나 돈이 필요한 사람이 있으면 고율의 이자를 받고 빌려주었다. 이율이 높아 한 달에 1할씩이나 되어 돈을 빌리고 일 년이 지나면 두 곱을 넘게 갚아야 하는 고리채였다. 돈뿐만 아니라 양식이 떨어져 장리곡을 빌려 먹으면 다음 농사를 지어 두 곱으로 돌려주어야 했다. 돈과 양식을 빌리고 갚는 데 일 년에 두 곱뿐만 아니라 사정이 딱한 사람에게는 세 곱, 네 곱을 받기도 했다. 높은 이자는 조선시대로부터 일정 때를 거쳐 오래 내려온 관행이고, 돈 있는 부자들의 횡포였다. 가난한 사람들은 부자들의 돈을 빌려 쓰고 두 곱 이상으로 갚고, 양식을 장리곡으로 빌려 먹고 두 곱 이상으로 돌려주어야 하니 돈을 모으거나 재산을 늘리는 것은 생각할 수도 없고, 부자들은 가만히 앉아서도 돈이 불어나고 재산이 늘어갔다. "돈이 돈 번다"는 말이 실감났다. 한 해가 지나면 이자가 원금에 합해져 다음해는 빌린 돈의 두 배가 되고, 돈을 갚지 못하면 복리가 되어 그 다음해는 네 배, 그리고 3년 만이면 여덟 배나, 4년 만이면 열여섯 배로 계속 복리로 늘어가니 감당할 수가 없었다. 농사를 지어도 빚을 갚을 엄두도 못 내고, 온 식구가 빚에 얽매여 노예 같은 생활을 할 수밖에 없었다.

보릿고개를 넘기지 못하는 가난한 사람들은 당장에 굶어 죽지 않기 위해 내일은 삼수갑산에 가는 한이 있더라도 장리곡을 내어 먹으며 오늘을 살아야 했다. 그리고 근근이 장만하여 놓은 논밭 한 떼기도 몇 말의 장리곡을 갚지 못해 넘겨줄 수밖에 없었다. 부자들에게 흉년은 논밭을 사들일 기회였다. 부자들이 재산을 모으는 과정은 높은 이자로 가난한 사람들을 수탈하고, 흉년이 들면 양식을 미끼로 근근이 기대어 살아가는 한두 마지기밖에 없는 가난한 사람들의 토지를 빼앗다시피 헐값으로 사들였다. 많은 부자는 가난한 사람들의 고혈을 짜고, 피와 땀을 착취해서 재산을 모았지만, 세상에 널리 알려진 경주 최 부자는 만석이 넘는 부자이면서도 그렇게 재산을 모으지 않았다. 최 부잣집 대대로 내려오는 가훈 중에는 "흉년에는 남의 논, 밭을 사지 말라. 사방 100리 안에 굶어 죽는 사람이 없게 하라"라는 말을 실천하여 많은 재산으로 가난한 이웃을 도와서 사람들의 존경을 받았다.

부자는 3대를 가지 못한다는 말이 있다. 자기 손으로 돈을 벌지 않고, 부모 덕에 일하지 않고 자란 부잣집 2세, 3세들은 돈의 귀함을 몰라 흥청망청 소비하고, 능력도 없으면서 사업을 시작하다가 실패하고, 때로는 주색잡기에 빠져 수많은 재산을 탕진하기도 했다. 그렇지만 최 부자는 12대나 계속되었다. 11대 때, 부패한 권력과 노동력 착취와 가난에 시달리던 농민들이 동학운동을 일으켜 부패한 관료를 척결하고 부자들을 학살하며 재물을 빼앗을 때도 경주 일대에서 최 부자의 도움을 받은 가난한 농민들이 나서서 최 부잣집을 보호했다. 최 부자처럼 부를 가난한 이웃들을 돌보는 데 써서 존경받는 부자도 있었지만, 대다수의 부자들은 가난한 사람의 고혈을 빨아 돈을 모으고, 흉년이 들면 영세한 농민들의 논밭을 헐값에 사들여 더 큰 부자가 되었다.

돈이 필요한 사람은 부잣집이나 부자는 아니지만 한 푼 두 푼 알뜰히 돈을 모아놓은 집에 가서 차용증서를 쓰고 돈을 빌렸다. 쌀 한두 말값의 비교적 적은 돈은 차용증서에 도장만 찍고 빌릴 수 있지만, 많은 돈을 빌리려면 토지나 집의 담보가 있어야 했다.

천전리에 사는 박치만은 아들이 서울에서 사업하다가 돈이 모자라 오백만 환을 장터에 주류장사를 하면서 돈놀이하는 백기철에게 빌리러 갔다. 백기철은 주류 도소매업을 하면서 고리대금업으로 많은 돈을 모았다. 백기철은 돈을 빌려줄 때는 집이나 토지를 담보로 하여 빌려주고, 변제기일 안에 돈을 갚지 않으면 그 부동산을 넘겨준다는 계약서와 서류를 먼저 받고 돈을 빌려주었다. 치만은 대대로 내려오던 운암산 기슭의 산 10만 평을 담보로 돈을 빌렸다. 산이라 하지만 완만한 경사에 모두 농토로 개간할 수 있는 땅이었다.

치만은 일 년이 지나고 아들의 사업도 어느 정도 안정이 되자 약속한 날짜에 돈을 갚으러 갔으나 백기철은 없었다. 이튿날도 찾아갔으나 멀리 출타하였다고 했다. 볼일이 있어 갔으려니 하고 일주일 후에 돈을 갚으러 갔다.

"차용증서에 약속한 대로 10만 평 산을 등기 이전했으니 돈 갚지 않아도 되니더."

백기철은 운암산 기슭 10만 평 산을 자기 앞으로 등기 이전된 서류를 내어놓고 말했다. 박치만은 깜짝 놀라 말했다.

"약속된 날짜에 돈을 갚으러 왔으나 당신이 없어서 못 갚았는데 그게 말이 될 소리인겨?"

"나는 차용증서에 쓰인 대로 했께 고소하든지, 소송을 하든지 당신 마음대로 하소."

박치만은 어이가 없었다. 계획적으로 돈을 갚으러 오는 날 피해서 만나주지 않았다. 그리고 변제일이 지났다고 담보로 잡은 10만 평이나 되는 개간이 가능한 황금 같은 땅을 가로채어 자기 앞으로 등기하여 빼앗은 것이었다. 차용증서를 쓸 때 백기철의 요구 때문에 만일 기한 내 돈을 갚지 못하면 등기를 할 수 있는 서류를 먼저 만들어주고, 인감도장을 찍어준 것이 화근이었다. 치만은 소송하였지만, 차용증을 쓸 때부터 계획적으로 넓은 땅을 빼앗으려는 백기철을 당할 수 없었다. 끝내 오백만 환에 10만 평이나 되는 옥토가 될 넓은 땅을 빼앗기고 말았다.

군사혁명이 일어나고 농어촌고리채 정리정책이 발표되었다. 농어촌에서는 이율이 높은 고리채를 써서 대부분 농어민이 빚에 허덕였다. 고리채를 그대로 두고서는 잘 사는 농어촌을 만들 수 없었다. 정권을 잡은 군인들은 농어촌고리채 정리사업의 구체적인 내용을 발표하고, 법령을 위반하는 자는 벌금을 물거나 징역을 산다고 발표했다. 농어민의 채무 중에서 연리 2할 이상을 고리채로 간주하고, 채무자와 채권자가 신고하면 가구당 만오천 환을 넘지 않는 범위에서 농업금융 채권으로 발행했다. 채무자는 연리 2할 중 1할 2푼을 부담하고, 8푼은 국가가 부담하여 1년 거치 4년 상환으로 했다. 신고를 허위로 한 자나, 신고를 방해한 자 및 허위신고를 하게 한 자 또는 그 점을 알면서 허위로 이를 확인한 자나 고리채를 신고하지 못하게 하며 채무자에게 채무변제를 종용 또는 강요하거나 종용 또는 강요하게 한 자에게는 5년 이하의 징역이나 오십만 환 이하의 벌금을 물도록 했다.

백기철은 채무자를 한 명 한 명 불러서 협박했다. 그냥 빌려준 것이 아니라 담보를 잡고 빌려준 것이니 신고해도 소용이 없다는 것이었다. 그리고 신고하지 말고 원금을 갚고, 이자는 차차 갚으라고 설득했다. 대부분 순박한 농부들은 신고하지 않고 돈을 갚겠다고 약속했다. 백기철은 이자를 감면해주거나 깎아주는 방법으로 빌려주었던 돈을 거두어들였다. 그중에서 고리채 신고를 하려는 사람은 개별로 불렀다.

"필요할 때 빌려가고 세상이 바뀌었다고 돈을 갚지 않겠다는 것은 도둑놈 심보가 아니냐? 그리고도 이 장터에 낯짝 쳐들고 댕기게 내가 놓아둘 것 같으냐?"

백기철은 협박하며 돈을 갚도록 종용했다. 그러면 순박한 농촌 사람들은 이자는 못 갚아도 원금은 가져다주었다. 이렇게 되니 돈이 없는 사람들은 갑자기 급성 맹장염이라도 걸려 병원에 가서 수술해야 하는데 돈 빌릴 곳이 없었다. 군사정부에서 농어민을 위한다는 고리채 정리로 돈줄이 막혀 병원에 입원 못해 죽어가는 가족을 보면서 발을 동동 구르지만, 어디에서도 돈을 구할 수가 없어 농민을 위한다는 고리채 정리가 도리어 원망스럽기도 했다.

최태출은 백기철의 농장에서 일하는 머슴이었다. 아버지는 막노동을 하고, 어머니는 농사철 날품을 팔아 생활하는 가난한 집에서 태어나 국민학교도 한글을 겨우 깨우친 3학년까지만 다니고 그만두었다. 태출이 열두 살 때인 국민학교 3학년에서 학교를 그만두고 남의 집 소를 키우는 꼴꾼 머슴으로 들어갔다. 여름이면 꼴을 베어와 소를 먹이고, 겨울이면 짚을 잘게 썰어 소죽을 끓였다. 소 키우는 머슴으로 일하며 먹고 자고, 일 년에 상일꾼이 쌀

오십 말 받을 때 쌀 두 말을 받았다. 그렇게 시작한 남의 집 머슴을 살고 받는 사경이 해가 갈수록 올라가 10년이 지나자 쌀 오십 말을 받는 상일꾼이 되었다. 십 년 동안 쌀 두 말에서부터 시작하여 사경으로 받은 쌀을 팔아서 이자를 받고 빌려주어 모은 돈이 제법 많았다.

2년 전부터는 백기철의 농장에서 일하게 되었다. 백기철이 주류 도소매업을 하여 번 돈으로 사놓은 서른 마지기 농장을 맡아, 머슴인 태출은 자기 것처럼 주인의 간섭 없이 농사를 지었다. 그러면서 머슴살이로 모은 돈은 주인인 백기철에게 맡겨 이자를 놓아 늘렸다. 백기철은 주류상회를 운영하고, 한편으로는 고리로 돈놀이를 하여 더 많은 돈을 벌어들였다. 머슴 태출은 주인을 믿고 돈을 맡겼고, 백기철은 자기 돈놀이를 하면서 머슴의 돈도 함께 늘려주기로 하였다. 태출은 주인 백기철에게 맡겨놓은 돈이 1년이면 두 곱씩 늘어가니 머슴으로 일해 받는 사경보다도 이자로 받아들이는 돈이 몇 곱이나 더 많았다. 태출은 남의 농장에서 머슴으로 일하면서도 신바람이 났다.

머슴이지만, 돈 많은 알부자라는 소문이 나자 여기저기서 중매가 들어왔다. 올가을에는 그동안 빌려준 돈을 모두 거두어들여 토지를 열 마지기쯤 사고, 집도 하나 장만하여 장가를 가리라고 생각했다. 중매가 쉽게 이루어져서 태곡리에 사는 박 씨 처녀와 약혼했다. 태출은 가을걷이가 끝나면 머슴살이에서 벗어나 결혼하여 집 사고, 토지 사서 아내와 농사를 지으며 아들딸 낳고 알콩달

콩 살아갈 미래를 생각하며 행복해했다.

군사혁명이 일어났다는 소문이 나고 세상이 바뀌었다고는 하나 머슴살이하는 태출에게는 아무 일도 일어나지 않아 남의 일처럼 느껴졌다. 어느 날 군인들로 구성된 국가재건 최고회의에서 농어촌고리채 정리가 발표되었다. 군인들의 기준으로 보면 어릴 때부터 머슴살이하여 모은 돈을 주인 백기철에게 맡겨서 돈놀이하는 태출은 남의 집 머슴인데도 가난한 농민의 피를 빨아먹는 악덕 고리대금업자였다. 태출은 고리채 정리가 무슨 말인지도 잘 모르면서도 잘못하면 지금껏 번 돈, 주인 백기철을 통하여 농민들에게 빌려준 돈을 한 푼도 못 받을 수 있다는 생각이 들었다. 자기의 돈이지만, 주인 백기철을 통해서 빌려준 돈이라 누구에게 얼마를 빌려주었는지도 알 수 없었다. 태출은 걱정되어 주인 백기철에게 빌려준 돈을 거두어 달라고 말했다.

"자네 돈은 한 푼도 빠지지 않고 다 받아서 돌려줄 테니 걱정 말게."

백기철은 자신 있게 말했지만, 태출은 잠을 이룰 수 없었다. 국가의 정책이라고 발표된 잘 이해도 할 수 없는 내용을 보면 고리로 빌려준 돈은 일부만, 그것도 7년에 걸쳐 받을 수 있고, 대부분의 돈은 돌려받지 못할 수도 있다는 생각이 들어 잠이 오지 않았다. 태출은 일이 손에 잡히지 않았다. 올가을 장가가서 가정을 이루고, 논밭을 사서 남부럽지 않게 살아간다는 희망에 들떠 있었는데 어쩌면 10년 머슴살이로 벌어놓은 돈을 모두 떼일 수 있다는 생각이 들어 안절부절 못했다.

　군사정부가 농어민을 잘 살게 한다고 펴는 정책이 머슴살이로 10년 동안 등뼈 빠지게 일한 자기의 돈을 모두 빼앗아가는 날강도 같은 정책이라는 생각이 들었다. 별을 보고 일어나서 온종일 일하다가 별 보고 집으로 들어오며 여름의 더위와 겨울의 추위 속에서도 남의 집 일을 뼈가 닳도록 내 일같이 하여 벌어놓은, 이때까지 살아온 태출의 삶 전부인 돈이었다. 주인 백기철이 알아서 돈을 돌려주면 좋으련만, 자기 돈도 돌려받기 힘들 텐데 내 돈을 받아서 돌려줄까 하는 의심이 들었다. 며칠이 지나자 면 고리채 정리위원회서 연락이 왔다. 고리채 채무자 신고가 들어와서 채권자도 같이 신고해야 한다고 했다. 그렇지 않으면 빌려준 돈 모두 무효가 되고, 거기다가 고의성이 드러나면 영창을 갈 수 있다고 했다. 태출은 정신이 아득했다. 머슴살이 10년 동안 온갖 서러움을 삭이면서 이 악물고 벌어놓은 돈이 순식간에 사라질 것 같았다. 태출은 주인 백기철에게 "어떻게 되었느냐?"라고 물으니 채무자들이 신고했단다. 그런데 주인 백기철이 빌려준 돈은 하나도 신고가 되지 않고 머슴인 태출의 돈만 신고되어 있었다. 태출은 주인 백기철에게 따졌다.

　"모두 주인어른 이름으로 빌려주었는데, 주인어른 돈은 신고되지 않고 왜 내 돈만 신고가 되었니꺼?"

　고리채 위원회로 신고가 들어오는 것은 백기철이 모두 머슴 최태출의 돈이라고 말했던 것이었다. 그리고 양심 있고 마음 약한 농민들이 현금으로 돈을 갚는 것은 모두 자기 것이고, 돈을 못 받는 것은 태출의 돈으로 하여 놓은 것이었다.

"2년 동안 주인어른을 부모같이 믿고 10년 머슴살이한 돈을 맡기고, 주인님 농장일을 내 일처럼 몸이 부서져라 일하여 왔는데 이럴 수가 있니껴?"

"어차피 자네도 고리를 받고 돈을 늘려달라고 하지 않았는가? 국가가 하는 일이니 국가에 가서 항의하고 돈을 받든지, 말든지 하게."

"주인어른, 이건 아니잔니껴? 이자는 못 주더라도 원금만이라도 돌려주이소."

"나도 못 받은 돈이 많아. 자네 돈은 고리채 정리위원회에 모두 등록되었으니 자네가 알아서 해."

더 이상 말이 통하지 않았다. 생각 같아서는 당장 백기철을 죽이고 싶었다. 태출은 일도 손에 잡히지 않고, 밥도 먹을 수도 없어 앓아누웠다. 가슴이 터질 것같이 답답하고, 머리가 찔어찔 아팠다. 아무리 생각해도 주인 백기철에게 돈을 받아낼 수 없을 것 같았다. 올가을에 집 사고, 토지 사고 결혼해서 아내와 오손도손 살아간다는 꿈이 산산이 조각나고 말았다. 며칠을 생각해도 뾰족한 수가 없었다. 한 번 더 부딪쳐 보자. 태출은 주인인 백기철을 찾아갔다. 이제 그의 양심에 하소연하는 수밖에 없었다. 태출은 주인 백기철을 만나자 울컥 울음이 터져나왔다. 태출은 백기철에게 울면서 말했다.

"주인 어른님, 어른님은 이 돈 아니라도 잘 살지 않니껴? 저는 이 돈으로 이번 가을에 장가가서 집을 사고, 토지 사서 살라고 하니더. 돈 빌려줄 때 내 몫으로 차용증을 쓰지 않았을 거 아닌겨, 저는 주인님한테 돈을 주었는데, 주인 어른님께서는 저의 돈 원금이라도 돌려주이소. 이렇게 비니더. 나는 주인어른을 부모님같이 생각하고 돈을 맡겼는데 지금 와서 이럴 수 없니더. 제발 제 돈 돌려주이소."

태출은 백기철 앞에 엉엉 울면서 꿇어앉아 두 손으로 싹싹 빌면서 말했다.

"자네 사정은 딱하지만, 나도 어쩔 수 없네. 다 나라에서 하는 일이니께. 자네가 채무자를 찾아다니며 원금이라도 돌려달라고 말해보게."

태출이 꿇어앉아 두 손으로 빌면서 통곡하자 백기철은 자리를 피해 나가버렸다. 태출은 울면서 돌아왔다. 그리고 낙동강 가에 가서 흐르는 물을 바라보며 그냥 뛰어들어 이 고통에서 벗어나고 싶었다. 몇 번이나 뛰어들어 죽어버릴까 생각하다가 문득 '왜 나 혼자 죽어야 하나?' 하는 생각이 들었다. 혼자 죽어버리면 백기철과 채무자들이 모두 좋아할 것이다. 백기철은 내가 자살하도록 은근히 바라고 있을지도 모른다. '그래, 혼자 죽을 수 없지'라고 생각하며 집으로 돌아왔다. 그리고 밤이 되기를 기다렸다.

백기철의 집은 높은 담장이 둘러쳐져 있고, 커다란 대문이 있었다. 망아지만 한 개를 먹이고 있어 밤에는 물론이고, 낮에도 낮선 사람이 드나들지 못했다. 태출은 백기철 집 머슴으로 농장 옆 농막에 살면서 자주 백기철의 집을 드나들어 개도 태출을 식구로 생각하고 짖지 않았다. 태출은 시장에 가서 고등어 머리를 구해 종이에 싸서 준비했다. 담장을 넘자 개가 으르렁하다가 짖지 않았다. 발소리만 들어도 집에 자주 드나드는 태출을 알고 식구로 생각했다. 태출은 가지고 온 고등어 머리를 개에게 던져주었다. 그리고 살금살금 마루를 거쳐 백기철이 자는 방으로 들어갔다. 태출의 손에는 시퍼렇게 날이 선 커다란 식칼이 들려 있었다. 문을 열고 들어가도 백기철은 잠에서 깨어나지 않았다. 태출은 잠든 백기철의 배에 올라타고 목에 칼을 겨누며 말했다.

"내가 이러지 않으려 했지만 이제 할 수 없다. 지금 당장 내 돈을 내어놓든지, 아니면 이 자리에서 너하고 나하고 같이 죽자."

잠에서 깨어난 백기철은 깜짝 놀라며 태출을 쳐다보았다. 태출은 복면도 하지 않고 칼을 목에 겨누고 있었다. 칼끝이 목에 닿자 온몸이 선뜻하게 소름이 끼쳤다.

"이 사람, 자네 태출이…"

"잔말 마라. 내 돈 내어놓든지, 같이 죽든지 니 마음대로 해라."

백기철은 사색이 되어 벌벌 떨면서 말했다.

"돈, 돈 주겠네. 제발 이러지 말게."

"돈 어디 있어?"

"안방 금고에…"

"앞장서라. 허튼수작하면 죽여버릴 꺼다."

태출은 백기철을 앞세우고 마루로 나갔다. 칼을 백기철의 등 뒤에 대고, 마루를 건너가며 걷고 있는 백기철의 행동이 조금만 이상하면 바로 쑤셔버리리라고 생각하였다. 백기철은 떨리는 손으로 안방 문을 열고 들어갔다. 방에 들어가면서 성냥으로 호롱불을 켜게 했다. 백기철의 아내는 인기척에 잠에서 깨어났다. 칼을 들고 있는 태출을 보자 소리도 못 지르고 기어들어 가는 목소리로 "도, 도둑…"이라고 하자, 태출은 칼을 백기철의 아내에게 겨루었다. 백기철의 아내는 이불을 두르고 앉은 채 겁에 질려 벌벌 떨고 있었다.

"소리치면 죽여버린다."

백기철은 금고문을 여는 체하다가 태출을 덮쳤다. 태출은 칼을 떨어뜨렸다. 둘이서 안고 방 안에서 뒹굴었다. 그러다 태출은 떨어진 칼을 집어 들었다. 그리고 사정없이 백기철을 찔렀다. 백기철이 "윽!" 하며 쓰러지자 태출은 칼로 백기철의 목을 내리쳤다. 붉은 피가 분수처럼 뿜어져 나와 온 방 안을 붉게 물들였다. 남편이 쓰러지며 목에서 피가 뿜어 나오는 것을 보고 백기철의 아내는 기절했다.

태출은 금고문을 부수었다. 거기에는 돈은 없고, 저당 잡은 땅문서만 잔뜩 들어 있었다. 태출은 기절한 백기철의 아내를 버려둔 채 마당으로 나왔다. 그리고 대문을 열고 집 밖으로 나와 목적지도 없이 걸었다. 아무 생각도 나지 않았다. 걷다가 보니 역계천 다리를 건너고 있었다. 모든 것이 끝났다. 태출은 이젠 돌이킬 수도, 돌아갈 수도 없는 강을 건넌 것이다. 보름달이 유난히 밝았다. 달빛을 받으며 태출의 발길이 닿은 곳은 영락정 정자였다. 밤이 되어 아무도 오지 않는 외진 곳, 멀리 개 짖는 소리가 났다. 백기철을 죽인 살인사건이 경찰에 알려졌는지 장터 쪽 낙동강 가 천방에는 몇 개의 손전등 불이 반짝이며 이리저리 찾아다니는 모습이 보였다.

태출은 살아온 지난날을 생각했다. 열두 살 때부터 남의 집 일을 하며 오늘까지 돈 모아 잘 살아보겠다는 생각 하나로 이 악물고 머슴으로 살아왔다. 서럽고 힘들어 지칠 때도, 병이 나서 아플 때도 참고 참으며 돈 모아 남부럽지 않게 살겠다는 희망 하나로 버티어온 그 10년의 세월이 허무했다. 이렇게 허무하게 사라질 돈을 위해 그렇게 힘들게 악착같이 모으며 살아왔나 싶었다. 오직 돈을 모으기 위하여 앞뒤도 돌아보지 않고 억척같이 살아온 지난날들이 짧게만 느껴졌다. 이 짧은 삶을 위해 그렇게 아등바등 먹을 것 못 먹고, 입을 것 못 사고 뼈가 부서져라 일하며 살아온 세월이 억울했다.

달빛에 낙동강 물결이 은비늘처럼 반짝이며 흘러가고 있었다. 저 물은 천 년을 두고 흘러왔고, 태출이 죽어 이 세상에 없어져도 앞으로 영원히 흘러갈 것이었다. 이제 태출은 살인자가 되어 더는 하늘 아래에서 세상의 빛을 보며 살아갈 수 없었다. 사형장의 이슬로 사라지느니 스스로 강물에 몸을 던져 생을 마감하리라. 살아

있는 동안 이 맑은 공기를 마음껏 마시고 태어난 이 산천을 더 많이 눈에 담고 가려는 듯이 달빛에 비치는 고향 예안 장터를 바라보고 있었다. 얼마를 지났는지 먼동이 터왔다. 하늘의 달도, 별도 빛을 잃어갔다.

'나의 생은 여기까지구나.'

태출은 영락정 높은 바위에 올라서서 22년을 살아온 예안 장터 쪽을 다시 한번 더 바라보았다. 내가 죽고 나면 약혼한 처녀는 다른 곳으로 시집가서 나를 잊고 잘 살아가겠지. 그녀의 인생을 위해서 결혼하기 전에 이 사건이 터지고 내가 죽는 것이 다행이라고 생각되었다. 결혼하고 아기가 태어나고 자신이 살인자가 되어 죽으면, 아내도, 태어난 아기도 살인자의 아내와 자식이라는 굴레 안에서 평생을 힘들게 살아갈 것이 아니었는가? 이렇게 내가 죽어도 세상은 아무것도 변하지 않고 그대로 흘러갈 것이다. 그리고 얼마 동안은 오늘 내가 백기철을 죽인 일이 사람들의 입에 오르내리겠지만, 오래되지 않아 잊히고, 먼 훗날이 되면 나 태출이 이곳에서 태어나 22년을 살다가 갔다는 것을 아무도 기억하지 않을 것이다. 그렇게 자신은 잊혀도 하늘에 별과 달은 변함없이 뜨고 지고, 낙동강 물은 영원히 지금처럼 흘러내릴 것이다. 태출은 먼동이 밝아오자 빛을 잃어가는 샛별을 바라보며 팔을 벌려 하늘을 날듯이 바위 위에서 뛰어내렸다. 그 짧은 순간, 살아있는 그 짧은 순간, 자신이 새가 되어 하늘을 훨훨 날고 있다고 느끼고 있었다.

⑫ 아들들이 물려받은 전쟁

갑자(1924)년 무렵에 태어난 세대들이 일본이 일으킨 전쟁과 6.25전쟁에 참전한 지가 어제 같은데 어느새 그 아들들이 자라서 군인이 되었다. 일본 관동군으로 중국군과 전쟁했던 신정호의 아들 신종수 상병은 백령도 최일선 바닷가 철책선 경계근무를 선 지 일 년이 지나자 월남파병에 차출되었다. 신종수 상병은 월남에 파병되기 전 강원도 오음리에서 4주간 훈련을 받았다. 한국과 다른 기후와 언어, 문화를 가진 나라에서 전쟁의 대상인 베트콩과 월맹군에 대한 교육이었다. 4주간 훈련이 끝난 신종수 상병은 동료 전우들과 같이 부산 부두에서 많은 사람의 환송을 받으며 월남으로 출발했다. 파월 장병을 태운 셔먼호는 올망졸망 흩어져 있는 다도해의 섬들 사이를 지나 사방 수평선만 바라보이는 넓은 바다로 들어섰다. 멀어져 가는 섬들을 바라보며 어쩌면 다시는 조국 대한으로 돌아올 수 없을지도 모른다는 생각이 들어 울적했다. 이제 밤낮 일주일만 가면 월남 땅에 도착할 것이었다. 일만 톤도 넘는 큰 군함은 바람이 불어와 파도가 쳐도 흔들리지 않았다.

하늘과 맞닿은 수평선으로 둘러싸인 바다를 바라보며 이대로 육지가 나타나지 않는 먼 미지의 세계로 흘러가서 영원히 돌아오지 못할 것만 같았다. 신종수 상병은 갑판 위에서 짙푸른 남중국해의 물결을 바라보며 고향 생각과 가족들 생각에 젖어 있었다. 훈련을 마치고 떠나올 때 오음리로 면회 왔던 부모님이 생각났다.

"필승! 일 년 동안 근무 잘하고 건강하고 씩씩한 모습으로 돌아오겠습니더."

"그래, 몸 성히 잘 근무하고 건강한 모습으로 돌아오거라."

헤어지면서 부모님에게 거수경례하자 눈물을 흘리며 끌어안던 어머니의 모습이 눈에 선했다. 어머니 옆에서 걱정스러운 표정으로 바라보며 아버지가 말했다.

"매사에 신중하고 몸조심해라."

아버지는 젊을 때 일본군 징집 영장을 받고 끌려가 관동군이 되어 중국군과 수많은 전투를 치렀다. 일본이 패망하자 소련군에 붙잡혀 혹한의 시베리아에서 포로생활을 하다가 풀려나 돌아왔다. 전쟁을 겪은 아버지가 외국 전쟁터로 가는 아들을 보며 얼마나 걱정했을까. 할아버지는 아직도 형무소에서 생활하고 있었다. 할아버지가 형무소에서 징역을 살고 있다는 것을 안 것은 종수가 고등학교를 졸업한 후였다. 어릴 때는 식구들 중 누구도 종수에게 할아버지에 대한 이야기를 해주지 않았다. 일 년에 몇 번씩 할머니는 할아버지가 계신다는 광주를 다녀오는 것은 알았지만, 할아버지가 광주에서 살고 있는 줄만 알았다. 그러다가 종수가 고등학교를 졸업하자 할머니는 할아버지에 대해 이야기해주었다.

"너의 할배는 공산주의자였고, 빨치산 활동을 하다가 부상을 입고 포로가 되어 재판받고 끝끼지 공산주의를 버리지 않고 미전향 장기수로 살고 있단다."

종수는 할머니의 이야기를 듣고 할아버지를 이해할 수 없었다. 할아버지가 빨치산으로 활동하다가 잡혀 징역을 살고 있다는 사실을 식구들이 자라는 종수에게 숨겨온 것은 사회의 분위기 때문이었다. 종수가 고등학교를 졸업하여 할아버지를 이해할 나이가 되자 할머니가 알려준 것이었다. 집안에 빨치산 활동을 한 사람이 있으면, 주위에서 빨갱이 집안이라고 손가락질하고, 연좌제가 있어 온 가족이 취업이나 사회활동에 많은 제약을 받았다. 학교에서 민주주의는 배웠지만, 반공교육으로 공산주의는 나쁘다고만 가르쳤다. 종수는 할아버지가 공산주의자라니 혼란스러웠다. 할아버지는 징역을 살면서 끝까지 공산주의에 대한 신념을 버리지 않고 있다는 것도 이해할 수 없었다. 종수는 할머니를 따라가 할아버지를 면회했다. 난생처음 형무소라는 데를 가보았고, 거기에서 머리가 하얗게 센 할아버지를 만났다.

"내 손자 종수, 그동안 이야기는 들었지만, 의젓한 청년이 되었구나."

종수는 할아버지에게 '마음을 돌려 전향하고 출소하여 가족과 같이 살자'라고 말하고 싶지만 참았다. 굳은 신념으로 평생 공산주의를 버릴 수 없는데 전향하란 말은 어쩌면 할아버지에게 치욕적으로 들릴 수 있을 것 같았다. 할아버지에게 공산주의는 종교와 같아 순교는 할지언정 종교는 버릴 수 없다고 절두산에서 죽어간 순교자와 같은 심정일 거로 생각했다. 종수는 조심스럽게 말했다.

"할아버지, 건강 잘 지키시고 이곳에서 나와 식구들과 같이 사시더."

"그래, 내 손자, 너를 보니 아주 든든하구나."

그렇게 할아버지 얼굴을 보았다. 종수는 많은 전우와 같이 할아버지가 신봉하는 공산주의자들과 싸우러 가고 있었다. 배가 다낭항에 도착했다. 배에서 내리자 남국의 후덥지근한 공기가 얼굴에 후끈 다가왔다. 전쟁하는 나라라지만, 야자수 늘어선 해변과 거리에는 대나무로 만든 삼각형 모자 논라를 쓰고 흰 아오자이를 입고 자전거를 탄 여인과 장대 양 끝에 바구니를 단 가인으로 물건을 메고 가는 사람들의 풍경이 이국적이고 평화로와 보였다. 처음 보는 월남 해안의 풍경은 아름다운 남국의 휴양지 같았다. 종수는 어쩌면 이렇게 아름다운 풍경 속에서 베트콩과 전쟁도 없이 일 년 동안 기간만 채우고 부산으로 돌아갈지도 모른다는 생각이 들었다.

신종수 상병은 전우들과 같이 2주간 현지 적응훈련을 마치고 부대로 배치되어 작전에 투입되었다. 낯선 나라 정글 수색작전은 뒤엉킨 열대의 숲속에서 땀은 비 오듯 쏟아지고, 벌레가 달려들어 몹시 괴롭고 힘들었다. 영화에서 보고 상상하던 정글전투와 실제 상황은 너무 달랐다. 곳곳에 늪이 있어 정글화가 빠지고, 거머리가 팔에 달라붙어 피를 빨고, 땀에 젖은 옷은 몸에 휘휘 감겼다. 갈증이 심해 물을 아껴 마셔도 수통이 비어버렸다.

총소리와 함께 앞서가던 이 병장이 쓰러졌다. 베트콩이 숨어서 저격한 것이었다. 순간 뒤따르던 병사들이 모두 숲속에 엎드렸으나 더 이상 총성은 들리지 않았다. 총에 맞은 이 병장의 고통스러워하는 신음이 들렸다. 장 상병이 이 병장을 도우러 달려갔다. 보이지 않는 곳에서 쏘는 베트콩의 총에 장 상병도 다리를 맞고 쓰러졌다. 베트콩 저격병의 총구가 쓰러진 이 병장 주위를 겨냥하고 있었던 것이었다.

두 병사가 쓰러져 있어도 접근할 수 없었다. 가까이 있던 신종수 상병이 낮은 포복으로 접근하여 이 병장 옆에 다다르자 총소리와 함께 신종수 상병 머리 쪽에서 "탁!" 하는 금속이 부딪치는 소리가 들리고 철모에 큰 충격이 왔다. 신종수 상병은 베트콩의 총에 맞았다고 생각했다. 그러나 총탄이 철모에 빗맞아 철모가 찌그러졌지만, 신종수 상병은 다치지 않았다. 엎드려서 저격병의 위치를 살피고 있던 대원들이 총소리와 함께 나무 위에 숨어 있는 검은 옷을 입은 베트콩 저격병을 발견하고 집중사격으로 사살해 떨어뜨렸다. 그러자 부대 진로 앞쪽에서부터 총탄이 날아와 교전이 벌어졌다. 해병과 베트콩이 서로를 향하여 쏘는 총알은 열대의 무성한 나뭇잎에 상처를 내며 수없이 날아다녔다. 사격을 계속하는 가운데 2분대장 정 하사는 분대원을 이끌고 우회하여 베트콩 뒤로 돌아갔다. 언덕에서 나란히 엎드려 사격하고 있는 베트콩을 발견하고 접근해갔다. M16 소총을 난사함과 동시에 수류탄을 여러 발 던져 베트콩을 제압하고, 도망가는 두 명을 향해 집중사격했다. 한 명을 쓰러뜨렸으나 한 명은 정글 속으로 사라졌다. 주위를 한 시간 동안 샅샅이 찾았으나 찾을 수 없었다.

이 병장은 가슴에 총상을 입었지만, 생명에 지장이 있을 정도는 아니었다. 심한 통증에 이를 악물고 참느라고 얼굴이 일그러져 있었다. 모르핀 주사를 놓아 진통시키고, 들것으로 도로까지 데려와 장 상병과 함께 헬리콥터에 태워 후송시켰다. 신종수 상병도 철모를 쓰지 않았더라면 머리에 총탄을 맞고 즉사할 뻔했다. 첫 작전부터 베트콩 9명을 사살하는 전과를 거두었지만, 아군도 부상을 당하는 피해를 입어 앞으로 일 년 동안의 월남에서의 수색작전은 생사를 넘나드는 위험한 순간의 연속일 것 같았다.

정글 수색과 야간 부대 경계는 일상이었다. 정글 수색작전을 나갈 때마다 어디에선가 베트콩의 총구가 자신을 겨누고 있을 것 같았다. 베트콩과 교전할 때보다 보이지 않는 곳에서 노리는 저격수의 총구가 더 무서웠다. 용맹스러운 해병이지만, 숨어서 쏘는 베트콩 저격수의 총탄이 어느 순간, 어떤 방향에서 날아올지 몰라 당할 수밖에 없었다. 정글 수색 중 발밑 땅속에서 불쑥 베트콩이 나타날 것만 같았다. 정찰병으로 앞서가던 우 하사가 베트콩이 만

들어 놓은 부비트랩에 발을 다쳤다. 독이 발린 못에 찔려 온몸에 독이 퍼져 죽을 수 있으나 의무병이 달려와 응급처치하고 헬기로 후송했다.

전투식량으로 가지고 온 C레이션으로 점심을 먹었다. C레이션은 미국에서 온 전투식량으로 한국에서 만든 K레이션보다 한국군의 입에 맞지 않았다. 입맛에 맞지 않을 뿐만 아니라 너무 덥고 지쳐서 음식이 먹히지 않았다. 해가 뉘엿뉘엿 넘어갈 무렵에 부대로 돌아왔다. 여러 겹으로 넓게 철조망이 쳐진 부대로 돌아오니 긴장했던 마음이 풀려서 피로가 한꺼번에 몰려왔다. 온종일 정글을 수색해도 베트콩은 발견하지 못하고 부비트랩에 우 하사만 부상당했다.

대원들은 정글 숲속을 흐르는 강섶을 수색하다가 베트콩 두 명을 발견했다. 총소리가 나자 베트콩은 강물 속으로 뛰어들었다. 소대원들은 강가의 우거진 바나나 숲에 숨어서 베트콩이 수면 위로 올라오도록 기다렸지만, 3분이 지나도 물 위로 올라오지 않았다. 5분이 지났다. 잠수복도, 산소통도 없이 물속에서 5분이나 견디다니, 물속에서 숨을 쉬면 공기방울이 올라와야 하는데 공기방울이 올라오지 않아 이상했다. 혹시나 대궁 속이 빈 풀로 빨대를 만들어 물속에서 숨을 쉬지 않을까 하고 살폈지만, 수면 위로 나온 빨대도 보이지 않았다.

"신종수 상병, 물속을 수색해라. 나머지 대원들은 물 밖에서 경계한다. 물속에 베트콩의 은신처가 있을 수 있으니 조심하라."

소대장은 수영 실력이 뛰어난 신종수 상병에게 물속 수색을 명령했다. 동료들이 주위를 경계하는 가운데 수류탄 두 발과 권총을 허리에 차고 물속으로 뛰어들었다. 물속에서 베트콩을 발견하지 못했다. 그들은 헤엄쳐 어디론가 이동해 갔을 것이었다. 물은 탁했지만, 주위를 손으로 더듬어가며 샅샅이 살피다가 물속에서 강섶으로 연결된 통로의 입구를 발견했다. 물 위를 올라와 대원들에게 물속에 땅굴의 입구가 있다는 것을 알리고 손전등을 받아 허리에 차고 다시 들어가 물속 통로를 따라 들어갔다. 4~5미터 물속 통로를 따라가자 물은 끝나고 땅굴 통로가 연결되어 있었다. 땅굴 속을 기어들어 가면서 베트콩이 좁은 통로를 지키고 있을 것 같아 겁나고, 전우들의 지원을 받을 수 없는 혼자만의 작전이라 몹시 긴장되었다.

얼마를 기어들어 가자 동굴 속에 다섯 평쯤 되는 넓은 공간이 나왔다. 동굴은 위로, 밑으로 땅속 개미집처럼 층층으로 이리저리 연결되어 있는 베트콩의 지하 진지였다. 이때까지 발견한 땅굴과는 비교도 되지 않는 규모로 이리 구불 저리 구불 땅속에서 여러 층으로 연결되어 있었다. 불빛이 새어 나왔다. 불빛이 비치는 곳으로 숨소리를 죽이며 기어갔다. 넓은 공간에 3명의 베트콩이 있고, 로켓포를 비롯한 각종 무기가 있었다. 지하 진지의 무기창고였다. 혼자서 더 이상 전진하여 수색할 수 없어 신종수 상병은 허리에 찬 수류탄 두 발을 양손에 들고 이빨로 수류탄 안전핀을 뽑았다. 오른손의 수류탄을 던지고 재빨리 왼손의 수류탄을 오른손으로 옮겨 들고 던지고 뒤돌아오던 통로로 기었다. "꽈쾅!" 수류탄 터지는 소리가 들렸다. 손전등을 들고 기어 나와 물이 찬 통로에 도착했다. 강물과 연결된 입구로 헤엄쳐 나와 물 위로 떠올랐다. 대원들은 초조하게 기다리다가 지진이 난 것처럼 땅이 흔들리고 얼마 지나 신종수 상병이 물 위에 떠오르자 환호성을 질렀다. 신종수 상병은 수류탄을 한 발 더 가지고 들어가 강 밑 물속으로 연결된 입구에 던져 넣어 폭파해버렸다. 정글 속 강섶 깊숙이 숨겨진 베트콩이 만들어 놓은 여러 층으로 이루어진 지하 진지는 그렇게 신종수 상병에게 발견되어 알려지고 폭파되었다. 베트콩들이 몇 년에 걸쳐 만든 지하 진지였다. 베트콩의 지하 진지를 폭파시킨 것은 국군이 지상전투에서 입을 피해를 사전에 막은 큰 성과였다. 부대장은 신종수 상병을 1계급 특진과 무공화랑 훈장에 상신했다. 신종수 상병은 자신이 해병훈련을 받지 않았더라면 이룰 수 없는 일이었다고 생각하며 동기들보다 먼저 병장 계급장을 달았다.

월남 국토 동쪽은 해안으로 길게 이어져 있고, 서쪽은 이웃 나라 라오스, 캄보디아와 국경이 이어져 있어 북쪽의 월맹 정규군이 이웃 나라를 통해 월남 남쪽까지 와서 한국군과 미군을 비롯해 연합군과 교전하기도 했다. 12중대 진지에는 교통호를 거미줄같이 파서 철조망 근처의 개인호까지 연결되어 적의 공격에 대비했다.

적의 박격포탄 공격이 있을 때 개인호에서 옆으로 들어가 땅속으로 숨을 수 있는 일명 토끼굴이라는 대피소도 팠다. 철조망 밖에는 적의 접근을 알 수 있게 백여 미터 내의 나무와 풀을 제거하였다. 수류탄과 실탄을 외부 지원 없이 48시간 동안 진지를 방어할 수 있는 양을 준비하고, 비상식량도 충분히 준비해 두었다.

어느 비 오고 안개 낀 밤, 중대장은 병사들에게 명령했다.

"이런 날은 적이 공격해오기 쉬운 날이다. 잠을 잘 때도 정글화를 벗지 말라."

갑자기 상황이 벌어지면 신발을 신을 시간적 여유가 없기 때문이었다. 야간 투시경이나 열감지 장비가 없던 때라 진지 안 철조망을 빙 둘러 청음조가 배치되어 있었다. 중대장은 청음조들에게도 당부했다.

"적들이 움직이는 미세한 소리도 놓치면 안 된다."

어두운 밤에 소리를 듣고 적의 동태를 파악하는 일은 언제나 하는 일이지만, 중대장은 오늘 밤은 비가 오고, 안개가 끼어서 꼭 무슨 일이 일어날 것만 같은 예감이 들었다. 밤 열두 시가 가까워졌다.

"전방에서 많은 사람들의 발소리가 들립니다."

1소대 앞 청음조에서 보고가 올라왔다. 중대 본부 상황실에서는 긴장했다. 빗소리를 잘못 들은 것은 아닐까?

"확인하고 다시 보고해라."

"많은 사람들이 조심스럽게 움직이는 발소리가 계속 들립니다."

"비상이다!"

철조망 옆 교통호로 연결된 곳에 분대별로 모래주머니를 쌓아 벽을 만들고, 천정은 적의 박격포탄에도 무너지지 않도록 나무와 흙으로 만든 막사에서 자던 병사들이 총과 탄통을 들고 각자의 호로 달려갔다. 그리고 파견 나온 105미리 포병 소속 관측장교가 1소대 앞 100미터 전방에 조명탄 사격 명령을 내렸다. 순식간에 후방 포병부대에서 쏘아 올린 조명탄 서너 개가 1소대 앞 상공에서 터져 낙하산에 매달려 천천히 내려오고 있었으나 주위가 옅은 안개에 가려 부옇게 보였다. 조명탄이 낙하하여 지상 가까이 아래로 내려오자 안개 속에 비친 철책 앞에 새까맣게 몰려오는 적을 보고도 믿기지 않았다. 동시에 박격포탄이 사정없이 진지로 날아들었다. 베트콩이 아니라 월맹 정규군 몇 개 연대 병력이 쳐들어오고 있었다. 후방 포병부대와 진지 내의 4.5인치 박격포와 81밀리 박격포 포탄을 쳐들어오는 월맹군에게 퍼부어도 월맹군은 쓰러져 죽어가며 몰려오고 있었다. 소대장 김 중위가 명령했다.

"사정권 안에 들어올 때까지 사격하지 말고 대기하라."

월맹군의 박격포탄이 주위에 떨어지는데도 크레모아와 M16 소총 사정권에 적이 들어오도록 병사들은 대기하고 있었다.

"사격 개시, 크레모아 격발!"

월맹군이 사정권 안에 들어오자 M16 소총 사격과 함께 크레모아 격발기를 눌렀다. 1소대 앞 여기저기서 크레모아가 폭발하자 몰려오던 월맹군들은 나뭇잎 떨어지듯 무수히 쓰러졌다. 후방 포병부대 대포와 진지 박격포로 쳐들어오는 적을 향해 포탄을 퍼부었다. 쏟아지는 포탄 속에서 월맹군은 동료들의 시체를 타고 넘으며 밀려들어 왔다. 포탄이 터져 불기둥이 솟아오르고, 지뢰가 터지고 총알이 난무하여 정신이 없는 가운데에도 월맹군은 꽹과리와 징을 치며 계속 쳐들어오고 있었다. 신종수 병장은 6.25 때 "중공군이 공격할 때 꽹과리치고 피리를 불었다"라는 이야기를 들었는데, 포탄 터지는 소리와 총소리에 섞여 들려오는 월맹군의 꽹과리 소리는 공포영화의 효과음 같아 기분 나쁘고 두려웠다.

　월맹군은 철조망 앞에 와서 폭탄을 던졌다. 폭발음과 함께 거대한 흙기둥이 솟아오르며 철조망이 부서졌다. 부서진 철조망 사이로 월맹군이 밀물처럼 쏟아져 들어왔다. 두 번째, 세 번째, 네 번째 철조망도 폭탄을 터트려 무너뜨리고 밀려들어 왔다. 총으로 쏘고, 수류탄을 던져 철조망 앞은 월맹군의 시체가 겹겹이 쌓여갔으나 쓰러진 동료의 시체를 타 넘다가 지뢰를 밟아 죽어가면서 밀고 들어왔다. 말로만 들었던 인해전술이었다. 파도가 몰려와서 바위에 부딪혀 하얗게 부서져도 뒤따라오는 물결이 계속 몰려오는 것과 같이 월맹군은 쓰러진 전우 시체를 타고 넘으며 계속 쳐들어 왔다. 2소대, 3소대에서 일개 분대씩 교통호를 통해서 이동하여 월맹군이 쳐들어오는 1소대 쪽에 합세했다. 2소대와 3소대 경계 구역이 언제 뚫릴지 몰라 철조망 앞 초소를 비워두고 1소대 경계 지역으로 모두 이동하여 지원할 수 없었다.

1소대 진지 앞에는 박격포탄과 수류탄이 터지고, 기관총과 소총으로 치열한 교전이 한 시간이나 벌어져 실탄이 떨어져 갔다. 분대장은 신종수 병장에게 명했다.

"실탄을 가져와."

신종수 병장은 김 일병과 같이 월맹군 박격포탄이 여기저기 떨어지는 가운데서 교통호를 통하여 달려가 탄통 두 개씩을 들고 뛰어와 소대원들에게 실탄을 공급했다. 옆 전우가 월맹군이 던진 수류탄 파편에 맞아 피를 흘리며 죽어갔다. 죽어가는 동료를 도울 여유도 없이 쳐들어오는 월맹군을 향하여 총을 쏘고 수류탄을 던졌다. 신종수 병장은 수류탄이 바닥나자 전사한 전우의 옷 앞자락에 달린 수류탄을 떼어내어 던졌다. 달려오던 월맹군 몇 명이 수류탄 파편에 맞아 쓰러졌다. 진지는 죽어가며 쳐들어오는 월맹군과 부상당하여 피를 흘리면서도 악착같이 방어하는 청룡 병사들이 뒤엉켜 아수라장이었다. 화염에 싸인 진지는 총소리, 포탄 터지는 소리와 화약 냄새와 비릿한 피 냄새가 진동했다. 그렇게 두 시간을 천여 명이 공격해도 질리도록 끈질기게 방어하는 해병대에 밀려 월맹군은 많은 수의 전사자를 남기고 후퇴했다.

중대장은 수천 리를 몇 달 동안 이웃 나라 라오스와 캄보디아를 통해서 온 월맹군이 1차 공격 실패로 쉽사리 물러가지 않으리라고 생각했다. 포탄과 수류탄이 터지고, 총탄이 난무하며 피가 튀고 병사들이 죽어가던 전투는 언제 그랬느냐는 듯이 진지는 어두움 속에 묻혀 정적이 감돌았다. 뿌옇게 싸였던 안개도 말끔히

걷히고 하늘에는 별들이 초롱초롱 빛났다. 늦게 뜬 하현달이 한 차례 전투가 휩쓸고 가서 월맹군 시체가 곳곳에 널려 있는 참혹한 진지의 모습을 어렴풋이 비추고 있었다. 1소대 병사 3분의 2가 부상당하거나 전사당했다. 부상당한 병사들을 치료하며 전사한 병사들의 시신을 한쪽으로 모으고 중대를 재편성했다. 밤이라 병력 충원도, 멀리 떨어져 있는 부대에서 지원도 기대할 수 없었다. 2소대, 3소대에서 1분대씩 더 차출하여 철조망이 뚫린 1소대 지역을 보강했다. 수류탄과 실탄을 충분히 가져다 놓고 월맹군의 2차 공세에 대비했다. 월맹군과 2차 전투는 더 치열할 것이었다. 철조망이 부서져서 월맹군의 통로가 되어버린 곳에 다시 설치할 크레모아도, 지뢰도 없었다. 중대장은 포병 관측장교에게 말했다.

"지금쯤 월맹군은 부대를 재편성하여 2차 공격을 준비하고 있을 것이다."

"아군의 피해도 컸지만, 적들도 저렇게 많이 전사했는데 당장 공격할까요?"

"이웃 나라 국경을 넘어 수천 리를 돌아서 온 월맹군이다. 한 번 실패로 쉽사리 물러가지 않을 거다. 지금쯤 정글 속 어디쯤 모여 부대 재편성을 할 것이다. 예상지역에 포탄 공격을 해주기 바란다."

파견 나와 있는 관측장교는 적들의 공격을 대비해 사전에 좌표를 따놓은 화집점 사격 명령을 내렸다. 후방의 105밀리 포탄이 진지 밖 정글지역을 강타했다. 많은 수의 월맹군이 죽었으리라고 생각되지만 확인할 수 없었다. 그렇게 두 시간이 넘어 새벽이 가까워졌다. 꽹과리와 징소리가 들렸다. 대규모의 월맹군이 몰려오는 신호였다. 이제는 월맹군이 쳐들어오는 통로에는 크레모아도, 지뢰도, 철조망도 없다. 월맹군은 박격포탄을 진지에 퍼부었다. 박격포탄이 날아들자 호 옆으로 파놓은 굴에 숨어 피했다. 그러면서도 경계를 늦출 수 없었다. 포병이 쏘아 올린 조명탄 불빛에 비친, 철조망이 뚫어진 1소대 앞에는 수천 명의 월맹군이 몰려오고 있었다. 후방 포가 몰려오는 월맹군의 머리 위에 융단 포격을 가하고 진지의 박격포도 화염을 뿜었다. 월맹군은 포탄에 맞아 쓰러진 동료의 시체를 타 넘으며 달려들었다.

적들이 사정권 안에 들어오자 M16 소총으로 사격했다. 소총으로 적들을 방어하다가 거리가 가까워지자 수류탄으로 맞섰다. 진지 내 200명의 병사 중에 수십 명이 전사하고 부상당해 전력에서 이탈해 그만큼 전력이 약화되어 있었다. 월맹군은 수류탄과 총에 맞아 많은 병사가 죽고 부상당해도 아랑곳하지 않고 쳐들어왔다. 월맹군의 박격포와 총에 맞아 죽고 부상당하는 아군 병사가 속출했다. 부상한 병사들은 일어서지도 못하고 앉은 자리에서 스스로 모르핀 주사를 팔에 찔러 넣어 심한 통증을 참으며 수류탄의 안전핀을 뽑아 던지고 월맹군을 향하여 사격하면서 죽어갔다.

교통호 앞까지 월맹군이 쳐들어와서 백병전 직전이었다. 백병전이 벌어지면 용맹한 해병이지만, 200명도 안 되는 병력으로는 천여 명의 월맹군을 감당할 수 없을 것이었다. 신종수 병장은 가까이 쳐들어온 월맹군을 M16 소총으로 한 명 한 명 쓰러뜨렸다. 그 순간 폭발음과 함께 오른쪽 다리에 엄청난 충격을 받으며 정신을 잃었다. 정신을 차리고 보니 월맹군 박격포탄 파편에 맞아 오른쪽 다리가 잘려 피가 쏟아졌다. 잘린 다리는 뒤쪽으로 살가죽만 너덜너덜 붙어 있었다. 견딜 수 없는 통증에 숨이 막혔다. 가지고 있던 모르핀 주사를 왼쪽 팔 옷 위로 찔러 넣었다. 순간 죽을 것 같던 엄청나던 통증이 잠깐 멈추었다. 월맹군이 교통호까지 쳐들어왔으나 신종수 병장은 일어설 수 없었다. 잘린 다리를 보니 자기의 몸의 일부가 아닌 것 같았다. 피가 쏟아져 나와 교통호 흙바닥으로 붉게 퍼져나갔다. 그런 상황에서도 옆 전우가 도와줄 수도, 의무병이 와서 치료할 수도 없었다.

의식이 점점 흐려져 갔다. 정신이 가물거리며 흐려져 가는 가운데에서도 진지 안에서 월맹군과 벌어지는 전투를 보며 아프다는 생각도, 이러다 죽는다는 생각도 할 겨를이 없었다. 눈앞의 월맹군을 한 명이라도 더 죽여 진지를 지켜야 한다는 생각뿐이었다. 신종수 병장은 교통호 벽에 기대앉은 채 수류탄 안전핀을 뽑았다. 월맹군이 달려온다. 신종수 병장은 그 짧은 시간에 고향 생각이 났다. 어머니, 아버지 얼굴이 떠오르고, 공산주의자가 되어 지리산으로 들어가 게릴라 활동을 하다가 토벌군과 전투 중에 부상당해 포로가 되어 아직도 징역을 살고 있는 할아버지가 생각났다.

할아버지는 다 같이 잘 살 수 있다는 공산주의 나라를 만들기 위해 일생을 바쳤다. 지금 신종수 병장 앞에 있는 월맹군은 할아버지가 평생을 바쳐 이루려던 공산국가 군대이지만, 죽여야 하는 적일 뿐이었다. 신종수 병장은 의식이 흐려져 가면서도 수류탄을 적들에게 던졌다. 달려오던 월맹군 두 명이 쓰러졌다. 뒤따라오던 월맹군이 신종수 병장에게 여러 발의 총을 쏘았다. 교통호에 기대어 앉아 있던 신종수 병장은 옆으로 쓰러지며 점점 의식이 희미해져 갔다. 눈앞에서 벌어지고 있는 광경이 현실이 아니고 전쟁영화 속의 치열한 전투장면을 보고 있는 것과 같았다. 영화 스크린 속의 적군의 커다란 발이 화면을 꽉 채우며 달려오는 것을 느끼며 아무 생각도 나지 않았다. 월맹군은 쓰러져 죽어 있는 신종수 병장을 밟고 지나갔다. 신종수 병장은 잠깐 의식이 돌아왔다. 그는 다리가 떨어져 있고, 복부에는 여러 발의 총탄을 맞아 온몸에 유혈이 낭자하여 만신창이지만, 두 손은 움직일 수 있었다. 앞가슴에 달린 마지막 남은 수류탄을 뽑아 들고 안전핀을 뽑았다. 그러면서 떠나올 때 아버지가 하시던 말이 생각났다.

"매사에 조심하고 몸 건강히 다녀오너라."

"아부지! 매사에 조심할 수도, 아부지 곁으로 돌아갈 수도 없습니다."

피투성이가 되어 쓰러져 있는 신종수 병장을 시체라고 생각하고 안심하고 타 넘어가던 월맹군 발을 붙들고 수류탄을 터뜨렸다. 월맹군과 함께 신종수 병장의 몸은 산산조각이 되어 피로 흥건한 교통호 주위로 흩어졌다.

날이 밝아왔다. 대대 본부와 미군 헬기부대에서 날이 새기를 기다리다가 공격헬기가 출동하여 하늘에서 기관총을 쏘고 수류탄을 떨어뜨렸다. 미군 헬기 공격으로 월맹군이 주춤하는 사이 2소대, 3소대 병력이 부서진 철조망 쪽을 차단해 진지에 들어와 있는 월맹군의 퇴로를 막았다. 그리고 진지 안에 갇힌 월맹군을 하나하나 사살해 나갔다. 마침내 진지 내 월맹군은 완전히 소탕되었다. 밤새도록 싸운 진지에는 해병대와 월맹군의 시체가 뒤엉켜 있고, 교통호뿐만 아니라 진지 안은 온통 피로 붉게 물들여져 있었다. 12중대 대원 중에 전사당하고 부상당한 인원이 반이 넘었다. 90명도 안 되는 살아남은 대원들은 부상자를 옮기고, 전사자를 한쪽으로 옮겼다. 헬리콥터가 날아오자 부상자부터 태워 보냈다. 전사자는 영령 백에 넣어 헬기에 실어 보냈다. 흩어진 신종수 병장의 시신을 모아 영령 백에 넣어 함께 보냈다.

밤새 청룡부대 12중대 진지의 200명 병사는 열 곱도 넘는 월맹 정규군 3,000명과 싸워 진지를 지켜냈다. 살아남은 병사들은 부상자와 전사자들을 헬리콥터로 후송 보내고 나서 온몸이 피로 범벅이 된 채 너무 지쳐 그 자리에 주저앉았다. 진지 안팎에는 천 명도 넘는 월맹군의 시체가 뒤엉켜 있고, 교통호는 월맹군과 청룡부대 병사들의 피가 흥건히 고여 있었다.

전사한 신종수 병장의 화장한 뼛가루가 화랑무공 훈장과 함께 하얀 유골함에 담겨 고향으로 돌아왔다. 종수의 어머니는 쓰러져 기절했다. 정신이 올곧지 못한 남편 대신 믿고 의지해 살아오던 맏아들이었다.

"필승! 일 년 동안 근무 잘하고, 건강하고 씩씩한 모습으로 돌아오겠습니다."

오음리로 면회 갔을 때 얼룩무늬 해병대 군복을 입고 거수경례를 하던 아들의 늠름하던 모습이 눈에 선했다. 그 아들이 이역만리 월남 땅에서 전사하여 재가 되어 하얀 유골함에 담겨 돌아온 것이었다. 아들을 서울 동작동 국립묘지에 묻고 돌아온 종수의 어머니는 몸져누웠다. 일도 할 수 없고, 밥을 먹어도 모래를 씹는 것 같아 먹을 수 없었다. 아버지 신정호는 멍하니 하늘을 바라보며 넋이 나가 있었다. 그의 머릿속에는 관동군에서 백병전을 벌이며 총에 장착된 창으로 팔로군을 수없이 찔러 죽이던 생각이 떠올랐다. 그 업보가 아들을 죽게 했다는 생각이 들었다. 자식이 죽으면 가슴에 묻는다더니 동작동 국립묘지에 아들을 묻고 온 정호 부부는 아들 생각에 세상에 좋은 것도, 행복한 것도 모두 사라져 웃음을 잃었다. 길을 가다가 해병대 얼룩무늬 옷을 입은 병사를 보아도 아들같이 보여 가던 길을 멈추고 멍하니 바라보고 있었다.

종수 어머니는 가슴이 답답했다. 밤마다 아들과 만나는 꿈을 꾸었다. 아들은 건강하고 씩씩한 모습으로 어머니 꿈속에 찾아왔다. 아들이 살아서 돌아올 것만 같았다. 종수 어머니는 무작정 서울행 열차에 몸을 실었다. 비가 부슬부슬 내리는 동작동 국립묘지에 가서 아들의 묘 비석을 끌어안고 "종수야, 내 아들 종수야." 하고 소리쳐 아들을 부르며 목 놓아 울고 있었다.

⑬ 물밑으로 사라진 고향

　경부고속도로가 만들어지고 전국적으로 새마을운동의 물결이 일어나는 가운데 안동댐을 만든다는 소문이 떠돌았다. 안동시 성곡동과 상아동 좁은 계곡 사이를 흐르는 낙동강을 막아 안동댐을 만든단다. 정부에서는 소양강을 막은 춘천댐과 서울 근교의 팔당댐이 완공되니 다음은 낙동강에 댐을 계획하고 있었다. 가뭄과 홍수가 되풀이되고, 도시가 번창하여 식수난이 늘어가는데 한강을 막아 서울과 인천의 식수난을 해결하고, 낙동강에 안동댐을 건설하면 대구와 부산 대도시의 식수난을 해결함과 동시에 낙동강 유역의 가뭄과 홍수뿐만 아니라 영남지방의 넓은 농토의 농업용수를 한꺼번에 해결한다는 것이 국토개발의 기본계획이었다. 안동댐을 만들면 와룡면과 예안면, 도산면까지 낙동강 강변에 있는 마을과 토지는 모두 물속에 잠겨 댐 상류지역 주민들은 대대로 살아오던 생활 터전을 잃게 될 것이었다.

측량이 시작되고 댐 공사 기초작업으로 수몰되는 지역의 가정별 토지 보상과 가옥 보상가가 매겨졌다. 토지 보상가격은 정부가 정한 공시지가보다 약간 많지만, 실제 매매가격에는 턱없이 부족한 금액이 책정되었다. 국가에서 세금을 매기는 토지 공시지가는 실거래가격의 반에도 못 미쳤다. 국가에서 내어주는 보상가는 인근 토가의 반밖에 되지 않았다.

오랜 역사를 가진 예안은 천여 호가 넘는 큰 동리이고, 와룡과 도산 일부 낙동강 강변에는 수많은 마을이 산재하여 강이 만들어낸 넓은 들에서 농사를 지으며 수백 년 대를 이어 살고 있는데 안동댐으로 모든 것이 물밑으로 사라지게 되니 주민들은 술렁거리고 민심은 뒤숭숭했다. 수백, 수천 년 조상 대대로 이어오던 삶의 터전이 국가에 수용당해 수몰되고, 주민들은 뿔뿔이 흩어져야 한다니 사람들은 당장 어디로 이사를 해야 할지, 어떻게 살아가야 할지 막막했다.

이 무렵 전국적으로 새마을 사업이 시작되고 있었다. "하면 된다"는 구호 아래 잘 살아보자고 나라 전체가 초가집을 기와나 슬레이트 지붕으로 바꾸고, 마을 안길을 넓히고, 공동우물과 빨래터를 다듬는 생활환경뿐만 아니라 소득증대를 위해 새로운 농법을 도입하며 온통 변화의 물결이 일고 있는데, 수몰지역 사람들에게 새마을운동은 먼 남의 나라 이야기처럼 들렸다. 신라, 고려를 거쳐 조선시대까지 오랜 역사를 지닌 예안을 관향지로 하는 예안김씨를 비롯한 선성이씨, 신 씨, 박 씨, 권 씨, 금 씨, 조 씨 등 예안에 입향시조를 둔 많은 성씨들은 강변 주위 산자락에 묻힌 수백 년에서 천여 년 된 조상의 무덤을 옮겨야 할 처지였다.

토지와 가옥 보상이 시작되었다. 국가에서 내어주는 보상가격은 실거래가격에 턱없이 부족해 그 돈을 찾아 같은 면적의 농토를 살 수 없었다. 토지의 면적을 줄여서 대토하려고 해도 근처에는 팔려고 내어놓은 농토가 없었다. 평생 농사를 업으로 살아온 사람들은 보상금을 받아도 다른 곳에 가서 그 돈으로 농토를 사고, 집을 사서 농사를 지을 수밖에 없지만, 외지로 나가본 경험이 없는 사람들은 '고향을 떠나 살 수 있을까?' 하는 생각이 들어 농민들은 답답하기만 했다. 멀리 나들이를 해본 경험이 없는 주민들은 군청에도 못 가고 면사무소에 가서 항의했다.

"아무리 국가가 하는 일이라 캐도, 토지를 넘겨줄 수 없습니더."

"서울 청와대에서 대통령이 하는 일이라 어쩔 수 없습니다."

면사무소 직원들도 어쩔 수 없었다. 자기들이 항의받을 일도, 해결할 수 있는 일도 아닌데 농민들이 막무가내로 달려들어 생떼를 써서 사무를 볼 수 없었다.

"항의하려면 서울 청와대에 가서 항의하십시오."

면장이 청와대에 가서 항의하라고 해도 농촌 사람들은 청와대가 어디 붙었는지도 모르고, 갈 수도 없으니 매일 면사무소에 가서 토지를 팔 수 없다고 소란을 피웠다. 대대로 물려받아 농사짓던 땅과 집을 내어주고 받은 돈으로 근처에서는 농토를 구할 수 없고, 그 돈을 가지고 타지로 간다고 해도 지금 농토 면적의 반도 못 사니 앞으로 살아갈 일이 막막하여 나라가 하는 일이지만 분통이 터졌다.

어느 날 가죽 잠바를 입고 어깨가 떡 벌어진 젊은 사나이가 면사무소에서 항의하는 사람 옆에 와서 잠깐 보자고 하며 면장실로 데리고 들어갔다.

"면장님은 자리를 비켜주세요."

젊은이가 말하자 면장은 아무 말도 못하고 밖으로 나갔다. 사나이는 면장실이 자기 방인 것처럼, 면장을 부하 대하듯 해도 면장은 아무 말도 못하고 사나이의 명령에 따랐다. 사나이는 험상궂은 얼굴을 하며 농부에게 말했다.

"국가에서 하는 일을 방해하는 자는 불순분자입니다. 그냥 농토를 빼앗는 것도 아니고, 국가에서 정한 정당한 금액을 주고 토지와 집을 수용하는 것입니다. 이해하시기 바랍니다."

"대대로 살아오던 여게를 떠날 수 없고, 나라에서 주는 보상으로는 같은 면적의 땅하고 집을 살 수도 없니더."

"국가에서 공시지가보다 많이 보상하는 것이고, 나라정책에 반대하고 방해하면 불순분자로 잡혀가 징역을 살 수도 있습니다."

"나라정책을 반대하는 게 아이고 내 것 갖고 내가 못 팔겠다고 카는 것이시더. 민주주의 사회에서 강제로 카는 게 어디 있니꺼?"

"당신, 민주주의라고 했나? 민주주의에서도 국가가 필요하면

법에 따라서 개인의 땅을 수용할 수 있어, 이 양반아. 공연히 잘난 체하다가 당신 신세 망치는 수가 있어. 좋은 말할 때 순순히 따라."

사나이는 반말을 하며 위협했다.

"당신, 내보다 나이도 젊어 뵈는데, 와 반말하니껴? 내 꺼 가지고 내가 못 판다는데 뭐가 잘못됐니껴?"

항의하던 농민도 끝까지 해보자는 식으로 달려들었다.

"당신, 겁이 없군. 오늘은 이만하고 돌아가 봐."

농부는 일정시대와 해방 후의 좌우익의 혼란과 전쟁을 겪으며 많은 사람이 죽어가고, 숱한 부당한 일을 당했던 생각이 나서 겁이 나지만, 집과 토지, 전 재산을 넘겨주어야 하는 가족들의 생계가 걸린 문제라 젊은이가 면장보다 높은 사람이라도 항의할 수밖에 없었다. 젊은이의 정체가 무엇인지 몰라도 면장을 자기 방에서 나가라고 하니, 꼼짝 못하고 나가는 것을 보면 대단한 지위에 있는 사람이 분명했다.

저녁때가 되어 날이 어둑해졌다. 집으로 돌아오는데 어떤 사람이 잠깐 보자고 했다. 농부는 정체 모를 사람에게 잡혀가다시피 따라갔다. 민가에서 떨어진 외진 곳에 있는 농협창고 안으로 농부를 데리고 들어갔다. 허름한 창고 안에 들어가니 예안에는 아직 전기가 들어오지 않아 자동차 밧데리로 60촉 전구가 쓰여 있고 책상이 놓여 있었다. 책상 앞 의자에는 몇 시간 전 면장실에서 만났던 젊은이가 가죽잠바 차림에 무슨 서류를 꺼내놓고 보고 있었다.

데리고 간 사람은 사나이의 맞은편 의자에 농부를 앉혀놓고 문밖으로 나갔다. 사나이는 농부를 쳐다보지도 않고 서류를 보면서 말했다.

"당신, 해방되고 빨갱이 부역자였구만. 말하는 것이 어쩐지 빨갱이 냄새가 난다 하였더니."

농부는 당황했다. 해방되고 6.25전쟁이 일어나기 전 빨치산들이 밤에 산에서 내려와 온 동네에서 양식을 빼앗고 농부를 잡아 지게에 양식을 지켜서 끌고 갔다. 농부는 빨치산의 짐꾼이 되어 일주일 동안이나 산속을 끌려다니다가 탈출한 일이 있었다.

"마실에 양식을 빼스러 온 뺄개이한테 잡혀서 짐을 지고 일주일 동안 끌려 댕기다가 도망 나왔니더. 빨개이들에게 강제로 잡혀간 일이 있지만, 뺄개이는 아이시더."

"경찰에서 조사한 기록에 너가 빨갱이를 한 기록이 다 나와 있어. 어쩐지 아무것도 모르는 순박한 농민들을 선동한다 했더니 아주 사상이 불순한 놈이네. 너 같은 놈은 영창에 들어가서 콩밥을 먹고 와야 정신을 차려."

농부는 정신이 아득했다. 해방 후 좌우익의 갈등이 심할 때와 전쟁 때는 빨갱이로 몰리면 재판도, 변명할 기회도 없이 바로 총살당했다. 그게 언제라고? 이십여 년도 더 전 보급 투쟁으로 마을을 습격한 빨치산에 잡혀 짐꾼으로 끌려다니다가 탈출하여 스스로 지서를 찾아가 이야기하고 그때는 풀려 나왔는데 그 기록이 지금까지 남아 있을 줄 몰랐다.

"알겠니더. 앞으로는 조심함시더. 토지 보상을 찾아 살 곳을 알아봄시더."

"당신은 빨갱이에게 부역한 불순분자야. 앞으로 지켜보겠어. 허튼수작하여 제 명을 단축하지 말고 순리대로 살아."

농부는 창고에서 벗어나 집으로 오면서 젊은 사람의 정체가 무엇인지 궁금했다. 경찰도, 형사도 아니고 예안에서는 처음 보는 사람이었다. 그는 정보기관에 근무하면서 요즘 서울 사람들이 본다는 영화 007의 주인공처럼 사람도 자기 마음대로 죽일 수 있는 살인면허를 가지고 있는 사람일지도 모른다는 생각이 들었다. "제 명을 단축하지 말고 순리대로 살아"라고 그가 마지막으로 하던 말은 쥐도 새도 모르게 죽여버릴 수도 있다는 말처럼 들렸다. 한때 빨갱이로 몰리면 재판도 없이 총살하던 생각이 나서, 지금도 아무도 모르게 죽어 식구들과 이웃들도 모르게 사라질 수 있다는 생각이 들어 겁이 났다.

며칠 후 면사무소에서 토지와 집을 못 내어놓겠다고 같이 항의하던 사람을 만나 농협창고에 끌려가서 보았던 가죽잠바를 입은 의문의 사나이 이야기를 하였다.

"면사무소에서 면장에게 명령하던 사나이에게 농협창고로 잡혀갔다 왔니더. 매사에 조심하소."

"나도 잡혀갔다 왔니더. 어떻게 알았는지 삼촌이 6.25 때 내무서원을 하다가 월북한 걸 알고 나보고 빨갱이 집안이라고 하디더."

"그런 일이 있었니껴. 조심하시더. 잘못하면 그 사람한테 잡혀가 해방 후처럼 쥐도 새도 모르게 죽을지도 모르니더."

농부 두 사람은 이렇게 이야기하며 더는 면사무소에 찾아가 항의할 수 없었다. 면장도 마음대로 명령하는 그 사나이는 중앙정보기관에서 파견된 요원이라는 이야기가 돌았다. 정보기관에서 안동댐으로 수몰되는 경북 북부 낙동강 상류지역은 해방 후와 6.25 때 빨치산의 활동이 심하던 곳이라 토지 수용으로 불만이 많은 농민을 선동하여 민란이 일어날 것을 대비하여 기관원이 파견 나와 수몰되는 농민들이 국가 사업에 반대 여론을 조성하거나 집단행동을 하지 못하게 사전 공작하고 있었던 것이었다.

보상이 시작되어 한 집 두 집씩 떠나기 시작했다. 장날이 되면 인근 수십 리 산골짝 사람들이 몰려와 발 디딜 틈 없이 복작거리던 예안 장터는 장꾼들이 점점 줄어 썰렁해져 갔다. 예안 장이 댐으로 사라지게 되니 행정관서에서는 인근 면소재지에 장을 만들었지만, 장사꾼 몇 명 와서 난전을 펴고 있으나 장 보러 오는 사람들이 거의 없어 한산했다. 장은 주위에 사는 사람들에 의해 자연적으로 형성되어야지 행정관서 명령으로 만든다고 되지 않았다.

전국 각지에 새마을사업이 시작되어 나날이 동네가 달라져 가고 "협동, 자주, 근면"이라는 표어와 "하면 된다"라는 글귀가 마을마다 붙어 있고, 동리 앞에는 스피커가 설치되어 아침저녁 "우리도 한번 잘 살아보세"라는 새마을노래가 울려 나와 온 나라가 새마을 물결로 대변혁을 일으키는데 예안 장터에는 주인 떠난 집들의 문짝이 떨어지고, 지붕이 무너져 폐허가 된 채 나날이 황폐해져 유령의 마을로 변해가고 있었다.

　　오천 동리에 살던 배 서방은 보급대에 주인 대신 가서 살아주고 받은 토지 네 마지기 옆에 초가집을 짓고, 도망간 아내를 잊고 새로 장가들어 남의 논 여섯 마지기를 더 빌려서 농사를 지으며 아들딸 둘을 낳아 오손도손 살고 있었다. 어느 날 갑자기 안동댐으로 집과 토지가 모두 수용되어 물속으로 들어가게 되었다. 면사무소에 가서 항의해보았으나 들려오는 이야기로는 잘못하면 서울 정보기관에서 파견된 사람들에게 잡혀가면 불순분자로 몰린다는 이야기가 떠돌아 면사무소에 찾아가는 것도 겁이 나 어디 가서 하소연할 곳도 없었다. 잘못하면 6.25 때 인민군에게 부역한 친척까지 조사되어 불순분자로 몰릴 수 있다는 이야기가 돌았다. 아내와 아들딸을 데리고 살아가야 하는데 평생 배운 것은 농사일뿐이라 근처에 땅을 사려고 하였으나 팔리는 땅이 없어 토지 네 마지기와 집 보상금으로서는 어디 옮겨갈 마땅한 곳도 없었다.

　　어느 날 대구에 사는 친척집에 초상이 나서 문상하러 갔다. 동대구역 근처에 사는 친척집은 근처에 나직한 붉은 돌산 사이 군데군데 있는 밭에서 채소를 가꾸고 있었다. 돌산 사이 농토에는 채소가 아주 잘 자랐다. 배 서방은 이곳에 밭을 사서 채소 농사를 지으면서 도시라 가정마다 인분을 가져다 비료로 쓰면, 시골처럼 돈을 주고 인분을 사오는 것이 아니라 도리어 변소를 퍼주고 받는 돈이 농사 수입보다 많을 것 같았다. 어디론가 이사를 해야 하는데 이곳으로 오면 근처에 친척이 있어 여러 가지로 도움을 받을 수 있을 것이었다.

장례를 치르고 삼위가 지나자 친척을 앞세워 근처 복덕방을 다니며 팔려고 내어놓은 밭이 있는지 알아보고 다녔다. 몇 군데를 다니다가 밭 두 마지기가 있는데 근처의 낮은 돌산과 한 필지로 되어 있어 이천 평이나 되는 돌산을 모두 사야 그 사이에 있는 육백 평의 밭을 판다고 했다. 밭만 팔라고 사정해도 되지 않았다. 아무 데도 쓸모없는 퍼석퍼석 잘 부서지는 붉은 돌로 된 산이라 아무도 사려 하지 않았다. 돌산 값이 아주 싸서 이천 평이 밭 한 마지기 값이었다. 배 서방은 울며 겨자 먹기로 보상받은 토지와 집값을 탈탈 털어 밭 두 마지기와 농사도 지을 수 없는 돌산 이천 평을 샀다.

제재소에서 나무를 가공하고 나오는 피쪽과 가마니를 가져와 밭가에 판잣집을 짓고 농사를 짓기 시작했다. 헌 손수레를 사서 똥통을 싣고 골목마다 돌아다니며 "변소 퍼요. 똥 퍼요." 하며 외치고 다니니 일거리가 넘쳐났다. 변소를 푸는 것은 더럽고 냄새나서 사람들이 기피하는 일이라 변소 하나 푸면 이틀 일당이나 되었다. 손수레에 커다란 똥통을 싣고 오전에 두 번, 오후에 두 번 하루에 네 번이나 변소를 퍼, 옮겨온 인분은 밭에 뿌리고 밭가에 구덩이를 파서 저장했다. 너무 많은 양이라 육백 평 밭에 모두 뿌릴 수 없어 근처 다른 밭에다 인분을 뿌려주고 돈을 받았다. 인분을 푸면서 하루에 다른 사람이 열흘간 일하고 받는 노임을 다 벌고, 또 인분을 다른 밭에 뿌려주고 돈을 받고, 남들은 더럽고 냄새난 다고 기피하지만, 배 서방은 대기업 부장보다 더 많은 돈을 벌었다. 거기다가 두 마지기나 되는 밭에 갖가지 채소를 길렀다. 인분을 사용한 채소는 싱싱하고 수확량이 많아 봄부터 가을까지 매일 아침 한두 리어카씩을 수확하여 인근 도심의 각 상점에 도매로 넘겼다.

배 서방은 일 년이 지나 많은 돈이 모이자 밭가 붉은 돌산 평평한 곳에 양옥집을 지었다. 그렇게 이 년이 지나자 밭을 사기 위해 한 필지라고 억지로 떠맡은 붉은 돌산 주위에 집들이 들어서기 시작했다. 아무 데도 쓸모없다고 생각했던 나직한 돌산은 밭값의 몇 배나 되는 비싼 값에 거래되었다. 배 서방은 남들이 변소 푸는 사람이라고 하찮게 생각하지만, 돈 많은 알부자라 아쉬운 것이 없어 돌산을 팔지 않았다. 바위산 값은 다달이 몇 곱씩 뛰어올랐다. 그렇게 몇 년이 지나자 대구시청에서 도로를 낸다고 땅을 수용해야 한다고 했다. 보상액은 현 매매가보다 비싸게 주어 상상을 초월한 엄청난 액수였다. 배 서방은 그 돈으로 대학교 옆에 땅을 사서 10층짜리 원룸 빌딩을 지었다. 그리고 매달 들어오는 수익이 중소기업 사장 부럽지 않았다.

평생 농사를 지어오다 땅이 수용되어 어쩔 수 없이 대구로 옮겨와서 5년 동안 남의 집 변소를 푸며 생활하던 배 서방은 깨끗한 건물을 관리하며 양복을 입고 여가에 골프를 배워 돈 많은 회사

사장들과 어울려 골프를 즐겼다. 돈이 팔자를 고쳐서 배 서방을 사람들은 배 사장님이라고 불렀고, 동네일이 있을 때마다 많은 성금을 내어 행사 때는 앞가슴에 꽃을 달고 앞자리에 앉으며 사람들의 존경을 받는 지역유지가 되었다.

돈이 있는 곳에는 돈 냄새를 맡은 노름꾼들이 모여들었다. 안동댐으로 수몰이 되는 예안, 와룡, 도산에 많은 보상이 나오는 것을 알고 전국의 노름꾼들이 토지 보상을 받은 순박한 농민들의 돈을 노리고 모여들었다. 수몰되는 농토의 보상금은 그들의 전재산이고, 온 가족의 생명줄이었다. 그 생명선인 돈을 노리고 전국에서 모여든 선수들은 순진한 농민들의 심리를 교묘히 이용했다.

처음에는 술집으로 불러내어 술을 마시다가 술값내기 화투를 시작했다. 그렇게 하면서 져주고 술값을 내고, 다음 판에는 이겨서 술을 얻어먹었다. 그렇게 하다가 작은 돈을 놓고 돈내기 화투를 시작하여 차츰 돈의 단위를 올렸다. 재미를 들인 농민은 밤새워 화투를 치다가 보상으로 찾은 돈 중에서 논 몇 마지기 값을 잃어버리면 잃은 돈을 찾기 위해서 계속 놀음했다. 그러다가 재산 반쯤 잃고 나면 정신이 아득하고 당황하여 원금 복구를 하여 본전만 따면 그만둔다고 계속 놀음하게 된다.

화투장을 정상적으로 섞어서 놀음하면 확률적으로 잃은 사람도, 딴 사람도 없이 대부분 공평하게 화투를 칠 수 있는데 놀음판에서 선수라는 사람들은 상대방이 눈치채지 못하게 속이는 기술이 뛰어난 사람들이었다. 그들은 손에 화투장을 끼고 들어가거나 섞을 때 기술을 발휘하여 섞인 화투장을 알아보거나, 또는 옆 사람과 짜고 서로 상대의 패를 알고 치거나 화투장 뒤에 교묘하게 표시하여 상대가 들고 있는 패를 훤히 알기도 했다. 큰돈이 걸린 노름판에서는 속임수를 막기 위해서 한 판이 끝날 때마다 새 화투를 사용했다. 서로가 노름에는 경지에 달한 사람이라 화투장을 손에 끼고 들어가거나 서로 짜고 치는 것은 통하지 않아 속이는 것도 만만치 않았다. 일반적인 속임수는 서로가 쓰는 수법이라 잘 통하지도 않았다.

서울에서 내려온 선수들은 놀음할 장소를 물색하고, 근처의 구멍가게마다 돌아다니며 화투를 정가보다 비싼 값으로 모두 사들였다. 그리고 조금 후에 다른 사람이 화투장 뒷면에 자기들만 알아볼 수 있는 교묘한 표시가 된 화투를 상점마다 돌아다니며 헐값에 여러 통씩 팔았다. 그렇게 놀음할 곳 근처 상점마다 기초작업을 해놓고 놀음을 시작하기 전에 상대와 같이 상점에 가서 화투를 여러 통 사왔다. 새로 사서 개봉한 화투라 믿고 치지만 상대는 들고 있는 패를 훤히 알고 있으니 정상으로 화투를 쳐도 이길 수가 없었다. 이렇게 속이는 외지 사람에게 어리숙한 농민은 속수무책으로 당할 수밖에 없었다.

만촌 사는 박수호는 보상금을 찾아놓고 근처에 팔려는 토지가 있는지 알아보고 다니며 대토할 준비를 하고 있었다. 술을 좋아하는 수호는 어느 날 술집에 들렀다가 낯선 사람들과 어울려 술을 마시게 되었다. 술꾼들은 술상 앞에서는 낯선 사람도 쉽게 친구가 되었다. 술을 한 잔 두 잔 마시다가 자연스럽게 술내기 화투가 시작되었다. 서로 이기고 지면서 술값을 치르다가 적은 돈을 걸어 돈내기를 했다. 그러다가 차츰 큰돈이 오갔다. 낮부터 시작하여 저녁때가 되고, 밤늦도록 화투를 치다 보니 어느새 논 세 마지기 값이 날아가 버렸다. 그때야 수호는 정신이 번쩍 들어 본전만 따고 그만두겠다고 계속 노름을 하다가 도리어 더 잃어 논 다섯 마지기가 날아가 버렸다. 안 되겠다 싶어 일어서려니까 한 번만 더 치고 가란다. 그 판에는 장땡을 잡았다. 순식간에 한 마지기 값을 복구했다. 몇 판 더 하면 잃었던 돈을 모두 찾아 원상복구되어 본전을 찾을 수 있을 것 같았다. 계속 잃었다. 한 판만 더 하고 일어서야지 하고 계속하다가 토지 보상으로 받은 돈을 모두 잃고 말았다. 수호는 정신이 아득하고, 꼭 악몽을 꾸고 있는 것 같았다. 이제 어떻게 하여야 하나? 같이 노름하던 사람에게 사정하였다.

"토지 보상받은 돈이라 식구들의 생계가 달려 있으니 반만 돌려주이소."

"놀음판에 그런 게 어디 있어. 돈 없으면 빠져."

찬바람이 나도록 쌀쌀맞았다. 수호는 집에 돌아와 쓰러졌다. 식구들은 어디 아프냐고 물었다. 차마 노름으로 전재산을 날렸다고 말할 수 없었다. 식구들에게 알릴 수도 없었다. 이대로 거지가 되어 거리를 헤매야 하나? 며칠을 앓아누워도 뾰족한 대책을 세울 수가 없었다. 노름을 한 것이 후회되고, 돈을 반 잃어서 나오다가 다시 앉아서 노름한 것이 한이 되었다. 지나고 보니 아무래도 상대가 속인 것 같은데 어떻게 속였는지 알 수가 없다. 생각할수록 머리에 쥐가 나고, 가슴이 터질 듯이 답답했다. 늙으신 어머니와 아내, 자라나는 아이들이 잠잘 집도, 끼니를 때울 양식도 없이 다리 밑에서 노숙하고, 남의 집 문전걸식을 해야 할 것을 생각하니 심장이 터져 죽을 것만 같았다. 음식을 먹을 수도 없고, 가족들을 쳐다볼 면목도 없다. 수호는 집을 나와 무작정 걸었다. 걸어도 발이 허공에 움직이는 느낌이었다.

수호는 낙동강 가로 이어진 다래 벼루 길을 걷고 있었다. 벼랑길 낭떠러지 밑에는 짙푸른 강물이 넘실거리며 흘러가고 있었다. 수호는 이 고통스러운 현실을 벗어나고 싶었다. 가족들을 볼 면목도 없고, 이제 어디로 갈 곳도 없었다. 수호는 절벽 밑 바위에 부딪혀 소용돌이치며 흘러내려 가는 강물을 바라보았다.

물속에서 물고기들이 펄쩍펄쩍 뛰어오르며 놀고 있었다. 아무 걱정도 없이 뛰어놀고 있는 물고기를 보니 부러웠다. 이생에 태어날 때 사람으로 태어나지 말고 물고기로 태어났으면 이런 고통도 없었을 걸 하는 생각이 들었다. 물고기는 물속에서 살지만, 사람은 물속에 뛰어들면 숨이 막혀 얼마나 답답할까? 그래, 아무리 답답해도 이렇게 고통을 받으며 숨을 쉬는 것은 면할 수 있을 것이었다. 수호는 이 세상에 살아있어도 산 것이 아니었다. 이 고통에서 벗어날 수 있다면 죽음도 두렵지 않았다.

'잠깐이면 돼, 그래 잠깐이면 돼.'

수호는 신발을 벗어놓고 절벽 위에서 강물을 향해 뛰어내렸다. 수호는 물에 빠져 숨이 답답하면서도 아이들을 데리고 거리를 헤매며 끼니때마다 깡통을 들고 동냥하러 다닐 아내의 모습이 떠오르며 점점 의식을 잃어가고 있었다.

사람의 시체가 떠내려오다가 용바위에 걸려 있다는 신고가 들어왔다. 경찰이 출동하고 사람들은 시체를 건져 강가에 옮겼다. 죽은 이는 만촌에 사는 박수호였다. 연락받고 달려온 수호의 아내는 그제야 남편이 전재산을 노름으로 다 날리고 물에 빠져 자살했다는 것을 알았다. 수호의 아내는 남편의 시체를 안고 통곡하며 아이들과 같이 살아갈 일이 걱정되어 보상받은 재산을 다 날리고 자살한 남편이 원망스러웠다.

경찰은 수호가 토지 보상금을 외지에서 온 노름꾼들에게 모두 잃고 자살하였다는 것을 알고 노름꾼을 잡으러 갔다. 외지에서 온 노름꾼들은 자기들이 돈을 딴 농부가 자살하였다는 소식을 듣고 모두 도망간 후라 경찰이 출동해도 잡을 수 없었다.

우혁은 아버지로부터 물려받은 내앞들 밭과 만촌 논이 댐에 잠기게 되고, 나머지 반의 농토는 남아 있었다. 논밭의 반이 수몰되지 않고 남아 있으니 남들처럼 고향을 떠나 타지로 이사할 수도 없었다. 토지 보상받은 돈을 노름으로 모두 날린 이웃 동네에 친구 수호가 자살했다는 소식을 들은 우혁은 수몰되는 토지 보상받은 돈으로 대토하려고 하였으나 근처에 팔려고 내어놓은 토지가 없었다. 그렇다고 물에 잠기지 않는 나머지 토지를 팔아 산자락 곳곳에 선조들의 뼈가 묻혀 있는 이곳을 떠날 수도 없었다.

우혁은 영지산 밑 집시골의 울창한 원시림을 베어내고 식량 증산을 위해 토지를 만들다 둔 산자락을 본 생각이 났다. 토지를 만든다고 오래된 소나무 벌채 허가를 받은 산 임자가 아름드리 소나무를 베어서 한옥 재목으로 비싸게 팔아 많은 돈을 벌고, 개간한 흔적만 남기고 그대로 방치한 땅이었다. 우혁은 그 땅을 사려고 마음먹었다. 산 주인은 소나무를 베어내고 개간하지 않고 두어 혹시 누군가 고발하면 문제가 되지 않을까 걱정하던 차에 우혁이 방치한 산자락을 사서 토지로 개간하겠다니 잘 되었구나 하고 팔았다. 우혁은 열 마지기 보상받은 돈으로 만 평이 넘는 산자락을 샀다.

우혁은 둘째 아들 영진과 같이 산자락을 개간하기 시작했다. 산자락이라지만 완만한 경사로 평지나 다름없었다. 첫째 영수는 군청공무원이라 안동에 나가 살고 있어 일요일마다 들어와서 도왔다. 소나무를 베어내느라고 차량이 다닐 수 있게 길을 닦아놓아 중장비와 차가 들어갈 수 있어 개간하기 쉬웠다. 3개년 계획으로 1차 년에 굴삭기를 동원하여 삼십 마지기도 넘는 만여 평 땅 중간으로 차가 다닐 수 있는 농로를 만들고, 입구 쪽 삼천 평은 잡목 뿌리를 캐어내며 땅을 고르고 거름을 넣어 사과나무를 심었다. 소나무 그루터기가 너무 커서 굴삭기로도 캐내기 힘든 것은 그대로 두었다. 십여 년이 지나면 송진이 있는 관솔만 남고 모두 썩어 거름이 될 것이어서 굳이 많은 노력과 돈을 들여 소나무 뿌리를 캐낼 필요가 없었다. 다음해도 같은 방법으로 3천 평의 땅을 개간하여 거름을 넣어 사과나무를 심었다. 마지막 남은 사천 평이 넘는 땅은 개간하여 복숭아나무와 자두나무, 배나무를 심어 만여 평의 과수원을 만들었다. 농장 가에 농막을 지어 필요한 농기구를 보관하고, 여름철 일하다가 늦어서 집으로 올 수 없으면 자고, 취사도 할 수 있는 생활공간도 만들었다. 그렇게 오륙 년이 지나자 사과가 달리고, 복숭아와 자두가 달려서 수확하기 시작했다. 묘목을 심을 때 비싸도 새로 나온 품종을 심어 수확된 과일은 비싼 값에 팔려나갔다.

안동댐이 완공되어 갔다. 낙동강을 가로막는 국가의 거대한 토목공사에 중장비만 왔다 갔다 할 뿐 사람들은 거의 없었다. 옛날 고려와 조선 시대 때는 지역마다 산성을 쌓을 때 수많은 사람이 동원되어 무거운 돌을 수백 명이 밀고 당기며 공사를 했는데 낙동강 물을 막는 대규모 댐 공사에 사람은 거의 보이지 않고 트럭들과 큰 굴삭기와 불도저가 분주히 움직이며 공사하고 있었다. 댐이 완공되면 물밑에 잠기게 될 초등학교 교실로 사용하던 조선시대 때 예안현 청사 유물은 안동댐 아래 호수 옆으로 옮기고, 여름철 은어를 잡아 저장하던 다래 벼루 옆 석빙고도 해체하여 안동댐 아래 산기슭으로 옮겨졌다.

시장 안에는 이사를 하지 못하고 남아 있는 사람들이 물이 들어올 때까지 아무런 대책도 없이 하루하루를 보내고 있었다. 이사

간 빈집들의 쓸 수 있는 자재는 집을 옮겨 짓는 재료로 뜯어갔다. 옆집, 앞집은 이사 가고 문짝과 대문 쓸만한 것들은 모두 뜯겨나가 동네는 뜯어 먹다 버려진 물고기 잔해처럼 처참한 모습이었다. 그 안에 살던 다정했던 이웃들은 팔도강산 곳곳으로 살길을 찾아 떠나고, 멀리 가지 못한 사람들은 깃봉산 능선 한쪽을 깎고 밀어 터를 닦아 집을 지어 이사했다.

우혁은 아내와 둘째 아들과 같이 산 위에 터를 닦은 곳에 집을 지으며, 건축 경비를 절약하기 위해 이사 간 이웃집의 쓸만한 재료를 뜯어 활용했다. 댐이 완공되고 여름철 장마에 많은 비가 내린 어느 날, 댐의 물이 점점 차올라 폐허가 된 예안은 물속에 잠기기 시작했다. 물이 차오르자 산 위로 이사 온 사람들이 모두 나서서 아직 이사 가지 못한 사람들을 도와 산동네로 옮겼다.

수백 년 대를 이어 살아오던 골목과 집들이 물속으로 사라져 갔다. 물이 점점 차오르며 골목이 물에 잠기고, 토담과 아직 뜯지 못한 집들의 지붕만 물 위에 보이다가 끝내 물속으로 사라지는 모습을 사람들은 넋 놓고 바라보고 있었다. 며칠이 지나자 조상 대대로 살아오던, 천 년의 역사를 가진 예안 동네는 흔적도 없어지고, 눈앞에는 바다 같은 커다란 호수가 펼쳐졌다. 이제 오랜 세월 긴 역사와 숱한 사연이 깃들어 있던 예안 동네는 호수 밑으로 사라지고 사람들의 기억 속에서만 남게 되었다.

❶❹ 후손들이 잘 사는
나라를 위하여

    1961년부터 시작한 몇 차례에 걸친 국가 주도 경제개발로 나라 전체가 몰라보게 달라져 갔다. 전국 각지 동네마다 마이크에서 흘러나오는 새마을노래에 대부분 국민은 새벽잠을 깨어 허리띠를 졸라매고 "잘 살아보자"라고 이를 악물고 일했다. 허기진 배를 움켜잡고 전쟁으로 망가진 국토를 재건하고, 방치되었던 산자락을 농토로 일구며, 무너진 밭둑을 다시 쌓고, 불타버린 집을 새로 짓고, 상수도를 넣고, 산골짝 외딴집까지 전봇대를 세워 전기를 넣었다. 아끼고 절약하여 저축하고, 질이 낮아도 국산품을 애용하고, 종이도 이면지를 사용하며, 버려지는 쓰레기까지 재활용하며 폐품은 공장으로 보내 재생하여 사용하였다. 사람들은 배고픔을 참고 폐허 속에서 벽돌 한 개 한 개를 쌓아 올려 가난에 찌든 나라를 일으켜 세우고 있었다.

    전 국민이 배고프지 않는 나라를 만들기 위해 식량 증산에 온 힘을 기울였다. 논농사는 아직 이앙기가 나오지 않을 때라 모심기 철이 되면 모 한 포기 한 포기를 사람의 손으로 심었다. 한 사람이 온종일 모를 심는 면적은 백 평 정도라 모심기에는 많은 사람이 동원되었다. 8할에 가깝던 농촌 인구가 공업이 발달하자 공장으로, 도시로 빠져나가고 농촌에는 일손이 부족했다.

국가에서 정책적으로 식량 증산에 매진하고 있어 보릿고개는 사라져 가고 있지만, 모심기 철이 되면 일손이 모자라 국가 동원령이 내려졌다. 농촌지역 학교 학생들과 공장의 직공들과 군부대 군인들, 면사무소나 시군청의 직원들까지 국가가 동원할 수 있는 인원을 최대한으로 동원했다.

경운기로 논을 갈아 모를 심을 수 있도록 장만하여 놓고, 못자리에서 모를 뽑아 몇 줌씩 묶어 모춤을 만들어 동원된 인원이 오기를 기다렸다. 가까운 거리는 걸어서 가지만 수십 리씩 떨어져 있는 곳은 군부대에서 군용 트럭으로 동원된 사람들을 실어다 날랐다. 학생이나 군인, 공장 직원, 공무원 중에는 대부분 자기 집에서 농사를 지어 모를 심어보았지만, 처음 모를 심는 사람도 있어 담당 면서기가 모심는 요령을 설명하고, 수십 명이 나란히 서서 못줄을 대고 한 포기씩 줄에 맞혀 모를 심었다. 그렇게 오전에 세 시간 모심기가 끝나면 학교나 직장으로 돌아가고 오후 조와 교대했다.

학교에서는 반별로 오전 조가 모를 심고, 점심시간이 되어 돌아와 점심을 먹고 오후 수업하고, 오후 조가 점심식사 후 지정된

논으로 나가서 다섯 시까지 모를 심었다. 오전 동안 모심기에 동원된 학생들은 오후가 되면 피로하고 어수선하여 수업이 잘 되지 않았다.

모심기는 국가 동원령이라 어느 기관이나 피해 갈 수 없어 백여 명이 일하는 지방 공장의 여자 직공들이 동원되었다. 가난한 가정 사정으로 진학하지 못하고 돈을 벌기 위해서 일찍 공장에 취직하여 밤새워 일하고 교대하여 낮에는 잠을 자야 하는 시간이지만, 국가의 명령이라 어쩔 수 없이 모심기에 동원된 것이었다. 밤새 일한 지친 몸으로 진흙 논에 들어가 모를 심었다.

농약을 거의 사용하지 않던 때라 논에는 올챙이도 있고, 거머리도 있었다. 거머리는 다리에 붙어 피를 빨아 먹어도 따갑거나 가려움증을 느끼지 못했다. 온통 논 진흙이 덕지덕지 붙은 다리에서 거머리를 발견한 여자 직공은 질겁하여 소리를 질렀다. 옆에 있던 용감한 친구가 손으로 거머리를 잡아당겨 떼어내었다. 거머리가 피를 빨아먹던 자리에 피가 났으나 논흙이 묻은 손으로 꾹 눌러주면 멎었다.

여자 직공들은 공장에서 고된 일을 해왔지만, 모심기는 공장에서 일할 때보다 힘들고, 밤새워 일하고 잠자야 하는 시간이라 더 피로했다. 허리를 굽혀 왼손에 모를 쥐고, 오른손으로 몇 포기씩 떼어내어 논 진흙 속에 꽂아 심는 모심기는 서투르고, 한 시간도 안 되어 허리가 부러지는 것같이 아팠다. 농부들은 평생을 이렇게 허리를 굽혀 모를 심고 추수하며 살아야 한다고 생각하니 농촌으로 시집가고 싶은 생각이 나지 않았다. 몇 포기씩 심고 일어서서 허리를 펴고 쉬어도 전신에 땀이 흐르고 갈증이 났다.

두 시간 모를 심고 휴식시간에 한 여자 공원이 목이 말라 논가에 있는 논 주인집에 물을 먹으로 들어갔다. 초가집이지만 큰 규모에 벽은 하얀 양회로 되어 있어 첫눈에 보아도 경제적으로 여유가 있어 보였다. 마당에 들어가 펌프가 있는 뒤뜰로 갔다. 각종 화초를 심어 만발한 꽃밭 옆에는 깨끗하게 차려입은 소녀가 그림을 그리고 있었다. 여자 공원은 소녀에게 말을 걸었다.

"물을 먹으러 왔는데요."

"네, 펌프에 물을 드세요."

여자 공원은 펌프에서 물을 먹으며 소녀를 바라보았다. 흰 블라우스를 입고 이젤 위 캔버스에 그림을 그리고 있는 소녀는 자기와는 다른 세상에서 사는 것 같았다.

"이 집 따님이세요?"

"네, 미대를 다니는데 토요일이라 강의가 없어 잠시 집에 다니러 왔어요."

여자 공원은 할 말을 잊었다. 어제 밤새도록 공장에서 일하다가 잠잘 시간에 국가 동원령에 의하여 모를 심으러 왔는데 또래의 논 주인 딸은 대학에 다니다가 집에 와서 공주처럼 생활하고 있었다. 여자 공원은 논에 들어가 모를 심으며 왜 이 집에 와서 모를 심어야 하는지 의문이 들었지만, 자기의 심정을 어디에 이야기할 곳도 없었다. 그러면서 하얀 블라우스를 입고 우아하게 그림을 그리고 있는 또래의 논 주인집 딸의 모습이 머릿속에서 지워지지 않았다.

　　하늘리에 사는 신현철은 노송골 조상진을 따라 태백 탄광에 취업하였다. 막장에서 탄 캐는 일이라 40도 가까운 지열과 분진으로 숨이 턱턱 막히고 힘들지만, 몇 달이 지나자 광산생활에 적응되어 갔다. 때로는 갱이 무너지는 사고로 죽어가는 동료 광부들을 보면서도 탄광을 떠날 수 없었다. 국민학교를 나와 더 배우지도, 특별한 기술도 없어 다른 일자리를 구할 수 없고, 셋째로 태어나 농사를 지으려고 해도 부모로부터 물려받을 농토도 없었다.
　　일 년을 넘게 일해 탄광일에 익숙해지자 독일 광부 모집이 있었다. 독일은 2차 세계대전 후 경제가 빠르게 발전하고 일자리가 많아 광산 막장에서 탄을 캐는 일이나 병원에서 환자를 간호하는 것 같은 힘든 일을 하려는 사람이 없어 외국 노동자를 고용했다. 한국에서보다 열 곱도 넘는 월급을 받을 수 있어 3년 동안만 일해도 국내에서 평생을 버는 돈을 벌 수 있었다. 힘은 들겠지만 나라 안에서는 마땅한 일자리가 없을 때라 많은 젊은이가 지원했다. 독일 파견 광부 모집에 경쟁률은 100 대 1이 되었으나 건강하고 광산경험이 있는 현철은 합격하여 독일 광부로 가게 되었다.
　　현철은 난생처음 비행기를 타고 독일로 향했다. 같이 가는 동료가 있어 초조하지도, 걱정되지도 않았다. 우리나라 탄광은 산속에 있어 굴을 뚫어 갱 속으로 들어가는데 독일 탄광은 평지에서 엘리베이터를 타고 지하 일천 미터를 내려가 갱도 내 전기로 움직이는 탄차를 타고 3~4킬로미터를 가야 막장이 나왔다. 굴착기로 바위에 구멍을 뚫어 화약을 넣고 폭파하여 탄맥을 찾아 탄을 캐내었다. 지하에서 내뿜는 40도의 한증막 같은 열기를 참으며 머리에 쓴 헤드랜턴의 빛에 의지하여 하루 여덟 시간씩 일했다. 갱 내에는 분진이 자욱해도 너무 더워 마스크를 쓸 수 없었다. 마스크를 쓰지 않으면 탄가루가 폐에 쌓여 진폐증에 걸린다는 것을 알지만 마스크를 쓰면 숨이 차서 일하기 힘들었다.

일본과 동남아와 다른 나라 사람들이 독일 광부로 와서 지하 수천 미터에서 뿜어져 나오는 지열 속에서 힘든 일을 견디지 못해 모두 그만두고 돌아간 곳이었다. 현철을 비롯한 한국 광부들은 돈 벌어 잘 살겠다는 일념으로 이를 악물고 버티며 악조건 속에서 일했다.

가끔은 갱도가 무너지거나 지하 암반에 수천만 년 갇혀 있던 가스가 새어 나와 폭발하여 동료 광부들이 죽어 나가기도 했으나 현철은 생명을 담보로 일했다. 죽고 사는 것은 운명에 맡기고, 몇 년 동안 돈 벌어 한국에 돌아가 광부생활을 끝내고 황지 시내에 빌딩을 사서 다른 사업을 하리라고 자신의 앞날을 설계했다. 지열과 분진으로 너무 힘들어 쉬엄쉬엄 하는 동료들도 있었으나 현철은 주어진 시간 안에서는 열성으로 일했다. 갱 안에서는 아무도 안 볼 것 같았는데 독일 감독들은 가끔 어둠 속에서 한국 근로자들이 일하는 모습을 감독하며 개인별 성실도를 조사하고 있었다. 같은 일을 하고도 수당이 더 많은 휴일이나 시간 외 근무를 자원하는 광부가 많을 때는 성실하게 일하는 광부에게 우선권을 주어 현철은 더 많은 돈을 벌 기회를 얻었다.

광부들이 받는 월급은 160달러로, 그때 한국 국민소득이 연간 70달러이고, 공무원 월급이 5,000원 할 때였으니 독일 광부 한 달 월급이 공무원 일 년 급료보다 많은 고액이었다. 현철은 남들이 꺼리는 잔업까지 맡아서 하며 억척같이 돈을 모았다. 먼 나라까지 와서 일은 힘들지만, 같은 일을 하고도 한국에서는 상상도 할 수 없는 많은 돈을 벌 기회를 놓치지 않았다.

한국은 세계에서 최빈국이라 경제개발을 하려고 해도 돈을 빌려주려는 나라가 없었다. 개인이나 국가나 너무 가난하면 빌려준 돈을 떼일 수 있어 담보가 있어야 했다. 나라에서는 독일 광부와 간호부(사)들의 월급을 담보로 일억오천만 마르크(한화 450억) 차관을 빌려와 경제개발을 계획했다.

광부들과 함께 독일 파견 간호부를 모집했다. 간호부 모집도 이천 명 모집에 이만오천 명이 모여 12 대 1이 넘었다. 독일로 간 간호부들은 배정되는 부서에 따라 다르지만, 대부분 시체를 닦고 중풍환자와 중환자의 대소변을 받아내고 씻기며 치매환자를 돌보았다. 우리나라에서 환자들의 상처를 치료해주고 주사를 놓으며 깨끗한 병원생활을 하다가 시체를 닦으며 중풍으로 움직이지도 못하는 덩치 큰 서양인들의 대소변을 받아내며 씻기고 병 시중을 드는 것은 예삿일이 아니었다. 어린 소녀 간호부들은 겁나고 무서워 울면서 시체를 닦았다. 더구나 말이 안 통하는 치매환자가 간혹 주먹을 휘둘러 독일 간호부들이 달려와 제지하기도 했다.

임종이 가까운 환자를 간호하던 한국의 간호부들이 돌보던 환자가 임종하자 시신을 붙들고 슬퍼하며 울고 있는 모습을 보고 독일 사람들은 감동했다. 응급실에서 교통사고로 들어온 환자를 간호하는 간호부들은 피로 범벅이 된 채 온 힘을 다하여 꺼져가는 생명을 살려내었다. 한국 간호부들이 독일 간호부는 물론 다른 나라 간호부들보다 더 열성적으로 병원의 힘든 일을 불평 없이 친절하게 처리하며 헌신적으로 근무하는 것을 보고 독일 신문들은 "한국의 천사들"이라고 칭송했다.

광부와 간호부들이 일하는 모습을 보고 이렇게 착하고 열성적이고 아름다운 노동자들이 있는 한국을 도와야 한다고 독일 국회에서 만장일치로 대정부 건의안을 가결하기에 이르렀다. 광부들과 간호부들에게 감동한 독일의 여론에 서독 대통령이 한국 대통령을 초청했다.

현철은 광부 대표단 일원으로 선발되어 조국의 대통령이 광부와 간호부들과 만나는 식장에 참석했다. 식장에서 애국가가 울려 퍼지자 온통 울음바다가 되었다. 말도 안 통하는 몇 만 리 낯선 나라에서 오직 돈 벌어 잘 살기 위하여 온갖 어렵고 힘든 일을 감내하는 광부들과 간호부들은 조국의 대통령 부부를 만나자 눈물이 쏟아졌다. 땅속 수천 미터에서 사고로 죽어가며 인간의 한계를 넘나드는 일을 하는 광부들과 말도 안 통하는 사람들의 병 시중을 하며 시체를 닦고, 환자들의 고름을 짜내고, 대소변을 받아내는 간호부들은 조국의 대통령을 보자 못 사는 나라 백성으로 서러움이 밀려왔다.

나라의 경제를 살리기 위해 해외 차관을 빌리려 해도 세상 어느 나라, 어느 은행서도 가난한 나라의 빚보증을 서주지 않아 광부들과 간호부들의 월급을 담보로 돈을 빌리려는 대통령과 돈을 벌기 위해서 생명을 담보로 독일 탄광 막장에서 일하는 광부들과 온갖 역경과 힘든 일을 하고 있는 간호부들은 모두가 배고프지 않고 잘 살기 위해 몸부림을 치는 스스로가 너무 서러웠다. 광부들과 간호부들은 여기저기서 흐느끼며 훌쩍이고 소리 내어 엉엉 우는 사람도 있었다. 대통령도, 영부인도 손수건으로 눈물을 닦으며 흐느끼고, 수행한 독일 정부요원들도 눈물을 흘려 대통령의 현지 광부, 간호부 방문은 눈물바다가 되었다.

독일 파견근로자 대표로 대통령 환영사에 나선 간호부는 써온 환영사를 흐느끼며 읽었다. 이어 대통령은 준비하여 온 격려사를 읽을 수 없어 접어두고 눈물을 흘리며 말했다.

"여러분, 미안합니다. 여러분은 힘든 탄광 막장과 병원에서 나라를 위해 일하고 있습니다. 나는 여러분의 월급을 담보로 경제개발 자금을 빌리러 왔습니다. 대통령으로 여러분에게 면목이 없습니다. 세계 어느 나라, 어느 은행에서도 지금 우리나라가 너무 가난하여 차관에 보증을 서주지 않고 있습니다. 나라가 이게 무슨 꼴입니까? 여러분에게 미안합니다. 이렇게 해서라도 후손을 위해 잘 사는 나라, 더 나아가서는 통일된 나라를 만들어야 합니다. 지금 우리는 이렇게 힘들고 어렵고 서럽게 살더라도 후손을 위해서 다 같이 참고 견딥시다. 여러분 미안합니다."

울면서 이야기하던 대통령은 더 이상 말을 잇지 못했다. 대통령의 연설을 듣고 있는 광부와 간호부들도 흐느끼고 수행원도, 독일 정부요원들도 모두 눈물을 흘렸다. 대통령 차량이 떠날 때 광부들과 간호부들도 대통령 행렬을 에워싸고 울고 있었다.

현철은 그날 대통령과의 만남을 잊을 수 없었다. 쿠데타를 일으켜 정권을 잡은 박정희 대통령, 전쟁터에서만 살아온 군인으로 딱딱하고 인정도, 사정도 없는 냉혈인간으로만 생각했던 대통령에게 그런 큰 뜻이 있었고, 차관을 빌려 나라의 경제를 일으키기 위해 세상으로부터 온갖 수모를 감내하며 노동자들과 같이 울 수 있는 인간적인 대통령을 보았다. 현철은 나라의 최고 수뇌인 대통령의 연설을 들으며 자신이 대통령과 같이 나라의 앞날을 생각하며 그렇게 눈물을 쏟을 줄을 몰랐다.

현철은 자신이 독일 광부로 온 것은 평생 황지 탄광에서 힘들게 일하기보다 몇 년 동안 독일에 가서 일해 돈을 벌어서 황지 시내에 빌딩을 사서 남들보다 잘 살기 위해 온 것이었다. 한 번도 국가를 위해, 앞으로 태어날 후세들이 잘 살 수 있는 나라를 만들기 위해 내가 독일 광산으로 가서 일해야 하겠다고 생각해본 적이 없었다. 힘들게 일해 돈 벌어 내가 잘 사는 것이 나라도, 앞으로 태어나는 후손도 잘 살 수 있다는 것을 처음 알았다. 그리고 처음으로 나뿐만 아니라 나라를 위해, 앞으로 태어나는 후대를 생각하며 눈물을 흘렸다. 그것도 대통령을 비롯한 국가를 경영하는 최고 지위에 있는 사람들과 같은 자리에서, 같은 생각을 하며 눈물을 흘리며 같이 울었다. 현철은 이를 악물고 돈을 벌어 나를 위해 나라를 위해, 앞으로 태어날 후세를 위해 한 푼의 돈도 허투루 쓰지 않고 돈을 모으리라 다짐했다.

독일을 방문한 대통령은 그렇게 광부와 간호부들의 월급을 담보로 일억오천만 마르크의 차관을 빌렸다. 대통령은 독일 히틀러가 만든 고속도로 아우토반과 자동차 공장과 제철소 등 2차 세계대전의 패전국으로 잿더미가 된 국가를 선진국으로 만들어 라인강의 기적을 이룬 독일을 둘러보고 돌아왔다. 그렇게 독일에서 빌린 그 돈이 종잣돈이 되어 경부고속도로와 포항제철 공장과 울산 조선소와 정유공장, 자동차 공장 등 각 지역에 공업단지가 세워지고 있었다.

광부들은 휴일에는 이웃 나라 프랑스와 스위스로 여행 다녔다. 한국에서는 외화를 아끼느라고 공무가 아니면 개인의 외국 여행을 허락하지 않는데 독일에서는 이웃 나라 여행을 자유롭게 할 수 있었다. 광부들은 가난한 나라 한국에서 태어나 말로만 듣던 유럽 선진국을 이렇게 구경하지 않으면 언제 가볼 수 있겠느냐며 주말마다 여행을 다니며 많은 돈을 썼다.

현철은 산골 하늘리에서 태어나 자라면서 늘 배가 고팠다. 점심시간에 학교에서 나누어주는 안남미로 만든 주먹밥을 반찬도 없이 소금물에 적셔서 먹던 생각이 났다. 그때는 너무 배가 고파 학교에 가면 아침부터 공부보다 주먹밥을 주는 점심시간이 기다려졌다. 동료들이 이웃 나라로 여행 다니면서 돈 쓰는 것을 보며, 한 번 주말여행을 다녀올 때마다 드는 경비가 고향에 가면 일 년을 쓰고도 남을 돈이라는 생각이 들었다. 현철은 애써 번 돈을 외국 구경하러 다니며 쓸 수 없어 혼자서 숙소에서 지내거나 잔업을 맡아 하며 더 많은 돈을 모았다. 자신은 헐벗고 굶주리는 나라에서 태어나 잘 살기 위해서 독일의 지하 수천 미터 탄광 막장에서 생명을 담보로 힘들게 번 돈을 여행을 다니며 쓸 수 없었다. 현철은 계약 기간 3년 동안 한국에서 평생 벌 돈보다 더 많은 돈을 모았다.

돌아오는 귀국 비행기 안에서 간호부로 갔다가 근무 기간을 마치고 돌아오는 김정애를 만났다. 김정애도 가난한 농촌에서 태어나 독일 병원에서 힘들게 일하고 귀국하는 길이었다. 두 사람은 서로 연락하며 귀국한 지 한 달 만에 양쪽 부모님이 상견례를 하고 결혼했다. 서로 어려운 가정에서 태어나 외국에서 일하며 혼기를 넘겨 애틋하게 사랑하며 연애할 시간이 없었다. 정애와 결혼하자 현철은 꿈꾸었던 황지 시내에 있는 8층짜리 빌딩을 샀다. 빌딩을 사고도 많은 돈이 남았다. 큰 건물주가 되겠다는 현철의 꿈은 이루어져 아내 정희와 같이 새로운 사업을 시작했다.

70년대 초에는 전국 학교 정문 잘 보이는 곳에는 함석을 오려서 페인트로 칠하여 만든 "1,000불 소득, 100억 불 수출"이라는 지상 목표가 걸려 있었다. 학교뿐만 아니라 군청이나 다른 기관은 물론 도로변에도 사람들에게 가장 잘 보이는 곳곳에 커다랗게 써 붙여져 있었다. 국민 1인당 1,000불 소득이면 그 당시 환율로도 연간 40만 원이나 되는 꿈같이 많은 돈이었다. 더구나 수출 100억 불을 달성한다는 것은 1차 산업인 농업 위주로 수출하는 우리나라로서는 엄청난 액수였다. 그때 세계에서 가장 가난한 나라 중에 한 나라인 대한민국은 그렇게 목표를 세워놓고, 그 목표를 달성해 잘 사는 나라를 만들기 위해 대부분 국민이 배고픔을 참으며 팔을 걷어붙이고 일했다.

그보다 10년 전인 60년대 초부터 "자급자족, 식량증산"이라는 구호가 일상화되고, 국토의 놀고 있는 땅에 모두 곡식을 심었다. 도로변에도, 집 앞 공터에도, 기차역 플랫폼에도, 심지어 슬라브집 옥상에 흙을 퍼올려 콩과 채소, 밀, 보리를 심었다. 반만년 장구한 역사를 가진 대한민국은 조상 대대로 전 국민이 모두 배고프지 않게 잘 먹고 산 때는 거의 없었다. 국가에서는 선진국이 목표가 아니라 허기진 국민의 배를 채우는 것이 급선무였다.

식량을 아끼기 위하여 밥솥 옆 부뚜막에다 작은 항아리를 가져다 놓고 늘 배고프게 먹는 양에서도 한 끼에 식구 수대로 한 숟가락씩 양식을 덜어 항아리에 넣어 저축했다. 그렇게 아홉 끼의

양으로 열 끼를 먹으며 식량을 절약하였다.

주식인 쌀이 모자라 전 국민에게 혼분식을 장려한다면서 학교에서는 점심시간마다 문교부 지시로 전국 초중고등학교 선생님들이 학생들의 도시락을 검사했다. 전 국민에게 혼분식은 장려가 아니라 강제였다. 도시락 검사를 하여 한 학기 백여 일 중 몇 번이라도 쌀밥 도시락을 가져온 학생은 협동성이나 준법성에 낮은 점수를 받으니 쌀밥만 먹는 여유 있는 집에서도 아이들 도시락만은 콩이나 잡곡을 섞어 만들어 보낼 수밖에 없었다. 그렇게 혼분식으로 쌀을 절약했다. 모두가 배고프지 않은 나라로 만들기 위해 온갖 노력을 기울여 나라의 경제가 조금씩 나아지기 시작하더니 어느 날부터 보릿고개가 사라졌다.

지하수를 끌어올려 비가 오지 않아도 언제나 모를 심을 수 있고, 흉년이 들지 않게 전국의 논밭에 관정을 박았다. 지하 수십 미터에서부터 사막에서 물을 끌어 올리는 것처럼 천 미터 아래까지 관정을 박아 휘발유로 원동기를 돌려서 물을 뽑아 올려 아무리 가물어도 논에는 물이 넘쳐흘러 모를 심을 수 있었다. 물이 해결되자 밭에는 스프링클러를 장치하여 필요하면 하늘에서 비가 오는 것처럼 언제나 물을 뿌려 작물이 싱싱하게 자랐다. 날씨에 관계없이 농사를 지을 수 있어 이때까지는 상상도 못한 일들이 농촌에서 이루어지고 있었다. 그뿐만 아니라 축산 국가인 뉴질랜드와 호주에서 들여온 젖소와 육우를 기르는 집도 늘어나고, 동리마다 한 집에 한두 마리씩 기르던 닭을 커다란 창고에 층층이 케이지를 만

들어 기르며 달걀을 생산했다. 경운기가 들어와 축력을 대신하더니 모심기 기계가 나오고, 트랙터가 논밭을 누비며 낫으로 베던 벼를 기계로 탈곡까지 하여 마대 포대에 곡식이 담겨 나오는 선진 농업으로 바뀌었다. 논밭에는 비닐하우스가 지어져서 겨울에도 싱싱한 채소와 화려한 꽃들이 피어 도시로 팔려나갔다. 산골짝 외딴집까지 전기가 들어오고, 주방에 수도꼭지가 있어 동네 우물이 필요 없어졌다.

지구상 200여 개의 나라 중에 최빈국에 속했던 대한민국은 농업국에서 공업국으로 발돋움하며 국민 대다수가 배고프던 나라에서 잘 사는 나라로 변해갔다. 포항 바닷가 백사장 위에 제철공장이 들어서고, 울산의 갯벌 위에 조선소와 정유공장, 자동차 공장을 세우고, 전국 각지에 공장이 들어섰다. 지구 끝 남극과 북극해 근처까지 가서 고기를 잡아 팔아 돈 벌고, 석유의 나라 중동 사막에서 무더위와 싸우고 모래바람을 맞으며 밤낮으로 일해 돈을 벌었다. 다른 나라 사람들은 더위에 지쳐 포기하고 돌아간 일을 맡아 우리 노동자들은 모든 악조건을 무릅쓰고 잘 살기 위해, 나보다 후세들이 배고프지 않은 나라를 만들기 위해서 온갖 고난을 무릅쓰고 일했다.

깜깜한 밤 아프리카 에티오피아의 셀라시에 황제가 시찰 가기 위해 지방을 지나다가 불을 밝혀놓고 일하는 노동자를 발견하고 밤새워 일하는 사람을 자기 나라에서는 처음 보아서 차를 세우고 노동자를 불러보니 동양인이었다.

"너는 어느 나라 사람이고, 왜 이 밤에 잠을 자지 않고 일하느냐?"

"저는 한국에서 온 노동자로 이곳에 교량을 건설하기 위해 일하고 있습니다."

"계약한 공사 기간에 일을 다 할 수 없어서냐?"

"아닙니다. 기간은 많이 남았지만, 하루라도 빨리 교량을 완공하면, 이 나라 사람들이 더 빨리 다리를 건너다닐 수 있어 편리할 것이 아닙니까."

황제는 그 노동자의 말에 감동하여 참모들에게 말했다.

"세상에 이런 마음씨를 가진 노동자가 있다니? 앞으로 같은 조건이면 국영 공사는 한국 사람들에게 맡겨라."

이렇게 한 노동자의 작은 정성이 그 나라의 황제를 감동시키고, 더욱 많은 한국 기업이 해외 돈벌이를 나가는 데 발판이 되기도 했다. 노동자들은 적은 노임에 힘들게 일하며 자기는 어렵고 고생스럽게 살아도 후세가 잘 사는 나라를 만들 수 있다고 믿고 일했다.

전국 각 지역의 동네가 외형부터 하나씩 달라지기 시작했다. 전 국토 공원화 사업이 시작되었다. 도로 옆 풀만 무성하던 빈 땅에 화단을 조성하여 소나무와 꽃나무를 심어 공원을 만들었다. 고속도로 휴게소와 학교 각 기관의 화장실을 수세식으로 바꾸고, 공중변소에서는 잔잔한 음악이 흘러나오고 시간마다 향수를 뿜어내는 기계를 설치하여 언제나 꽃향기가 가득한 깨끗하고 아름다운 수세식 화장실로 바뀌었다. 화장실을 바꾸고 샤워를 할 수 있는 공간만 만들어도 삶의 질이 달라졌다.

　전 세계의 축제인 88서울올림픽을 계기로 외국 사람들이 찾아오고 전 국토는 공원으로 바뀌어 살기 좋은 환경으로 꾸며졌다. 국민소득이 올라가자 농촌까지 주택을 개량하여 부엌에 수돗물이 나오는 싱크대와 냉장고와 에어컨을 갖추고, 샤워실이 딸린 수세식 변소로 깨끗한 문화생활을 하게 되었다. 경제가 발전하고 노동임금이 상승하자 외국 노동자들이 돈을 벌기 위해 한국으로 몰려왔다. 식민지를 거치고 해방되어도 분열과 전쟁으로 세상에서 가장 못 살던 가난한 한국은 선진국에 들어서고 있었다.

　우혁의 나이 80이 넘어서자 세상은 상상도 못할 만큼 많이 변했다. 해방 후 좌우익의 갈등과 전쟁의 폐허를 극복하고 경제개발로 반세기 동안 나라는 눈부시게 발전하여 전 국토 곳곳에 고속도로가 깔려 전국이 일일생활권이 되었다. 잠자고 생활할 집과 먹을 것이 없어 사람들이 끼니마다 깡통을 들고 구걸하러 다녔던 지난날의 일들이 기억 속에서 멀어져 갔다. 전 국토 구석구석까지 깨끗하게 잘 꾸며지고, 어디에 가나 봄, 여름, 가을 아름다운 꽃들이 피어나고, 먹거리가 넘쳐나서 지난날 못 먹어 삐쩍 말랐던 많은 사람들이 이제는 너무 많이 먹어 살이 찌고 비만해져서 다이어트가 화제가 되고, 사람들은 날씬한 체격을 위해 살 안 찌는 음식물을 찾았다.

　나라의 창고에 쌓아놓은 쌀의 보관비용이 너무 많이 들어 해외에 원조하고도 남아돌아 가축 사료로 활용하고, 쌀의 생산량을 줄이기 위해 논에 벼를 심지 않고 휴경하면 국가에서 생산하지 못하는 만큼 보상해주는 꿈같은 이야기가 현실이 되었다. 못 먹고 못 살 때는 생각할 겨를도 없던 일들이 사회문제로 떠오르고, 통제에 익숙했던 생활양식이 개인의 자유와 인권이 존중되는 민주사회로 발전하여 사람들은 나라에 대해서도 자기들의 요구조건을 당당하게 말했다.

　해방 후까지 예안 장터에 라디오가 한 대도 없었는데 이제는 전국 어느 농가에나 수돗물이 나오는 싱크대와 텔레비전과 냉장고 등 온갖 전자제품을 사용하며, 지게와 달구지가 사라지고 그 자리에 트랙터와 트럭뿐만 아니라 자가용 승용차가 들어섰다.

　평생 어렵게 살아온 갑자생들은 노년에 변화한 세상을 보면서 천지가 개벽하고 상전이 벽해가 되는 것같이 느껴졌다. 우혁은 전쟁의 폐허 속에서 수십 년간 잘 살아보자는 일념으로 허기를 참아가며 산비탈을 쪼아 농토를 만들고, 먼 바다에 나가 고기 잡고 외국 탄광 막장과 중동의 사막 열기 속에서 일하던 이웃들이 생각났다. 그렇게 일으킨 경제개발로 지금은 선진국에 진입하여 풍요를 누리며 잘 사는 자녀, 손주들을 보면서 허리띠를 졸라매고 어려운 난관을 헤치며 힘들게 일했던 세대의 한 사람으로서 큰 보람으로 느꼈다.

❶❺ 갈등

 수백 년 대를 이어 이웃으로 살아온 사람들은 살길을 찾아 뿔뿔이 헤어지고, 댐으로 수몰되고, 일부 토지가 남은 사람들과 갈 곳 없는 사람들은 산 능선을 깎아서 길을 내고 터를 다듬어 집을 지어서 동네를 만들었다. 천 년을 넘게 조상 대대로 살아오던 강섶과 산자락 곳곳에 펼쳐져 있던 동네들은 물속으로 들어가 예안 내앞들과 만촌, 부포들, 오천 일대뿐만 아니라 도산서원 앞 의촌리와 와룡면 라소리 일대의 넓은 들도 모두 호수가 되어 사람들이 살았다는 흔적들마저 사라졌다.
 이웃들이 살길을 찾아 멀리 떠나도 우혁은 이곳에 머물러 있으면서 지난 몇 년 동안의 일들을 생각하면 가슴 아팠다. 언제나 옆에서 지켜줄 것만 같은 아버지, 어머니도 세상을 떠났다. 아버지는 4.19 때 죽은 막내 진혁을 그리워하며, 전쟁이 끝나도 돌아오지 않는 딸 우희를 생각하며 늘 기다리던 아버지였다.

"죽기 전에 우희를 꼭 보고 싶었는데. 우희야, 제발 살아있다는 연락이라도 해다오."

아버지는 십여 년 전 중풍으로 쓰러졌다. 아픈 아버지는 어눌한 말로 우희를 찾았다. 노인병 중에는 중풍과 치매가 제일 무서운 병인데 아버지가 중풍으로 쓰러지자 온 집안 식구가 병간호에 매달렸다. 요양원이 없을 때라 식구들은 교대로 아버지의 병간호를 했으나 시간이 지나자, 자식들과 며느리들은 힘들어했다. 집안 어른인 아버지가 누워서 움직이지 못해 겨우 벽에 기대어 앉혀놓고 음식물을 떠먹이고, 대소변을 받아내고, 세숫대야에 물을 가져와 몸을 씻겼다. 하루 이틀도 아니고 몇 달이나 계속되는 병간호에 가족들은 점점 지쳐갔다.

농사철이 되어 온종일 집을 비울 때면 혼자서 변을 보고 뒤처리를 못해 겨우 움직일 수 있는 한쪽 손으로 변을 처리하려다가 이불이고 벽이고 온 곳에 똥칠을 했다. "벽에 똥칠하도록 산다"라는 옛말이 있지만, 환자 자신은 말할 것도 없고, 옆에서 지켜보는 가족들도 고역이었다. 매일 씻기고 옷을 갈아입혀도 방에는 역겨운 냄새가 났다. 이웃들이나 멀리 있는 친척이 문병을 와서 잠깐 앉아 있어도 온 방에 밴 냄새 때문에 비위가 약한 사람은 토할 것만 같았다.

매일 환자의 대소변 뒤처리하는 가족도 역겹고 힘든 것은 마찬가지였다. 변은 촌수를 가린다더니 우혁의 아들들은 할아버지의 변을 치우려 하지 않고, 어쩌다 한 번 치우면서도 오만상을 찡

그리고, 뒤처리도 물을 가져다 대충 씻었다. 며느리들은 음식물을 가져다 놓고 더럽혀진 옷과 이불을 빨래하는 것 이외에는 할아버지 병간호를 하지 않으려고 했다. 아들들과 며느리들이 싫어하니 환갑이 된 우혁은 자신이 아버지 병간호를 할 수밖에 없었다. 의료보험은 있지만 요양원 제도가 발달되지 않은 때라 환자의 병간호는 오직 가족들의 몫이었다. 아버지 병간호 때문에 가족들 서로 간에 마음의 벽이 생기고 있었다. 농사일을 해야 하니 곁에서 간호만 할 수 없어 환자는 혼자일 때가 많았다. 그렇게 한 해가 지나갔다. 옛말에 "부모 병수발 3년에 효자 없다"라고 하더니 우혁도 지쳐갔다.

아버지 김성칠은 일본시대 때 만세운동에 적극적으로 가담했고, 해방과 전란 속에서도 가정을 꿋꿋이 지켜왔다. 가정에서뿐만 아니라 이웃과 주위에서 존경받던 어른이었다. 그런 아버지는 과거의 영광도, 권위도 병 앞에서는 모든 게 무너져 내렸다. 아버지는 중풍으로 앓아누워서도 어눌하여 잘 들을 수 없는 목소리로 6.25전란에 집 나간 우희를 한 번만이라도 보고 싶다고 말할 때마다 우혁은 가슴 아팠다. 인민군이 점령하자 완장 두른 남편을 피해 집을 나가고 수십 년 소식이 없는 우희는 살았는지 죽었는지, 살아있으면 연락이라도 올 텐데 여태껏 소식이 없는 것 보면 이 세상에는 없는 것 같았다. 그래도 살아있다면 북한으로 넘어가 통일이 되기 전에는 다시는 고향으로 돌아올 수 없을지 모른다는 생각이 들었다.

아버지는 몇 년이나 앓아누워 식구들의 짐이 되는 자신을 안타까워하며 빨리 하늘나라로 가고 싶다고 말했다. 그렇게 오랜 병치레로 가족들과 정을 다 끊어놓고, 지친 식구들 서로 간에도 갈등을 심어놓은 채 세상을 떠났다. 돌아가신 아버지에게는 죄스러운 일이지만, 집안에 돌봐야 하는 환자가 세상을 떠나 상을 치르고 나니 집안이 정상적으로 일상생활을 할 수 있고, 가족 간에 쌓였던 감정의 골도 사라져 갔다.

우혁은 아버지가 돌아가시고 아들의 나이도 서른이 넘어섰으니 이제 독립시켜야 하겠다고 생각했다. 첫째 영수는 공무원 생활을 하고 있으니 집시골의 만 평도 넘는 과수원을 둘째에게 주기로 생각했고, 둘째 아들 영진도 만여 평의 과수원은 자기가 물려받으리라 믿고 열심히 가꾸었다. 사과나무는 일본에서 들어온 신품종인 부사를 심고, 배나무와 털이 없는 천도복숭아와 대석 조생이라는 자두까지, 처음 심을 때부터 묘목이 비싸도 품종이 좋은 것을 사와 심고 가꾸어서 수확한 과일이 신품종이라 맛이 좋아 비싼 값에 잘 팔렸다. 같은 면적의 수익이 다른 집 과수원보다 두 곱이나 되었다. 둘째인 영진은 겨울철부터 과수나무를 전지하며 열심히 일했다.

어느 날 같이 사과나무 전지를 하던 둘째가 말했다.

"아부지, 이 과수원을 저에게 물려주이소."

우혁은 첫째 영수는 공무원이고, 둘째 영진이 농사를 짓고 있으니 둘째에게 물려주리라고 생각하고 있었지만, 막상 둘째 아들이 과수원을 달라고 하니 선뜻 대답할 수 없었다.

"니 형과 상의해보자구나."

"형님은 공무원이라 농사를 지을 수 없지 않니껴? 그러니 제가 물려받아야 농사를 지을 수 있지 않니껴?"

"니 말이 맞기는 하다만, 그래도 식구들이 상의해서 할 일이 아니냐?"

우혁은 둘째 아들이 과수원을 달라는 것을 아내에게 말하고 상의했다.

"둘째 말이 맞네요. 농사를 지을 둘째에게 물려주시더."

"글치만, 맏이는 조상의 제사를 맡아 지내자면 재산이 있어야 할 텐데…"

"과수원을 둘째에게 주고도 열 마지기 있잔니껴. 이 집과 열 마지기를 우리가 힘자라는 데까지 농사를 짓다가 죽고 나면 첫째가 가져가면 되잔니꺼."

설날이 되어 온 식구가 모두 모였다. 온 가족이 세배가 끝나고 아버지부터 고조할아버지까지 사감위 명절 제사를 올리고 우혁은 말했다.

"이제 나도 환갑이 넘었고 너희들도 아랫대가 태어났으니 독립을 해야 할 것이 아니냐? 영수는 공무원이니까 정년이 될 때까지 농사를 지을 수 없고, 영진은 농사를 짓고 있으니 집시골 과수원은 둘째에게 주었으면 하는데 어떻게 생각하노?"

둘째와 며느리는 좋아하는 기색이 완연하나 첫째 영수와 맏며느리는 얼굴이 굳어진 채 아무 말도 하지 않았다. 우혁은 아들과 며느리들의 눈치를 보지 않고 말했다.

"집시골 과수원은 둘째가 맡아라. 첫째도 선산을 관리하고 제사를 지내야 하니 나머지 논밭 열 마지기와 이 집을 맡도록 해라. 단 나와 너희 어머니가 살아있을 동안은 첫째의 재산을 내가 관리한다."

첫째와 맏며느리는 갑자기 딴사람이 된 듯이 말이 없었다. 그리고 점심을 먹고 일찍 식구들을 데리고 안동 자기 집으로 가버렸다. 그러자 아내가 말했다.

"맏이와 큰며느리는 몹시 서운한 모양이시더. 선산과 제사를 맡으라면서 동생에게 더 많은 재산을 주었잔니꺼."

"영수가 섭섭한 것을 이해는 하는데 공무원으로 농사를 지을 사람이 아니잖는가? 섭섭해도 하는 수 없고 차차 좋아지겠지."

재산 이야기가 있고부터 집안 분위기가 냉랭해졌다. 한 달에 한두 번씩은 토요일이 되면 아이들을 데리고 와서 하룻밤을 자고 가던 맏며느리가 두 달이 지나도록 오지도 않고 연락이 없었다. 쌀이 떨어지고 간장이 떨어진 것 같은데도 가지러 오지도 않았다. 우혁의 아내는 쌀과 고추장을 가지고 첫째 아들 집에 갔다.

"어머님 오셨니꺼."

맏며느리는 시큰둥하게 인사했다. 지난 설날 집안 식구들이 모인 자리에서 만여 평의 과수원을 둘째에게 준다는 말을 듣고는 시어머니와 시아버지를 못마땅하게 생각하고 있었다. 시어머니는 며느리 눈치를 보며 말했다.

"쌀이 떨어졌잖나? 그동안 연락도 없고."

시어머니가 아무 일도 없었다는 듯이 말을 걸어도 며느리는 대답이 없었다. 쌀과 고추장을 들여놓아도 며느리는 수고했다는 말도, 잘 먹겠다는 말도 하지 않았다. 그러는 중에도 어린 손자와 손녀는 할머니가 왔다고 좋아하며 매달렸다. 시어머니는 며느리의 눈치를 보면서 손주들의 손을 잡고 방 안으로 들어갔다. 부모 재산을 형제간에 서로 갖고 싶겠지만, 맏아들에게 재산을 물려주지 않는 것도 아닌데 맏며느리가 아무리 섭섭해도 그렇지 시어미한테 하는 짓이 너무 심하다 싶어 화나고 속이 상해 야단이라도 치고 싶은 생각이 치밀어 올랐다. 그러나 이런 상태에서 며느리를 큰소리로 나무라고 야단치면 집안에 분란만 일어날 것 같았다. 시어머니는 마음이 상해도 며느리의 눈치를 보면서 참을 수밖에 없었다.

맏아들과 맏며느리는 점점 가족들에게서 멀어져 갔다. 우혁이 만여 평의 과수원을 농사짓고 있는 둘째 아들 영진에게 준다고 이야기하고부터 맏아들과 며느리는 서운함을 넘어 불만에 찬 모습이었다. 집안에 일이 있을 때 맏아들은 어쩔 수 없이 참석하지만, 맏며느리는 오지도 않았다. 세상에서 둘뿐인 형제간에도 서로 말이 없었다. 그렇게 일 년이 지나고 둘째는 과수원이 자기 몫이라고 밤낮 정성을 다해 농사를 지어 가을이 되어 수확한 과일을 출하했다. 수확한 과일을 판 돈이 수천만 원이나 되었다. 예상 밖의 큰돈이었다. 둘째는 그 돈으로 과수원 옆에 아담한 양옥집을 지어 분가했다. 데리고 살던 둘째가 집을 지어 이사 가자 온 집이 텅 비어버린 것처럼 허전했으나 우혁은 큰일을 해결했다는 생각이 들었다. 태어나서 자라고 결혼하여 아이 낳고 아이들을 키워 학교시키고, 결혼시키고, 분가시키는 것이 사람이 일생을 살아가는 과정인데, 첫째가 공무원으로 직장 따라 이사 갈 때는 몰랐는데 데리고 살던 둘째가 분가하니 마음속으로는 뿌듯하면서도 한편 허전했다.

과수 농사는 전지하고 거름 넣고 봄철 꽃피고 여름철 열매가 자랄 때면 열흘이 멀다고 농약 치고 가을철 수확하는 것이 힘들지만, 일 년 수입은 직장에 다니며 월급 받는 맏이의 몇 년 치 급료는 되었다. 그러니 맏이가 공평하지 않다고 불만을 가질 수 있지만, 그래도 서로 이해할 줄 알았는데 형제간에 재산 분배로 이렇게 멀어질 줄은 몰랐다. 자랄 때는 우의 있고 말만 하면 아무런 불평 없이 그대로 따르던 자식들이었는데, 한번 토라진 맏아들과 큰며느리의 마음을 돌릴 방법이 없었다. 겉으로는 평온해 보이는 가정도 재산문제로 생긴 갈등은 어느 가정에서나 있을 수 있다지만, 우혁은 자신의 아들들의 문제가 되니까 해결할 방법을 찾을 수 없었다.

등 너머 동네 귀단 댁은 아들만 4형제였다. 남편과 일찍 사별하고 아들 넷을 길러 모두 결혼시켜 며느리와 손자 모두 열아홉 명이나 되는 대가족이었다. 귀단 댁은 맏아들 집에서 살고 있었다. 아들을 분가시키며 한 집에 논밭 일곱 마지기씩 똑같이 나누어주고 송티재 밑 둑도 없이 반듯한 과수원 일곱 마지기는 자기 몫으로 두었다. 농장 중에 제일 좋고 수익이 많은 과수원을 자식들에게 주지 않고 이제 살날이 얼마 남지 않는 어머니가 자기 몫으로 하니 네 아들은 서로 갖고 싶어 했다. 그러자 귀단 댁은 아들들을 불러 앉혀놓고 말했다.

"이 과수원은 너희들 4형제 중에 내가 마지막으로 의지하다 죽는 집에서 가져가도록 해라."

아들들은 아무 말도 못했다. 그렇게 맏이 집에서 생활하다 못마땅한 일이 있으면 다른 아들 집으로 갔다. 어머니가 오면 며느리는 반갑게 맞이하고 정성을 다해서 모셨다. 그러면 며칠이 지나도 오지 않으면 맏며느리가 데리러 왔다. 그리고 시어머니에게 서운하게 했던 일을 사과하고 모셔갔다. 세상이 그렇지 않다고 말하는 사람도 있지만, 부모와 자식 간이라도 자기 것이 있어야 대접받을 수 있었다.

신수돌은 미전향 장기수로 수십 년 동안 감옥살이에서 풀려나 자유의 몸이 되었다. 젊은 한때를 빼면 평생을 산속에 숨어 활동하거나 옥중에서 살아왔다. 지리산에서 생활하면서 징병을 피해 온 대학생들에게 글을 배우고, 그들이 신봉하는 사상에 눈을 떠서 사람은 누구나 태어나면 평등하게 살아갈 수 있는 사회주의 사상을 심취하였다. 가진 자들이 가난한 자들의 노동력을 착취하고, 권력자들이 국민들 위에서 군림하는 세상을 누구나 빈부귀천이 없이 평등하게 살 수 있는 세상으로 만들기 위해 평생을 바쳤다. 형무소에서도 수돌은 끝까지 자기의 신념을 굽히지 않는 미전향 장기수로 수형생활을 했다. 아내 내성 댁은 수십 년 동안 남편의 옥바라지를 해왔다. 남들처럼 나라에서 시키는 대로 하고 살면 좋을 텐데 무슨 좋은 세상을 만든다고 젊은 시절을 지리산에서 다 보내고 평생을 감옥살이를 하는 남편을 이해할 수 없었다. 같이 빨치산 활동을 하다가 붙들려 감옥살이를 하던 사람들은 전향하고 수십 년 전에 풀려나와 가족들과 살고 있는데 남편은 끝까지 생각을 바꾸지 않고 이제 늙어서 죽을 때가 되어서야 풀려난 것이었다. 내성 댁이 보기에는 남편 신수돌이 국가에 대항하면서 고집을 피우는 것 같아 안타깝지만, 그런 남편의 고집을 꺾을 수도, 설득할 수도 없었다. 나라에서는 나이 80이 되어도 전향하지 않는 수돌을 더는 감옥에 붙들어 둘 수 없어 석방한 것이었다.

집으로 돌아온 늙은 수돌은 오랜 수형생활에서 건강이 나빠져 자유의 몸이 된 지 얼마 되지 않아서 세상을 떠났다. 수돌은 자기 소신을 지키며 전향하지 않고 끝까지 공산주의자로 남은, 남한에서 공산주의자로 생활하다 죽은 몇 안 되는 사람들 중에 한 명이었다.

장례식장에는 우혁을 비롯한 영철, 상현, 원철과 같이 전쟁에서 살아남은 갑자생 친구들이 밤을 새우며 오랫동안 영어의 몸으로 살다 이승을 떠난 친구 정호의 아버지 장례식을 돕고 있었다. 우혁과 신수돌의 인연은 남달랐다. 신수돌은 친구 정호의 아버지로 어릴 때는 날마다 보아온 이웃 어른이었고 6.25 때 우혁의 아버지를 인민재판에서 살려낸 은인이었다. 신수돌은 지리산 공비토벌대로 파견된 우혁이 속한 소대와 전투에서 부상당한 채 포로가 되었다. 우혁은 정호의 아버지 신수돌을 생각하면 공산주의자로 평생을 감옥에서 보냈지만, 공산혁명을 위해서는 친구도, 이웃도, 부모까지도 희생시킨다는 냉혈인간이 아니라 정이 넘치는 푸근한 이웃집 아저씨로 존경받을 어른이라고 생각했다.

장례식장에는 사회 각 곳의 단체에서 문상 와서 밤을 새우며 조문했다. 그들은 신수돌의 항일정신과 운명하는 순간까지 지조를 지키며 자기의 사상을 바꾸지 않고 미전향 장기수가 되어 평생을 마친 고인의 이야기를 하며 추모했다.

사회단체에서 문상을 온 젊은 사람들의 이야기를 들으며 김우혁과 신영철, 안상현과 같이 일본의 수탈과 침략전쟁, 해방 후 좌우 대립과 6.25전쟁으로 이어지는 세상을 살아온 사람들은 세대차이를 느꼈다. 그들은 윗세대들이 피로 지킨 나라와 주린 배를 움켜잡고 이룩한 경제개발의 혜택으로 배고픔과 억압과 전쟁을 모르고 부모와 조부모 세대들이 이루어 놓은 경제적 바탕 위에 풍요를 누리며 자라온 세대들이었다. 젊은이들은 신수돌을 칭송하며 일본의 36년 지배하에 친일했던 사람들 이야기를 하고 있었다.

"돌아가신 신수돌 선생님은 진정한 애국자이지만, 그 시대의 조선 사람 중에는 일본군에 지원하여 관동지방에서 독립군을 토벌했고, 남태평양에서 욱일기의 깃발 아래 가난하게 살아가던 아시아 각국을 점령하며 일본의 침략전쟁에 앞장선 민족 반역자가 많습니다."

젊은 사람들의 이야기는 이어졌다.

"조선이 일본에 합병되자 많은 애국지사는 전재산과 생명을 바쳐 독립운동을 하는데 일본의 통치를 도우며 독립투사를 탄압한 조선인도 많았습니다."

옆에 있던 청년이 그 당시의 친일단체를 이야기했다.

"그 무렵 조선인 친일단체인 조선청년연합회, 조선노동총연맹, 조선학생회, 조선여성동우회 외에도 많은 단체를 만들어 그들의 통치를 도왔지요."

듣고 있던 다른 청년이 거들었다.

"그런 단체뿐만 아니라 흑도회, 화요회, 신상연구회라는 사상연구회와 선비라고 하는 대동사문회, 유도진흥회라는 유림 소속과 교회, 천도교, 불교에서도 친일단체가 있었습니다."

"어디 단체뿐이겠는가? 정치인, 문인, 예술인 등 각계에서 내로라 하는 사람 중에 많은 수가 학도병 지원을 독려하고 일본이 일으킨 전쟁에 지원하라는 글과 연설로 조선의 젊은이를 전쟁터로 몰아넣지 않았습니까?"

"맞아, 우리나라는 친일 반역자들을 청산하지 않고 도리어 그 사람들이 새로 건국한 대한민국의 요직에 앉아 나라를 좌지우지 하며 독립운동을 한 사람들을 빨갱이로 잡아 죽이기도 하였잖아."

"여기, 망인인 신수돌 선생님도 젊어서 일본에 항거한 애국자 인데, 평생을 지리산에서 탄압받다가 잡혀서 감옥생활로 일생을 마쳤잖아."

청년들은 열변을 토하며 토론하고 있었다. 그러면서 대한민국 정부가 수립되고 친일 청산을 하지 않고 친일한 사람들이 정계와 사회 각 곳에 그대로 뿌리를 내려 수십 년이 지나도 나라가 이렇게 어지럽게 되었다고 지적하였다.

"우리나라와 같이 독일에 5년 동안 점령되었던 프랑스는 친독 행위를 한 프랑스 사람들 9만 7천 명을 실형 선고하고, 그중에 1,558명을 사형집행하였는데, 우리나라는 일본에 나라를 빼앗겨 36년 합병된 동안 친일한 사람들을 해방 후 688명 조사하고, 그중에 22명을 기소하여 12명 실형 후 5명은 집행유예, 7명은 형집행정지로 풀려나다니 말이 되느냐?"

청년은 열변을 토했다.

"사회 지도자인 인물들뿐만 아니라 우리 주변에 면서기에서부터 일반인까지 수많은 친일한 사람들이 아무런 제재도 받지 않고 잘 살고 있잖아. 일본군으로 간 사람들은 관동지방에 가서 중국군과 싸울 뿐만 아니라 조선독립군을 토벌하고 남양군도에서 욱일기 깃발 아래 수많은 나라를 침략하였잖아."

"맞아, 지금 그 사람들은 우리나라 전국 각 지방 마을에서 유지

행세를 하고 있고, 독립투사의 자제들은 교육받지 못해 대부분이 가난하게 살고 있잖아. 나라가 이래도 되는가?"

"그뿐 아니라 해방된 나라에 일본의 형사나 헌병 출신들이 경찰로 들어가 독립군을 잡아 고문하던 식으로 독립투사 후손을 잡아와 빨갱이라고 고문을 하였고, 때로는 죽이기도 했잖아."

"그중에 일본 형사로 광복회 조직 700명을 검거하여 일망타진하고 188명을 기소한 자가 해방 후 서울 종로경찰서장을 거쳐 수도 경찰 고문을 하였어."

"세상에! 그런 일이 있었어? 나라가 온통 친일파의 득세로 그들의 세상이구먼."

"창씨개명으로 성을 바꾸고, 일본 군대에 가서 황군이 되어 아침저녁 고개 숙여 천황에게 경배드리고, 일본을 위해 싸우고, 그러고 보면 온통 세상에 친일파 천지야. 나라가 이대로는 안 돼."

각 단체에서 온 청년들은 흥분되고 몹시 격앙되어 열띤 토론을 하고 있었다. 그들은 일본의 강압에서 살기 위해 어쩔 수 없이 변절한 사람들도 용서하지 않았다. 거기에는 소설가 이광수와 독립선언서를 작성한 최남선과 윤치호 같은 이들도 포함되어 있었다.

청년들의 이야기에는 그 당시 시대적 상황에 대한 이해가 없었다. 피할 수 없는 상황에서 지원병이라는 이름으로 일본군에 끌려가고, 창씨개명하지 않으면 살아갈 수 없어 성을 바꾸었는데도 그때를 살아보지 못한 청년들은 당시의 상황을 이해하지 못했다. 청년들과 떨어져 앉아 듣고만 있던 우혁이 젊은이들에게 말했다.

"젊은이들, 그 시대를 살아온 사람으로서 한마디 하겠네. 젊은이들의 이야기처럼 해방되고 친일파를 청산하지 못한 것은 맞아. 일본이 물러가고 어렵더라도 친일을 청산했어야 하는데, 그들의 조직을 그대로 물려받아 나라를 경영하여 오늘날 그렇게 되었잖는가? 친일한 사람 중에 처음부터 개인의 영달을 위하여 한 사람들도 있지만, 일본인의 강압에 의하여 일본 군대에 가지 않으면 안 되었고, 창씨개명도 자기 스스로 한 사람은 삼천만 동포 중에 48명뿐이었어. 모두 어쩔 수 없이 살기 위해 한 사람들이야. 그들을 모두 친일파로 생각하지 말아. 또 친일을 한 사람들도 해방 후 6.25전쟁 중에는 목숨을 걸고 대한민국을 지킨 사람들이 많아. 그들의 과만 생각하지 말고 공과 과를 나누어 과는 비판하더라도 그들의 공까지 폄훼하여 없는 것으로 생각하지 말았으면 좋겠어. 어차피 늙은 세대는 사라지고 앞으로 젊은 세대들이 세상을 이끌어 갈 것이니까 판단은 여러분 몫이지만 세상 모든 물정을 옳고 그르다는 이분법으로만 생각하지 않았으면 좋겠어. 일제의 36년도 지울 수 없는 우리 역사의 아픈 한 부분이야."

그러자 옆에 있던 노인이 젊은이들에게 말했다.

"내가 젊은이들 이야기에 끼어들고 싶지 않지만, 공과를 모두 이야기하여야 한다니 그 시대를 살아온 사람으로 한마디 하겠네. 일본이 조선을 빼앗아 온갖 수탈을 자행한 것은 맞아. 조선인들을 전쟁터로 내몰고, 징용으로 잡아가고, 농사지은 쌀을 군량미로 공출하고, 쌀뿐만 아니라 조선인의 농토를 헐값으로 사들여 농부는 그들의 소작인으로 전락하고, 총알을 만들기 위해 놋쇠 밥그릇과 숟가락, 젓가락까지 빼앗아갔어. 그러나 그들 일본인들이 어떤 이유에서든지, 조선에 학교를 세우고 신작로를 닦고 철도를 놓고 댐을 만들고 오천 년 우리 강토에 신문물을 들여온 것은 인정해야 해. 해방되고 일본인들이 조선 땅에 남기고 돌아간 자산이 우리나라 산업이 지금처럼 발전한 기본 바탕이 된 것은 부인할 수 없는 사실이야. 지금 우리나라 수많은 기업은 대부분이 일본인들이 만들어 놓고 간 기업을 토대로 하여 이루어진 거야. 그리고 나라를 빼앗긴 뒤 식민지 조선에서 태어났던 사람들은 조국이 없었던 때라 일본인이 세운 학교에서 교육받고, 일본인이 이끄는 대로 군대에 가고 사회생활을 했어. 해방되자 일본에서 배운 지식으로 그들이 두고 간 은행과 기업을 운영하고, 군대를 만들었고, 곧이어 전쟁이 일어나자 여러분이 친일파라고 생각하는 사람들이 군대 장교가 되고, 경찰 고위직 간부가 되어 생명을 바쳐 나라를 구하고, 번영된 오늘 대한민국의 바탕을 만들었어. 그들을 친일이라고 하지만, 대부분이 일본의 집요한 공작에 어쩔 수 없는 사람이었어. 독립선언서를 작성한 최남선 선생도 징역을 살다가 일본인의 회유와 압력에 못 이겨 일본을 위한 강연과 글을 쓰고, 독립군토벌선무 고문직을 맡기도 했어. 그 시절 조선인이 삶이 그랬어."

젊은이는 노인의 말에 반박했다.

"일본인들이 조선을 빼앗고 조선인을 위해서 신작로를 만들고 철로를 놓고 댐을 건설했습니까? 그들이 이 땅에서 생산되는 농작물과 지하자원과 북한 지방의 원시림을 수탈하기 위해 만든 것이 아닙니까? 군산항은 쌀 수탈의 항이었고, 철로와 도로도 목포에서 신의주로, 부산에서 서울로 만들어 조선의 모든 것을 수탈하기 위한 통로였고, 일본이 조선에 은행을 만든 것도 이 나라 농토를 수탈하기 위해 만든 창구가 아니었습니까? 일본인들은 자기 돈이 없이 은행의 돈을 가져다 조선 농민들의 농토를 헐값으로 빼앗다시피 하는 동양척식주식회사 같은 것이 있지 않았습니까? 학교도 일본 천황에게 충량한 일본 신민으로 교육시키기 위해 세운 것이 아닙니까? 한일합방 때 그들의 통치에 동조하고, 일본이 우리나라를 지배하는 데 부역한 친일한 사람들은 일본을 위해 한 일을 조선인을 위해 한 것같이 이야기하고 있습니다."

청년은 노인이 말에 열변을 토하며 말했다.

"젊은이, 내가 먼저 말했잖아. 일본이 조선을 빼앗고 조선 사람들을 잡아가서 전쟁과 자기들의 산업에 노예처럼 부리고, 조선 땅의 농산물과 자연자원을 수탈하기 위해서나 어떤 목적으로 만들었든 간에 결과적으로 그들이 남긴 자산이 우리 자산이 되어 우리나라가 신문물을 받아들여 발전하는 데 바탕이 된 것을 부정하지 말고 인정하면서, 그들을 비판하자고."

"일본인의 지배에서 벗어나면서 나라는 둘로 갈라지고, 좌우의 갈등과 전쟁으로 우리 민족은 엄청난 수난을 겪었지 않았습니까?"

"그래, 나라가 남북으로 갈라진 근본 원인은 일본에 있다는 것도 맞아. 그러나 우리가 스스로 독립을 쟁취하지 못하고 강대국에 의하여 일본이 패전했기 때문이기도 해. 미소 강대국은 자기들 마음대로 조선 땅에 삼팔선을 그은 거야. 미소 양국은 유럽에서 전쟁을 일으킨 독일은 분단하여 서로 나누어 점령하면서 태평양에서 전쟁을 일으킨 일본을 분단하지 않고 조선을 분단한 것은 미소의 이해관계가 맞아떨어졌기 때문이야. 그리고 남북에 자기들 입맛에 맞는 각기 다른 정부를 세운 거고."

논쟁은 길게 이어졌다. 서로가 상대를 바라보는 시각의 차이가 컸다. 젊은이들은 저런 노인네는 분명 일본에 부역한 친일파였을 거로 생각했다. 남한 정권은 친일파를 청산하지 못하고 독립투사를 탄압하던 일본 형사가 해방된 나라에 아무런 제재도 없이 바로 경찰이 되고, 만주에서 독립군을 소탕하던 관동군 장교가 국군의 고위 장교가 되어 독립투사를 빨갱이라고 잡아서 고문하고 죽이기도 했다는 말을 들었다. 사회 각층에 친일파와 그 후손들이 득세하여 남한은 친일파의 세상이라고 생각되었다. 재산을 팔아 독립운동 자금으로 쓰고, 가족과 자신의 안위를 버리고 나라를 되찾기 위해 투신한 독립투사 자녀들은 가난하게 살며 배우지 못해 막노동 현장에서 하루하루 생계를 유지하며 힘들게 살아가고 있는 현실을 생각하면 해방되고 반세기 넘는 세월이 지났지만, 지금이라도 바로 잡아야 나라가 바로 선다는 생각이 들었다.

친일청산뿐만 아니라 노인들은 탄압과 해방 후의 혼란, 이어지는 전쟁으로 폭력과 부정한 일들에 길들어져 있다고 생각했다. 노인들은 고루한 꼰대들로 억압과 통제에 익숙해서 자기들의 틀린 주장을 고치지 못하는 고집이 센 수구꼴통들이라고 생각했다.

노인은 세상 모든 것을 공과도 없이 뭉뚱그려 과만 부각하는 젊은이의 사고방식이 못마땅했다. 일정시대와 해방 후 혼란과 전쟁을 경험하지 못하고 조부모, 부모 세대들이 이루어 놓은 경제력을 바탕으로 배고픔을 모르고 풍요 속에서 자라온 젊은이들은 이상에만 치우쳐 우리의 아픈 역사의 한 부분인 일정 때의 모든 일을 항일과 친일의 이분법적으로 생각하고, 당시 강제로 잡혀가 일본군 생활을 한 것과 살기 위해 창씨개명을 한 것까지도 문제로 삼고 있는 것이었다.

세상에서 가장 힘들고 서러운 것이 배고픈 것인데 지금 젊은이들은 어릴 때부터 풍요 속에서 넘쳐나는 음식과 수세식 변소와 냉장고, 싱크대가 있는 깨끗한 환경을 갖춘 집에서 배고픔을 모르고 자라나 너무 자유분방한 것 같았다. 노인은 지금 논의되는 일정 때 이야기뿐만 아니라, 요즘 젊은이들의 생각과 행동은 방종에 가까워 이들이 사회에 주축이 될 때 목숨 걸고 지키고, 피땀을 흘려 이룬 경제로 선진국 반열에 올려놓은 이 나라를 제대로 지켜나갈지 걱정되었다. 우혁을 비롯한 젊은이와 노인이 토론하는 중에 상주 정호가 와서 내일 장례 이야기를 하여 논쟁은 끝났다.

이튿날 신수돌의 장례 운구행렬에는 많은 사람이 뒤따랐다. 신수돌은 일본 징용을 피해 지리산에 들어가서 평생을 사회주의자로 살다가 떠났다. 신수돌은 민주주의인 대한민국을 전복하려고 노력한 반역자였지만, 꿈꾸는 나라를 만들려고 가정도, 자신도 버리고 평생을 투쟁하다 이승을 떠나는 나름대로 민족을 위해서는 애족자였다. 사람들은 저승길을 떠나는 그가 사회주의자였다는 것도, 이 땅에 공산국가를 세우려고 게릴라 활동을 한 대한민국의 반역자였다는 것도 탓하지 않고 구슬픈 상엿소리를 들으며 운구를 따라 장지를 향하고 있었다.

우리나라는 동방예의지국이라 불렸다. 고려 때 들어온 주자학이 국민 생활양식의 근본이 되어 관혼상제의 의식을 중요시하며, 경(敬)을 바탕으로 하는 유교사상에 의하여 인의예지와 도(道)를 생활의 근간으로 삼았다. 그래서 죽은 조상의 산소를 잘 관리하고 제사를 정성껏 모셨다. 매년 조상 산소를 벌초하고, 여유가 있는 사람들은 조상 산소에 상석과 비석을 세워 치장하며 아름답게 꾸몄다. 제사는 부모, 조부모, 증조부모, 고조부모의 4대의 기제사와 설과 추석 명절에 제사를 모셨다. 묘소는 수십 대가 지나도 관리하며 해마다 가을 추수가 끝나면 묘소를 찾아가 시제를 모셨다.

고조부모님 제사를 모실 때뿐만 아니라 그 이하 조상의 제사를 모실 때도 당내인 8촌 이내 집안이 모여 기제사, 명절 제사, 가을 시제까지 일 년에 열 번이 넘게 모여 제사를 올렸다. 조선을 거쳐 일제 때까지 농경사회에서는 이렇게 온 집안이 모여 제사를 올리는 것이 가능했으나 경제가 발전되고, 사람들의 직업이 다양해 생활 반경이 전국을 넘어 세계로 넓어지자 조상의 제사에 참석하기가 힘들어졌다. 더구나 사회가 핵가족화하며 가족의 개념이 좁아지자 당내인 6촌과 8촌 형제들은 잘 만나지도 못할 뿐만 아니라 남처럼 멀어져 갔다.

박준영은 4대까지 조상의 기제사와 명절 제사는 물론이고, 7대조 이하 종손으로 가을 시제까지 모셨다. 기제사는 사감위 내외분으로 일 년에 여덟 번에다 설, 추석 명절에 가을 시제까지 모두 열 번도 넘는 제사로 어느 달이나 제사가 없는 달이 없었다. 선대 대대로 평생을 이렇게 제사를 모셔왔으나 시대가 변천하여 당내인 집안이 모두 참석하여 모시던 제사는 8촌, 6촌뿐만 아니라 4촌들도 참석하지 않았다.

종갓집 종부는 조상 제사를 모시는 일이 연중행사가 아니라 다달 행사로, 어떤 달은 보름에 한 번씩 제사를 올렸다. 나이 많은 준영의 아내는 평생을 그렇게 살아왔으나 맏아들을 장가보내 신식 며느리를 들여오자 문제가 생겼다. 며느리는 직장에 다니며, 때로는 명절 때도 일직을 한다고 참석하지 않고, 기제사 때는 거리가 멀어 참석하지 않았다. 아들도 8대 종손으로 제사를 당연히 물려받아야 하지만, 제사는 부모의 일로 생각하고 참석하지 않을 때가 많았다.

며느리는 결혼하고 새댁일 때는 몇 년은 참석하여 제사음식을 장만하는 데 거들기도 했다. 제사음식을 장만하는 것은 정성이 들어야 하고, 가지 수도 많아 며칠 전부터 준비하여 제삿날은 하루를 꼬박 제사음식을 만들어야 했다.

술은 청주나 법주를 사서 쓰기도 하고, 때로는 집안에서 만든 막걸리를 제주로 썼다. 메밥은 흰 쌀밥으로 하고, 갱(羹)도 무와 콩나물에 콩가루를 넣어 끓이고, 봄철이면 냉이도 같이 넣어 만들었다. 탕은 5탕, 즉 쇠고기로 만든 육탕과 돼지고기로 만든 제육탕, 상어고기로 만든 어탕, 닭고기로 만든 계탕, 두부로 만든 소탕이 있으나 때에 따라서 한두 가지만 만들어 쓸 때도 있었다. 국수는 끓여서 찬물에 헹구어 냉국수에 소금을 조금 넣어 썼다. 두부로 만든 면적과 배추적을 적당한 크기로 만들었다.

편을 만드는 일은 시간이 오래 걸렸다. 본편은 시루떡과 웃기로 나누어지는데 시루떡은 시루에 쪄서 만들고, 웃기는 찹쌀과 볶은 콩으로 만든 경단과 찹쌀과 대추, 계피가루에 소금을 넣어 만든 부편, 찹쌀과 대추, 식용유를 넣어 설탕에 절인 전과 찹쌀, 꿀, 식용유, 물엿을 넣어 콩가루에 버무린 조약을 웃기로 얹어 편을 완성했다. 포는 대구포로 입과 꼬리를 자르고 썼다. 자반으로 조기 두 마리를 쓰고, 명태, 돼지고기, 소고기, 닭고기를 쌓아 도적을 만들었다. 숙채로는 생채, 산나물, 시금치로 만든 숙주 한 접시, 도라지, 콩나물, 무로 만든 세채 한 접시, 고사리와 소름을 간장과 참기름에 무친 대채 한 접시, 물김치인 침채 한 탕기를 담아 준비했다. 그리고 조과와 강정도 따로 준비했다.

과일로서는 대추, 밤, 배, 홍시를 기본으로 하여 땅콩과 과자와 구할 수 있는 과일을 쓰기도 한다. 어물로 다른 지방에서는 뼈가 없어 쓰지 않는다는 문어를 안동지방에서는 제사상에 쓰기도 했다. 이렇게 준비하는 것이 원칙이었다. 모두 준비하여 쓰는 것은 설, 추석 명절 제사에는 거의 빠짐없이 준비하나 한 달에도 한두 번씩 있는 기제사에는 많은 부분을 생략하고 제물을 장만했다. 맏며느리는 시집오고 몇 년은 시어머니를 따라 제사음식을 준비해 왔는데 너무 힘들었다. 전통 유가의 종갓집 맏며느리라는 책임감은 사라지고 평생 이렇게 살아가지는 못하겠다는 생각이 들었으나 시부모에게 드러내놓고 못하겠다는 소리는 할 수 없었다.

　명절 때는 양반 집안의 법도가 그런지 남자들은 부엌일을 도와주지 않았다. 나이 많은 시고모는 "남자가 부엌에 들어오면 불알이 떨어진다"라고 농담을 하며 여자들이 부엌에서 일하는 것을 당연하다는 듯이 말했다. 제사음식을 만들어 놓으면 접시에 담고, 명절 떡을 만들 때 떡메로 떡을 쳐주고, 밤껍질을 까서 칼로 여러 모가 나게 치는 것은 남자들이 거들어주지만, 음식을 만들고 제사를 지내고 난 뒤 집 안에 모인 많은 사람이 먹을 밥상을 차리거나 설거지 같은 힘든 부엌일은 모두 여인들 몫이었다.

　맏며느리는 명절 제사와 일 년에 열 번씩 있는 기제사와 가을 시제 때 참석하여 음식을 만드는 것은 정신적 부담에 엄청난 스트레스가 되었다. 어느 날부터 명절이나 제삿날 시댁에 가려고 생각만 해도 두통, 어지러움, 위장장애, 소화불량뿐만 아니라, 온 삭신이 아프기 시작했다. 사람들은 명절증후군이라 하지만 며느리에게는 유달리도 시댁에 가려고만 하여도 온몸이 아팠다. 시댁 식구는 만나기도, 보기도 싫었다. 그래도 설이나 추석에는 가지 않을 수 없으니 시댁에 가서 한쪽 방에서 몸이 아파 누워 있어도 일하는 것보다 더 가시방석이었다. 시어머니는 병원에 가보아야 한다고 걱정하며 일찍 보내주었으나 차를 타고 시댁을 벗어나면 언제 아팠느냐는 듯이 씻은 듯이 낳았다. 어느 집 며느리나 강도의 차이는 있지만, 겉으로 드러내지는 않는 명절증후군을 겪고 있었다.

시대의 변천에 따라 봉건사회를 거치며 오랫동안 당연시되었던 명절과 기제사에 관한 일들이 사회가 핵가족화되면서 허례허식으로 생각하는 사람이 많았다. 평소에 부부간에 갈등이 있던 사람들은 명절을 계기로 부부간에 싸움이 일어나고, 쌓였던 감정들이 폭발하여 명절 후 이혼이 늘어났다. 박준혁은 사회가 변화하면서 전통적인 가족제도가 해체되는 현상을 보면서 우울했다.

오랜 세월 명절에는 당내인 8촌 이내의 흩어져 살던 친척들이 모두 모여 제사를 올리고 식사하는 것을 시어머니 세대에는 당연하게 여기며 살아왔다. 맏며느리는 동서들과 이웃에 사는 친척들이 모여 같이 일하는데도 너무 힘들어 자신은 앞으로 평생 시아버지와 시어머니처럼 제사를 모시고 살아갈 자신이 없었다.

남편도 종손이라는 압박감에 명절과 제사 때마다 가야 한다는 시간적, 경제적 부담과 교통체증과 아내의 스트레스와 짜증에다 시댁에만 가면 앓아눕는 아내를 보살피며 눈치를 살펴야 하는 심리적 압박을 받고 있었다. 거기다가 모처럼 모인 친척들은 서로 정답고 즐거운 대화가 아니라 집안의 잡다한 일들로 언성이 높아지고, 감정이 격해 싸움이 일어나기도 했다. 친척이 모이면 화목하고 즐거운 것이 아니라 남보다 부담되고, 만날 때마다 불편한 자리여서 피할 수만 있다면 서로 만나지 않고 살고 싶었다. 명절날 친척이 모일 때마다 아픈 아내 때문에 아버지와 어머니에게 미안하지만, 자신은 이런 허례허식에서 벗어나 자유롭게 살고 싶었다. 이렇게 수십 년을 쌓이고 쌓인 감정들이 엉켜져 폭발할 것 같았다. 아무리 종부라고 하여도 태어난 이 세상에서 자유롭게 살고 싶은데 평생을 죽은 조상 제사를 모시다가 한 번뿐인 이승의 생활을 마치고 싶지는 않았다. 어느 날 용기를 내어서 시부모에게 선언했다.

"더 이상 조상의 제사에 참석하지 않겠습니다. 이 일로 하여 시아버님과 시어머님이 며느리로 인정할 수 없다면 이 집안을 나가겠습니다."

과거 같으면 상상도 할 수 없는 며느리의 폭탄선언이었다. 박씨 부부는 며느리를 멍하니 바라볼 뿐 아무 말도 할 수 없었다. 조선 말엽 기독교가 처음 이 땅에 들어올 때 어떤 사대부 집안의 가장이 교회에 나가며 조상의 위패를 우상이라고 생각하고 제사를 지내지 않자, 며느리가 시아버지한테 말했다.

"저 혼자서라도 조상 제사를 올리게 해주십시오."

그러자 기독교로 개종한 시아버지가 말했다.

"조상의 위패는 우상이다. 우상에 절하는 것은 용서할 수 없다."

시아버지가 허락하지 않자 며느리는 조상의 위패를 치마폭에 고이 싸서 품에 안고 절벽에 뛰어내려 자결했다. 옛날 사대가의 며느리는 죽음으로 조상을 섬겼는데 자기 며느리는 제사를 지낼 수 없고, 제사를 강요하면 집을 나가겠다는 선언에 기가 막혔다. 이제 우리 박 씨 집안은 유림 출입도 못하고 대대로 이어오던 제사도 집안 사람들끼리 내왕도 없이 그대로 집안의 문을 닫아야 한다는 생각이 들었다. 그러면서도 박 씨 부부는 집을 나겠다는 며느리에게 아무 말도 할 수 없었다. 옛날 같으면 며느리가 집을 나가면 새로 며느리를 들이면 되었지만, 지금은 그렇게 할 수 있는 시대도 아니었다.

시대가 변하여 이웃에서도 며느리들은 시댁에서 명절날 아침을 먹기가 바쁘게 아들과 같이 친정으로 달려갔다. 옛날에는 생각지도 못할 일이었지만, 이제는 사회에서 보편적인 일이 되어 명절 당일 친정으로 가지 않는 것이 오히려 이상하게 보였다. 세상이 이렇게 변하고 있지만, 자기의 며느리는 더 앞질러 간다고 생각하며 며느리의 선언에 속만 태울 뿐이었다. 며느리를 보면서 이제 자기들이 죽고 나면 제사도, 문중도 사라지는 것 같은 생각이 들어 죽고 난 후 자신의 혼백은 물 한 모금 얻어먹을 곳이 없을 것만 같았다.

수백 년 터전을 잡아 살아오며 집 주위로 흩어져 있는 선대의 산소를 관리하는 것은 큰 문제였다. 산소에 딸린 묘답이 있는 곳은 해마다 임대료가 통장으로 들어오니 그래도 가을 벌초는 벌초

대행업체에 맡기고, 시제 때에도 집에서 제물을 장만하지 못하면 제사음식 만드는 곳에 가서 돈 주고 시키면 별문제가 없으나 묘답이 없는 산소는 일일이 자손이 벌초해야 했다.

 박칠동은 국민학교 3학년을 마치고 학교에 계속 다니지 못하고 집에서 농사를 지었다. 일가친척 집안 또래들은 국민학교를 나와 타지 상급학교로 공부하러 가고, 국민학교를 마치고 중학교에 진학하지 못한 친척들도 공장으로, 도시로 모두 떠나는데 칠동이는 도시로 나갈 능력이 되지 않아 태어난 동네에서 평생 농사만 지어왔다. 가을철이 되면 집 근처에 흩어져 있는 수십 군데의 조상 산소를 혼자서 벌초를 해왔다. 등 굽은 소나무가 산소를 지킨다고 못 배우고 못나서 고향에서만 생활하는 칠동은 교통이 불편할 때는 외지에 나가 사는 친척들이 올 수 없어 으레 가을철이 되면 한 달 동안 매일 아침 혼자서 산소 한두 군데씩 벌초하는 것을 당연하게 생각했다. 그러면서 시제에 참석하는 자손들의 말 한마디를 위안으로 삼았다.

 "칠동이 아제, 산소 벌초하느라고 수고했니더."

 같은 자손이면서 자기들은 평생 조상 산소 벌초를 한 번도 하지 않아 미안한 마음에서 공치사하는 말이었다. 시대가 변하고 문명이 발달하여 서울과 부산에서도 승용차를 타면 한나절이면 오갈 수 있는데도 아무도 벌초하러 오지 않았다. 다 같은 자손인데 섭섭하지만, 혼자서 평생 벌초를 담당해왔다. 그러다가 나이가 들어 힘에 부치고 숨이 차서 더는 벌초를 할 수 없었다.

시제음식은 종손이 제사음식을 만드는 곳에 가서 돈을 주고 시켜서 준비하여 오지만, 옛날과 달라 제례에 참석하는 자손이 몇 명 되지 않았다. 올해는 웬일인지 박 씨 문중에서 가장 출세한 정부 중앙부서 차관을 지낸 용철이가 퇴직해서 참석하고, 고시 공부를 하다가 여덟 번 떨어져 자기 집 논 열 마지기 모두 고시준비로 팔아먹고 소식이 없던 재필이도 시제에 참석했다. 모처럼 출세한 차관과 사법고시 준비로 아버지 산림을 다 말아먹어 온 집안에서 걱정하던 재필이가 참석하였는데 어딘지 분위기가 냉랭했다.

조상 시제 초헌관은 종손인 준영이가 술잔을 올리고, 아헌관은 차관을 지낸 용철이가, 종헌관은 매년 벌초를 하느라고 수고한 칠동이가 올렸다. 강신례를 올리고 초헌례에 종손인 준영이 잔을 드리고 모두가 부복한 가운데 축문이 읽었다.

유 단기 4338년 세차 을유 9월 경신삭 14일 계유
현손 준영 감소고우
현 고조고 통정대부 부군
현 고조비 숙인 진성이씨 지묘
유차맹동 상로기강 첨소봉영 불승감창 추유보본 예불감망
근이 청작서수 지천세사
상향

제사는 초헌례에 이어 아헌례, 종헌례 술잔을 올리고 유식례를

거쳐 축문 분지까지 끝나고 음복이 시작되었다. 모처럼 만난 친척끼리 탁 트인 조상 산소 앞에서 제사음식을 먹고 서로 안부를 물으며 살아온 이야기를 하고 있었다. 이때까지 산소 벌초를 담당하며 관리해오던 칠동이 말했다.

"나는 고향에 살면서 조상님들 산소를 벌초하며 관리해왔는데 이제는 나이가 들어 벌초하기에 힘이 달려 더 할 수 없으니 다른 자손이 벌초를 맡기 바라네."

아무도 말이 없자 종손 준영이 의견을 말했다.

"칠동이 아제가 이때꺼지 고생했는데 연세가 많아 할 수 없으니 자손들이 가을철 날짜를 잡아 모여서 벌초하도록 하고, 못 오는 자손들은 한 집에 삼만 원씩 내기로 하여 일손이 모자라면 그 돈으로 벌초 대행업체에 맡기면 하루면 주위 산소를 모두 벌초할 수 있니더. 그렇게 하는 것이 어떠켔니꺼."

"그렇게 하는 수밖에 없지. 참석 못한 자손들에게 연락하여 그렇게 하도록 하세."

회의는 순조롭게 진행되었다. 그리고 모처럼 참석한 차관을 지낸 용철이가 말했다.

"칠동이 아제, 평생을 혼자서 조상 산소 벌초에 수고 많았니더. 우리 통정대부 할배 자손으로 모두 화목하고, 서로 어려운 일을 도와주고, 이끌어주며 자손이 화합해 나가도록 하시더."

그러자 재필이가 말했다.

"용철이 아제, 지금 어려운 일은 서로 도와주고, 이끌어주며 자손이 화합하자고 했니꺼?"

 용철은 퇴직하였지만, 국가의 고위직인 차관으로 아무도 자기 말에 토를 달지 않았는데 나이 적은 집안 조카의 말에 마음이 상했다.

 "재필이 조카, 내 말이 뭐 잘못되었나? 말에 가시가 돋친 것 같네."

 "용철이 아제, 차관으로 잘 나갈 때 집안을 거들떠보기나 했니꺼? 내가 그렇게 부탁했는데도 모르는 체했잔니꺼?"

 "내가 국가 일을 하면서 아무리 집안 조카지만, 사적인 부탁은 받아줄 수 없었네."

 "사적인 부탁? 그러면서 처가 쪽 사람들은 어중이 떠중이까지도 연초 제조창과 철도청에 떼거리로 넣어주었니꺼."

 "자네는 고시 공부를 하며 판검사를 할 사람이라, 그런 자리를 내가 마련할 수 없었네."

 "내가 판검사 자리를 달라고 했니꺼? 막노동하는 곳이라도 좋으니 먹고살 자리 하나 마련해 달라고 몇 번이나 찾아가 빌었니꺼? 지나가는 사람도 그러게 찾아가 빌었으면 들어주었을 것이시더."

 "자네 지금 나에게 행패를 부리는 건가?"

 "행패? 집안이라고 남보다 못한 게. 차관이면 뭣해? 개돼지같이."

 "지금 나보고 개돼지라고 했나?"

"그래, 씨발! 차관이고, 아제고, 나발이고 잘 나갈 때는 집안도 모르는 체하던 개돼지."

용철은 이때까지 살아오며 이렇게 막말에 욕먹어 보기는 처음이었다. 더구나 차관으로 있을 때는 세상 모든 사람이 자기 말에 순종했는데, 집안 조카가 막말하고 욕하며 달려드는 것을 참을 수가 없었다.

"이놈이, 어른도 모르는 게. 네놈이 박 씨 집안 망신을 다 시키는구나."

"망신? 무슨 망신? 말해봐."

용철은 나이가 서른 살이나 적어 아들보다 어린 집안 조카가 막말하고 욕하며 달려드는 것을 참지 못하고 하지 말아야 할 말을 하고 말았다.

"사법고시에 한두 번 떨어지면 그만둘 것이지, 여덟 번이나 떨어져 대대로 물려오던 부모 재산 다 말아먹어 식구들 다 굶게 만든 놈이 그래도 제가 잘났다고 집안 어른한테 욕하며 달려드는 이 막돼먹은 놈아!"

나이 어린 집안 조카가 막말하고 욕하며 달려드는 것을 참지 못하고 이렇게 재필의 아픈 곳을 건드렸다. 재필은 이성을 잃고 옆에 놓여 있던 사과 깎던 과도를 들고 7촌 아저씨인 용철이를 사정없이 찔렀다.

"그래, 우리 집 논 열 마지기 내가 다 팔아먹었다. 그래, 씨발. 너 죽고 나 죽자."

흥분한 재필은 용철의 가슴과 배, 목 닥치는 대로 수없이 난자했다. 옆에 있던 집안 사람들은 다투는 말이 너무 심하다 싶었지만, 이렇게 순식간에 칼을 들고 말릴 사이도 없이 살인을 저지를 줄은 몰랐다. 놀란 집안 사람들은 119 구급차를 부르고, 112 경찰에 신고했다. 구급대원들이 유혈이 낭자한 용철을 응급처치하고 심폐소생술을 하였으나 이미 심장운동이 정지되어 있었다. 사람들이 병원에 가서 최선을 다해 살려달라고 간청하자 의식이 없는 용철을 구급차에 싣고 떠났다. 경찰은 재필을 살인범으로 수갑을 채우고 경찰차로 압송했다. 제사에 참석했던 온 집안 사람들은 살인현장에 있었던 증인으로 모두 경찰서에 붙잡혀갔다. 너무나 황망한 일이라 제사음식을 치울 경황이 없어 산소 앞에 그대로 널려 있었다.

　사람들이 떠나자 산돼지 여러 마리가 음식 냄새를 맡고 찾아왔다. 떼로 몰려온 산돼지는 제사음식을 다 먹고 날카로운 주둥이로 산소 봉우리를 헤치면 음식이 더 있나 찾고 있었다. 해가 지고 어둑어둑해지자 산돼지들이 돌아간 산소의 봉우리는 형체도 알아볼 수 없이 파헤쳐져 있었다.

⑯ 텅 빈 농촌

좁은 국토에 매년 태어나는 아이들이 너무 많아 인구 증가율이 가팔랐다. 더구나 휴전되어 전쟁으로 흩어졌던 가족들이 돌아와 전국적으로 많은 아이가 태어나서 베이비붐을 맞았다. 해마다 보릿고개는 찾아오고 전국 각지에서 아사자가 생기는데, 인구수가 증가하면 살기 더 힘들 것으로 생각했다. 인구 증가를 막기 위해 국가에서 산아제한을 장려했다. 정치하는 사람들이나 나라의 미래를 연구하는 학자들의 생각은 산아제한으로 늘어나는 인구를 억제하지 않으면 좁은 국토에서 생산되는 농산물량은 일정한데, 앞으로 식량과 주택, 교통, 교육, 의료를 비롯한 사회의 모든 분야에서 더 심각한 문제가 일어날 것으로 생각했다.

"덮어놓고 낳다 보면 거지꼴을 못 면한다."

"많이 낳아 고생 말고 적게 낳아 잘 기르자."

"딸 아들 구별 말고 둘만 낳아 잘 기르자."

이와 같은 표어와 대한민국 지도 안에 사람들이 움직일 수도 없을 정도로 빼곡한 그림과 지상 과제였던 "1,000불 소득으로 가는 길"이라는 글귀가 함께 쓰인 포스터를 전국 방방곡곡 동리마다 붙이고, 신문이나 행정기관을 동원해서 홍보해도 별 성과가 없자 국가에서는 셋째 아이부터는 의료보험과 각종 세제혜택에서 제외했다. "아이를 많이 낳으면 평생 가난하게 살게 된다"라고 선전하며 전국 보건소와 병원에서 가임여성과 남성에게 무료로 불임시술을 해주었다. 그뿐만 아니라 예비군 훈련장에 보건소 의사와 간호사가 와서 대기하고 있다가 정관수술을 하는 예비군은 훈련에서 제외해주었다. 아침에 예비군 훈련장에 들어가며 먼저 와서 대기하고 있는 간호사를 보며 한 예비군이 같이 가던 옆의 친구에게 말했다.

"어이 친구! 저 아가씨들이 불알 까러 왔는데 자네 불알 조심하게."

"이 사람아, 내 불알 걱정하지 말고 자네 불알이나 조심하게."

서로 이런 농담을 나누며 훈련장으로 들어갔으나 아이를 둘 이상 낳은 예비군 중에 정관수술을 하는 사람이 많았다. 이렇게 국가적인 차원에서 대대적인 산아제한 운동을 전개했다. 그리고 어느 정도 성과가 나타나자 "둘도 많다. 하나만 낳아 잘 기르자"라는 표어로 바뀌었다. 아이를 많이 낳으면 미개인이라고 생각하며, 자녀가 많은 집은 국가와 사회로부터 눈총을 받았다. 사람들은 산아제한 표어를 패러디해서 "하나도 많다. 한 집 건너 하나씩 낳자"라고 하였다. 그때는 자녀가 많은 사람은 국가정책에 따르지 않은 비협조적이고 덜 깨인 사람으로 아이를 기르느라고 고생하며 평생 가난하게 살다가 그 가난을 태어난 아이들에게 물려줄 것으로 생각했다. 그뿐만 아니라 식량이 모자라 굶어 죽는 사람이 늘어날 것이라 믿었다.

우혁은 예부터 자손이 많은 것은 그 집안이 번성하는 것이고, 나라는 인구가 많아져 노동력과 국방 인력이 풍부해야 국가가 번영하고 강성해지는 것인데 정치하는 사람들이나 미래를 연구하는 학자들이 잘못 생각하고 있는 것 같았다. "사람은 태어날 때는 자기 먹을 것을 가지고 태어난다"라는 말이 있지 않은가? 국가에서 산아제한 정책을 계속 쓰다가는 언젠가는 아이들이 태어나지 않아 농촌에서는 농사지을 사람이 없어 논밭이 묵고, 도시에서는 일할 사람이 모자라 나라가 낭패당할지도 모른다는 생각이 들었지만, 많이 배운 미래학자들이라는 사람들의 연구에 의하여 대통령을 비롯한 나라를 경영하는 높은 사람들이 국가정책으로 하는 일이라 따를 수밖에 없었다.

젊은 부부 이동민과 신윤희는 서로 상의하여 아이를 더 낳지 않기로 하고, 남편 동민이 정관수술을 했다. 굳이 국가시책인 산아제한이 아니더라도 결혼생활 10년 동안 네 명의 아이가 태어나 더 이상 아이를 낳지 않기로 한 것이었다. 정관수술을 하였으니 임신 걱정하지 않고 부부생활을 할 수 있어 행복한 생활을 하고 있었다.

몇 달이 지나자 아내가 임신했다. 남편은 정관수술을 하였는데 아내가 임신하니 의심할 수밖에 없었다. 부부 사이가 냉랭해졌다. 남편은 아내를 의심했고, 아내는 남편이 정관수술을 했는데 임신이 되어 자기를 의심할 것 같아 걱정이었다. 여자의 정조를 생명처럼 여기는 유교의 윤리사상이 대대로 내려오며, 더구나 열녀 비각이 있는 동리에서 아내의 부정은 용서할 수 없는 일이었다. 며칠을 혼자 고민하던 동민은 아내와 헤어지기로 결심하고 말했다.

"당신과 헤어질 때가 되었네. 도대체 어떤 놈의 씨야?"

아내 윤희에게는 청천벽락 같은 말이었다. 이때까지 남편 하나만 바라보고 살아왔는데 남편은 자기가 부정한 짓을 해서 아이를 밴 것으로 생각하고 있었다.

"무슨 소리요? 내가 어디 외도라도 하였단 말이야?"

"그럼! 나는 정관수술을 하여 씨가 없는데, 어떻게 아이가 생긴단 말이야. 이러지 말고 솔직하게 이야기하고 우리 헤어지자. 헤어지고 당신은 붙어먹은 그놈한테 가든지 마음대로 해."

"이렇게 억울할 데가 어디 있어? 당신이 수술이 하였다지만, 잘못되었을 수도 있잖아? 나는 당신하고 잔 일밖에 없어."

"이 세상에 정관수술을 한 모든 남자가 아이를 못 낳는데, 이 엔네가 보자 보자 하니까! 어떤 놈하고 붙어먹어 아새끼 배 가지고 와서 나한테 텀테기를 씌워? 이 화냥년이."

남편은 아내의 머리채를 잡고 대문 밖으로 끌어내었다. 오롱조롱 넷이나 되는 아이들은 울고, 아내의 윗옷이 찢어져 젖가슴이 드러나고 집안이 난장판이 되었다. 싸우는 소리를 듣고 이웃 사람들이 와서 남편을 뜯어말리고, 옷을 가져와 입혀 아내 윤희의 앞가슴을 가렸다. 이웃 사람들도 남편의 말이 맞는 것 같았다. 얼굴 반반하고 평소 웃음이 헤픈 아낙 윤희가 남편 두고 다른 남자와 바람피웠을지도 모른다고 생각했다. 이 북새통을 온 동네 사람들이 모두 나와 구경하고 있었다. 나이 많은 이웃 할아버지가 남편에게 말했다.

"동민이 이 사람, 의술이 아무리 좋다고 캐도 의사도 사람인데 잘못 수술할 수도 있잖는가? 병원에 가서 검사를 받아보게. 그러고 난 다음에 아내를 추궁해도 늦지 않을 게 아닌가? 자네 아이들 넷이나 두고 아내를 쫓아내면 어떻게 살라고 그러는가?"

남편은 분이 안 풀려 씩씩거리며 말했다.

"인제 동네 사람이 다 알았으니 니 년은 이 동네에 낯짝 들고 못 살 거다. 아새끼들 다 데리고 친정으로 가거라, 이 화냥년아!"

남편은 차마 말로 표현은 안 했지만 태어난 네 명의 아이가 자기 아이인지도 의심스러웠다. 처녀 때부터 눈 맞아 정분이 난 남자놈이 있어 십여 년을 자기와 그놈 사이를 오가며 이중생활을 했을 것 같은 생각이 들었다. 그렇게 생각하니 귀엽기만 하던 아이들도 거들떠보기도 싫었다.

아내는 억울했으나 어디에 하소연할 곳도 없었다. 분명 남편은 정관수술을 했고, 자기는 남편과 잠자리를 한 것뿐인데 아이가 생기다니? 아무리 생각해도 의사가 정관수술을 하면서 실수를 한 것이 틀림없는데 남편은 믿어주지 않았다. 더구나 온 동네 소문이 나고 자기는 신랑을 두고 샛서방을 본 색녀로 몰리는 것이 억울하지만, 당장에는 어떻게 해명할 수 없었다. 늘 가깝게 지내던 이웃집 아낙들도 자기를 이상한 눈으로 바라보는 것 같았다. 언제나 다정하던 남편이 갑자기 폭군이 되어 머리채를 잡고 두들겨 패서, 온 동네 사람들에게 남편한테 맞는 꼴을 보여 창피하고 억울했다. 그렇지만 해명해도 통하지도 않고, 남편이 입에서 내어 뱉는 대로 자기는 남편을 두고 샛서방을 본 화냥년이 될 수밖에 없어 기가 막혔다.

아내 윤희는 남편의 폭력을 피해 아이 넷을 데리고 친정으로 갔다. 맞아서 멍이 든 얼굴로 친정에 들어서자 어머니는 놀라서 어쩔 줄 모르고 온 식구가 몰려나왔다.

"어떻게 된 것이냐?"

"남편이 정관수술을 했는데 아이를 배자 자기 아이가 아니라며 두들겨 패고 쫓아냈어. 너무 억울하지만, 해명해도 막무가내야."

윤희는 울면서 말했다. 얼굴에 멍이 들어 아이들을 데리고 친정으로 온 동생을 보고 화가 나서 펄펄 뛰며 당장에라도 달려가 남편을 요절낼 것 같던 오빠가 이야기를 듣고 말했다.

"이 서방이 그렇게 생각할 수도 있지만, 병원에 가서 수술이 잘못된 것인지 확인도 안 해보고 사람을 이렇게 때리다니! 이 서방은 성미가 급해."

이튿날 윤희 오빠는 매부 동민을 찾아갔다.

"이 서방, 자네 성미 한번 급하군. 내 동생이 나쁜 짓을 했는지, 안 했는지는 나도 몰라. 그보다 자네가 수술한 병원에 가서 수술이 잘못된 것이 아닌지 확인부터 해봐야 할 것이 아닌가? 의사가 실수하여 아이 씨가 나오는지 확인해보고 이야기해야 할 것이 아닌가? 나하고 같이 가세. 의사의 검사를 다시 받아보고 그다음은 자네 마음대로 하게."

남편은 할 말이 없었다. 손위 처남한테 끌려 병원으로 갈 수밖에 없었다. 병원에서 검사가 끝난 다음 의사가 말했다.

"수술했는데도 완전히 되지 않아 정충이 나오네요. 몇 백 명을 수술하면 한두 명씩 이런 경우가 있습니다. 부부관계를 하면 임신될 수 있어요."

남편은 그동안 고민하며 열 받았던 일이 다 풀렸다. 아내가 다른 남자의 아이를 배어왔다고 생각하며, 태어난 아이들 넷도 자기 아이가 아닐지도 모른다고 고민하던 일이 해결되어 아내를 두드려 팬 것은 미안하지만, 오히려 기분이 홀가분했다.

"처남, 미안해서 어쩌지요."

"이해하네, 나도 이런 경우면 화났을 거야. 그렇지만 자네, 내 동생 때린 것 이번에는 사정상 용서하지만, 다음에 한 번 더 손찌검하면 나한테 맞아 죽을 줄 알아. 우리 집으로 가세. 아이들과 자네 식구 데리고 가게. 그리고 가난해도 오손도손 정답게 살게."

남편은 손위 처남과 같이 처가로 향하고 있었다.

우혁이 살아온 80여 년은 다른 몇 세대들이 수백 년에 걸쳐도 경험하지 못할 일들을 겪으며 살아온 세월이었다. 나라를 일본에 빼앗겨 탄압과 수탈, 그들이 일으킨 전쟁에 수많은 조선의 청장년들이 징병과 징용으로 잡혀가 희생되었고, 조선의 처녀들은 일본군 위안부로 끌려가 치욕을 당하며 죽어갔다. 해방이 되어 나라를 되찾았으나 분단과 혼란, 계속되는 전쟁에서 살아남은 자들은 가난에 허덕였다. 폐허 속에서 벽돌 하나하나를 쌓아 올려 나라를 재건하며, 밤잠을 줄여가며 허기진 배를 부여잡고 일하고 절약하여 이 땅에 빈곤을 몰아내려고 노력했다. 그렇게 살아온 지 반세기, 보릿고개가 사라지고 어느덧 거리에는 먹거리가 넘쳐났다.

　전 국토에 쭉쭉 뻗은 도로망과 그 도로 주변은 봄, 여름, 가을 아름다운 꽃이 피어나는 공원으로 변해 있고, 집마다 수세식 화장실에 싱크대와 냉장고뿐만 아니라 농촌에까지 승용차와 자가용, 트럭, 각종 농기계가 있어 손으로 모심고 낫으로 추수해서 지게로 져다 나르며 힘들게 농사짓던 일은 옛이야기가 되었다. 그동안 세상이 변해 손전화가 나오고, 컴퓨터가 세상을 바꾸어 놓았다. 집안에 앉아서 온 세상을 볼 수 있고, 스마트폰으로 언제 어디서나 원하는 일을 할 수 있고, 지구 구석구석 사람들이 서로 얼굴을 보면서 이야기하며, 마음만 먹으면 비행기를 타고 이웃 다니듯 세상 어디에도 갈 수 있어 거대한 지구 위에 사는 사람들이 이웃사촌이 된 요지경 세상으로 변해 있었다.

　우혁은 변하는 세월 따라 늙어갔다. 태어나고 자란 예안은 물속으로 사라져도 고향을 떠나지 않고 산을 깎아 만든 마을로 집을 옮겨 농사를 지으며 살고 있었다. 가난과 전쟁의 연속으로 잿더미가 되었던 나라는 온 국민이 허리띠를 졸라맨 노력으로 경제가 발전하여 반세기 만에 선진국 대열에 들어섰다.

사람들의 일자리는 1차 산업인 농업에서 2차, 3차 산업인 공업과 상업뿐만 아니라 4차 산업인 정보, 의료, 교육, 서비스업으로 바뀌고, 인간의 능력을 초월하는 인공지능 로봇이 만들어져 사람이 하는 힘든 일을 대신하기도 했다. 밤잠을 줄여가며 일요일도, 국경일도 없이 죽어라고 일만 하던 때가 어제 같은데 어느 때부터 사람들은 공휴일은 물론 토요일도 일하지 않고 여가를 즐기고 놀아가며 일하고 있었다.

전 인구의 80퍼센트를 넘던 농촌 인구는 도시로, 공장으로, 상업으로, 서비스 산업으로 이동해가서 농촌에는 인구가 급속히 줄어갔다. 인구가 줄어들 뿐만 아니라 젊은이들이 농촌을 벗어나 공장과 도시로 떠나가고, 나이 많은 사람들만 남아 농촌은 노령화되어갔다. 젊은이들이 떠나자 농촌에는 신생아가 태어나지 않아 아기 울음소리가 사라졌다. 과거에는 한 면에서 일 년에 수백 명씩 아기가 태어났는데, 어떤 면에서는 일 년 동안 태어난 신생아가 단 한 명뿐이어서 면장이 꽃다발을 들고 축하하러 가는 일까지 있었다. 아침이면 신작로에는 산골 곳곳에 흩어져 있는 동리에서 학교에 가는 학생들과 저녁이 되면 집으로 돌아가는 학생들로 길게 줄이 이어졌는데 어느 때부터 길거리에 학생들이 사라졌다. 학생이 없어 농촌 곳곳에는 폐교되는 학교가 늘어나 천 명이 넘는 학생 수와 백여 년의 전통을 가진 예안초등학교도 폐교되었다. 학교 이름도 일정 때는 소학교였다가 국민학교로 바뀌고, 해방 후에도 오랫동안 국민학교로 불리다가 초등학교로 바뀌었다.

산아제한으로 온 나라가 요란할 때가 어제 같은데 이제는 농촌뿐만 아니라 도시에서도 태어나는 신생아 수가 수명을 다해 죽는 노인들의 수보다 적어 나라의 국민 수가 나날이 줄어들고 있었다. 이대로 인구가 줄어가면 300년 후이면 한반도에 사람이 없어 나라가 사라진다는 통계가 나온다니 걱정이었다. 온갖 역경 속에서도 고조선에서부터 반만년의 역사를 이어오던 우리나라가 아이들이 태어나지 않아 백성들이 소멸하여 빈 땅덩어리만 남아서 나라가 없어진다는 이야기는 상상이 안 되지만, 이대로 가다가는 그렇게 될지도 모른다는 생각이 들었다.

나라에서는 출산장려 정책을 써도 젊은이들에게 먹혀들어 가지 않아 전 세계에서 출산율이 가장 낮은 나라가 되었다. 수십 년 전 온 국력을 기울여 "둘도 많다. 하나만 낳아 잘 기르자"라는 산아제한 표어가 붙었던 자리에 이제는 "아빠! 혼자 살기 싫어요. 엄마! 동생 하나 낳아주세요"라는 표어를 붙이고 출산장려금과 각종 혜택을 주며 출산장려를 하지만, 젊은이들은 아이를 낳지 않았다. 사회가 발전하고 나라의 경제가 풍부해도 살아가는 인생살이가 너무 팍팍해서 결혼을 회피하는 젊은이들과 결혼해도 아이를 낳지 않는 젊은이들이 많았다. 우혁은 출산장려라는 말이 수십 년 전 산아제한이라는 말과 겹쳐 격세지감을 느껴졌다.

농촌에는 간혹 남아서 농사를 짓고 있는 젊은이들이 외국 여성과 결혼하여 다문화 가정이 늘어갔다. 노동집약적이던 농촌에서 젊은 사람들이 떠나도 농업 기계화로 농사일을 기계가 대신하고, 농업기술과 품종개량으로 생산성이 향상되어 작물 수확량은 줄어들지 않았다. 식량 증산을 위하여 국가에서 공무원과 군인, 학생, 공장에서 일하는 여자 직공들에게까지 내리던 농촌일손돕기 총동원령은 모심는 기계가 나오고 보리 베고 벼를 베면서 탈곡까지 기계가 대신하면서 농촌일손돕기 총동원령이 사라진 지가 오래전이었다.

해방 후 국민의 80퍼센트가 농촌 인구였어도 농번기에는 일손이 달렸는데, 20퍼센트로 줄어들어도 기계가 일손을 대신하여 농사를 지을 수 있었다. 그러나 날이 갈수록 농촌 인구 노령화로 기계 사용에 제한받고, 젊은이가 떠난 농촌은 나이 많아 수명을 다하여 세상을 뜨는 노인으로 해마다 농촌 인구는 줄어 활기를 잃고 일손이 모자랐다. 모자라는 일손을 계절제로 외국 근로자들이 들어와서 일손을 대신하기도 했다.

자녀들은 모두 도시로 나가 서울과 각 지역 대도시는 포화상태가 되고, 대부분 농촌에는 늙은이들이 남아 농사를 지었다. 늙은이들은 농사를 지어 도시로 나간 자녀들에게 양식을 보내고, 철따라 된장과 고추장을 비롯해 김장을 만들어 보냈다.

설 명절이 되면, 일 년에 한두 번 찾아오는 자녀를 위하여 온 겨우내 비워두었던 보일러 방을 며칠간 석유 한 드럼씩이나 때어 따뜻하게 데워놓으면 아들과 며느리, 손주들은 섣달 그믐날 와서 겨우 하룻밤을 자고 설날 아침을 먹기가 바쁘게 귀경 도로가 막힌다고 서둘러 돌아갔다. 늙은이들은 자녀들이 갈 때는 일 년 동안 농사를 지은 마늘과 고추, 양파와 온갖 농작물을 차 트렁크 가득 실어 보냈다. 부모들은 자식들에게 준다고 봄부터 씨앗 뿌려 무더운 여름 내내 김매고 거름 주며 땀 흘려 가꾼 것들인데 가져가는 자녀들은 감사한 마음도 없이 대수롭지 않게 생각하기도 했다. 어떤 것은 시장에 가서 쉽게 구할 수 있다고 가져가지 않으려는 것을 일 년 동안 아들, 손주 생각하며 봄비 맞으며 씨앗 뿌리고, 여름 뙤약볕에서 김매며 온 정성을 다 들여 길러낸 농작물이라 억지로 실어 보내며 속상하고 서운하지만, 그래도 주어서 보내고 나면 돌아가서 손주들과 먹을 것을 생각하면서 땀 흘리며 농사지은 보람을 느꼈다.

전사한 삼진의 아내 정순은 어느덧 중년이 되고, 대학을 다니던 아들은 군대에 입대했다. 군복을 입고 휴가 온 아들을 보며 이십 수년 전 제주도 훈련소에서 훈련받던 남편을 면회 갔던 생각이 났다. 시아버지는 전쟁이 한창일 때라 남편이 일선으로 가서 전사하면 손이 끊어질까 걱정되어 며느리인 정순을 데리고 바다 건너 제주도 훈련소로 갔다. 정순은 훈련받던 남편과 하룻밤을 자고 돌아와 아들 기대를 낳았다. 시아버지의 원대로 손자를 얻었으나 남편은 전사하여 재가 되어 돌아왔다. 정순은 청상이 되어 시부모와 같이 농사를 지으며 남편에 대한 그리움과 외로움을 삭이고, 아들 기대를 키우면서 살아온 지가 벌써 이십 년도 더 지나 아들이 남편처럼 군인이 되었다.

군복을 입은 아들의 모습이 제주도 훈련소에서 보았던 남편을 닮아 오래전에 전사한 남편의 모습이 떠올랐다. 청춘은 흘러가고 머리에 흰 머리카락이 늘어가며 늙어가고 있는데 기억 속에 남편의 모습은 이십 대 청년 그대로였다. 꿈속에 찾아오는 남편의 모습은 군복 입고 훈련을 받던 옛날 그대로여서 어느 날 갑자기 사립문을 열고 돌아올 것만 같았다.

이십여 년 전에 남편의 전사통지와 함께 화장한 재봉지가 왔지만, 그것은 전쟁 중에 수많은 전사자들을 처리하면서 잘못 전달된 것이고, 남편이 인민군의 포로가 되어 북한 땅에 살고 있을지도 모른다고 상상하며 언젠가 통일이 되면 남편이 돌아올 수도 있다고 믿고 있었다. 그때 정순은 호호백발 할머니가 되었겠지만, 남편은 마지막으로 만났던 군복을 입은 이십 대의 모습 그대로일 것이라고 생각하며 남편이 죽지 않고 살아있다는 희망의 끈을 놓지 않았다. 휴가를 끝내고 돌아가는 아들 기대는 어머니에게 거수경례를 했다.

"충성! 군대 근무 열심히 하고 건강한 모습으로 돌아오겠습니더."

"그래, 잘 근무하고 돌아와. 세상에 하나뿐인 내 아들, 몸조심하고…"

정순은 아들을 보내며 애써 눈물을 참았다. 아들이 군대뿐만 아니라 고등학교에 다닐 때부터 외지에 나가 생활했지만, 집에 왔다가 갈 때마다 매번 서운하고 허전한 마음이 들어 동구 밖을 지나 안 보일 때까지 손을 흔들며 아들의 뒷모습을 바라보았다.

그렇게 다녀간 아들이 월남 전쟁에 파병되어 간다는 편지를 받고 정순은 몹시 걱정되었다. 이웃 동네에서 월남 전쟁에 갔던 청년이 전사하여 재봉지가 왔다는 이야기를 들었는데, 아들이 어쩌자고 전쟁터인 월남으로 갔는지 걱정이 태산이었다. 정순은 아침저녁 뒤뜰 장독대 위에 정화수를 떠다 놓고 아들이 무사하기를 빌었다.

"칠성님께 비나이다. 전쟁터로 간 우리 아들 무사하게 보살펴 주시옵소서. 남편이 전사하고 아들 하나 키우면서 청춘을 보낸 이년의 소원을 들어주시옵소서. 비나이다. 비나이다. 칠성님께 비나이다."

그렇게 반년을 아침저녁 눈이 오나, 비가 오나 매일같이 빌었건만, 어느 날 십자가 그려진 군용차가 집 앞에 서고, 하얀 띠를 어깨에 둘러 유골함을 감싸 안은 군인이 마당에 들어섰다. 흰 장갑에, 흰 마스크를 끼고 하얀 유골함을 안은 병사가 천천히 마당에 들어서고, 하늘에는 구름 사이로 햇빛이 빗살처럼 흘러내렸다. 정순은 꿈이라고 생각하고 멍하니 바라보고 있는데 시아버지와 시어머니의 울음소리가 들렸다.

"아이고 내 손자, 기대야! 니가 죽었다니! 아이고 이걸 어쩌나."

시어머니는 주저앉아 울면서 넋두리했다. 그때야 정신이 돌아온 정순은 울음도 안 나오고 그 자리에서 쓰러져 기절하고 말았다. 이웃 동네 청년이 월남 전쟁터에 가서 전사했다는 이야기를 들을 때는 남의 이야기처럼 들렸는데, 정순은 자신에게 이런 엄청난 일이 일어나리라고는 생각하지 못했다. 하늘같이, 땅같이 믿고 살던 아들이 죽어 재가 되어 하얀 유골함에 담겨 돌아오니 정순은 이 세상을 다 잃은 것 같았다.

소복을 입은 정순은 아들의 유골을 매장하러 서울 동작동 국립묘지로 갔다. 아들의 유골을 땅에 묻기 전에 6.25 때 전사한 남편의 무덤 앞에 아들의 유골함을 내려놓고 정순은 남편 이삼진의 이름이 새겨진 작은 비석에 엎드려 목 놓아 울었다. 이 세상에 태어나 한번 잘 살아보지도 못하고 이십 대 나이에 나라를 지키다 전사한 남편과 먼 월남 땅 남의 나라 전쟁에서 전사한 아들이었다. 남편과 아들을 모두 국가에 바친 정순은 세상도, 국가도 자기에게 너무나 가혹하다는 생각을 하며 통곡했다. 정순은 남편과 떨어져 있는 묘역에 아들의 유골을 묻고 돌아오는 내내 눈물을 흘렸다.

시아버지는 대를 이을 손자를 잃고 시름시름 아프기 시작하다가 두 달을 못 넘기고 세상을 떠났다. 시아버지를 뒷산에 장례 지낸 지 한 달도 안 되어 시어머니가 세상을 떠났다. 늙으신 시아버지와 시어머니는 손자가 죽은 충격을 이기지 못하고 이승을 떠나

이제 정순 혼자뿐이었다. 결혼 후 몇 달 만에 입대한 남편이 전사하여 스무 살에 청상이 되어 아들 하나 키우며 살아왔는데 아들마저 먼 나라 월남에서 전사하고, 믿고 의지하며 살아오던 시부모님이 차례로 돌아가자 정순은 이 세상에 혈혈단신이었다.

정순은 식구들이 모두 저승으로 떠난 텅 빈 집에서 혼자서 농사를 지으며 살고 있었다. 논밭 갈고 모심고 벼 베는 일은 삯을 주고 기계가 있는 이웃집의 도움을 받아가며 농사를 지었다.

정순이 혼자서 농사를 지으며 살아온 지도 수십 년이 지나 호호백발 할머니가 되었다. 그동안 몇 달마다 한 번씩 남편과 아들이 묻혀 있는 국립묘지에 찾아가 혼자서 살아가는 외로움을 넋두리하며 울기도 하였다. 오랜 세월 찾아가던 남편과 아들이 묻혀 있는 서울 국립묘지도 이제는 나이가 들고 기력이 다해 갈 수 없었다. 이웃에서 같이 늙어가며 힘겹게 농사짓던 노인들은 하나둘 저승으로 떠나가고 빈집이 늘어갔다. 빈집들은 몇 년이 지나자 비가 새고, 폐허가 되어 허물어져 갔다. 마지막으로 부포 댁이 세상을 떠나며 이웃들은 모두 저승으로 떠나고, 정순은 이 골짜기에 혼자 남게 되었다. 혼자서 살고 있는 산골 동네에는 이야기할 사람이 없어 온종일 새소리, 바람소리만 들렸다. 그래도 텔레비전이 있어 말소리는 듣고 세상 소식을 알 수 있어 다행이었다. 평생을 가꾸어오던 논밭을 버릴 수 없어 습관처럼 농사를 짓고 있으나 젊을 때처럼 일할 수 없어 논밭에는 잡초만 무성했다.

부포 댁이 살다 저승으로 떠난 빈집에 나이 70이 된 한 씨가 귀촌하여 들어왔다. 도시로 나간 부포 댁 아들들이 묵고 있는 논밭과 무너져 가는 집을 관리할 사람이 없어 수세도 받지 않고 그냥 빌려준 것이었다. 가족도 없이 혼자서 이사 온 한 씨는 정순보다 나이는 십여 년 아래로 성실하고 점잖아 보였다. 외진 산골짝에 혼자만 살다가 사람이 들어와 이웃이 생기니 훈기가 났다.

정순은 한 씨와 이웃하여 살면서 서로 일도 도와주고, 음식도 나누어 먹으며 동생처럼, 친척처럼 살았다. 한 씨는 칠십 평생 처음 농사를 짓는 사람이라 농사일을 무척 서툴고 힘들어하였으나 그래도 일 년을 버티며 일했다. 어느 날 한 씨가 부탁했다.

"급히 쓸 데가 있는데 이천만 원만 빌려주십시오."

정순은 둘이서만 살던 이웃의 부탁을 거절할 수 없었다. 남편과 아들이 전사하여 매달 나오는 유족연금을 저축해놓은 것을 현금으로 찾아다 빌려주었다. 돈을 빌려간 한 씨는 일주일이 지나고, 한 달이 지나도 돌아오지 않았다. 겨울이 가고 삼사월이 되어 농사를 시작하여야 하는데도 한 씨는 나타나지 않았다. 그제야 한 씨가 돈을 빌려 도망간 것을 알았다. 정순은 허탈했다. 남편과 아들이 전쟁터에서 목숨을 바쳤다고 국가에서 매달 나오는 돈을 모은 것이었다. 부자간에 이승에 남은 정순이 먹고살라고 저승에서 보내온 그 귀한 돈을 쓰지도 못하고 아끼다가 사기당한 것이었다. 정순은 한 씨를 믿은 것이 잘못이라고 생각하며 잊으려 해도 잊히지 않았다. 눈을 감으면 그 선해 보이던 한 씨의 얼굴이 떠오르고,

남편과 아들의 목숨 대신 다달이 나오는 원호금을 아까워 쓰지도 못하고 모은 것을 사기당한 자신이 바보 같았다.

　늙은이들이 혼자 살다가 이승을 떠난 농촌 빈집 마당에는 잡초가 무성한 폐허로 변해, 새끼 낳아 기르고 떠난 빈 새둥지처럼 허물어져 갔다. 비가 새고 문짝이 떨어지고 허물어져 가면서 흉물로 변해 있었다. 그곳은 백여 년을 대를 이어가며 자식 낳아 키워가며 온 가족들이 오손도손 살아가던 집들이었다.
　늙고 기력이 쇠해진 정순은 혼자서 텅 빈 골짜기를 지키고 있었다. 시집와서 남편과 몇 달 살아보지 못한 이 집, 이 골짜기에서 이웃하며 새댁 때부터 일평생을 같이 살던 사람들은 노인이 되어 병들고 수명을 다해서 모두 저승으로 떠나고, 할머니가 된 정순 혼자서 외롭게 살고 있었다. 정순은 남편, 아들 모두 국가에 바치고 청상이 되어 그리움과 외로움을 삭이며 할머니가 된 지금까지 그 오랜 세월, 논밭을 가꾸며 이 골짜기를 지켜왔다. 나이가 들어 일할 수 없어 평생을 농사지어 오던 논과 밭, 들판은 묵어 잡초만 무성한 풀밭이 되어 가을이 되어도 추수할 것이 없었다. 이제는 다리가 아프고, 기력이 다해 등 너머 재 너머 이웃 동네도 출입할 수 없었다.
　앞뒤 산은 붉고 노란 단풍으로 곱게 물들어갔다. 아무도 찾는 이 없이 인적이 끊긴 산골에도 변함없이 계절은 찾아왔다. 흘러가고 또 찾아왔다. 정순은 저녁을 먹고 잠자리에 누웠다. 창으로 밝은 달빛이 흘러들고, 풀벌레 소리가 유난히도 정겹게 들렸다. 꿈인지, 생시인지 아들이 나타났다. 40여 년 전 휴가를 왔을 때의 군복을 그대로 입고 있었다.

"어머니, 여기서 외롭게 사시지 말고 아버지와 할아버지, 할머니가 있는 곳으로 가시더."

아들을 따라 나섰다. 문을 열고 나서자 남편이 반갑게 손을 잡았다.

"그동안 이승에서 긴 세월 혼자서 얼마나 고생하였소."

남편을 보자 정순은 혼자서 힘들게 살아온 세월과 그리움 속에 혹시나 하고 기다리던 그 수많은 나날의 생각에 감정이 북받쳐 남편의 품에 안겨 흐느껴 울었다. 남편은 60여 년 전 제주도에서 훈련받을 때 모습 그대로였다. 군복을 입고 있는 남편은 옆에 서 있는 아들과 같은 또래 같았다. 젊은 남편은 호호백발 할머니가 된 정순을 끌어안고 등을 쓰다듬으며 말했다.

"아버지와 어머니가 기다리고 있는데 같이 가요. 여보."

남편을 따라 사립문을 나서자 늙으신 시아버지와 시어머니가 기다리고 있었다.

"며늘아기야, 그동안 너 혼자서 얼마나 고생하였노? 우리 저승에 가서 다시는 헤어지지 말고 모여서 살자."

정순은 가족들을 따라 길을 나섰다. 길가에는 갖가지 꽃들이 만발하고, 천 년 만에 한 번 핀다는 만다라화도 피어 있었다. 꽃길을 따라 얼마를 가니 넘실거리며 흐르는 푸른 강물 위로 무지개

다리가 놓여 있었다. 정순은 가족들을 따라 무지개 다리를 넘어 강을 건넜다.

3월이 지나고 4월이 되어도 정순이 살던 골짜기에는 사람의 움직임이 없었다. 몇 년 전까지도 집마다 늙은이들이 한둘씩 살다가 모두 저승으로 떠나자 빈집들은 철거되어 할머니 한 분이 사는 집 한 채만 덩그러니 남아 있었다. 할머니의 집은 대문과 방문이 꼭 닫혀 있었다. 면사무소 복지과 직원이 혼자 사는 할머니가 반년 동안 연락이 없어 방문했다. 대문을 열고 들어가자 방문이 걸려 있고, 집 안에 퀴퀴한 냄새가 났다.

"할머니, 할머니 계세요?"

복지사는 문을 두드리며 불러도 아무런 대답이 없었다. 유리 창문 틈을 통하여 방 안을 들여다보았다. 이불은 온통 얼룩져 있고, 할머니의 얼굴은 해골이 되어 있었다. 놀란 복지사는 경찰에 신고하였다. 경찰이 달려와서 방문의 잠금장치를 뜯어내었다. 문을 열자 시체 썩은 역한 냄새가 풍겨 나왔다. 방 안에는 살이 썩어내려 이불이 얼룩지고, 장판은 검게 변해 있었다. 이불을 걷어 내자 벌레가 쉬를 슬어 알을 까 자라서 나간 껍질이 새까맣게 붙어 있는 반쯤 탈골이 된 할머니 시신의 모습이 드러났다. 할머니는 아무도 찾는 이 없이 외롭게 고독사한 지 반년도 넘어 해골로 변해 있었다. 안동에 연락하여 시신 처리반이 들어왔다. 방독면처럼 생긴 특수 마스크를 쓴 처리반은 시신을 옮기기 전에 향을 피워 할머니의 명복을 비는 묵념을 드리고 시신을 수습하였다. 고독사로 추정되지만, 그래도 사인을 확실히 하기 위해 과학수사 연구소로 시신을 옮겼다.

몇 년이 지나자 할머니가 살던 집은 아무도 출입하지 않아 비가 새고, 문짝이 떨어지고, 마당에는 잡초와 넝쿨이 우거지며 허물어져 가고 있었다. 또 한 세대가 지나가고, 동네에 남아 있던 할머니의 집도 무너져 없어지면, 이 산골에 오래전에 사람이 모여 사는 동네가 있었고, 청상이 된 정순이 할머니가 되도록 혼자서 살다가 외롭게 저승으로 떠났다는 것을 기억하는 사람이 아무도 없을 것이다.

⓱ 고 향

　구순을 넘어선 김우혁 노인은 오늘도 물밑으로 사라진 예안 장터 길가로 다닥다닥 붙어 있던 상점들과 토담으로 싸여 있던 그 정겹던 골목들을 생각하며 지팡이를 짚고 호수 주위를 산책하고 있었다. 몇 년 전 미국에서 사는 옥이가 다녀가고 가끔 전화로 연락하고 있지만, 주위의 같은 연배의 친구들은 모두 세상을 떠났다. 평생을 자식 낳아 기르며 같이 살던 아내도 저승으로 떠나고 혼자였다. 일주일이 멀다고 두 며느리들이 반찬을 만들어 냉장고에 넣어주지만, 아내가 떠난 빈자리가 너무 커서 텅 빈 집에서 홀로 사는 우혁은 외롭고 쓸쓸했다.
　얼마 전 6.25 때 전사한 친구 삼진의 아내가 이웃도 없는 골짜기에서 외롭게 살다가 고독사하였다는 이야기를 듣고 우울했다. 나이 들어 친구들이 하나둘 저승으로 떠날 때마다 젊을 때와 달라 그렇게 슬픈 감정도, 애틋함도 없이 무덤덤하게 받아들여졌다. 늙은 자신도 저승길로 떠날 날이 점점 다가오니 친구들의 죽음이 그렇게 담담하게 느껴졌다. 그렇지만 젊을 때 결혼을 약속했던 옥이에 대한 애틋한 감정은 변하지 않고 그대로여서 가끔 전화를 할 때마다 지난날의 추억이 새롭게 떠올랐다.

해방되고 우혁은 옥이가 간호부로 남태평양 어느 섬에서 부상당한 일본 병사를 치료하다가 미군의 포탄에 맞아 죽었으리라고 생각하면서도 살아서 돌아올 수도 있다는 미련을 버리지 못했다. 우혁은 어느 날 갑자기 옥이가 돌아오리라고 생각하며 기다린 지도 4년이 지났다. 그동안 징병이나 징용으로 끌려간 사람 중에 살아있는 사람은 모두 고향으로 돌아왔다. 일본 지배에서 벗어나 독립된 나라는 좌익과 우익으로 갈려 세상이 온통 뒤숭숭하고, 나이는 많아가는데 4년이나 죽은 옥이를 기다리는 우혁을 보고 집안 사람들뿐만 아니라 이웃들까지 나서서 결혼을 서둘렀다. 친척들은 옥이가 살아있으면 벌써 돌아왔을 텐데 전쟁터 어디에선가 죽었을 것이라고 말했다.

"돌아오지 않을 사람을 기다리다가 몽달귀신이 될라 카나?"

친척들은 우혁을 볼 때마다 윽박질렀다. 우혁은 떠밀리다시피 선을 보고 약혼했다. 약혼한 날 밤, 우혁은 옥이와 같이 마지막 밤을 보낸 노송나무 밑에서 밤새도록 울었다. 죽어서 돌아오지 않을 줄 알면서도 어쩌면 기적같이 살아올지도 모른다는 생각에 옥이를 두고 다른 여인과 결혼해야 한다는 것을 생각하니 가슴속이 먹먹하고 속이 아려왔다. 이대로 결혼할 수 없었다. 우혁은 뒤 산자락 바위 밑에 옥이의 무덤을 만들었다. 시신 없는 작은 무덤이었다. 이렇게 옥이를 땅에 묻지 않고서는 도저히 다른 여인과 결혼할 수 없었다.

우혁은 그렇게 결혼하고 전쟁으로 입대 후 아기가 태어나고, 제대하고 농사를 지으며 살아온 60여 년 세월 동안 옥이를 잊은 적이 없었다. 옥이가 일본으로 떠나기 전날 밤 구름에 언뜻언뜻 가려지는 달빛 아래에서 첫 입맞춤의 짜릿한 황홀함이 평생을 살아오며 잊히지 않았다. 옥이는 언제나 우혁의 가슴속에 살아있었다. 때로는 아내와 같이 밤하늘의 달을 바라보다 가도 옥이 생각이 떠올랐다.

"달 보고 뭘 그렇게 생각하니껴?"

아내의 말에 화들짝 놀라며, 평생을 자기만 바라보고 살아온 아내에게 미안한 생각이 들었다.

"아니, 별로. 여보, 가만히 달을 쳐다보고 있으면 구름이 가는 것이 아니라 달이 가는 것 같지 않니껴?"

이렇게 둘러대며 속마음을 숨겼다. 그러던 아내도 세월을 못 이기고 늙어서 저세상으로 떠났다.

옥이는 지난번 우혁을 만나서 말하지 않았던 남편의 이야기를 전화로 했다. 남태평양 팔라우섬에서 최개동을 만나 미국으로 건너가 결혼한 이야기를 하면서도 자신이 일본군 위안부였다는 것을 차마 말하지 못했다. 옥이는 간호부가 되어 팔라우섬에서 일본 군 부상병을 치료하다가 학도병으로 온 소학교 한 해 선배 최개동을 만났다고 했다. 옥이가 사실대로 일본군 위안부가 되어 하루에도 수십 명의 일본 군인들에게 짓밟혔다고 하면 우혁은 이야기를 듣고 쓰러질지도 모른다는 생각이 들었다.

"우혁아, 지난번에 고향 갔을 때 이야기하지 못했는데 내 남편은 우혁이도 아는 사람이야."

우혁과 옥이는 인생의 황혼기에 들어 몸은 늙어 있어도 서로 이십 대의 젊을 때처럼 이야기했다.

"뭐? 미국에 아는 사람이 없는데 어떠케 내가 알아?"

"내 남편은 같은 고향 사람 최개동이야."

"뭐야! 최개동? 최개동이면 개팽이 동네 살던 우리보다 한 해 선배 최개동?"

"맞아. 우리보다 소학교 한 해 선배 최개동."

"어떠케 된 거야? 옥이의 남편이 최개동이었다니?"

"남태평양 팔라우섬에서 학도병으로 끌려온 개동을 만났어."

"간호부로 있다가?"

"으응."

옥이는 간호부라는 말에 대답하면서도 움찔했다. 사실대로 위안부였다는 이야기를 할 수 없었다. 위안부였다고 하면 60여 년도 더 지난 일이지만, 우혁은 실망을 넘어 절망할 것 같았다. 옥이는 위안부였다는 것을 숨기고 살아왔다. 이웃에도, 태어난 아이들에게도, 누구에게도 일본군 위안부였다는 이야기를 할 수 없었다. 옥이가 일본군 위안부였다는 것을 아는 사람은 이 세상에서 단 한 사람, 남편 최개동뿐이었다. 아이들이 자라면서 사춘기가 되어 물어왔다.

"엄마, 아빠 어떻게 만났어?"

"엄마와 아빠는 한국의 깊은 산골 강가에 있는 예안이라는 동네에서 태어났고, 엄마는 일본군 간호부로, 아빠는 일본군 학도병으로 남태평양 팔라우라는 섬에서 전쟁 중에 만났단다."

옥이는 아이들한테도 바로 말할 수 없어 양심은 찔리지만 어쩔 수 없었다.

"야! 낭만적이다. 남태평양 외딴섬에서 간호부와 군인으로 만난 한국의 깊은 산골 강가에서 같이 자란 고향 사람, 러브스토리가 되네."

아이들뿐 아니었다. 지금도 앞으로 누구를 만나도 위안부가 아니라 간호부로 이야기할 수밖에 없었다. 전화기 화면에 실망스러운 얼굴을 한 우혁의 모습이 비쳤다.

"그래서 개동과 같이 미국으로 갔어?"

우혁은 옥이가 죽었다고 생각했다. 살아있으면 미국이 아니라 달나라에서도 자기를 찾아올 줄 알았는데, 결혼하다니? 그것도 고향 사람 최개동과 같이 미국으로 간 것은 우혁을 만나지 않기 위해 한국을 떠난 것으로 생각되었다. 우혁은 죽은 옥이를 4년을 기다리다가 결혼하여 아내 몰래 평생 가슴속에 옥이를 품고 살아왔는데, 옥이는 개동을 만나 미국으로 가서 살았다니 평생을 사랑했던 마음이 한순간에 배신감으로 변했다. 옥이도 전화기에서 흘러나오는 우혁의 말과 화면 속의 표정을 보며 우혁의 마음을 알고 당황했다.

"아니야, 우리는 팔라우섬에서 미군의 포로가 되었어. 그래서 미국으로 붙들려가서 한국으로 갈 수 없었고, 개동과 결혼하여 우혁에게 연락할 수 없었어."

옥이는 또 마음에도 없는 거짓말을 할 수밖에 없었다. 거짓말을 한 번 하면 그 거짓말이 또 다른 거짓말을 낳고, 계속 거짓말을 할 수밖에 없다고 한 말이 생각났다.

우혁은 옥이가 같은 고향 사람 최개동과 결혼하여 이때까지 살아왔다니 순간적으로 배신감을 느꼈으나 '지금 와서 내가 왜 이러지?' 하는 생각이 들었다. 그래서 마음을 가라앉히고 말했다.

"잘했어. 살아있었으니 얼마나 다행이야. 옥이가 살아있는 것만으로도 고마워. 나는 옥이가 간호부로 남태평양 어느 섬에서 부상병을 치료하다가 미군의 포탄에 맞아 죽은 줄 알았어. 그러면서도 옥이가 살아서 돌아올 수도 있다는 미련을 못 버리고 4년을 기다리다가 중매로 결혼했어. 결혼하기 전, 약혼식을 한 날 밤에 옥이와 마지막으로 만났던 노송나무가 있는 산자락 바위 밑에 시체 없는 옥이의 무덤을 만들었어. 그렇게 옥이를 땅에 묻지 않고 도저히 다른 여인과 결혼할 수 없었어."

"그랬구나."

우혁의 이야기를 들은 옥이는 목이 메어 울음 섞인 소리로 대답하며 두 눈에 눈물이 흘러내려 휴대폰 카메라를 쳐다보지 못했다. 옥이는 우혁의 말에 가슴 뭉클하고 자신의 과거를 거짓으로 이야기할 수밖에 없는 신세가 한스러웠다. 간호부 모집이라는 말에 속아 끌려가서 일본 병사들에게 수없이 짓밟혀 만신창이가 된 몸으로 도저히 고향에 갈 수 없었다. 그런 몸으로 우혁을 만날 수 없었다. 우혁이 사실을 알고 이해한다고 하여도 옥이 자신이 우혁에게 돌아갈 수 없었다. 옥이는 우혁이 4년이나 자기를 기다리다가 시체 없는 무덤을 만들고 결혼했다는 이야기를 듣고 너무 감동하여 눈물이 났다. 눈물을 흘리는 것을 전화기 화면으로 우혁이 보았을 것만 같았다.

"우혁아! 오늘은 이만 통화하자."

전화를 끊고 옥이는 침대에 쓰러져 어깨를 들먹이고 흐느끼며 울고 있었다.

일주일이 멀다고 오던 옥이의 전화가 한 달이 넘도록 오지 않았다. 우혁은 옥이가 최개동과 결혼하여 미국으로 떠나 연락하지 않고 살아왔다는 말을 듣고 자신이 싫어하는 기색을 보여 화가 난 것이 아닌가 하는 생각이 들었다. 옥이에게 전화를 걸고 싶지만 참았다. 옥이가 자신에게 연락하고 싶지 않으면 그대로 전화를 끊고 옛날처럼 옥이는 이 세상에 없는 사람이라고 믿으며 남은 생을 살아가리라고 생각했다.

한 달이 가고, 보름이 더 지나서 지팡이를 짚고 공원이 된 선성산을 산책하는데 전화벨이 울렸다. 우혁은 호수가 바라보이는 의자에 앉아 전화를 받았다.

"우혁아, 그동안 어디 아픈 곳 없이 잘 있었어?"

팔십이 넘은 사람들은 언제나 건강을 화두로 시작했다.

"우리 나이에 아픈 곳이 왜 없겠노? 다리도, 허리도 아파 지팡이에 의지하고, 눈도 침침하고 기억력도 옛날만 못하지. 한 달 반이나 연락이 없기에 옥이에게 뭔 일이 있나 궁금했지."

"다리 아프고 허리 아픈 것 나도 그래. 지난번에 전화할 때 우혁이 내 무덤을 만들었다는 소리 듣고 감격하고 충격을 받았어."

"60년도 더 지난 일이야. 신경 쓰지 말고 건강에 주의해."

"그런데 우혁이에게 뭐 상의하려고."

"뭔데? 내가 할 수 있는 일이면 다 도와줄게."

"내 남편 최개동 있잖아. 몇 년 전에 세상을 떠나 LA 외곽 묘지에 묻혀 있어. 남편은 개팽이 동네에서 태어나 살아오면서 세상이 바뀌어 재인과 양반의 차별이 사라지지 않으면 고향에 가지 않는다고 했어. 자라면서 고향에서 받은 상처가 너무 컸나 봐. 그러면서도 늘 고향 예안을 그리워했어. 이제 세월이 60년도 더 넘어 우리 고향뿐만 아니라 한국에서 반상의 차이가 없이 모두가 평등한 세상이 되었으니 그의 뜻대로 이장하여 태어난 고향 땅에서 영면하도록 하고 싶어. 그래서 말인데 화장한 유골함을 묻을 한두 평의 땅을 구해줘."

"그래, 알았어. 옥이 남편이고 또 어릴 때부터 알고 지내던 개동 선배인데 내가 자리를 구해볼게."

우혁은 호수가 바라보이는 선성산에 작은 터를 마련해주고 싶었으나 선성산은 공원이라 개인의 유골을 매장할 수 없다고 했다. 여러 곳에 알아보았으나 개인 산은 팔려는 사람도, 매장을 허락하는 사람도 없었다. 우혁은 자신의 산, 선대가 묻힌 옆에 자리를 마련했다. 선성산과 물에 잠겨 흔적도 없이 사라진 개팽이 동네가 있던 물결이 바라보이는 양지바른 곳에 장소를 마련하고 옥이에게 연락했다.

한 달이 지나자 호숫가의 나뭇잎들은 단풍으로 곱게 물들어갔다. 미국에서 화장한 옥이 남편은 하얀 유골함에 담겨 아들들과 며느리, 손자들과 같이 인천공항에서부터 버스를 타고 왔다. 우혁의 갑자생 친구들은 모두 세상을 떠나 조미자의 동생 조성운과 신정호의 둘째 아들 신종철에게 연락하여 함께 참석했다. 유골을 매장하고 미리 새겨놓은 작은 돌을 무덤 앞에 세웠다.

최개동(1924~2005)
예안에서 태어나 미국에서 변호사로 생활하다.
사망 후 고향으로 돌아와 여기에 영원히 잠들다.

무덤 옆 오래된 소나무에는 일본이 항공기 기름, 송유를 채취한 상처가 커다란 옹이가 되어 있었다. 옥이는 70여 년 전 남편 최개동을 처음 만났을 때의 기억이 어제 일같이 떠올랐다. 이 세상을 등지려고 팔라우섬 해안 절벽 위에 올라가 어디에 하소연할 곳이 없어 하나님께 따지듯 하소연하며 일본과 일본군을 저주하던 기억이 났다.

"세상이 뭐 이래? 인생은 왜 이래? 일본 군인들은 개보다 못해. 개도 너희들보다 나을 거야. 하나님은 약한 자를 위한다고 했는데 약한 자는 끝까지 벌레보다 못한 취급을 받잖아? 하나님이 있다면 저들에게 벌을 주어야 할 것이 아닌가? 일본은 망해야 하잖아? 개보다 못한 저들을 지옥불에 쳐넣어야 하잖나? 하나님이 있으면 당신의 능력으로 그렇게 해야 하잖나? 대답해봐?"

옥이는 미친 듯이 혼자서 소리치며 울었다. 어디에다가 하소연할 곳도 없어 하늘을 쳐다보고 평생 한 번도 찾지 않았던 하나님에게 따지듯 소리쳤다. 이 세상을 떠나며 일본과 일본 군인들에게 마지막 저주를 퍼붓고 있었다.

"여보세요, 조선 사람이지요? 저는 학도병입니다."

옥이는 울면서 소리치다가 돌아보았다. 낡고 때에 찌든 일본 군복을 입고 가방을 멘 병사가 서 있었다. 병사의 팔에 두른 완장에는 "전령(傳令)"이라고 쓰여 있었다. 옥이는 이 세상을 하직하려는 마지막 순간에 조선말을 하며 나타난 병사를 물끄러미 바라보았다. 그의 명찰에 가산(佳山) 개동이라고 쓰여 있었다. 옥이는 가산은 최인데 조선 이름으로 최개동? 어디서 많이 들어본 이름이었다. 병사의 얼굴도 낯설지 않았다.

옥이는 남편을 이렇게 만났다. 일본이 패망하여도 결혼을 약속한 고향에 있는 우혁에게 돌아갈 수 없는 몸이었다. 그래서 우혁과 연락을 끊고 개동과 미국으로 가서 결혼하여 평생을 살아왔다. 이제 먼저 세상을 떠난 남편 개동은 고향으로 돌아와 영면에 들어갔다. 옥이는 만감이 교차했다.

우혁은 옆에 서 있는 조성운을 소개했다. 지난번에 왔을 때 옥이가 70여 년 전 예안에서 조미자와 같이 간호부로 갔다고 하던 생각이 나서 조미자의 동생 조성운을 찾아 참석하게 했다. 옥이는 조미자의 동생이라고 하자 미자가 부탁하던 말이 생각났다. 그때 미자는 성병과 풍토병에 걸려 절망하면서 옥이에게 말했다.

"언니, 내는 여게서 죽을 것 같애. 언니 살아서 고향 가거든 우리 어매, 아베한테 성병과 풍토병으로 죽었다고 카지 말고 그냥 '병원에서 간호부로 일하다가 아파가꼬 죽었다'라고만 전해줘."

"미자 말, 잊지 않을게. 너는 살 수 있어. 힘내."

옥이는 미자를 만나면서 성병과 풍토병은 전염병이라 다정한 고향 친구를 가까이서 손 한 번 잡아줄 수 없었다. 병이 옮길 수 있으니 나 혼자 살겠다고 절망적인 병에 걸려 죽어가는 친구 손 한 번 잡아주지 못했던 자신이 생각났다. 그런 미자에게 일본군이 휘발유를 끼얹어 산 채로 태워서 묻어버렸다.

옥이는 진실을 말할 수 없었다. 사실대로 말하면 듣는 사람 모두가 큰 충격을 받아 평생 그 충격에서 벗어나지 못할 것이었다. 옥이는 조미자 동생 조성운에게 미자의 최후를 미자가 부탁하던 대로 말했다.

"미자는 팔라우섬에서 간호부로 일하다가 말라리아에 걸려 아파서 죽었다."

그러면서 미자가 매독에 걸려 입술이 망가지고 풍토병으로 온몸이 헐어 있던 처참한 모습이 떠올랐다. 옥이는 미자 동생 성운을 붙들고 목 놓아 울었다. 울어도, 울어도 옥이는 가슴이 시원하지 않았다. 미자 동생도 같이 울면서 말했다.

"누님, 우리 누나와 같이 얼마나 고생하셨니껴. 이러케 70년이 더 지나도 누나 소식 알려주어 고맙고, 누님이 우리 누나가 되어 살아서 온 것 같습니더."

그래도 옥이는 흐느끼며 슬피 울고 있었다. 옥이의 아들, 며느리, 손자들도 모두가 눈시울을 붉히며 어머니, 할머니가 이렇게 슬프게 우는 모습은 처음 보았다. 옥이 가족들은 그 오랜 세월 어머니, 할머니가 고향을 떠나 미국에서 가슴속에 품고 살아온 한을 태어난 고향에서 눈물로 쏟아내는 것으로 생각했다.

우혁은 한 손에 지팡이를 든 채 옥이의 손을 잡아 일으켜 세웠다. 70년도 더 전에 잡았던 탄력 있고 따뜻한 체온이 전해오는 손이 아니라 늙고 주름진 손이었다. 옥이는 울면서 말했다.

"죽기 전에 너한테 미안하다는 말을 꼭 하고 싶었어. 우혁아, 미안해."

우혁은 남양군도에서 하얀 간호복을 입고 부상병들을 치료하고 있었을 젊은 날의 옥이를 생각하며 말했다.

"옥아, 미안해할 것 없어. 다 세월 탓이야."

옥이는 비행기를 타고 미국으로 돌아가면서도 가슴속에 맺힌 응어리가 풀어지지 않았다. 남편의 유골을 고향에 묻고, 우혁을 만나고, 미자의 가족에게 미자의 마지막 소식을 전하면 여생에 할 일을 다 한 것일 줄 알았는데 가슴이 답답했다. 남편 무덤가의 오래전 송진을 채취한 자국이 남은 소나무의 옹이가 생각났다. 전쟁 물자 송유를 만들기 위한 칼날의 상처인 늙은 소나무의 그 옹이처럼 옥이의 가슴에 맺혀 있는 한은 굳어져 지워지지 않았다. 옥이는 우혁과 손주들뿐만 아니라 이 세상 누구에게도 오랜 세월 가슴속에 숨겨놓은 상처를 이야기할 수 없었다. 지팡이에 의지해 다니는 늙은 우혁도, 호호백발 할머니가 된 자신도 이제 머지않아 이승에서의 삶을 마감하고 저세상으로 떠날 것이다. 옥이는 아무에게도 털어놓을 수 없는 응어리진 한을 가슴에 안고 자녀, 손주들과 같이 타고 가는 비행기는 동해를 거쳐 일본 열도 위를 지나가고 있었다.